高博士现代汉语方言丛书

漳州闽南语戏本

高 然 著

世界图书出版公司

广州·上海·西安·北京

图书在版编目（CIP）数据

漳州闽南语戏本 / 高然著. —广州：世界图书出版广东有限公司，2024.6
ISBN 978-7-5232-1289-9

Ⅰ. ①漳… Ⅱ. ①高… Ⅲ. ①闽南话—地方戏剧本—作品集—漳州 Ⅳ. ①I236.573

中国国家版本馆CIP数据核字（2024）第081260号

书　　名　漳州闽南语戏本
　　　　　ZHANGZHOU MINNANYU XIBEN
著　　者　高　然
责任编辑　魏志华
责任技编　刘上锦
出版发行　世界图书出版有限公司　世界图书出版广东有限公司
地　　址　广州市海珠区新港西路大江冲25号
邮　　编　510300
电　　话　（020）84184026　84453623
网　　址　http://www.gdst.com.cn
邮　　箱　wpc_gdst@163.com
经　　销　各地新华书店
印　　刷　广州市迪桦彩印有限公司
开　　本　880 mm × 1 230 mm　1/32
印　　张　8.5
字　　数　289千字
版　　次　2024年6月第1版　2024年6月第1次印刷
国际书号　ISBN 978-7-5232-1289-9
定　　价　35.00元

咨询、投稿：020-34201910　weilai21@126.com

总序

Zongxu

在华夏大地上，与众多的语（方）言相比，闽南语的历史不算悠久，以最古老的泉州话来说，也不过1500年左右，而漳州话则更年轻些，仅1300多年。然而，这两种在任何特点上都大同小异的闽南语却是如今全世界不论哪个角落的闽南语的祖宗语言，即无论何地何种闽南语均出自这两种闽南语。尽管这两位老祖宗1000多岁了，而今仍健在。闽南语的子子孙孙关系有亲有疏，远的如海南话、雷州话、中山闽语等；不远不近的如潮汕话、海陆丰话、浙南闽语等；近的如厦门话、台湾闽南语，以及东南亚各地“福建话”等，都与漳泉二腔的血缘或说基因紧紧相连，而不论它们偏漳或偏泉，或亦漳亦泉，抑或不漳不泉等（漳泉闽南语自身也在发展中）。更甚的是，不仅限于语（方）言，其同样的闽南文化习俗也都与之连在一起，有着千丝万缕的关系。全世界闽语人口有8000万之众，而仅闽南语的人口已占其中的6500万（其他如闽东话、闽北话、闽中话、莆仙话人口占1500万），就算扣除广义的闽南语人口（海南、潮汕和海陆丰等地的闽南语人口），狭义的闽南语人口至少还有4000万之众（包括中国闽南漳泉厦、中国台湾以及东南亚地区等，闽南语在此区域内基本可畅通无阻）。从全球角度来看，这种高度一致，而且跨区域的人口达4000万以上的语（方）言也并不多见，更遑论加上其他闽南语或闽语方言呢？漳州闽南语处于这样一种地位，其重要性不言而喻。

作为闽南语的始祖语言之一，漳州闽南语自身的现实存在以及人们对其的记录、整理和研究等都显得十分重要，因其是其他各种闽南语寻根问祖活生生的根语言和参照物。因此，漳州闽南人不仅要珍惜和保护已有1300多年历史的母语，专家、学者、有识之士还应该抓紧收集、整理，以及进一步研究漳州闽南语及其相关的非物质文化遗产等。

暨南大学汉语方言研究中心研究员、台湾中山大学客家研究中心特聘研究员高然博士编写了一套达20种的“漳州闽南语系列”，几乎涵盖了漳州闽南语口语之各种表现形式及其相关范畴，是其多年来从事漳州闽南语研究的总结性成果。

这套“高博士现代汉语方言丛书”之“漳州闽南语系列”共包含20种计25册，囊括了文学类、艺文类、词典类、研究类和教学类五大类（各4种）。

1. 文学类，有《漳州闽南语笑话》《漳州闽南语故事》《漳州闽南语寓言》《漳州闽南语小说》。该类是体现漳州闽南语口语各方面最自然、最综合、最完整，也是最大篇幅的包括汉字、国际音标标音、词语解释、闽南语录音等的视（看书）听（录音）之语料性作品。这4种书内的闽南语都是地道、传统的漳州闽南语口语，而非读成闽南音的半闽南语半普通话作品。通过这种形式，能最大限度地固化有着悠久历史的传统闽南语。

2. 艺文类，有《漳州闽南语诗词》《漳州闽南语歌谣》《漳州闽南语歌仔》《漳州闽南语戏本》。该类是记录和反映漳州民间文艺之视（看书）听（录音）作品。《漳州闽南语诗词》是有关漳州以及相关地区的人、物、景和事之传统古体格律诗词的个人原创合集，其诗词语言均以纯正闽南土语俗词为主，读音均为白读音；而《漳州闽南语歌谣》则是民间歌谣汇集，朗读则大体是白读音；《漳州闽南语歌仔》是闽南语歌曲集，歌词与旋律都乡土味十足；《漳州闽南语戏本》是多部歌仔戏剧本集，对白与唱词相当口语化，曲子基本取自歌仔戏曲牌或闽南调子。这些书都是为了最大限度地记录和反映漳州闽南语口语的事实与特点。

3. 词典类，有《漳州闽南语词典》《漳州闽南语谚语》《漳州闽南语熟语》《漳州闽南语成语》。该类是漳州闽南语词语、短句汇集作品。《漳州闽南语熟语》还包括了惯用语、顺口溜、歇后语等;《漳州闽南语成语》则汇集了上千条闽南语四字成语。

4. 研究类，有《漳州闽南语研究》《漳州闽南语语法》《漳州闽南语修辞》《漳州闽南语趣谈》。该类是供研究探讨漳州闽南语的学术类作品，是作者多年来的研究心得。《漳州闽南语趣谈》从语言的角度深入浅出地讲解漳州闽南语各种问题之汇集。

5. 教学类，有《漳州闽南语口语》《漳州少儿闽南语》《漳州闽南语对话》《漳州闽南语教学》。该类是传承漳州闽南语的专门教材和口语教学理论书籍。《漳州闽南语口语》和《漳州闽南语对话》是成人教材,《漳州少儿闽南语》是一套6册的少儿教材;《漳州闽南语口语》与《漳州少儿闽南语》里都包含了闽南语口语各种形式的教学，如学单词、短语、惯用语、谚语、歇后语、口头禅等，练句型、学对话、吟诗词、哼歌谣、讲故事、唱歌、唱戏、演歌仔戏，等等。《漳州闽南语教学》则是漳州闽南语口语教学理论与实践指导用书，也包含了教学类其他3种闽南语教材的使用指南等。

非物质文化遗产要有效地得到传承，首先要有效地搜集、记录、分析和整理，进而采用有效的传承手段（如教学等），才能一代代不间断。高然博士这套书大体包含了记录与传承两个要素。

高然博士很早就涉及语言研究。早在福建师范大学外语系读本科期间，他就已出版了英文翻译作品《俄罗斯民间童话故事集》(福建人民出版社 1983)，发表了论文《福建人学英语语音遇到的一些问题》(1982)。毕业后在漳州三中任教英语时，他已钟情于漳州四周方言的搜集和整理工作：他只身前往福建东山岛各个角落，也基本独自拜访过福建中部、北部数个藏于深山老林的畲族村落，为继续学习和深造语（方）言进行历练。后来，他考上了暨南大学中文系硕士和博士研究生，更能专心从事学习和研究。数十年来，他已发表和出版了100余种包括英语，汉语粤方言、闽方言、客家方言、官话等的学术译著述成果。高然博士每次回到漳州，总能和我有机会见面，每每相见甚欢。我们的话题主要集中在漳州方言及其文化等，常引发妙趣横生之情形。近回想起来，看似嬉笑轻松的朋友间笑谈，竟然是一位有心于漳州闽南语之学者的调研手段。多年来心无旁骛，终于滴水成河，集腋成裘，高然博士终于把自己多年来对漳州闽南语的了解和研究，结合同样多年来从事其他语（方）言的研究，整理出这套系列丛书，是有关漳州闽南语及其相关文化、艺术等非物质文化遗产的具有重要意义的学术成果。

本套“漳州闽南语系列”共20种书的陆续出版面世，除了要真诚地感谢高然博士为漳州地方语言与文化的奉献外，还要特别感谢本套书的相关参与者，如闽南语配音人员、古体诗词朗读者、歌曲及戏曲表演者和音乐伴奏者、录音师、文字录入人员、行政辅助人员、出版社编辑，还有多年来提供漳州闽南语口语素材的各类发音人，以及各位热心的朋友等，都应是本套书要深深感谢的对象。漳州闽南语俗话说得好：“一侬摔篙，伓值逐家喝呦号［一人举竿子，不如大伙儿齐吆喝（助威）］。”本套书能顺利面世，全靠诸位助力了！

是为序。

张大伟

2019年6月6日

前言

Qianyan

《漳州闽南语戏本》是“高博士现代汉方言丛书”中“漳州闽南语系列”之个人原创，以地道闽南土语俗词为语言基础，地道纯粹闽南乡土音乐旋律为构成的闽南语歌仔戏剧本集。本戏本含4出独幕歌仔戏、2出大型闽南语诗词歌仔戏，共计6出剧目。4出独幕歌仔戏故事都源于佚名传说，都具某程度喜剧意味，对白、唱词等使用的都是闽南的方言俚语，唱段绝大多数采用流行于闽南地区的歌仔戏常见曲牌旋律。这些曲牌名称，或在本书目录中，或在唱段曲谱中都作了详细的标注。2出大型闽南语诗词歌仔戏，除了《梁才女》剧中的诗词作外，其余故事、剧情、台词、唱腔（特别说明的除外）、音乐、《白茉莉》剧中的诗作词作等，几乎都是原创！《梁才女》基本格调是悲剧，因悲带想象，因此并非严格意义上的悲剧。《白茉莉》基本格调是喜剧，也因喜带来诸多思考，因此也并非严格意义上的喜剧。《梁才女》剧里含多达73首自唐始，至清止之各代诗词名家的诗词，而且还多与漳州地区的人、物、景和事有关的，如唐代白居易的《送吕漳州》、宋代杨万里的《晚寒题水仙花》、宋代赵以夫的《木兰花慢·漳州元夕》、宋代黄庭坚的《次韵中玉水仙花》、宋代徐玑的《漳州圆山》、宋代郭祥正的《东湖》、元代王瀚的《挽送漳州》、明代吴承恩的《题水仙花》等。这些诗或词在剧中或通过吟诵，或通过歌唱（包括独唱、二重唱、三重唱、四重唱、五重唱、小合唱、大合唱）等方式把剧情主题、细节、人物性格特点等表现出来。换句话说，这种诗词歌仔戏是通过故事情节把众多诗词串起来表演的大型诗词吟诵歌唱音乐歌舞表现形式。《白茉莉》里的诗词是本作者原创的，用最严格的古典格律诗词的基本要求，用最土、最俗闽南语口语创作的古典格律诗词，所描写的内容也都涉及以漳州地区为主的闽南风俗民情等。与《梁才女》剧一样,《白茉莉》剧亦有80多首诗词收进剧中，各剧都有超过30首诗/词作为唱段出现，两剧合60多个唱段。因《白茉莉》剧的诗词以闽南土语俗词写就，其读音用的是白读音（也即口语音，说话音），而有别于《梁才女》剧里的诗词需用文读音（也即读书音、书面语音）来吟或唱，这是两剧最大的差别。闽南语读音历史形成文白异读，即说话归说话，读书归读书，同一个字，至少有两种以上读音，如“青”，口语（白读）说ts‘ɛ̃^{45}，读书（文读）念ts‘iŋ^{45}；“光”白读kuĩ^{45}，文读kɔŋ^{45}；“山”白读suã^{45}，文读san^{45}；“生”甚至有多种读法：sɛ̃^{45}（白读），生孩子；ts‘ɛ̃^{45}（白读），不熟；siŋ^{45}（文读），学生，生活。闽南语的这种文白异读几乎各成系统，既丰富了闽南语的读音，也增加了更多表达手段。《梁才女》《白茉莉》二剧一文一白，一雅一俗、一悲一喜、一官一民而形成姊妹剧。

本戏本的6出戏里，除了《梁才女》里的诗词是各家用“八股共同文”撰写的之外，其余都是以地道、纯正闽南语土语俗词、谚语、惯用语等构成，而且一反过去的习惯，所有方言俚语土字俗言全部有汉字表示，且注上了表达准确、细腻的国际音标，进而使其读音有了标准或依据，而不必再让导演、演员等再作演绎，而使原剧本作者原意等受到曲解，这也是本戏本与诸多歌仔戏剧本最大的区别之一。换句话说，本戏本是最真实，最能够还原所演剧目之剧本集。除了汉字和国际音标，唱段曲谱的出现也都是为尽可能真实还原创作者意图而设。剧中台词、唱词，还有唱歌旋律，均以剧本中的标音和曲谱为准，因此本戏本中的国际音标和曲谱部分，是整本书里最重要的部分。

本戏本里每出独幕剧，或大型剧里的每场后面都有“词语简释”部分，以对戏文中的难语生字作最简明扼要的说明或解释，而《梁才女》剧中由名家撰写的73首诗词，则基本不作解释，以释最大空间让读者或观众去想象理解。除了戏文正文、国际音标，曲谱、词语简释外，所有戏正文前都有简明“故事梗概”，以帮读者了解戏文大致内容。本书所有正文之前，还附有“漳州闽南语声韵调表”“漳州话声韵调表及其使用说明”和“国际音标表”；正文之后还附有“主要参考文献”，供读者选用。

本戏本还提供音频材料可供读者选用。

本戏本里所有6出剧均可供大人、少儿和木偶表演。

本戏本里的大型剧《梁才女》和《白茉莉》，实际演出时长均基本在120分钟以内，独幕剧则大体都在15分钟以内。

本戏本里的闽南语读音，均为“漳州闽南语”，即以漳州老城区方言为主包括漳州龙文区、龙海县、南靖县、华安具和长泰县的大部分“漳州腔”，如仍有差异，皆以漳州老城区读音为准。

本戏本著者高然，山东东平人，福建漳州生；本科毕业于福建师范大学英语系，获学士学位（1982），硕士与博士毕业于暨南大学中文系现代汉语专业，获硕士与博士学位（1992/1997）；长期担任汉语教研室主任，现任暨南大学汉语方言研究中心研究员，台湾中山大学客家研究中心特聘研究员；曾受聘美国威斯康星大学（University of Wisconsin）外语系任副教授；已发表、出版语言学专业学术译著述100余种，研究涉及汉语闽方言、粤方言、客家方言、华语（普通话）以及英语等语（方）言的教学与研究；有关闽南方言的研究成果主要有：《漳州方言音系略说》（1991）、《漳州方言音系》（1992）、《漳州方言的形容词重叠式》（1996）、《漳州方言词汇概说》（1997）、《中山闽语研究》（1997）、《闽南话、北京话、广州话常用量词的比较》（1999）、《印尼苏门答腊北部的闽南方言》（2000）、《中山闽语语音的一致性与差异性》（2000）、《交际闽南语九百句》（2003）、《邵江海口述歌仔戏历史》（与陈彬合著，2013）、《中山三乡闽语分类词汇》（上、中、下）（2014—2015）、《邵江海歌仔戏闽南话唱词与对白的语言特点》(2015)、《中山闽语语法概述》(2017)、《漳州闽南语口语》(2019)、《漳州闽南语歌谣》(2019)、《漳州少儿闽南语》(2020)、《漳州闽南语谚语》(2021)、《漳州闽南语熟语》(2021)、《漳州闽南语趣谈》(2023)、《漳州闽南语笑话》(2023)、《漳州闽南语诗词》(2023)等近50种；在大学主要讲授英语、英汉语言对比概论、大学语文、大学汉语、写作、闽南语教程、广州话教程、对外汉语、对外粤语、语音学、方言学、现代汉语等课程。

本戏本的撰写与出版，始终得到长期担任漳州市图书馆馆长张大伟先生，漳州学术前辈李竹深先生，漳州音乐界前辈陈彬、郭建丰二位先生，世界图书出版广东有限公司总经理卢家彬先生、副总经理刘正武先生以及魏志华、李婷两位编辑的大力支持和帮助，本书不少地方都采纳了他们的意见和建议，在此深表感谢。

本书还要特别感谢刘春曙、陈彬、陈松民、郭建丰、吴陈彬、江松明、陈文衡等先生为歌仔戏（芗剧）音乐的记录和整理以及传播所作出的特别贡献，深深为他们骄傲！

本书还要感谢邵江海等一大批歌仔戏前辈和现任艺人们为后人留下的大量歌仔戏有声或无声的宝贵财产，并使得这些宝贵资源得以继承和发扬。

本书还得张大伟先生为丛书作序；陈英明、林宗保、洪顺才、戴越兴、林幼明、康碧根、林彬、张景明等先生，徐玉香、黄艺玲、杨小艺、许洁莉、吴罕诸女士为各剧配音；吴佑福老师为封面提供画作；董一博、林宸昇博士为本书电子版文字录入等，为本书付出了艰辛的劳动，对他们的敬业精神表示感谢暨敬意。

本书还要感谢朋友的支持，对陈建华、陈清秀、高峯、陈少强、张伟雄诸先生以及陈温静女士的厚爱深表谢意。

高然

2023年春末于广州暨南园

漳州闽南语声韵调表

1 声母（18个，包括零声母在内）

双唇	p 悲	p‘ 披	m 棉	b 微	
舌头	t 猪	t‘ 黐	n 妮	l 离	
舌尖	ts 芝	ts‘ 鳃		z 字	s 诗
舌根	k 基	k‘ 欺	ŋ 硬	g 疑	h 稀
零声母	ø 移				

2 韵母（89个，包括声化韵在内）

口韵		a 鸦	ɔ 乌	o 婀	e 挨	ɛ 下	ai 哀	au 瓯
	i 医	ia 爷		io 腰		iu 优		iau 妖
	u 扵	ua 娃			ue 煨	ui 威	uai 歪	
鼻尾韵		am 庵	ɔm 揞	an 安		aŋ 翁	ɔŋ 汪	
	im 音	iam 阉	in 因	ian 烟	iŋ 英	iaŋ 央	iɔŋ 勇	
			un 温	uan 弯				
鼻化韵		ã 馅	ɔ̃ 唔	ẽ 嘤	ɛ̃ 婴	ãi 揹背负	ãu 藕	ṃ 姆
	ĩ 圆	iã 影			iũ 挈	iɔ̃ 羊	iãu 猫	ŋ̣ 秧
		uã 碗			uĩ 黄	uãi 檨		ṇ 嗯
塞尾韵		ap 压	ɔp 莫	at 遏		ak 沃	ɔk 恶	
	ip 邑	iap 揖	it 日	iat 谒	ik 亿	iak 摔	iɔk 约	
			ut 郁	uat 斡				

（续表）

喉塞韵		aʔ鸭	ɔʔ蟆	oʔ学	eʔ呃	ɛʔ客	auʔ落	
	iʔ铁	iaʔ瘟		ioʔ药		iuʔ搐$_{\text{疼}}$	iɔʔ喏	iauʔ撬
	uʔ托	uaʔ活			ueʔ豁			
鼻塞韵		ãʔ趿$_{\text{扑}}$	ɔ̃ʔ膜		ɛ̃ʔ脉	ãiʔ拧$_{\text{击}}$	ãuʔ蜘	m̩ʔ拇$_{\text{击}}$
	ĩʔ闪	iãʔ挠$_{\text{拿}}$					iãuʔ殍	ŋ̩ʔ哼
						uãiʔ啀$_{\text{门响}}$		n̩ʔ嗯

3 声调（7个）及连读变调

	阴平	阳平	上声	阴去	阳去	阴入	阳入
本调值	45	23	53	21	33	21	121
变调值	33	33	45	53	21	5（ʔ53）	21

使用说明

漳州话声韵调表及其音标说明

1 本声韵调表里所使用的音标是1888年国际音标学会在法国巴黎制定并开始运用的“国际音标”。其制定原则是“一个音素只用一个音标表示，一个音标只表示一个音素”，即所有“国际音标表”中的任何音标符号只代表一个读音，如[a]就只读[a]，不读[ei]或[æ]或其他任何音。国际音标所采用的符号大都是拉丁字母（也叫“罗马字母”），个别采用希腊字母，不够用时还采用大写、倒写、连写或添加符号等办法来补充，以便准确记录上各种不同语言的各种不同的读音。国际音标的标准是统一、唯一的，所代表的音全世界是一致的。

2 音标是音素（语音）的记录标写符号，为了区别于作为文字字母而使用的欧美和上其他国家以拉丁（罗马）字母的文字，音标特地加上方框符号“[　]”以示区别，如英语bar[baː]（酒吧）；法语an[ɑ̃]（年、年龄）；北京话chīfàn[tʂʻʅ^{55}fan^{51}]；闽南语[ɛ$^{33}_{21}$muĩ^{23}]（厦门）等。上述例子中英语的bar是文字，是英文，是b、a、r三个字母组成的文字，不是读音，带方框的[baː]才是该词的读音，方框里的b、aː是音标；北京话的chīfàn也仅是文字而已（原来设计该套《汉语拼音方案》是为取消汉字而行“拉丁化”，即改写拉丁（罗马）字母而设的拼音文字方案），方框里的[tʂʻʅ^{55}fan^{51}]才是该词的读音，也即音标。所以，要留心音标不是文字。还如英语的bee[biː]（蜜蜂）中的[b]是个浊声母（浊辅音），而普通话里的“必、毕、弊、毙”等的bì[pi^{51}]

的音标[p]则是个清辅音，全称叫“不送气双唇清塞音”，送气的是[p‘]，如[p‘i^{51}]（屁、劈、僻、薜等），而“双唇浊塞音[b]”普通话里并没有这个音，也即[bi]不是[pi]，更非[p ‘i]，这是三个完全不同的音。在本书中，因汉字与拉丁（罗马）字母不相像，标写音标时大体省略方框“[ ]”符号，如漳州话“食饭[tsiaʔ$^{121}_{21}$puĩ^{33}]（吃饭）”与成“食饭tsiaʔ$^{121}_{21}$puĩ^{33}（吃饭）”等。

3 除了零声母音节外，每个汉字（或单个口语音节）读音大体由三部分组成：①声母（大体类似英语辅音）；②韵母（大体类似英语的元音及附加成分等）；③声调（即“声韵调”中的“调”）。例如，普通话“华huá[xua^{35}]”，声母是[x]，韵母是[ua]，声调是35（中高升调，属阳平调，或第二调）；漳州话的“中[tiɔŋ^{45}]”，声母是[t]，韵母是[iɔŋ]，声调45（是个高升调，属阴平调）。

4 本声韵调表里带“‘ ”符号的声母如[p‘、t‘、ts‘、k‘]都是送气辅音，“‘ ”表示送气符号，有的音标也用[h]来表示，例如[p、t、ts、k]就是非送气辅音，用于普通话中，带送气符号“‘ ”或[h]的[p‘a/pha、t‘a/tha、ts‘a/tsha、k‘a/kha]就是“趴、他、擦、喀”这样的音，而不送气的[pa、ta、tsa、ka]就是“八、搭、咂、嘎”这样的音。

5 “零声母”就是“没有声母、无声母”的意思，如普通话里的“恩、啊”等就是零声母音节；漳州闽南语“锅ue^{45}”中的ue是复元音，前面没有声母（辅音），是零声母音节。“ø”符号的意思是“0（零）”，加条斜线“/”以免误看成字母O。

6 漳州闽南语里的声母b、g、z都是浊声母（浊辅音），与p、t、ts和p‘、t‘、ts‘都不一样，后二组不论送气与否，都属清辅音。在漳州话里，“悲pi”不是“披p‘i”，更不是“微bi”，当然也不会是“棉mĩ”。

7 韵母表里的“口韵”指的是不带鼻音、塞音或其他方式发音的单纯元音，这类纯元音有单元音、双元音，还有三双元音。

8 韵母表里的“鼻化韵”指的是口与鼻子需同时读出的音节，如漳州话说“野 ia^{53}”是个单纯的口韵，而“影 $ia\tilde{}^{53}$”则得口与鼻子同时发音。下面的“鼻塞韵”等发音方法相同，只是还得加上塞音的效果。

9 韵母表中的“塞尾韵、喉塞韵、鼻塞韵”中的“塞（sè）”意思是发音时要有“堵塞”的感觉，即“塞”住再放开的感觉。因这类音有“短、急、促”的特点，又称为“促声韵”，相对于口韵、鼻尾韵、鼻化韵那些带有“长、缓、舒”特点的“舒声韵”，这一“促”一“舒”形成韵律上的差异。“促声”又多存在于入声字里，南方闽语、粤语、客家话等方言里都保留了这种入声，而在北方大多数方言里都只剩下“舒声”的读法了。闽南语的入声韵尾大都还有-p、-t、-k和-ʔ几种。作为尾韵，发这几个音时，应如英语的“不完全爆破音”之发音方式，如blackboard[ˈblækbɔːd]（黑板）中的[k]，不能读爆破音，但必须留下[k]的位置；还如good morning[ˈgud ˈmɔːniŋ]中的[d]也属这种情况，发音时得保留该[d]的空间位置，但不必爆破成音。

10 塞尾韵中的“-ʔ”是喉塞音，就是“喉部有某种程度的阻塞”，俗话就是“挤一下”，如漳州话“啊 a^{21}”，就轻轻松松张开口读a，但“鸭 $aʔ^{21}$”，就读[a]的同时，喉部接着一挤而连成一体的音。“鼻塞韵”则是得加上鼻化作用（口与鼻子同时发音）。喉塞韵来自本来读-p、-t、-k韵尾弱化后的音，如“鸭”原来应读 ap^{21}，现已弱化读作 $aʔ^{21}$。

11 声调方面，闽南语大都有七个调，普通话则只有四个声调：阴平、阳平、上声、去声。这里的意思是说就声调而言（即读一个音节时该音节调子的高低曲折升降等），同样的音节，在普通话里只有四种读法（不含轻声音节），如“mɑ”，只有mā（妈）、má（麻）、

mǎ（马）、mà（骂）四种读法（也称之为“四声”），而在闽南语里有七种读法，如厦门话的“kun”这个音节，读kun^{55}（军）、kun^{35}（群）、kun^{53}（滚）、kun^{21}（棍）、kun^{33}（近），再加上入声的kut^{21}（骨）、kut^{5}（滑）共七个调类。不同的方言调类数目差别很大，多的如广西玉林（粤语）十种、广州话（粤语）九种、潮州话（闽语）八种、漳州话（闽语）七种、梅县话（客家话）六种、上海话（吴语）五种、北京话（官话）四种、甘肃天水话（官话）三种等。

12 声调不同的调类有不同的调值，就是实际读音高低曲折升降平等的幅度和时长等。本书中的标高符号阿拉伯数字的“45、23、53”等是表示调值的符号，置放在音标的右上角或右边。这些数字并非数字，而是类似音乐简谱中表示音阶旋律的音高符号，如“45”就是“发嗦”，“53”就是“嗦咪”，余下类推。实际读音要读得“圆滑”一些，如音乐上的“上滑音^{4}5”或“下滑音^{5}3”等。“45”是个上滑音，如漳州话“爸[pa^{45}]”与普通话的“拔[pa^{35}]”几乎一样；漳州话的“饱[pa^{53}]”又与普通话的“坝[pa^{51}]”相差无几。

13 声调中的“变调”：闽南语各单字调（即单独发音时的声调），与其他音节合读时发生“变调”，这种现象称“连读变调”。普通话极少这种现象，只有当上声调逢上声调时，前面的音节要变读如阳平调，如“马脚”得变读如“麻脚”，“老底”读如“牢底”等（还有少量如“一、八”等的变调）。闽南语变调涉及所有调类，大体上双音节以上说法前一字或几字都得变调，最后一字不必变，如漳州话“厦门ε^{33}_{21}muĩ^{23}”，其“厦ε^{33}_{21}”右上角的“33”是该音节的本调（即原来的调子），单独念时的声调，但与后头的“门”音节合读时，“厦”字必须读变调，即“厦ε^{33}_{21}”中右下角的“21”调。还如“福建侬hɔk$^{21}_{5}$kian$^{21}_{53}$laŋ^{23}（福建人）、免客气bian$^{53}_{45}$k‘εʔ$^{21}_{53}$k‘i^{21}（不客气）”等。

14 本书还附有《国际音标表》供参考使用。

国　际　音　标　表

	发音方法＼发音部位			双唇	齿唇	齿间	舌尖前	舌尖后	舌叶 （舌尖及面）	舌面前	舌面中	舌根 （舌面后）	小舌	喉壁	喉
辅音	塞	清	不送气	p			t	ʈ		ȶ	c	k	q		ʔ
			送气	p‘			t‘	ʈ‘		ȶ‘	c‘	k‘	q‘		ʔ‘
		浊	不送气	b			d	ɖ		ȡ	ɟ	g	ɢ		
			送气	b‘			d‘	ɖ‘		ȡ‘	ɟ‘	g‘	ɢ‘		
	塞擦	清	不送气		pf	tθ	ts	tʂ	ʧ	tɕ					
			送气		pf‘	tθ‘	ts‘	tʂ‘	ʧ‘	tɕ‘					
		浊	不送气		bv	dð	dz	dʐ	ʤ	dʑ					
			送气		bv‘	dð‘	dz‘	dʐ‘	ʤ‘	dʑ‘					
	鼻		浊	m	ɱ		n	ɳ		ȵ	ɲ	ŋ	ɴ		
	滚		浊				r						ʀ		
	闪		浊				ɾ	ɽ					ʀ		
	边		浊				l	ɭ			ʎ				
	边擦		清				ɬ								
			浊				ɮ								
	擦		清	ɸ	f	θ	s	ʂ	ʃ	ɕ	ç	x	χ	ħ	h
			浊	β	v	ð	z	ʐ	ʒ	ʑ	j	ɣ	ʁ	ʕ	ɦ
	无擦通音及半元音		浊	w　ɥ	ʋ		ɹ	ɻ			j（ɥ）	ɰ（w）			
元音				圆唇元音			舌尖元音 前	后			舌面元音 前　央　后				
	高 半高 半低 低			（ɥ ʮ y ʉ u） （ø o） （œ ɔ） （ɒ）			ɿ ʮ	ʅ ʯ			i y　ɨ ʉ　ɯ u e ø　ɤ o ə ɛ œ　ʌ ɔ æ ɐ a　ɑ ɒ				

目录

Mulu

倩管家

（独幕歌仔戏）

茶搅盐

（独幕歌仔戏）

痞记性

（独幕歌仔戏）

27

猴设虎

（独幕歌仔戏）

36

梁才女

（大型闽南语诗词歌仔戏）

46

第一场　古城相恘

第二场　芝山共游

第三场　东湖相辞

第四场　厝内数念

第五场　战场捐躯

第六场　家中闻耗

第七场　城郊归隐

第二场　莲塘赏月

第三场　塍头冤家

剧吟诗目

第四场　厝内苦劝

剧吟诗目

第五场　墟场着堆

第六场　井墘佫唔

第七场　社底闹热

倩管家

扫码听录音

（独幕歌仔戏）

佚名 原故事　高然 编剧配曲

人物 蔡员外　吴管家　客人甲　客人乙　佣人甲/乙　聘甲/乙

时间 古时候某段时间

地点 蔡员外家后院

[**故事梗概**]

蔡员外嗜酒还好收藏酒，家里内外都藏酒。忽有一日警醒，怕管不住美酒叫人喝了，于是试了无数次才请回了一位“视酒如仇”的酒管家。员外需出外半个月，于是放心交由管家管理。谁料管家是个出了名儿的大酒鬼，在员外出外的十几天里，把员外家的酒尝遍喝光……

场景 蓝天白云，风和日丽，蔡员外在家后院摆弄把玩各种酒，时不时还尝几口

[蔡员外十分舒畅且陶醉地]

gua^{53} ts‘ua$^{21}_{53}$guan$^{23}_{33}$gue^{33} laŋ^{33}piau$^{53}_{45}$tso$^{21}_{53}$ ho$^{53}_{45}$k‘aŋ$^{45}_{33}$ts‘ua^{21} tsiu$^{53}_{45}$
员外：我，蔡员外，侬表做“好空蔡”“酒

aŋ$^{21}_{53}$ts‘ua^{21} gua^{53}m$^{33}_{21}$kan$^{45}_{33}$ta^{45}sia$^{53}_{45}$ho$^{53}_{45}$k‘aŋ^{45} gua^{53}e$^{23}_{33}$tsiu$^{53}_{45}$liaŋ^{33}mã^{21}
瓮蔡”。我伓干焦舍好空，我兮酒量嘛

sɛ$^{53}_{45}$lɛ$^{53}_{45}$tua^{33} gin$^{23}_{33}$a^{53}si$^{33}_{21}$t‘iap$^{121}_{21}$kui$^{45}_{33}$tu^{45} tsiu$^{53}_{45}$aŋ^{21}si$^{33}_{21}$pai$^{23}_{33}$kui$^{45}_{33}$tsua^{33}
舍咧大！银仔是叠归堆，酒瓮是排归逝！

laŋ^{33}gua$^{33}_{21}$k‘au$^{53}_{45}$a^{53}u$^{33}_{21}$nã$^{53}_{45}$a^{53}ho$^{53}_{45}$tsiu^{53} gua^{53}lai$^{33}_{21}$te$^{53}_{45}$a^{53}kaʔ^{21}i^{45}k‘ŋ$^{21}_{53}$
侬外口仔有哪仔好酒，我内底仔呷伊园

kau$^{21}_{53}$kui$^{45}_{33}$t‘ua^{21} paŋ$^{23}_{33}$lai^{33}ts‘u$^{21}_{53}$te^{53}tua$^{33}_{21}$tiã^{23}gua^{33} tsiu$^{53}_{45}$kŋ^{45}tsiu$^{53}_{45}$
遘归屉。房内厝底大埕外，酒缸酒

aŋ^{21}kua$^{21}_{53}$tsiu$^{53}_{45}$puaʔ^{21} gua^{53}si$^{23}_{33}$put$^{21}_{5}$si$^{23}_{33}$a^{53}bɔŋ$^{53}_{45}$tiap^{21}tsɛ^{21} ku^{53}bo$^{23}_{33}$ku$^{53}_{45}$
瓮挂酒砵。我时不时仔罔喋咋，久无久

a^{53} kaʔ^{21} i^{45} hɔŋ$^{21}_{53}$ su$^{21}_{53}$ luaʔ^{21} ai^{45} ia^{21} zin$^{23}_{33}$ siŋ^{45} tsu$^{33}_{21}$ kɔ^{53} gua^{53} bu$^{23}_{33}$ sɔ$^{53}_{45}$
仔 呷 伊 放 肆 捞！ 哎 呀！ 人 生 自 古 我 无 所

kiu^{23} u$^{33}_{21}$ tsiu^{53} t‘aŋ^{45} sui^{45} gua^{53} siaŋ$^{33}_{21}$ k‘uã$^{21}_{53}$ uaʔ^{121} ai^{21} m$^{33}_{21}$
求，有 酒 通 濉 我 上 看 活！(不无遗憾地)唉！伓

koʔ$^{21}_{53}$ tse$^{21}_{53}$ lui^{45} tse^{33} kau$^{33}_{21}$ bin$^{23}_{33}$ baŋ^{33} tse$^{21}_{53}$ tsiu^{53} tse^{33} mã^{21} kau$^{33}_{21}$ ts‘ia$^{45}_{33}$ puaʔ^{121}
佫 这 镭 侪 厚 眠 梦，这 酒 侪 嘛 厚 车 跋！

ts‘ut$^{21}_{5}$ zit^{121} kiã$^{45}_{33}$ k‘i$^{21}_{53}$ hɔ$^{33}_{21}$ i^{45} tioʔ$^{121}_{21}$ p‘ak^{121} loʔ$^{121}_{21}$ hɔ^{33} kiã$^{45}_{33}$ k‘i$^{21}_{53}$ hɔ$^{33}_{21}$ i^{45}
出 日 惊 去 互 伊 着 曝， 落 雨 惊 去 互 伊

hɔ^{33} p‘uaʔ^{21} k‘am$^{21}_{53}$ bo$^{23}_{33}$ ho^{53} kiã$^{45}_{33}$ k‘i$^{21}_{53}$ hɔ$^{33}_{21}$ i^{45} ts‘au$^{21}_{53}$ suĩ^{45} k‘i^{21} kua^{21}
雨 泼！ 冚 无 好 惊 去 互 伊 臭 酸 去， 盖

bo$^{23}_{33}$ so^{53} mã^{21} kiã$^{45}_{33}$ k‘i$^{21}_{53}$ hɔŋ^{33} ke$^{53}_{45}$ ts‘ui$^{21}_{53}$ k‘uaʔ^{21} ai^{21} be$^{33}_{21}$ sai^{53} e^{21} an$^{45}_{33}$
无 锁 嘛 惊 去 哄 解 喙 渴！ 唉，袂 使 兮，安

nɛ̃^{45} loʔ^{121} k‘i^{21} gua^{53} sim$^{45}_{33}$ kuã$^{45}_{33}$ kui$^{45}_{33}$ zit^{121} tai$^{53}_{45}$ hɛ^{45} ts‘uaʔ^{21} tioʔ^{121} ts‘iã^{21}
尼 落 去， 我 心 肝 归 日 逮 下 掣！ 着 倩

tsit$^{121}_{21}$ e^{23} kuan$^{53}_{45}$ kɛ^{45} ai$^{23}_{33}$ kuan$^{53}_{45}$ kɔ$^{21}_{53}$ tsia^{53} e$^{23}_{33}$ tsiu^{53} kaʔ$^{21}_{53}$ e$^{33}_{21}$ sai^{53} e^{21} nã$^{33}_{21}$ bo^{23}
一 兮 管 家 来 管 顾 者 兮 酒 呷 会 使 兮，若 无

kau$^{21}_{53}$ si^{23} tsiu^{53} hɔŋ^{33} sŋ$^{53}_{45}$ liau$^{53}_{45}$ liau^{53} tsiaʔ$^{21}_{53}$ koʔ$^{21}_{53}$ lai$^{23}_{33}$ tua$^{33}_{21}$ siã^{45} se$^{21}_{53}$ huaʔ^{21}
遘 时 酒 哄 损 了 了 则 佫 来 大 声 细 喝，

sim^{45} ts‘iɔ̃$^{33}_{21}$ to^{45} kuaʔ^{21}
心 像 刀 割！

(唱)(《杂念调·紧倩侬管顾蝬拖濑》)

gua^{53} ho$^{53}_{45}$ tsiu^{53} kui$^{45}_{33}$ pai^{23} piaʔ$^{21}_{53}$ k‘a^{45} ua^{53}
我 好 酒 归 排 壁 骹 倚，

tsit$^{121}_{21}$ piŋ^{23} huã$^{45}_{33}$ hi^{53} si$^{33}_{21}$ tsit$^{121}_{21}$ piŋ^{23} ts‘uaʔ^{21}
一 肦 欢 喜 是 一 肦 掣。

gua^{53} zuaʔ$^{121}_{21}$ t‘ĩ^{45} si$^{23}_{33}$ a^{53} kiã$^{45}_{33}$ siɔ̃$^{45}_{33}$ zuaʔ^{121}
我 热 天 时 仔 惊 伤 热，

hɔŋ$^{45}_{33}$ t‘ai$^{45}_{33}$ t‘ĩ^{45} ts‘uan$^{21}_{53}$ kiã^{45} si$^{33}_{21}$ hɔŋ$^{45}_{33}$ t‘ai^{45} suaʔ^{21}

风 飐 天 串 惊 是 风 飐 撒。

gua^{53} ho$^{53}_{45}$ tsiu^{53} kui$^{45}_{33}$ pai^{23} si$^{33}_{21}$ piaʔ$^{21}_{53}$ k‘a^{45} ua^{53}

我 好 酒 归 排 是 壁 骹 倚，

suaʔ$^{53}_{45}$ lai^{23} suaʔ$^{53}_{45}$ k‘i^{21} bueʔ$^{21}_{53}$ kiã$^{45}_{33}$ laŋ^{23} kɔŋ^{21} p‘ua^{21}

徙 来 徙 去 卜 惊 侬 掼 破。

ts‘ut$^{21}_{5}$ zit^{121} loʔ$^{121}_{21}$ hɔ^{33} bai$^{53}_{45}$ p‘ɔk$^{21}_{5}$ kua^{21}

出 日 落 雨 痞 卜 卦，

kin$^{53}_{45}$ ts‘iã$^{21}_{53}$ laŋ^{33} lai$^{23}_{33}$ kuan$^{53}_{45}$ kɔ^{21} mãi$^{21}_{53}$ t‘ua$^{45}_{33}$ lua^{33}

紧 倩 侬 来 管 顾 嫒 拖 濑！

lai^{23} ɔ^{21} laŋ^{23} lai^{23}

来噢！侬 来！

[佣人甲应声上]

lai^{23} lɔ^{21} lo$^{53}_{45}$ ia^{23} kã$^{53}_{45}$ u^{33} nã$^{53}_{45}$ a^{53} huan$^{45}_{33}$ hu^{21}

佣甲：来 咯！老 爷，敢 有 哪 仔 吩 咐？

k‘i$^{21}_{53}$ an$^{45}_{33}$ pai^{23} tsio$^{45}_{33}$ laŋ^{23} lai$^{23}_{33}$ tso$^{21}_{53}$ kuan$^{53}_{45}$ kɛ^{45} ai^{53} iau$^{53}_{45}$ koʔ$^{21}_{53}$ u^{33} gua^{53}

员外：去 安 排 招 侬 来 做 管 家。哎！犹 佫 有，我

lɔŋ$^{53}_{45}$ beʔ$^{21}_{53}$ pai$^{23}_{33}$ toʔ^{21} ts‘iã$^{53}_{45}$ in^{45} tsiaʔ$^{121}_{21}$ puĩ^{33}

拢 卜 排 桌 请 佪 食 饭！

si^{33} lo$^{53}_{45}$ ia^{23} lai^{23} ɔ^{21} pai$^{23}_{33}$ toʔ^{21} tsiaʔ$^{121}_{21}$ puĩ^{33}

佣甲：是，老 爷！（向内）来 噢，排 桌 食 饭！（下）

[幕后应声“是！来咯！来咯！”佣人乙端饭菜上，摆桌子准备吃饭]

员外：（唱）（《空相思·招一兮好囝来捍舵》）

pai$^{23}_{33}$ toʔ^{21} ts‘iã$^{53}_{45}$ tsiu^{53} ts‘i$^{21}_{53}$ lai$^{33}_{21}$ gua^{33}

排 桌 请 酒 试 内 外，

gian$^{21}_{53}$ tsiaʔ$^{121}_{21}$ tsiu^{53} gian$^{21}_{53}$ sui^{45} lɔŋ$^{53}_{45}$ suaʔ$^{21}_{53}$ suaʔ^{21}

瘾 食 酒 瘾 濉 拢 煞 煞。

bo$^{23}_{33}$hun^{45}bo$^{23}_{33}$tsiu^{53}bo$^{23}_{33}$bai$^{53}_{45}$k‘uan^{53}
无 薰 无 酒 无 痞 款，

tsio$^{45}_{33}$tsit$^{121}_{21}$e^{23}ho$^{53}_{45}$kiã^{53}lai$^{23}_{33}$huã$^{33}_{21}$tua^{33}
招 一 兮好 囝 来 捍 舵！

［佣人甲带应聘甲上］

lo$^{53}_{45}$ia^{23} laŋ$^{23}_{33}$k‘ɛʔ^{21}kau^{21}
佣甲：老 爷，侬 客 遘！

t‘siã^{53} taŋ$^{23}_{33}$tse$^{23}_{33}$tsiaʔ$^{121}_{21}$puĩ^{33} lai^{23}lai^{23}lai^{23} bian$^{53}_{45}$k‘ɛʔ$^{21}_{53}$k‘i^{21}
员外：请！ 同 齐 食 饭！ 来 来 来！ 免 客 气！

to$^{45}_{33}$sia^{33}lo$^{53}_{45}$ia^{23} to$^{45}_{33}$sia^{33}
聘甲：多 谢 老 爷！多 谢！（入座）

lai^{23} tan$^{45}_{33}$ak^{21}tsit$^{121}_{21}$ pue$^{45}_{21}$a$^{53}_{21}$
员外：（举酒杯）来，啴 沃 一 杯 仔！

ua^{45} ho$^{53}_{45}$tsiu^{53}ho$^{53}_{45}$tsiu^{53} lo$^{53}_{45}$ia^{23} tse^{53}tsiu^{53}tsiɔk$^{21}_{5}$p‘aŋ^{45}e^{21}nɛ̃^{45}
聘甲：（凑近闻）哇！好 酒 好 酒！老 爷，这 酒 足 芳 兮呢！

［说完咕嘟咕嘟几大口饮尽。蔡员外大皱眉头，长叹一口气］

ai^{21} tsiu$^{53}_{45}$kui^{53}
员外：唉！ 酒 鬼！

［又一日，蔡员外与应聘乙见面吃饭］

lai^{23}lai^{23}lai^{23} baŋ$^{45}_{33}$k‘ɛʔ$^{21}_{53}$k‘i^{21}kaʔ$^{21}_{53}$e$^{33}_{21}$sai^{53} sui^{45}tsit$^{121}_{21}$ts‘ui^{21}a$^{53}_{21}$tsiaʔ$^{21}_{53}$
员外：来 来 来！ 甭 客 气 呷 会 使！ 濉 一 喙 仔 则

koʔ$^{21}_{53}$kɔŋ^{53}
佫 讲！（敬酒）

a^{45}kɔ^{53} lo$^{53}_{45}$ia^{23}a^{21} li^{53}tse^{53}si$^{33}_{21}$nã$^{53}_{45}$a^{53}tsiu^{53}nɛ̃^{45} kaʔ$^{21}_{53}$hiaʔ$^{21}_{53}$
聘乙：（啜一口）阿 个！ 老 爷啊！汝 这 是 哪 仔 酒 呢？ 呷 赫

sun$^{33}_{21}$au^{23}a^{21}
顺 喉 啊！（咕嘟咕嘟全进了喉咙，还自顾自斟酒喝）

ai^{53} koʔ$^{21}_{53}$ si$^{33}_{21}$ tsit$^{121}_{21}$ kɔ$^{53}_{45}$ tsiu$^{53}_{45}$ kui^{53}
员外：（叹气）唉！佫是一个酒鬼！

[又一日，蔡员外与吴管家见面吃饭]

lai^{23} lai^{23} lai^{23} baŋ$^{45}_{33}$ hiaʔ$^{21}_{53}$ se$^{21}_{53}$ zi^{33} laŋ^{33} kɔŋ$^{53}_{45}$ bo$^{23}_{33}$ tsiu^{53} m$^{33}_{21}$ tsiã$^{23}_{33}$ le^{53}
员外：来来来！冇赫细腻！侬讲无酒伓成礼！

lai^{23} a^{21} kan$^{45}_{33}$ hɔ$^{33}_{21}$ i^{45} ta^{45} kaʔ$^{21}_{53}$ e$^{33}_{21}$ sai^{53}
来啊！干互伊焦呷会使！

[蔡员外使劲儿把酒杯推到吴跟前，吴作小心翼翼状，接着急忙把酒杯推开]

m^{53} si$^{33}_{21}$ nã$^{53}_{45}$ a^{53} la^{21} an$^{45}_{33}$ tsuã^{53} kaʔ$^{21}_{53}$ hiaʔ$^{21}_{53}$ ts'au^{21} a^{21} ua^{21} p'ĩ^{33} tioʔ$^{121}_{21}$
吴管：呣！是哪仔喇？安怎呷赫臭啊？哇！鼻着

tit$^{121}_{21}$ k'ui$^{21}_{53}$ bueʔ$^{21}_{53}$ t'ɔ^{21}
直气卜吐！

tse^{53} si$^{33}_{21}$ gua^{53} tsia^{45} siaŋ$^{33}_{21}$ ho^{53} e$^{23}_{33}$ tsiu^{53} bo^{23} li^{53} koʔ$^{21}_{53}$ p'ĩ$^{33}_{21}$ k'uã$^{21}_{53}$ a^{53}
员外：这是我遮上好兮酒。无汝佫鼻看仔！

[吴管家又作小心嗅闻状，转身，呕吐状]

ua^{53} li^{53} tse^{53} si$^{33}_{21}$ nã$^{53}_{45}$ a^{53} mĩʔ$^{121}_{21}$ kiã^{33} ts'au^{21} kã$^{23}_{33}$ au$^{21}_{53}$ lɔŋ^{23} tŋ$^{23}_{33}$ a^{53} tɔ$^{33}_{21}$
吴管：哇！汝这是哪仔物件？臭含沤浓！肠仔肚

a^{53} lɔŋ$^{53}_{45}$ pan$^{53}_{45}$ pan^{53} ts'ut^{21} lai$^{23}_{21}$
仔拢反反出来！（蹲一旁干呕）

a^{21} hã^{45} t'ĩ^{45} bo$^{23}_{33}$ paŋ^{45} suã^{45} bo$^{23}_{33}$ sua^{53} t'iʔ$^{21}_{53}$ e^{23} bo$^{23}_{33}$ taʔ^{121} p'ua^{21}
员外：（大喜）啊哼！天无崩，山无徙，铁鞋无踏破！

pɛʔ$^{121}_{21}$ pɛʔ^{121} k'ioʔ$^{21}_{53}$ tsit$^{121}_{21}$ e^{23} bian$^{53}_{45}$ ts'ia$^{45}_{33}$ puaʔ^{121} li^{53} k'uã$^{21}_{53}$ i^{45} bin^{33} ts'iɔ̃$^{33}_{21}$
白白抾一兮免车跋！汝看伊，面像

puã^{23} sin^{45} ts'iɔ̃$^{33}_{21}$ lua^{23} e$^{33}_{21}$ tso^{21} koʔ$^{21}_{53}$ e$^{33}_{21}$ t'ua^{45} gau$^{23}_{33}$ siɔ̃^{33} koʔ$^{21}_{53}$ gau$^{23}_{33}$
盘，身像箩；会做佫会拖，势想佫势

kɔŋ$^{53}_{45}$ ua^{33} sɛ̃$^{45}_{33}$ tsiã^{23} si$^{33}_{21}$ tsit$^{121}_{21}$ kɔ$^{53}_{45}$ ho$^{53}_{45}$ kuan$^{53}_{45}$ kɛ^{45} lai$^{33}_{21}$ gua^{33} hɔ$^{33}_{21}$ i^{45} tsit$^{121}_{21}$
讲话！生成是一个好管家，内外互伊一

ts‘iu^{53} huã^{33} tsit$^{121}_{21}$ ts‘iu^{53} huã^{33} aʔ$^{21}_{53}$ gɔ$^{23}_{33}$ sin$^{45}_{33}$ sɛ̃^{45} ts‘iã$^{53}_{45}$ li^{53}
手捍！一手捍！（面对吴）抑吴先生，请汝

lai$^{23}_{33}$ tso$^{21}_{53}$ kuan$^{53}_{45}$ kɛ^{45} lai$^{33}_{21}$ lai^{33} gua$^{33}_{21}$ gua^{33} li^{53} huã$^{33}_{21}$ tua^{33} lam$^{23}_{33}$ lam^{23}
来做管家，内内外外汝捍舵，男男

lu$^{53}_{45}$ lu^{53} t‘iã$^{45}_{33}$ li^{53} ua^{33}
女女听汝话！

[吴管家作感激不尽状]

ai^{45} ia^{21} ai^{45} ia^{21} ai^{45} ha^{53} ha^{53} ha^{53} to$^{45}_{33}$ sia^{33} lo$^{53}_{45}$ ia^{23} tiɔŋ$^{33}_{21}$ iɔŋ^{33}
吴管：哎呀！哎呀！哎哈哈哈……！多谢老爷重用！

to$^{45}_{33}$ sia^{33}
多谢！

gua^{53} miã^{45} tsai^{21} bueʔ$^{21}_{53}$ ts‘ut$^{21}_{5}$ muĩ^{23} tioʔ$^{121}_{21}$ puã$^{21}_{53}$ gueʔ$^{121}_{21}$ zit^{121} kaʔ$^{21}_{53}$ e$^{33}_{21}$
员外：我明载卜出门，着半月日呷会

taŋ$^{21}_{53}$ tuĩ^{53} lai$^{23}_{21}$ li^{53} kaʔ^{21} ts‘u$^{21}_{53}$ lai^{33} laŋ^{23} kap$^{21}_{5}$ ts‘u^{21} e^{21} kɔ$^{21}_{53}$ ki$^{23}_{33}$ ho$^{53}_{45}$ si^{21}
当转来。汝呷厝内侬佮厝兮顾其好势，

gua^{53} e$^{33}_{21}$ kaʔ^{21} li^{53} taŋ$^{33}_{21}$ siɔ̃^{53} ɔ^{23} tioʔ^{121} la^{21} ts‘a^{45} tam$^{33}_{21}$ poʔ^{121} a^{53} suaʔ$^{21}_{53}$
我会呷汝重赏！哦，着喇，差淡薄仔煞

be$^{33}_{21}$ ki^{21} k‘i^{21} het$^{21}_{5}$ ts‘u^{21} lai$^{33}_{21}$ te^{53} hiaʔ$^{21}_{53}$ e^{23} pan$^{23}_{33}$ a^{53} baŋ$^{45}_{33}$ k‘i$^{21}_{53}$ tin$^{53}_{45}$ taŋ^{33}
𫨉记去！迄厝内底赫兮瓶仔甮去紾动，

het$^{21}_{5}$ lai$^{33}_{21}$ bin^{33} te^{53} e$^{23}_{33}$ mĩʔ$^{121}_{21}$ kiãʔ^{33} siat$^{21}_{5}$ t‘ai$^{21}_{53}$ a^{53} tɔk^{121} tsiaʔ$^{121}_{21}$ laŋ^{33} e$^{33}_{21}$
迄内面贮兮物件设汰仔毒！食侬会

hian$^{33}_{21}$ k‘iau^{45} k‘i^{21} li^{53} ho$^{53}_{45}$ sim^{45} a^{53} ts‘ian$^{45}_{33}$ ban^{33} baŋ$^{45}_{33}$ k‘i$^{21}_{53}$ tin$^{53}_{45}$ taŋ^{33}
现跷去！汝好心仔，千万甮去紾动！

e$^{33}_{21}$ ki^{21} e^{21} hã^{45}
会记兮哼！

ts‘iã$^{53}_{45}$ lo$^{53}_{45}$ ia^{23} paŋ$^{21}_{53}$ sim^{45} la^{21} gua^{53} tiã$^{33}_{21}$ tioʔ^{121} loʔ$^{121}_{21}$ kaʔ^{21} ts‘u$^{21}_{53}$ lai^{33} kɔ$^{21}_{53}$
吴管：请老爷放心喇！我定着咯呷厝内顾

ki$^{23}_{33}$ho$^{53}_{45}$si^{21} het$^{21}_{5}$laŋ^{23}be$^{33}_{21}$tsio$^{53}_{45}$tsit$^{121}_{21}$e^{23} tsio^{45}be$^{33}_{21}$tsio$^{53}_{45}$tsit$^{121}_{21}$zi^{53}
其好势。迄依鲙少一分，蕉鲙少一子！

lo$^{53}_{45}$ia^{23} li^{53}bo$^{23}_{33}$iŋ^{23}li^{53}tso$^{21}_{53}$li^{53}k‘i^{21}
老爷，汝无闲汝做汝去！

ai^{45}ia^{21}ia^{21}
员外：哎呀呀！（唱）（《七字仔·我会使双骹悬悬嵴》）

ts‘ui^{21}ta^{45}k‘i$^{21}_{53}$k‘ioʔ$^{21}_{53}$tioʔ^{121}tua$^{33}_{21}$si$^{45}_{33}$kua^{45}
喙燋去抾着大西瓜，

lau$^{33}_{21}$ts‘a$^{23}_{33}$ki^{45}k‘i$^{21}_{53}$puʔ$^{21}_{53}$ts‘ut$^{21}_{5}$tsit$^{121}_{21}$lui$^{53}_{45}$hua^{45}
老柴枝去爆出一蕊花。

t‘ĩ$^{45}_{33}$kɔŋ^{45}sioʔ$^{21}_{53}$gun^{53}laŋ^{23}saŋ^{21}lai$^{23}_{21}$
天公惜阮依送来，

gua^{53}e$^{33}_{21}$sai$^{53}_{45}$siaŋ$^{45}_{33}$k‘a^{45}kuan$^{23}_{33}$kuan$^{23}_{33}$k‘ua^{21}
我会使双骹悬悬嵴！

ho^{53} lɔŋ$^{53}_{45}$kau$^{45}_{33}$hɔ^{33}li^{53}a^{21} lai^{23}ɔ^{21} k‘uan$^{53}_{45}$hiŋ$^{23}_{33}$li^{53}
（对吴）好！拢交互汝啊！来噢，款行李！（下）

[吴管家望着蔡员外的背影，欲笑而不敢，紧捂嘴，接着忍不住大笑]

ha^{53} ha^{53}ha^{53} ha^{53}ha^{53}ha^{53}ha^{53}ha^{53} su^{21} tsit$^{21}_{5}$e^{23} tsiu$^{53}_{45}$aŋ$^{21}_{53}$
吴管：哈！哈哈！哈哈哈哈哈……！嘘……即兮“酒瓮

ts‘ua^{21} tsiã$^{21}_{53}$ho$^{53}_{45}$ts‘io^{21} t‘ĩ$^{45}_{33}$k‘a$^{45}_{33}$kan^{45}beʔ$^{21}_{53}$t‘ai$^{53}_{45}$t‘o$^{53}_{45}$u$^{33}_{21}$laŋ^{23}bo$^{23}_{33}$
蔡”，正好笑！天骹间卜呔讨有依无

gian$^{21}_{53}$tsiu^{53}nɛ̃^{21} lin^{53}mã^{21}bo$^{23}_{33}$k‘i^{21}kaʔ^{21}lan^{53}t‘am$^{21}_{53}$t‘iã^{45}a^{53}tsɛ^{21} lan^{53}
瘾酒呢？恁嘛无去呷伯探听仔咋，伯

si$^{33}_{21}$nã$^{53}_{45}$a^{53}kioʔ$^{21}_{53}$siau^{21}kaʔ$^{21}_{53}$lai$^{23}_{33}$kɔŋ^{53} ti$^{33}_{21}$gun$^{53}_{45}$hia^{45} lan^{53}hɔŋ$^{33}_{21}$ho$^{21}_{53}$
是哪仔脚数呷来讲！伫阮遐，伯哄号

tso$^{21}_{53}$tsiu$^{53}_{45}$kŋ$^{45}_{33}$gɔ^{23} i^{45}kaʔ$^{21}_{53}$tsiu$^{53}_{45}$aŋ^{21}aʔ$^{21}_{53}$niã^{23} lan^{53}si$^{33}_{21}$tsiu$^{53}_{45}$kŋ^{45}tioʔ$^{121}_{21}$
做“酒缸吴”！伊呷酒瓮抑尔，伯是酒缸着！

ha^{53} ha^{53} puã$^{21}_{53}$gueʔ$^{121}_{21}$zit^{121} sɛ$^{53}_{45}$lɛ^{45}u$^{33}_{21}$t'aŋ$^{45}_{33}$lim^{45}tsit$^{121}_{21}$k'ui^{21}a$^{53}_{21}$ ha^{53}
哈 哈！半 月 日，舍咧有 通 啉 一 气 仔。哈

ha^{53}ha^{53}
哈 哈……！

（唱）(《雨伞调·愿千秋万代做酒鬼》)

zit$^{121}_{21}$zit^{121}u$^{33}_{21}$sui^{45}koʔ$^{21}_{53}$m$^{33}_{21}$bian$^{53}_{45}$lui^{45}
日 日 有 濉 佫 伓 免 镭，

mɛ̃$^{23}_{33}$mɛ̃^{23}u$^{33}_{21}$lim^{45}koʔ$^{21}_{53}$m$^{33}_{21}$kiã$^{45}_{33}$tsui^{21}
暝 暝 有 啉 佫 伓 惊 醉。

t'ĩ$^{45}_{33}$tiŋ^{53}aŋ$^{45}_{33}$kɔŋ^{45}mã^{21}kan$^{45}_{33}$ta$^{45}_{33}$gian^{21}
天 顶 尪 公 嘛 干 燋 瘾，

guan$^{33}_{21}$ts'ian$^{45}_{33}$ts'iu^{45}ban$^{33}_{21}$tai^{33}tso$^{21}_{53}$tsiu$^{53}_{45}$kui^{53}
愿 千 秋 万 代 做 酒 鬼！

[打开酒坛子，放开肚皮喝；复又打开另一坛酒猛灌]

ho$^{53}_{45}$tsiu^{53} ho$^{53}_{45}$tsiu^{53}a^{21} ho$^{53}_{45}$tsiu^{53} it$^{21}_{5}$ liap$^{121}_{21}$ it^{21}
吴管：好 酒！好 酒 啊！好 酒！一 粒 一！

[日复一日，坛复一坛，吴管家喝了睡，睡醒喝。半个月后，仍瘫醉在地上。蔡员外归家，上]

ue^{53}ue^{53} li^{53}li^{45}ts'ɔŋ$^{21}_{53}$nã$^{53}_{45}$hue$^{21}_{53}$a^{53} an$^{45}_{33}$tsuã^{53}kaʔ$^{21}_{53}$an$^{45}_{33}$nɛ̃^{45}
员外：（见吴）喂 喂！汝 哩 创 哪 货 仔？安 怎 呷 安 尼？

an$^{45}_{33}$tsuã^{53}kaʔ$^{21}_{53}$an$^{45}_{33}$nɛ̃^{45}lɛ^{21}
安 怎 呷 安 尼 咧？！（一屁股坐在地上）

a^{53}lo$^{53}_{45}$ia^{23} ia^{23} lo$^{53}_{45}$ia^{23} ia^{23} li^{53} li^{53} tuĩ^{53}
吴管：（惺松）啊 老 爷……爷……老 爷……爷，汝……汝……转……

lai$^{23}_{21}$a^{21}hɔ̃^{21} tsiã$^{21}_{53}$ tsiã$^{21}_{53}$bai$^{53}_{45}$si^{21} li^{53}
来 呀 呼（挣扎爬起，踉跄，复跌仆）正……正 痞 势……汝

kiã$^{23}_{33}$ kiã$^{23}_{33}$ liau$^{53}_{45}$au^{33} gua^{53} gua^{53} k'i$^{21}_{53}$k'uã^{21} k'uã^{21} aŋ$^{21}_{53}$
行……行……了 后……我……我……去 看……看……瓮……

aŋ$^{21}_{53}$lai$^{33}_{21}$te^{53} te$^{53}_{45}$ te$^{53}_{45}$ ts'au$^{21}_{53}$ tsui^{53} ts'au$^{21}_{53}$ ts'au$^{21}_{53}$ kau$^{21}_{53}$
瓮内底……贮……贮……臭……水……，臭……臭……遘……

be^{33} be^{33} be$^{33}_{21}$p'ĩ^{33}e^{21} gua^{53} tsuã^{45} tsuã^{45} kaʔ^{21} kaʔ^{21}
膾……膾……膾鼻兮……我……呫……呫……呷……呷……

i^{45} piã$^{21}_{53}$ piã$^{21}_{53}$ ui$^{21}_{53}$ kau$^{45}_{33}$ kau$^{45}_{33}$a^{53}k'i^{21} t'iã$^{45}_{33}$ kɔŋ$^{53}_{45}$
伊……摒……摒……偎……沟……沟仔去……听……讲……

kɔŋ$^{53}_{45}$ si$^{33}_{21}$ ho$^{53}_{45}$tsiu^{53} tsiu^{53} gua^{53} suaʔ$^{21}_{53}$ sɛ^{45}bai$^{53}_{45}$ bai$^{53}_{45}$si^{21}
讲……是好酒……酒……我……煞……舍痦……痦势……

siɔ̃$^{33}_{21}$kɔŋ$^{53}_{45}$bo$^{23}_{33}$ bo$^{23}_{33}$bin^{33} kĩ^{21}li$^{53}_{21}$ tsuã^{45} kaʔ^{21} hit$^{21}_{5}$ hit$^{21}_{5}$
想讲无……无面……见汝……呫……呷……迄……迄……

tɔk$^{121}_{21}$ tɔk$^{121}_{21}$tsiu^{53} lim^{45} lim^{45}k'i^{21} bai$^{53}_{45}$ bai$^{53}_{45}$si^{21} kau$^{21}_{53}$
毒……毒酒……啉……啉去……痦……痦势……遘……

tsit$^{21}_{5}$ tsit$^{21}_{5}$tsun^{33}iau$^{53}_{45}$ si$^{53}_{45}$ si$^{53}_{45}$bo$^{23}_{33}$ k'i^{21} si$^{53}_{45}$bo$^{23}_{33}$k'i^{21}
即……即阵犹……死……死无……去……死无去……

a^{53} nã$^{53}_{45}$tai$^{33}_{21}$tsi^{21} nã$^{53}_{45}$tai$^{33}_{21}$tsi^{21}nɛ̃^{21}

员外：（绝望地）啊！哪代志！哪代志呢！

（唱）(《七字仔哭调·汝是叫侬活抑是怀活》)

bak$^{121}_{21}$tsiu^{45}kim$^{45}_{33}$kim^{45}k'i$^{21}_{53}$hɔŋ^{21}ia$^{33}_{21}$tsit$^{121}_{21}$ pɛ$^{53}_{45}$sua^{45}
目睭睑睑去哄掖一把沙，

bɔ^{53}ts'ua$^{33}_{21}$sui$^{53}_{45}$sui^{53}tsit$^{121}_{21}$mɛ̃^{23}pĩ$^{21}_{53}$pɛʔ$^{121}_{21}$tsua^{23}
某娶水水一暝变白蛇。

siɔ̃$^{33}_{21}$bueʔ$^{21}_{53}$bo$^{23}_{33}$tai$^{33}_{21}$tsi^{21} p'ian$^{45}_{33}$luaʔ$^{21}_{53}$kau$^{21}_{53}$hiaʔ$^{21}_{53}$tua$^{33}_{21}$t'uã^{45}
想卜无代志偏捞遘赫大摊，

li^{53}si$^{33}_{21}$kio$^{21}_{53}$laŋ^{23}uaʔ^{121}aʔ^{21}si$^{33}_{21}$m$^{33}_{21}$uaʔ^{121}
汝是叫侬活抑是怀活？

[唱毕大叫一声晕倒在地]

[全剧终]

唱段曲谱

紧倩侬管顾孉拖濑

男声独唱
独幕歌仔戏《倩管家》选段（一）

1=G 2/4
♩=100 中速偏快，自由地

高 然 作词配曲
调寄《杂念调》

(2 2̲3̲ 1̲2̲ | 5̲2̲ 6̲2̲ | 5̲5̲5̲ 6̲2̲ | 5·) 3 | 2̲3̲ 3̲2̲ 1̲ 1̲3̲ | 1 2· |
　　　　　　　　　　　　　　　　　　　　　我 好 酒 归 排(啊 啰)

2·(3 | 2·3̲ 1̲3̲ | 2 -) | 3̲2̲ 5 | 3̲ 2· | 6̲ 1 | 1̲ 2̲ 6̲ | 6̲ 6̲1̲ |
　　　　　　　　　　　　壁 骹 倚， 一 份 欢 喜 是 一 份

5 - | (2̲3̲ 1̲3̲ | 2 - | 5̲6̲1̲ | 5 - | 5̲6̲ 1̲2̲ | 6̲5̲ 2̲3̲ | 5̲1̲ 6̲5̲6̲1̲ |
掣。

5·) 3 | 6̲ 3 | 2̲5̲3̲ 2̲2̲ | ¹₄2·(3 | 2̲3̲ 1̲3̲ | 2 -) | 1̲1̲ 2 | 2̲ 2̲6̲ |
我 热 天 时仔 惊伤 热， 　　　　　　　　风 飐 天 串 惊 是

1̲ 2̲ | 5 - | (2̲3̲ 1̲3̲ | 2· 3 | 5̲6̲1̲ | 5̲ 2̲ | 5̲6̲ 1̲2̲ | 6̲5̲ 2̲3̲ |
风 飐 撒。

5̲2̲ 1̲2̲ | 5·) 3 | 2̲3̲ 3̲2̲ | 1̲ 1̲3̲ | 1 2· | 2·(3 | 2̲3̲ 1̲3̲ | 2 -) |
　　　　　　　我 好 酒 归 排(啊 啰)

3̲2̲ 5 | 3̲2̲ 3̲2̲ | 3̲5̲ 3̲2̲ | 6̲1̲ 6̲5̲ | 5 - | (2̲3̲ 1̲3̲ | 2· 3 | 5̲6̲1̲ |
壁 骹 倚， 徛来 徛去 卜惊 侬 损 破。

5 - | 5̲6̲ 1̲2̲ | 6̲5̲ 2̲3̲ | 5̲2̲ 1̲2̲ | 5 -) | 3̲2̲ 1̲2̲ | 6̲1̲ 6̲ | 6̲1̲ 2̲1̲ |
　　　　　　　　　　　　　　　　　　　　　　　出 日 落 雨 是 疫 卜

5̲ 7̲7̲6̲ | 5̲6̲ 6̲ | 1 5· | 7̲6̲ 5 | 5̲ 5̲6̲ | 5̲ 2̲ 0 | 6̲ 5̲ 6̲1̲ |
卦，紧 紧 倩 侬 来 管 顾 孉 拖 濑(啊 哝 哝)!

6̲ 5̲ 3̲ 5̲ | 2 - | (5̲ 5̲ | 3 5 | 5̲5̲ 1̲3̲ | 2 -) ‖

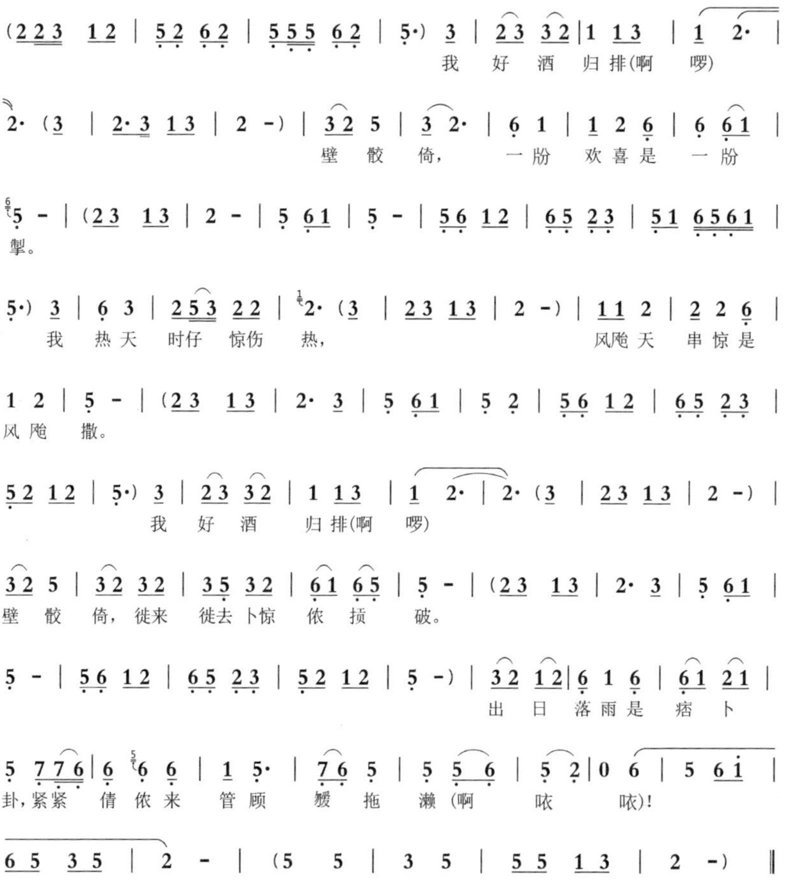

招一兮好囝来捍舵

男声独唱
独幕歌仔戏《倩管家》选段（二）

高 然 作词配曲
调寄《空相思》

1=F 2/4
♩=78 中速，自由地

(3565 63 | 212 3 | 6563 26 | 1 -) | 5 32 | 1612 53 | 6·5 321 | 2·3
　　　　　　　　　　　　　　　　　　　排桌　请　酒　试内外，

2356 3516 | 2 -) | 35 653 | 2312 1 | 13 216 | 5·(65 | 3561 6523 | 5 -)
瘾食酒　瘾　濑拢　煞　　煞。

5 5 6 | 12 53 | 2 35 | 3 2 (35 | 2 2 61 | 2 2·) | 5 5 6 | 61 16
无薰　无酒　无痞　款，　　　　　　　招一兮好囝

63 216 | 1·3 | 23 6 | 1 - ‖
来捍　舵，　来捍舵！

我会使呷双骸悬悬翘

男声独唱
独幕歌仔戏《倩管家》选段（三）

高 然 作词配曲
调寄《七字仔高腔》

1=F 2/4
♩=112 较快，欣喜地

(0 65 | 3 35 | 63 26 | 3 -) | 7 7 6 | 76 36 | 5 3 (23 | 6·1
　　　　　　　　　　　　喙燋去　挼着　啊

6 5 | 36 23 | 6 -) | 36 | 6·4 | 3 - | 2 35 3 | 5 53
　　　　　　　　大西瓜，　　　老柴枝是　爆出

3 - | 23 21 | 61 56 | 1 53 | 3 (26 | 35 23 | 6·1 | 6 5
啊　一　蕊　花。

35 23 | 6 -) | 5 63 | 76 76 | 5 3· | 61 6 | 6 - | (6·1 23
　　　　　　　天公　惜阮　啊　侬送来，

63 21 | 6·1 | 65 | 36 23 | 6) 53 | 2 53 | 35 | 3 -
　　　　　　　　　　　　　我　会使呷　双骸

35 32 | 61 76 | 3·2 | 6 01 | 6 - | (5·6 53
悬　悬　翘，　呷双骸　悬悬翘！

2 3 | 23 21 | 6 -) ‖

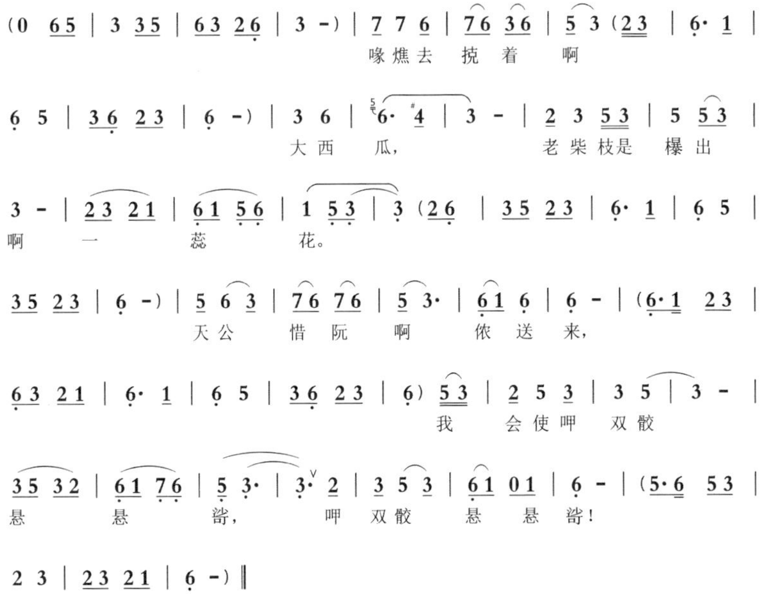

愿千秋万代做酒鬼

1=G $\frac{2}{4}$

♩=108 轻快，欢愉地

男声独唱

独幕歌仔戏《倩管家》选段（四）

高 然 作词配曲

调寄《雨伞调》

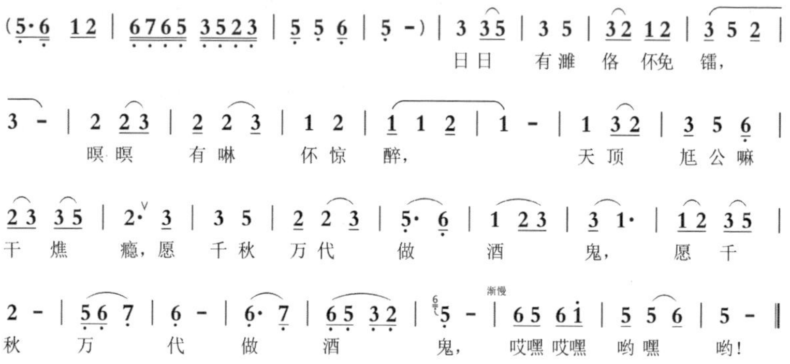
日日 有滩 佫 怀免 镭，
暝 暝 有啉 怀惊 醉，
天顶 尪 公 嘛
干 燋 瘾，愿 千 秋 万 代 做 酒 鬼，愿 千
秋 万 代 做 酒 鬼，哎嘿 哎嘿 哟 嘿 哟！
渐慢

汝是卜叫侬活抑怀活

1=F $\frac{2}{4}$ $\frac{3}{4}$

♩=54 缓慢、充满悲愤地

男声独唱

独幕歌仔戏《倩管家》选段（五）

高 然 作词配曲

调寄《七字仔哭调》

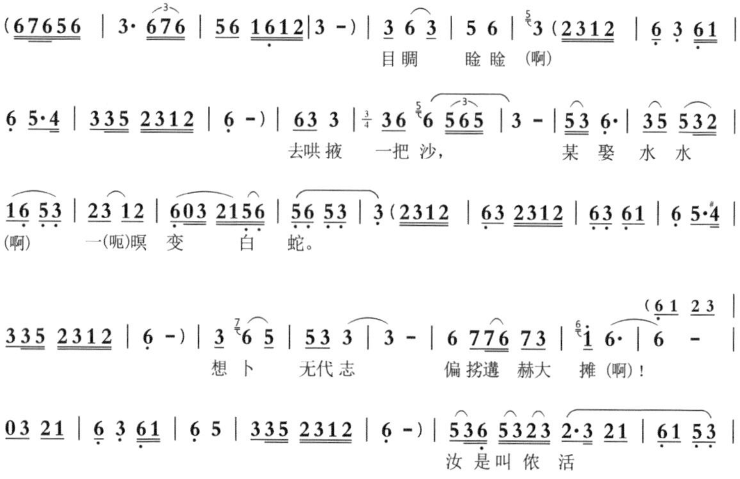
目睭 睑 睑 (啊)
去哄掖 一把 沙， 某 娶 水 水
(啊) 一(呃)暝 变 白 蛇。
想 卜 无代志 偏 拐遘 赫大 摊 (啊)！
汝 是叫 依 活

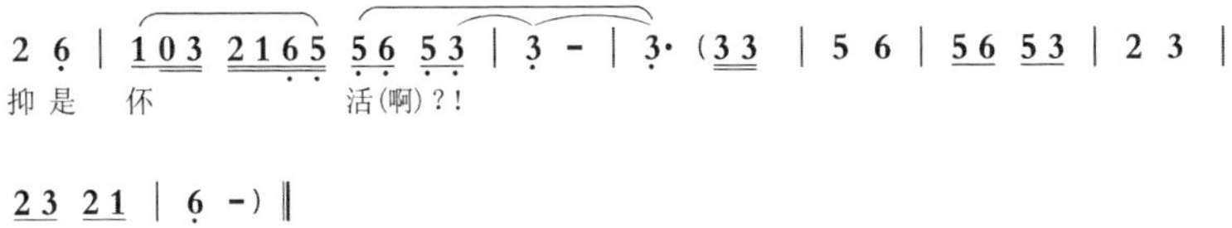


```
2 6 | 1 0 3 2 1 6 5  5 6 5 3 | 3 - | 3· (3 3 | 5 6 | 5 6 5 3 | 2 3 |
抑是    怀            活(啊)?!

2 3 2 1 | 6 -)‖
```

词语解释

1. 依laŋ^{33}，人家，别人。好空，富裕，有钱。伓m^{33}，不。干燋，仅，只，光。舍sε^{53}/sia^{53}，十分，非常。兮e^{23}，的。嘛，也，亦。舍咧sε$^{53}_{45}$ lε^{53}，非常，相当。银仔，银子。归堆，一整堆，成堆。归迣，一整行，成行/排；迣tsua^{33}，行，列，趟。外口仔，外头，外面。哪仔，啥，什么。内底仔，里头。呷kaʔ^{21}，把，将。伊，他，她，它。园，藏，匿，躲。遘kau^{21}，到，达。归屉，一整橱柜/屉。房内，屋里。厝底，房子里，家里。大埕，院子；埕tiã^{23}，场院，空地。挂，连带，并且。时不时仔，常常。罔，随意，不拘。喋tiap^{21}，(小口)喝。咋tsε^{21}，一下。久无久仔，时不时地。捞luaʔ^{21}，干，整，(放开)喝。通t'aŋ^{45}，允许，可以。濉sui^{45}，喝(酒)。上看活，最快活；上siaŋ^{33}，最，顶。伓佫m$^{33}_{21}$ koʔ^{21}，不过，然而。镭lui^{45}，钱，财。侪tse^{33}，多，盈。厚，多，充盈。车跋，折腾，捣鼓。出日，出太阳。惊，担心，害怕。互hɔ^{33}，让，被。着曝，叫太阳晒，晒。落雨，下雨。冚无好，(盖子)没盖好；冚k'am^{21}，覆，盖。臭酸，酸臭。哄hɔŋ^{33}，叫人，让人，是"互依hɔ$^{33}_{21}$ laŋ^{33}"的合音形式。解喙燋，解渴；喙ts'ui^{21}，嘴巴；燋ta^{45}，干，涸。袂使兮，不行，不成；袂be^{33}，不，不会。安尼，如此，这样。落去，下去。归日，成天。逮tai^{53}，在，于。掣，颤动，抖。逮下掣，在抖动。着tioʔ^{121}，得，必须。倩ts'iã^{21}，顾请，聘用。一兮，一个。者兮，这些。呷会使，才行，才可以。若无，假如不是，否则。损了了，糟蹋精光。佫koʔ^{21}，又，还，再。大声细喝，大喊小叫。

2. 紧，赶紧，赶忙。倩侬，顾请人。媛mãi^{21}，别，不要。拖濑，拖延。归排，成排，成列。壁骹，墙根儿，墙脚；骹k'a^{45}，脚，腿。一爿，一边儿；爿piŋ^{23}，边，方。欢喜，高兴。热天时，夏天。伤siɔ̃^{45}，太，过于。风飑天，台风天。串惊，怕就怕。撒风，刮台风。撒 suaʔ^{21}，移动。卜 bueʔ^{21}/beʔ^{21}，要，欲。损 kɔŋ^{21}，敲，击。痞卜卦，难/不易算卦。

3. 犹佫有，还有呢。拢，全，都。排桌，摆酒席。烟 in^{45}，他（她、它）们。食饭，吃饭。

4. 瘾 gian^{21}，嗜好，喜欢。煞煞，结束，了，（在此）都不考虑。薰 hun^{45}，烟草，香烟。痞款，不良习惯，坏习气。好团，好小子，好人。捍舵，掌舵，主持。

5. 侬客遘，客人到。同齐，一起。睁 tan^{45}，先，预先。沃，（在此）喝（酒）。足，非常，十分。芳 p'aŋ^{45}，香，芳香。

6. 角客气，甭客气。一喙仔，一小口。则佫讲，再说。阿个，漳州闽南语之口头惊呼语，又说“抑个 aʔ$^{21}_{53}$ kɔ^{53}”。赫 hiaʔ^{21}，那么，如此。细腻，害羞，客气。

7. 安怎，怎么，为什么。鼻着，闻到；鼻，嗅，闻，当动词；鼻子，鼻涕，当名词。直气，一直，不断。遮，这里，这儿。无，要不，不然。鼻看仔，闻看看。物件，东西，事物。含，兼具，还。沤浓，恶臭。肠仔肚仔，肠子肚子。反反出来，全呕出来。

8. 挠 k'ioʔ^{21}，拾，捡。拖，拖磨。勢 gau^{23}，能，擅于。勢讲话，能说会道。生成，天生。捍 huã^{33}，控，掌握。抑 aʔ^{21}，句首语气助词。

9. 明载，明天。呷会当转来，才可以回来；当，可以，允许。厝内侬，家人。佮 kap^{21}，与，和，跟。厝兮，家里，家。顾其好势，顾好（它）；好势，好之状态。着 tioʔ^{121}，对，正确。淡薄仔，一点儿，一丁点儿。艙记去，忘了。迄 hit^{21}，那。紾动 tin$^{53}_{45}$ taŋ^{33}，动，碰。内面，里头。贮 te^{53}，装，盛。设汰仔，非常，十分。现，马上，立马。跷 k'iau^{45}，弯曲，死亡。好心仔，注意，小心。会记兮，记得，要记住。

10. 定着，当然，肯定。咯 loʔ^{121}，得，必须。一子蕉，一根香蕉。无闲，忙。做汝去，（在此）忙你的事儿去。

11. 喙燋，口渴。老柴枝，老朽木。㬥 puʔ^{21}，冒，长。一蕊花，一朵花。天公，老天，上天。惜阮，疼惜咱们；阮 gun^{53}，我们。会使，可以，得以。双骹，双腿。悬，高。跒 k'ua^{21}，架，晾。款行李，收拾/整理行李。

12. 即兮，这个，这位。正，真，确实。天骹间，天底下。卜吙讨，哪儿有，怎么成。恁lin^{53}，你们。伯lam^{53}，咱。探听仔咋，打听打听。脚数，角色。伫ti^{33}，在，于。阮遐，我们那儿；遐hia^{45}，那里。抑尔，而已，罢了。着tioʔ$^{121}_{21}$，读轻声，句末语气助词。半月日，半个月，十五天。有通，可以。咻一气仔，喝一气，喝一通。

13. 日日，天天。伓免镭，免费，不要钱。暝暝，夜夜。天顶，天上。尪公，神仙。一粒一，最好，第一。

14. 哩li^{45}，正，在。创哪货仔，干嘛，做什么。转来，回来，回家。正痞势，真对不起，真不好意思。痞势，(处于) 不好的状态。行了后，走了以后。内底，里面。臭遘㑚鼻兮，臭不可闻。咗tsuã^{45}，于是，就。摒piã^{21}，扫除，清除。偎ui^{21}，往，向，自，从。沟仔，小沟。听讲，听说，据传。煞，却，倒。无面见汝，没脸见您。即阵，这会儿，这时辰。犹死无去，还没死。

15. 哪代志，啥事儿，啥玩艺儿。目睭，眼睛。睑kim^{45}，眼亮，视力佳。掖ia^{33}，撒，洒。某，老婆，妻。水水，漂亮状。一暝，一夜。无代志，没事儿，平安㧯遘。赫大摊，搞得那么严重。

茶搅盐

扫码听录音

（独幕歌仔戏）

佚名 原故事　高然 编剧配曲

人物 吴财主　财主婆　亲家　亲家太太　隔壁二婶

时间 古时候某日白天

地点 吴财主家客厅

[故事梗概]

吴财主虽聚了点财，但极吝啬，平日极俭省花，只喝白开水，以至于与他生活多年的老婆都不知道如何泡茶。财主城里亲家夫妇来家做客，财主勉强买了点茶叶要泡茶招呼，谁料财主婆拿去煮水，而后把茶汤倒掉，请客人吃茶叶；邻居二婶还插嘴点拨说嫌茶叶苦加点儿盐味道会更好。

场景 吴财主与老婆正在忙于接待亲家夫妇，厅里有桌椅若干

[幕启前后，幕后女声齐唱]

女众：（齐唱）(《六空仔 · 归世趁趁激恬恬》

kui$^{45}_{33}$ si^{21} t‘an$^{21}_{53}$ t‘an^{21} kik$^{21}_{5}$ tiam$^{33}_{21}$ tiam^{33}
归 世 趁 趁 激 恬 恬，

iu$^{23}_{33}$ iam^{23} sɛ̃^{53} lai$^{23}_{33}$ tsĩ$^{23}_{33}$ gin^{23} k‘iam^{33}
油 盐 省 来 钱 银 俭；

m$^{33}_{21}$ bat$^{21}_{53}$ tsiaʔ$^{121}_{21}$ tɛ^{23} bɔ$^{33}_{21}$ tɛ$^{23}_{33}$ hioʔ^{121}
伓 � 食 茶 哺 茶 箬，

be$^{33}_{21}$ hiau$^{53}_{45}$ p‘au$^{21}_{53}$ tɛ^{23} tɛ^{23} kiau$^{53}_{45}$ iam^{23}
袂 晓 泡 茶 茶 搅 盐。

tsai$^{33}_{21}$ hɛ^{33} sɛ̃$^{21}_{53}$ gɔ^{23}　laŋ^{33} ho$^{33}_{21}$ tso$^{21}_{53}$ t‘aŋ$^{53}_{45}$ p‘i^{53} gɔ^{23}　gua^{53} sui$^{45}_{33}$ bɔŋ^{53} t‘an$^{21}_{53}$
财主：在 下 姓 吴，侬 号 做 桶 疕 吴！我 虽 罔 趁

lui^{45} sia$^{53}_{45}$ kan$^{45}_{33}$ k‘ɔ^{53}　m$^{33}_{21}$ koʔ$^{21}_{53}$ t‘an$^{21}_{53}$ kau$^{21}_{53}$ si$^{33}_{21}$ kui$^{45}_{33}$ ts‘ŋ$^{45}_{33}$ k‘ɔ^{21}　su^{21}
镭 舍 艰 苦，伓 佫 趁 遘 是 归 仓 库！嘘……

piŋ$^{23}_{33}$si^{23}a^{53}tioʔ$^{121}_{21}$ be$^{53}_{45}$pɔ^{21}be$^{53}_{45}$sã$^{45}_{33}$k‘ɔ^{21} k‘ai$^{45}_{33}$iu^{23}
（环顾四周无人，又继续）平时仔着 买布买衫裤，开油

k‘ai$^{45}_{33}$iam^{23}koʔ$^{21}_{53}$k‘ai$^{45}_{33}$tsiɔ̃$^{21}_{53}$ts‘ɔ^{21} bueʔ$^{21}_{53}$koʔ$^{21}_{53}$ts‘i$^{33}_{21}$kiã^{53} bueʔ$^{21}_{53}$koʔ$^{21}_{53}$
开盐佫开酱醋。卜佫饲囝，卜佫

ts‘i$^{33}_{21}$bɔ^{53} tsiaʔ$^{121}_{21}$ puĩ^{33}sin$^{45}_{33}$ts‘iŋ^{33}lɔŋ$^{53}_{45}$ai$^{21}_{53}$tioʔ$^{121}_{21}$kɔ^{21} kɔ$^{53}_{45}$tsa$^{53}_{45}$laŋ^{23}tioʔ$^{121}_{21}$
饲某；食饭身颂拢爱着顾！古早侬着

kɔŋ^{53}a^{21} k‘iam$^{33}_{21}$k‘iam^{33}a^{53}iɔŋ^{33}k‘aʔ$^{21}_{53}$p‘ɔk$^{21}_{5}$sɔ^{21} sɛ̃$^{53}_{45}$sɛ̃$^{53}_{45}$a^{53}k‘ai^{45}
讲啊，俭俭仔用恰朴素，省省仔开

mãi$^{21}_{53}$iɔŋ$^{33}_{21}$hɔ^{21} gua^{53}mã^{21} het$^{21}_{5}$si$^{33}_{21}$hun^{45}m$^{33}_{21}$kã$^{53}_{45}$tiam^{53} tɛ^{23}m$^{33}_{21}$
媛用戽。我嘛，迄是薰伓敢点，茶伓

kã$^{53}_{45}$t‘ɔ^{33} tsiu^{53}koʔ$^{21}_{53}$k‘aʔ$^{21}_{53}$si$^{33}_{21}$bo$^{23}_{33}$tsiau$^{33}_{21}$mɔ̃^{45} sã$^{45}_{33}$tuĩ^{21}bo$^{23}_{33}$loʔ$^{121}_{21}$pɛʔ$^{121}_{21}$
敢啕，酒佫恰是无噍魔！三顿无咯白

tsui^{53}tsi$^{53}_{45}$huan$^{45}_{33}$tsi$^{23}_{33}$k‘ɔ^{45} bo$^{23}_{33}$loʔ$^{121}_{21}$am$^{53}_{45}$mãi$^{23}_{33}$a^{53}tsui^{53}ka$^{33}_{21}$kiam$^{23}_{33}$ts‘ai$^{21}_{53}$
水煮番薯箍，无咯饮糜仔水咬咸菜

pɔ^{53} ai^{21} tsin$^{33}_{21}$hiau$^{45}_{33}$hiŋ^{33}ɔ^{21} kɔŋ$^{53}_{45}$kiã^{45}zit^{121}siã$^{23}_{33}$lai^{33}ts‘in$^{45}_{33}$kɛ^{45}ts‘ɛ̃$^{45}_{33}$
脯！唉，尽侥幸噢！讲今日城内亲家青

m^{53}bueʔ$^{21}_{53}$lai$^{23}_{33}$ts‘u^{21}e^{21}kɔŋ$^{53}_{45}$ts‘in$^{45}_{33}$tsiã^{23} gua^{53}tsa^{33}mɛ̃^{23}suaʔ$^{21}_{53}$k‘un$^{21}_{53}$
姆卜来厝兮讲亲情，我昨暝煞睏

kau$^{21}_{53}$be$^{33}_{21}$tit$^{21}_{5}$tiã^{33} laŋ^{33}lai^{23}bo$^{23}_{33}$ts‘iã^{53}lan^{53}si$^{33}_{21}$beʔ$^{33}_{21}$lauʔ$^{21}_{53}$k‘ui^{21} lan^{53}
遘膾得定。侬来无请伯是卜落愧，伯

nã^{33}beʔ$^{21}_{53}$ts‘iã^{53}si$^{33}_{21}$beʔ$^{21}_{53}$sim^{45}tioʔ$^{121}_{21}$t‘iã^{21}
若卜请是卜心着痛！

（唱）（《锦龙调·一疕仔茶米来落定》）

hau$^{33}_{21}$sɛ̃^{45}tua$^{33}_{21}$han^{21}ai$^{53}_{45}$kɔŋ$^{53}_{45}$ts‘in$^{45}_{33}$tsiã^{23}
后生大汉爱讲亲情，

ts‘in$^{45}_{33}$kɛ^{45}ts‘ɛ̃$^{45}_{33}$m^{53}bueʔ$^{21}_{53}$lai$^{23}_{33}$gun$^{53}_{45}$tsia^{45}
亲家青姆卜来阮遮。

ts‘iã$^{53}_{45}$ke^{45}ts‘iã$^{53}_{45}$hi^{23}gua^{53}bueʔ$^{21}_{53}$m$^{33}_{21}$kam^{45}
请 鸡 请 鱼 我 卜 伓 甘，

be$^{53}_{45}$tsit$^{121}_{21}$p‘i^{53}a^{53}tɛ$^{23}_{33}$bi^{53}lai$^{23}_{33}$loʔ$^{121}_{21}$tiã^{33}
买 一 疕 仔 茶 米 来 落 定！

lai^{23}ɔ^{21} kin$^{53}_{45}$lai$^{23}_{33}$laŋ^{23}ɔ^{21}
（向里屋喊）来 噢！紧 来 侬 噢！

lai^{23}lɔ^{21} lai^{23}lɔ^{21} lau^{33}e$^{23}_{33}$a^{21} nã$^{53}_{45}$a^{53}tai^{33} nã$^{53}_{45}$a^{53}tai^{33}nɛ̃^{45}
财婆：（应声上）来 咯，来 咯！老 兮啊，哪 仔 代？哪 仔 代 呢？

k‘aʔ$^{21}_{53}$t‘iŋ$^{23}_{33}$a^{53}ts‘in$^{45}_{33}$kɛ^{45}ts‘ɛ̃$^{45}_{33}$m^{53}bueʔ$^{21}_{53}$lai$^{23}_{33}$ts‘u^{21}e^{21} li^{45}k‘aʔ^{21}mɛ̃^{53}
财主：恰 停 仔 亲 家 青 姆 卜 来 厝 兮，汝 恰 猛

mĩʔ$^{121}_{21}$kiã^{33}k‘uan$^{53}_{45}$k‘uan^{53}e^{21}k‘i$^{21}_{53}$p‘au$^{21}_{53}$tɛ^{23}
物 件 款 款 兮 去 泡 茶！

ki$^{21}_{53}$si$^{53}_{45}$lauʔ$^{21}_{53}$ts‘ɛ^{23} kã$^{53}_{45}$si^{33}gua^{53}sã$^{45}_{33}$a^{53}ts‘iŋ$^{33}_{21}$liau^{53}siɔ̃$^{45}_{33}$kue$^{21}_{53}$lauʔ$^{21}_{53}$ts‘ɛ^{23}
财婆：据 死 落 叹？敢 是 我 衫 仔 颂 了 伤 过 落 叹？

ai^{45}ia^{21} kaʔ$^{21}_{53}$hiaʔ$^{21}_{53}$ts‘au$^{21}_{53}$hi$^{33}_{21}$laŋ^{23} si$^{33}_{21}$kio$^{21}_{53}$li^{53}k‘i$^{21}_{53}$p‘au$^{21}_{53}$tɛ^{23} k‘i$^{21}_{53}$
财主：哎 呀！呷 赫 臭 耳 聋！是 叫 汝 去 泡 茶！去

tsuã$^{45}_{33}$tɛ^{23}
煎 茶！

p‘au$^{21}_{53}$tɛ^{23} p‘au$^{21}_{53}$nã$^{53}_{45}$a^{53}tɛ^{23} gua^{53}liam^{33}tɛ^{23}loʔ$^{121}_{21}$m$^{33}_{21}$bat$^{21}_{5}$tsiaʔ^{121}kue^{21}
财婆：泡 茶？泡 哪 仔 茶？我 念 茶 咯 伓 怽 食 过，

beʔ$^{21}_{53}$t‘ai$^{53}_{45}$t‘o$^{53}_{45}$e$^{33}_{21}$hiau$^{53}_{45}$p‘au$^{21}_{53}$tɛ^{23}nɛ̃^{21}
卜 呔 讨 会 晓 泡 茶 呢？

aʔ$^{21}_{53}$li^{53}kã$^{53}_{45}$si^{33}k‘i$^{21}_{53}$tioʔ$^{121}_{21}$gɔŋ^{33}aʔ^{21}m$^{33}_{21}$si^{33} p‘au$^{21}_{53}$tɛ^{23}suaʔ$^{21}_{53}$
财主：（生气地）抑 汝 敢 是 去 着 戆 抑 伓 是？泡 茶 煞

be$^{33}_{21}$hiau^{53}e^{21} li^{53}si$^{33}_{21}$uat$^{121}_{21}$t‘au^{23}lin$^{21}_{53}$tuĩ^{53}m$^{33}_{21}$bat$^{21}_{5}$kɛ^{45} huan$^{45}_{33}$t‘au^{23}
脍 晓 兮！汝 是 越 头 辇 转 伓 怽 家，翻 头

tuĩ$^{53}_{45}$sin^{45}suaʔ$^{21}_{53}$m$^{33}_{21}$bat$^{21}_{5}$tɛ^{23}
转 身 煞 伓 怽 茶！

gua^{53} sã$_{33}^{45}$ tuĩ^{21} am$_{45}^{53}$ mãi$_{33}^{23}$ a^{53} si$_{21}^{33}$ tit$_{21}^{121}$ k'ui$_{53}^{21}$ pɛ^{45} kui$_{33}^{45}$ zit^{121} pɛʔ$_{21}^{121}$

财婆：（埋怨地）我 三 顿 饮 糜 仔是直 气 扒，归日 白

kun$_{45}^{53}$ tsui^{53} mã^{21} tit$_{21}^{121}$ t'au$_{53}^{21}$ tɛʔ^{21} gua^{53} e$_{21}^{33}$ hiau$_{45}^{53}$ se$_{45}^{53}$ ts'aŋ^{45} toʔ$_{21}^{121}$ suan^{21}

滚 水 嘛 直 透 萶。我 会 晓 洗 葱 择 蒜

kaʔ^{21} kua$_{53}^{21}$ ts'ai^{21} pɛʔ^{21} beʔ$_{53}^{21}$ t'ai$_{45}^{53}$ t'o$_{45}^{53}$ e$_{21}^{33}$ bat$_{5}^{21}$ li^{53} nã$_{45}^{53}$ tɛ^{23} m$_{21}^{33}$ tɛ^{23} hŋ^{53}

呷 芥 菜 掰，卜 呔 讨 会 俅 汝 哪 茶 伓 茶？哼！

（端茶叶下）

ai^{21} tsa$_{33}^{23}$ bɔ$_{45}^{53}$ laŋ^{23} u$_{21}^{33}$ tsiaʔ^{121} u$_{21}^{33}$ lim^{45} koʔ$_{53}^{21}$ u$_{21}^{33}$ pɛ^{45} u$_{21}^{33}$ p'aŋ^{53}

财主：（气极）唉！查 某 侬！有 食 有 啉 咯 有 扒，有 纺

u$_{21}^{33}$ pɔ^{21} kã$_{33}^{23}$ ho$_{45}^{53}$ sɛ^{45} i^{45} tsu$_{21}^{33}$ tsa^{53} ho$_{45}^{53}$ miã^{33} lai$_{33}^{23}$ kaʔ^{21} gua^{53} kɛ^{21} beʔ$_{53}^{21}$

有 布 含 好 纱；伊 自 早 好 命 来 呷 我 嫁，卜

t'ai$_{45}^{53}$ t'o$_{45}^{53}$ e$_{21}^{33}$ m$_{21}^{33}$ bat$_{5}^{21}$ nã$_{45}^{53}$ a^{53} tɛ^{23} m$_{21}^{33}$ tɛ^{23} ai^{21}

呔 讨 会 伓 俅 哪 仔 茶 伓 茶！唉！（摇头又叹气）

［亲家、亲家母上，敲门］

gɔ$_{33}^{23}$ lo$_{45}^{53}$ ia^{23} u$_{21}^{33}$ ti^{33} bo$_{21}^{23}$ tsiã$_{45}^{53}$ muĩ^{33} gɔ$_{33}^{23}$ lo$_{45}^{53}$ ia^{23} kã$_{45}^{53}$ u$_{21}^{33}$ tio^{33}

亲家：吴 老 爷 有 伫 无？请 问 吴 老 爷 敢 有 趙？

lai^{23} lɔ^{21} lai^{23} lɔ^{21} ai^{45} ia^{21} ia^{21} kui$_{53}^{21}$ k'ɛʔ^{21} kau^{21} kui$_{53}^{21}$ k'ɛʔ^{21} kau^{21}

财主：来 咯！来 咯！（开门）哎 呀 呀！贵 客 遘，贵 客 遘！

ts'in$_{33}^{45}$ kɛ^{45} ts'ɛ̃$_{33}^{45}$ m^{53} zip$_{21}^{121}$ lai$_{33}^{23}$ tse^{33} ts'iã$_{45}^{53}$ zip$_{21}^{121}$ lai$_{33}^{23}$ tse^{33}

亲 家 青 姆 入 来 坐，请 入 来 坐！（向内屋唤）

lai^{23} ɔ^{21} laŋ^{23} lai^{23} t'iŋ$_{33}^{23}$ tɛ^{23} t'iŋ$_{33}^{23}$ tɛ^{23}

来 噢！侬 来！停 茶！停 茶！

［财主婆端着一碗煮过的茶叶上］

lai^{23} lɔ^{21} lai^{23} lɔ^{21} sio$_{33}^{45}$ tɛ^{23} lai^{23} a^{21} sio$_{33}^{45}$ tɛ^{23} lai^{23} a^{21}

财婆：来 咯，来 咯！烧 茶 来 啊，烧 茶 来 啊！

a^{23} tɛ$_{33}^{23}$ hioʔ^{121}

众：啊！茶 箬？！

aʔ$^{21}_{53}$li^{53}tɛ$^{23}_{33}$t'ŋ^{45}lɛ^{45} an$^{45}_{33}$tsuã^{53}kan$^{45}_{33}$ta^{45}iɔ̃$^{53}_{45}$tsit$^{121}_{21}$uã^{53}tɛ$^{23}_{33}$bi$^{53}_{45}$p'oʔ^{21}lai^{23}nɛ̃^{45}

财主：抑汝茶汤咧？安怎干焦舀一碗茶米粕来呢？

lo$^{53}_{45}$ia^{23}a^{21}

财婆：老爷啊！（唱）（《病囝歌·我呷水拢倒澈澈》）

lo$^{53}_{45}$ia^{23}li^{53}k'uã$^{45}_{33}$k'uã^{45}a^{53}baŋ$^{45}_{33}$k'auʔ$^{21}_{53}$pɛ^{33}

老爷汝宽宽仔甭哭父，

gua^{53}tsu$^{33}_{21}$kɛ$^{21}_{53}$lin$^{53}_{45}$tau^{45}loʔ$^{121}_{21}$m$^{33}_{21}$bat$^{21}_{5}$tsiaʔ$^{121}_{21}$tɛ^{23}

我自嫁恁兜咯伓怺食茶。

tɛ$^{23}_{33}$bi^{53}sɛ̃^{45}tso^{21}si$^{33}_{21}$ĩ^{23}aʔ^{21}si$^{33}_{21}$pĩ^{53}

茶米生做是圆抑是扁，

kiã^{45}zit^{121}gua^{53}k'uã^{21}tioʔ$^{121}_{21}$mã^{21}si$^{33}_{21}$te$^{33}_{21}$it$^{21}_{5}$ɛ^{33}

今日我看着嘛是第一下。

t'iã$^{45}_{33}$kɔŋ$^{53}_{45}$tioʔ$^{121}_{21}$hiã$^{23}_{33}$kun$^{53}_{45}$tsui^{53}lai$^{23}_{33}$p'au$^{21}_{53}$tɛ^{23}

听讲着熠滚水来泡茶，

gua^{53}tɛ$^{23}_{33}$bi^{53}kun$^{53}_{45}$tsui^{53}kun$^{23}_{33}$kun^{23}tso$^{21}_{53}$tsit$^{121}_{21}$ɛ^{33}

我茶米滚水焄焄做一下。

koʔ$^{21}_{53}$siɔ̃$^{33}_{21}$kɔŋ$^{53}_{45}$hiaʔ$^{21}_{53}$tsui^{53}si$^{33}_{21}$bo$^{23}_{33}$lɔ$^{33}_{21}$iɔŋ^{33}

佫想讲赫水是无路用，

pi$^{45}_{33}$pi^{45}pɔk$^{121}_{21}$pɔk^{121}gua^{53}kaʔ^{21}tsui^{53}lɔŋ$^{53}_{45}$to$^{21}_{53}$t'ɛʔ$^{21}_{53}$t'ɛʔ^{21} to$^{21}_{53}$t'ɛʔ$^{21}_{53}$t'ɛʔ^{21}

啤啤嚗嚗我呷水拢倒澈澈！倒澈澈！

ai^{45}ia^{21} li^{53}li^{53}li^{53} a^{21}

财主：（气极）哎呀！汝汝汝……啊！

（唱）（《病囝歌·叫我安怎来对亲家》）

gua^{53}k'iam$^{33}_{21}$tsiaʔ^{121}k'iam$^{33}_{21}$ts'iŋ^{33}kaʔ$^{21}_{53}$be$^{53}_{45}$tioʔ$^{121}_{21}$tsit$^{121}_{21}$p'i$^{53}_{45}$a^{53}tɛ^{23}

我俭食俭颂呷买着一疕仔茶，

li^{53}tua$^{33}_{21}$k'a^{45}tua$^{33}_{21}$ts'iu^{53}kaʔ^{21}tɛ$^{23}_{33}$t'ŋ^{45}tsiau$^{23}_{33}$to$^{21}_{53}$t'ɛʔ$^{21}_{53}$t'ɛʔ^{21}

汝大骹大手呷茶汤缯倒澈澈。

ts‘un$^{33}_{21}$ ts‘un^{33} tsit$^{121}_{21}$ tua^{33} uã$^{53}_{45}$ kiaŋ^{45} tɛ$^{23}_{33}$ bi$^{53}_{45}$ p‘oʔ^{21}
[忄存] [忄存] 一 大 碗 礓 茶 米 粕，

li^{53} kio$^{21}_{53}$ gua^{53} an$^{45}_{33}$ tsuã^{53} lai$^{23}_{33}$ tui$^{21}_{53}$ ts‘in$^{45}_{33}$ kɛ^{45} tui$^{21}_{53}$ ts‘in$^{45}_{33}$ kɛ^{45}
汝叫 我安 怎 来 对 亲 家？对 亲 家？

[财主气极，随手甩了财主婆一巴掌。财主婆捂脸哭泣，越哭越大声，惊动隔壁二婶。二婶上]

ai^{45} ia^{21} ia^{21} nã$^{53}_{45}$ a^{53} tai^{33} nã$^{53}_{45}$ a^{53} tai^{33} lɛ^{21} k‘auʔ$^{21}_{53}$ kaʔ$^{21}_{53}$ si$^{33}_{21}$ hiaʔ$^{21}_{53}$ ts‘i$^{45}_{33}$
二婶：哎 呀 呀！哪 仔 代？哪 仔 代 咧？ 哭 呷 是 赫 凄

ts‘am^{53} tioʔ$^{121}_{21}$
惨 着！

tsit$^{21}_{5}$ e^{23} si$^{53}_{45}$ tsa$^{45}_{33}$ bɔ^{53} kio$^{21}_{53}$ i^{45} tsuã$^{45}_{33}$ tsit$^{121}_{21}$ e$^{23}_{33}$ tɛ^{23} tɛ$^{23}_{33}$ t‘ŋ^{45} lɔŋ$^{53}_{45}$
财主：（愤愤地）即 兮 死 查 某！ 叫 伊 煎 一 兮茶，茶 汤 拢

kaʔ^{21} gua^{53} to$^{21}_{53}$ to^{21} hian^{21} kaʔ$^{21}_{53}$ lai^{23} kaʔ^{21} tɛ$^{23}_{33}$ bi$^{53}_{45}$ p‘oʔ^{21} p‘aŋ^{23} lai$^{23}_{21}$ beʔ$^{21}_{53}$
呷 我 倒 倒 献！ 呷 来 呷 茶 米 粕 捀 来 卜

k‘uan$^{53}_{45}$ t‘ai^{33} gun$^{53}_{45}$ ts‘in$^{45}_{33}$ kɛ^{45}
款 待 阮 亲 家！

ɔ^{45} sio$^{53}_{45}$ tai$^{33}_{21}$ tsi^{21} sio$^{53}_{45}$ tai$^{33}_{21}$ tsi^{21} la^{45} tɛ$^{23}_{33}$ t‘ŋ^{45} to^{21} hian^{21} tɛ$^{23}_{33}$ hioʔ^{121}
二婶：噢！小 代 志！ 小 代 志 啦！茶 汤 倒 献 茶 箬

suaʔ$^{21}_{53}$ koʔ$^{21}_{53}$ k‘aʔ$^{21}_{53}$ ho$^{53}_{45}$ liau^{33} ho^{53} ho^{53} ho^{53} hɛ$^{33}_{21}$ tai$^{53}_{45}$ ts‘ui$^{21}_{53}$ lai^{33} bɔŋ$^{53}_{45}$
煞 佫 恰 好 料！ 呵 呵 呵！下 逮 喙 内 罔

pɔ^{33} bɔŋ$^{53}_{45}$ pɔ^{33} suaʔ$^{21}_{53}$ sɛ$^{53}_{45}$ ho$^{53}_{45}$ bi^{33} kaʔ$^{21}_{53}$ lai$^{23}_{33}$ kɔŋ^{53} lin^{53} kã$^{53}_{45}$ bo$^{23}_{33}$ t‘iã$^{45}_{33}$ laŋ^{33}
哺 罔 哺 煞 舍好 味 呷 来 讲！ 恁 敢 无 听 侬

kɔŋ^{53} tsiaʔ$^{121}_{21}$ tɛ^{23} tsiaʔ$^{121}_{21}$ tɛ^{23} bo$^{23}_{33}$ tsiaʔ^{121} be$^{33}_{21}$ kue$^{21}_{53}$ mɛ̃^{23} aʔ$^{21}_{53}$ tsiaʔ$^{121}_{21}$
讲：“食 茶 食 茶，无 食 狯 过 暝！”抑 食

tɛ^{23} m$^{33}_{21}$ iɔŋ$^{33}_{21}$ ts‘ui$^{21}_{53}$ k‘i^{53} pɔ^{33} kã$^{53}_{45}$ u$^{33}_{21}$ kɔŋ$^{53}_{45}$ tso$^{21}_{53}$ tsit$^{121}_{21}$ ts‘ui$^{21}_{53}$ pɛ^{45}
茶 伓 用 喙 齿 哺，敢 有 讲 做 一 喙 扒？

aʔ$^{21}_{53}$ nã$^{33}_{21}$ si^{33} hiam$^{23}_{33}$ siɔ̃$^{45}_{33}$ tsiã^{53} ko$^{21}_{53}$ k‘ɔ$^{53}_{45}$ siap^{21} suaʔ$^{21}_{53}$ iam^{23} pĩ$^{21}_{53}$ tĩ^{45} bo$^{23}_{33}$
抑 若 是 嫌 伤 䜺 佫 苦 涩， 撒 盐 变 甜 无

$sio_{33}^{45}tsɛ̃^{21}$　　$bɔŋ_{45}^{53}pɔ^{33}bɔŋ_{45}^{53}nãu^{53}ho_{45}^{53}bi_{21}^{33}sɔ^{21}$　　$koʔ_{53}^{21}pʻaŋ^{45}koʔ_{53}^{21}tĩ^{45}it_5^{21}$
相诤；　罔哺罔啮好味素，　佫芳佫甜一

$a^{53}bo_{33}^{23}tɛʔ^{21}$
仔无𦛨!

a^{53}

财主：(惊讶地)啊！？！(晕倒)

[幕后歌声起]

女众(唱)(《六空仔·归世趁趁激恬恬》)

$kui_{33}^{45}si^{21}tʻan_{53}^{21}tʻan^{21}kik_5^{21}tiam_{21}^{33}tiam^{33}$
归世　趁　趁　激　恬　恬，

$iu_{33}^{23}iam^{23}sɛ̃^{53}lai_{33}^{23}tsĩ_{33}^{23}gin^{23}kʻiam^{33}$
油　盐　省　来　钱　银　俭；

$m_{21}^{33}bat_{53}^{21}tsiaʔ_{21}^{121}tɛ^{23}bɔ_{45}^{53}tɛ_{33}^{23}hioʔ^{121}$
怀𢛮　食　茶哺茶箬，

$bɛ_{21}^{33}hiau_{45}^{53}pʻau_{53}^{21}tɛ^{23}tɛ^{23}kiau_{45}^{53}iam^{23}$
𣍐晓　泡　茶　茶　搅　盐。

[全剧终]

唱段曲谱

归世趁趁激恬恬

女声齐唱
独幕歌仔戏《茶搅盐》选段（一）

高　然 作词配曲
调寄《六空仔》

$1=G\ \frac{2}{4}$

♩=76　中速，叙事地

(5̲5̲6̲ 1̲2̲ | 6̲7̲6̲5̲ 3̲5̲2̲3̲ | 5̲ 5̲6̲ | 5 -) | 1 6̲5̲ 3̲ 6̲6̲ | $\overset{3}{2}$·(3̲2̲) | 1 1̲6̲5̲6̲ |
　　　　　　　　　　　　　　　　归世　趁趁兮　啊　　　激啊激恬

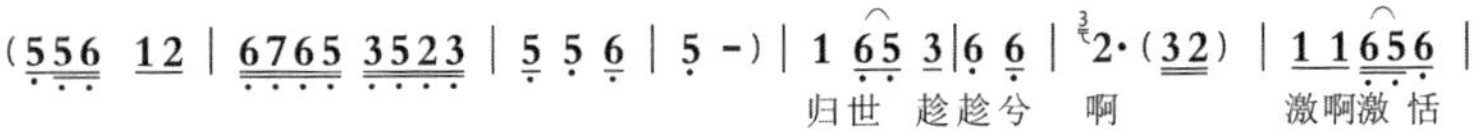

$2 - | \underline{2\cdot2\underline{3}} \; \underline{3\underline{6}} | \underline{2\cdot3} \; \underline{1\underline{7}} | \underline{6\underline{2}\underline{3}} \; \underline{21\underline{56}} | 5 - | \underline{3\cdot5} \; \underline{2\underline{3}\underline{5}} | \underline{2\cdot3} \; \underline{21\underline{6}\underline{5}} | ^6\underline{1} -$
恬，油盐省来啊 钱银俭。 怀怀食茶 哺茶箸，

$\underline{6\underline{5}\underline{3}} \; \underline{32\underline{6}\underline{1}} | \underline{2\cdot3} \; \underline{1\underline{7}} | \underline{61\underline{2}\underline{3}} \; \underline{21\underline{6}} | ^3\underline{5\cdot6} | \underline{35} \; \underline{6\underline{3}} | ^35\cdot(\underline{6\underline{5}} | \underline{36} \; \underline{6\underline{5}\underline{3}} | \underline{55\underline{6}} | 5 -)$
姶晓泡茶 啊 茶搅盐，茶搅盐！

一疙仔茶米来落定

男声独唱
独幕歌仔戏《茶搅盐》选段（二）

高 然 作词配曲
调寄《锦龙调》

1=G $\frac{2}{4}$ ♩=88 中速稍快

$(\underline{11} \; \underline{6\underline{5}} | \underline{11} \; \underline{6\underline{5}} | \underline{35} \; \underline{23} | \underline{55} \; \underline{32} | \underline{11} \; \underline{2} | 1 -) | \underline{61} \; \underline{2\underline{6}} | 1 -$
后生 转 大

$\underline{67\underline{6}\underline{5}} \; \underline{35\underline{2}\underline{3}} | ^3\underline{5} - | \underline{23} \; \underline{12} | \underline{5} \; \underline{33} | \underline{23\underline{2}\underline{1}} \; \underline{61\underline{5}\underline{6}} | 1 - | \underline{61\underline{1}} \; \underline{35\underline{2}\underline{3}} | ^3\underline{5} -$
爱讲亲 情，亲家青 姆卜 来 阮 遮。 请鸡请 鱼

$\underline{33\underline{2}} \; \underline{6\underline{5}} | 1 - | \underline{32} \; \underline{5\underline{3}\underline{2}} | ^3\underline{3} - | \underline{23} \; \underline{6\underline{5}} | 1\cdot3 | 2 \; \underline{55\underline{3}} | 2\underline{3}\underline{2}$
我卜怀甘，买一疙仔 茶 米 来落 定， 一疙仔 茶米

$\underline{3\cdot5} \; \underline{6\underline{5}} | 1 -$
来 落 定！

我呷水拢倒潎潎

女声独唱
独幕歌仔戏《茶搅盐》选段（三）

高 然 作词配曲
调寄《病囝歌》

1=G $\frac{2}{4}$ ♩=106 较快

$(\underline{333} \; \underline{32} | \underline{12} \; \underline{15} | \underline{333} \; \underline{32} | \underline{112} \; \underline{35} | \underline{23\underline{2}\underline{1}} \; \underline{67\underline{6}\underline{5}} | \underline{11} \; \underline{56\underline{2}\underline{3}} | \underline{16} \; \underline{1\underline{6}} | 1 -)$

$\underline{5\underline{3}5} \; \underline{6\underline{5}} | \underline{56\underline{5}} | \underline{3\cdot5} \; \underline{6\underline{5}} | 5 - | \underline{33\underline{2}} | \underline{55\underline{3}} | \underline{23} \; \underline{6\underline{5}} | ^6\underline{1} -$
老爷汝 宽宽仔 甭 哭父， 我自嫁着 怎兜着 怀怀食 茶。

$2 \; \underline{5\underline{3}} | 2 \; \underline{5\underline{3}} | 6 \; \underline{6\underline{6}} | ^3\underline{2} - | \underline{23} \; \underline{6\underline{3}} | 6 \; \underline{6\underline{6}} | 6\cdot\underline{21} | 1 -$
茶米生 做是 圆 抑是 扁， 今日 我 看看嘛是 第一下。

$(\underline{11} \; \underline{56\underline{2}\underline{3}} | \underline{16} \; \underline{1\underline{6}} | 1 -) | 2 \; \underline{5\underline{3}} | \underline{56} \; \underline{6\underline{5}} | \underline{35} \; \underline{6\underline{3}} | ^3\underline{5\cdot3} | \underline{23\underline{2}} \; \underline{55\underline{3}}$
听讲着 焐滚水 来泡 茶， 我 茶米滚水

叫我安怎来对亲家

1=G $\frac{2}{4}$
♩=106 较快

男声独唱
独幕歌仔戏《茶搅盐》选段（四）

高 然 作词配曲
调寄《病囝歌》

词语解释

1. 茶搅盐，茶撒/拌盐。六空仔，闽南歌仔戏曲牌名。归世，一辈子；归，一整，成。趁趁，都挣了，全部积赚了；闽南语单音动词重叠常有“都”之意思，如“食食无两碗（一共没吃两碗）”等。激恬恬，装悄若无声；激，装，扮，如“激水（化妆、打扮）”等；恬，安静。伓侏，不曾，没经历过，不知道；伓，不；侏 bat^{21}，知，认，识。食茶，喝茶，饮水。哺 $pɔ^{33}$，咀嚼，咬。茶箬，茶叶；箬 $hioʔ^{121}$，树叶。絵晓，不晓得，不懂。

2. 侬 $laŋ^{33}$，人家，他人。桶疕，原义桶里垢，细屑，引申为吝啬；疕，屑，小痂。虽罔，虽然，尽管。趁镭，挣/赚钱；镭 lui^{45}，银，钱。舍 $sɛ^{53}$/sia^{53}，十分，相当。伓佫 $m^{33}_{21}koʔ^{21}$，不过，然而。遘 kau^{21}，到，致，达。

3. 平时仔，平时。开油开盐，花（钱买）油盐；“开”有两读音：k‘ui^{45}，打开；k‘ai^{45}，花费、消费。佫koʔ^{21}，又，再。卜bueʔ^{21}/beʔ^{21}，欲，要。饲囝，养育孩子；囝kiã^{53}，儿子，孩子。某，老婆，妻。卜佫……卜佫……，既……又……。食饭，吃饭。身颂，穿着，服饰；颂ts‘iŋ^{33}，穿，着。拢，都，全部。爱着，得，不得不，必须；又可说“着爱”或单说“着”或“爱”，意义色彩不变。古早侬，古人。着讲啊，就说了；着tioʔ^{121}，(在此）就。俭俭仔，省俭地。恰k‘aʔ^{21}，较，更。省省仔，省俭地。嫒用厍，不要用泼水似地（花钱）；嫒mãi^{21}，不要，别。厍，厍水。迄hit^{21}，那。薰hun^{45}，烟，香烟，烟草。啕茶，吃固体物以茶配送；还如“食饭啕汤（吃饭和着汤吃）”等。佫恰，更是，更加。无嗺bo$^{23}_{33}$tsiau^{33}，没本事，不敢；“嗺”是“才调tsai$^{23}_{33}$tiau^{33}（本事，本领）”的合音形式。魔，发神经，尽情发挥。无咯，要么，要不。番薯箍，生晒圆形薄片状红薯，是闽南人的辅粮，或单煮食，或与大米饭同煮成干饭或稀饭，常被视作低贱食物。饮糜仔水，极稀的粥；饮am^{53}，米汤，稀；饮糜（仔），稀粥。咸菜脯，咸芥菜（或萝卜）干儿。尽侥幸，很糟，天杀的；尽，很，非常；侥幸，常用于可怜可恨诸事时的呼语。青姆，亲家太太。厝兮，家里，屋里。讲亲情，说亲，相对象。昨暝，昨夜；暝mɛ̃^{23}，夜，晚。煞，倒，却。睏，睡觉。鱠得定，不安宁。俏lan^{53}，咱，咱们。落愧，丢人，出丑。请，请客。心着痛，心痛，痛心。

4. 锦龙调，闽南歌仔戏曲牌名。一疕仔，一丁点儿，一小点儿。茶米，茶叶。后生，儿子。大汉，长大，成人。阮gun^{53}，我们，我们的；遮，这儿，这里。怀甘，舍不得，不舍得。紧来噢，赶紧来吧。

5 老兮啊，老夫老妻间的互称。哪仔代，什么事；哪仔，什么；代，事情，又说“代志”。恰停仔，等一会儿，过一会儿。恰猛，赶紧，立马。物件，东西。款款兮，收拾收拾。

6. 据死落叹，十分松垮（指穿着）；据死，又说“据死仔”，十分，相当；落叹，松垮不整。衫仔，衣服。伤过，太过，过于；伤siɔ̃^{45}，太，过。呷赫臭耳聋，怎么这么耳聋；呷kaʔ^{21}，句首语气助词；赫hiaʔ^{21}，那么，如此。煎茶，泡茶，沏茶；煎，有两读音：tsian^{45}，煎（饼等）；tsuã^{45}，烧水等，如“煎滚水（烧开水）、煎中药”等。

7. 念，连，连带。咯loʔ^{121}，都，就。卜呔讨，哪儿能，如何可以。着戆tioʔ$^{121}_{21}$gɔŋ^{33}，犯傻，出毛病。越头辇转，转身，回过身子。𪜶bat^{21}，认得，识。翻头，回头，转身。

8. 直气扒，直（往嘴里）扒；直气，一直，不停。归日，整天。直透，一直，不断。硩tɛʔ^{21}，压，轧。呷，把，将。

9. 查某侬，女人，妇人。啉lim^{45}，喝，饮。自早，早前，很早之前。呷我嫁，嫁我。

10. 有伫无，在（家）吗；伫ti^{33}，在，于。敢有趙，在（家里）吗；趙tio^{33}，是“伫趙ti^{33}tio^{33}（在家）”的合音形式。停茶，斟茶，倒茶。

11. 烧茶，热茶；烧，热，灼，如“烧水（热水）、烧汤（热汤）”等。安怎，如何，为什么。干樵kan$^{45}_{33}$ta^{45}，仅只，光，单。茶米粕，茶叶渣。

12. 宽宽仔，慢慢儿地，慢悠，不急。甭baŋ^{45}，不要，不用。哭父，抱怨，埋怨。恁兜，你们家；恁，你们，你的，你们的；兜，家。生做，长（什么）样子。抑，抑或，或者。看着，看见。嘛，也，亦。第一下，第一次/回。听讲，据说，听说。着tioʔ^{121}，得，必须。熶滚水，烧煮开水；熶hiã^{23}，燃，烧。焄焄，全部烧煮；焄kun^{23}，水久煮。做一下，一起。赫hiaʔ^{21}，那些。无路用，没用。啤啤曝曝，形容动作干脆利落。倒澈澈，倒了个精光；澈，光，净。

13. 俭食俭颂，省吃俭用。呷，才，方。骹k'a^{45}，脚，腿。缯tsiau^{23}，全，都。惇ts'un^{33}，剩，余。大碗礌，大海碗。

14. 哭呷是赫凄惨着，哭得多凄惨哟；呷，（在此）是“遘kau^{21}（到，达）”的缩略形式；着，句末语气助词。即兮，这个，这位；即，这。倒倒献，全倒了，倒光了。捀p'aŋ^{23}，端。

15. 小代志，小事儿，小意思。恰好料，（味道）更好，更好（吃）。下，放、置。逮，在，于。喙内，嘴巴里头。罔哺罔哺，随便/随意咀嚼。呷来讲，常置于句末表强调。喙齿，牙齿。喙ts'ui^{21}，口，嘴。做一喙扒，一口吞下。抑若是，假如，如果。伤饗，太淡（味儿）；饗tsiã^{53}，（味儿、浓度、颜色等）淡。相诤，争辩，辩论；诤tsɛ̃^{21}，辩。哝nãu^{53}，咀嚼。咬。味素，味道。芳p'aŋ^{45}，香，芳香。一仔无硩，最好，顶好；一仔，第一，最大（扑克牌）；硩tɛʔ^{21}，压，炸。

痞记性

扫码听录音

（独幕歌仔戏）

佚名 原故事　高然 编剧配曲

人物 年轻夫妇

时间 古代某时期某一白天

地点 夫妇宅前空地/野外

[**故事梗概**]

年轻夫妇恩爱，相敬如宾，但夫记性特差，妇送夫去找先生求教以改此性。夫上马后一路逢事儿，老马识途又回到了家里，夫已不记得妇是谁了。

场景 大晴天，夫妇在空地上干活儿

[幕后女众在幕启前后齐唱]

女众：（齐唱）(《红楼梦·日做日来暝犹是暝》)

ho$^{53}_{45}$ki$^{21}_{53}$sɛ̃^{21}aʔ^{21}si$^{33}_{21}$bai$^{53}_{45}$ki$^{21}_{53}$sɛ̃^{21}
好 记 性 抑 是 痞 记 性，

bo$^{23}_{33}$t‘aŋ$^{45}_{33}$ka^{21}lai^{23}si$^{33}_{21}$bo$^{23}_{33}$t‘aŋ$^{45}_{33}$pɛ^{53}
无 通 教 来 是 无 通 把。

sɛ̃$^{45}_{33}$tso^{21}loʔ$^{121}_{21}$si$^{33}_{21}$tsit$^{121}_{21}$e^{23}bo$^{23}_{33}$t‘au$^{23}_{33}$sin^{23}
生 做 咯 是 一 兮 无 头 神，

tiu^{33}huan$^{23}_{33}$tiu^{33}lai^{23}bɛʔ^{121}iau$^{53}_{45}$si$^{33}_{21}$bɛʔ^{121}
粙 还 粙 来 麦 犹 是 麦。

ho$^{53}_{45}$ki$^{21}_{53}$sɛ̃^{21}aʔ^{21}si$^{33}_{21}$bai$^{53}_{45}$ki$^{21}_{53}$sɛ̃^{21}
好 记 性 抑 是 痞 记 性，

bo$^{23}_{33}$ioʔ^{121}t‘aŋ$^{45}_{33}$i^{45}mã^{21}bo$^{23}_{33}$taŋ$^{21}_{53}$tsɛ^{23}
无 药 通 医 嘛 无 当 查；

sɛ̃$^{45}_{33}$ tsiã^{23} si$^{33}_{21}$ tsit$^{121}_{21}$ e^{23} bo$^{23}_{33}$ ki$^{21}_{53}$ sɛ̃^{21}
生成是一兮无记性，

zit^{121} tso$^{21}_{53}$ zit^{121} lai^{23} mɛ̃^{23} iau$^{53}_{45}$ si$^{33}_{21}$ mɛ̃^{23}
日做日来暝犹是暝。

[妇停下手中活儿，无比感慨地]

kɔŋ$^{53}_{45}$ gun^{53} tsit$^{21}_{5}$ e$^{23}_{33}$ aŋ^{45} tsiaʔ$^{121}_{21}$ ts'ai^{21} e$^{33}_{21}$ ŋɛ̃ʔ^{21} tsiaʔ$^{121}_{21}$ puĩ^{33} e$^{33}_{21}$ pɛ^{45}
妇：讲阮即兮翁，食菜会挟，食饭会扒；

tso$^{21}_{53}$ k'aŋ$^{45}_{33}$ k'ueʔ^{21} mɛ̃$^{53}_{45}$ mɛ̃^{53} tso$^{21}_{53}$ liau^{53} be$^{33}_{21}$ hiau$^{53}_{45}$ hɛ̃ʔ^{21} ts'u$^{21}_{53}$ pĩ^{45} p'ak$^{121}_{21}$
做空缺猛猛，做了𫠛晓歇。厝边曝

ts'ik^{21} i^{45} tau$^{21}_{53}$ pɛ^{23} kɛʔ$^{21}_{53}$ piaʔ^{21} k'ioʔ$^{21}_{53}$ lua$^{53}_{45}$ siŋ^{45} i^{45} tau$^{21}_{53}$ pɛʔ^{21} i^{45} m$^{33}_{21}$
粟伊鬥爬，隔壁抾裸生伊鬥掰。伊伓

bat^{21} kaʔ$^{21}_{53}$ laŋ^{33} mɛ̃^{33} aʔ^{21} be$^{33}_{21}$ hiau$^{53}_{45}$ kaʔ$^{21}_{53}$ laŋ^{33} tsɛ̃^{21} laŋ^{33} kaʔ^{21} i^{45} ts'ɔŋ$^{21}_{53}$
怽呷侬骂，抑𫠛晓呷侬诤；侬呷伊创

ti^{33} i^{45} kik$^{21}_{5}$ se$^{21}_{53}$ pɛ̃^{33} laŋ^{33} kaʔ^{21} i^{45} o$^{45}_{33}$ lo^{53} i^{45} ts'ui$^{21}_{53}$ a^{53} k'ui$^{45}_{33}$ lɛ$^{45}_{33}$ lɛ^{45} ai^{21}
治伊激细病，侬呷伊呵咾伊喙仔开咧咧！唉！

i^{45} a^{21} loʔ$^{121}_{21}$ si$^{33}_{21}$ bo$^{23}_{33}$ ki$^{21}_{53}$ sɛ̃^{21} tsi$^{53}_{45}$ ts'ai^{21} iam^{23} be$^{33}_{21}$ ki$^{21}_{53}$ tik$^{21}_{5}$ hɛ^{33} tsi$^{53}_{45}$
伊啊，咯是无记性！煮菜盐𫠛记得下，煮

puĩ^{33} bi^{53} be$^{33}_{21}$ ki$^{21}_{53}$ tik$^{21}_{5}$ mɛ̃^{45} se$^{53}_{45}$ sã$^{45}_{33}$ a^{53} be$^{33}_{21}$ ki$^{21}_{53}$ tik$^{21}_{5}$ nɛ̃^{23} ts'i$^{33}_{21}$ t'au$^{23}_{33}$ sɛ̃^{45}
饭米𫠛记得搷；洗衫仔𫠛记得晾，饲头牲，

ts'i$^{33}_{21}$ gu^{23} be$^{33}_{21}$ ki$^{21}_{53}$ tik$^{21}_{5}$ bɛ^{53} gua^{53} siɔ̃^{33} a^{21} bo^{23} lai$^{23}_{33}$ k'i$^{21}_{53}$ ts'ue$^{33}_{21}$ tsit$^{121}_{21}$
饲牛𫠛记得马！我想啊，无来去揣一

kɔ$^{53}_{45}$ sin$^{45}_{33}$ sɛ̃^{45} k'uã$^{21}_{53}$ an$^{45}_{33}$ tsuã^{53} lai$^{23}_{33}$ kaʔ^{21} i^{45} ka^{21} tsɛ^{21} k'uã$^{21}_{53}$ a^{53} e^{33} be^{33}
个先生，看安怎来呷伊教咋！看仔会𫠛

tsiau$^{21}_{53}$ guan^{23} hiaʔ$^{21}_{53}$ puã$^{21}_{53}$ t'au$^{23}_{33}$ ts'ɛ̃^{45} e^{33} be^{33} k'aʔ$^{21}_{53}$ ts'iŋ$^{45}_{33}$ ts'ɛ̃^{53} ai^{45}
照原赫半头青？会𫠛恰清醒？哎

ia^{21} ia^{21} i^{45} a^{21}
呀呀！伊啊！

(唱)(《三盆水仙·排一兮先生来喝互伊醒》)

gun$^{53}_{45}$ aŋ^{45} i^{45} tso$^{21}_{53}$ laŋ^{23} be$^{33}_{21}$ se$^{21}_{53}$ pɛ̃^{33}
阮 翁伊做 侬 絵细病,

gau$^{23}_{33}$ tso$^{21}_{53}$ k'aŋ$^{45}_{33}$ k'ueʔ^{21} koʔ$^{21}_{53}$ e$^{33}_{21}$ tã$^{45}_{33}$ tɛʔ^{21}
势 做 空 缺 佫 会 担 晢;

loʔ$^{121}_{21}$ si$^{33}_{21}$ tso$^{21}_{53}$ tai$^{33}_{21}$ tsi^{21} bo$^{23}_{33}$ ki$^{21}_{53}$ sɛ̃^{21}
咯 是 做 代 志 无 记 性,

ts'ue$^{33}_{21}$ tsit$^{121}_{21}$ kɔ^{53} sin$^{45}_{33}$ sɛ̃^{45} lai$^{23}_{33}$ huaʔ$^{21}_{53}$ hɔ$^{33}_{21}$ i^{45} ts'ɛ̃^{53}
排 一 兮 先 生 来 喝 互 伊 醒,

lai$^{23}_{33}$ huaʔ$^{21}_{53}$ hɔ$^{33}_{21}$ i^{45} ts'ɛ̃^{53}
来 喝 互 伊 醒!

[转身对夫说]

li^{53} a^{21} k'aʔ$^{21}_{53}$ su^{45} gua^{53} k'i$^{21}_{53}$ kaʔ^{21} li^{53} pi$^{33}_{21}$ bɛ^{53} li^{53} k'i$^{21}_{53}$ ts'ue$^{33}_{21}$ sin$^{45}_{33}$ sɛ̃^{45}
汝啊,恰 输 我 去 呷 汝 备 马,汝 去 排 先 生,

ho$^{53}_{45}$ ho^{53} ts'iã$^{53}_{45}$ kau^{21} tsɛ^{21} ho$^{53}_{45}$ bai^{53} pɛ$^{53}_{45}$ pɛ^{53} ɛ$^{33}_{21}$ li^{53} sui$^{23}_{33}$ sin^{45} tua$^{21}_{53}$ tsit$^{121}_{21}$
好 好 请 教 咋,好 痞 把 把 下。汝 随 身 带 一

ki$^{45}_{33}$ kiam^{21} tu$^{53}_{45}$ tioʔ^{121} tai$^{33}_{21}$ tsi^{21} bo$^{23}_{33}$ tiŋ$^{23}_{33}$ tɛ̃^{23}
支 剑,抵 着 代 志 无 踵 踭!(转身牵马,并递上一把剑)

lai^{23} ɔ^{21} tsiɔ̃$^{33}_{21}$ bɛ^{53} k'aʔ^{21} mɛ̃^{53} k'i^{21} k'aʔ^{21} mɛ̃^{53} tuĩ^{53} lai$^{23}_{21}$ ɔ^{21}
来 噢,上 马!恰 猛 去 恰 猛 转 来 噢!

ɔ^{21} ho^{53} ho^{53} aʔ$^{21}_{53}$ gua^{53} lai$^{23}_{33}$ k'i^{21} aʔ^{21} nɛ̃^{45}
夫:(敦厚地)噢,好 好!抑 我 来 去 抑 呢!(翻身上马,手握剑,下)

[夫骑着马走着走着,来到野外,忽觉得急便]

ai^{45} ia^{21} kaʔ$^{21}_{53}$ ts'iɔ̃$^{33}_{21}$ pak$^{21}_{5}$ tɔ^{53} ku^{21} ku^{21} si^{53} koʔ$^{21}_{53}$ sio$^{53}_{45}$ k'o$^{53}_{45}$ a^{53} li^{45} ka^{53}
夫:哎 呀,呷 像 腹 肚 咕 咕 死,佫 小 可 仔 哩 绞

tioʔ$^{121}_{21}$ k'uã^{21} li^{45} bueʔ$^{21}_{53}$ hit$^{21}_{5}$ lo$^{23}_{33}$ a^{53} aʔ$^{21}_{53}$ m$^{33}_{21}$ si^{33}
着,看 哩 卜 迄 啰 仔 抑 伓 是?

［下马，顺手把剑插在地上，然后拴好马，松裤腰带，蹲下方便。便毕，站起系腰带，倒退一步，踩在屎上］

ta$^{53}_{45}$tsit$^{121}_{21}$kɔ^{53} ta$^{53}_{45}$tsit$^{121}_{21}$kɔ^{53} an$^{45}_{33}$tsuã^{53}kaʔ$^{21}_{53}$hiaʔ$^{21}_{53}$bo$^{23}_{33}$p'ɔ^{53}la^{21}
夫：（大喊）底 一 个？底 一 个？安 怎 呷 赫 无 谱 喇？

uĩ$^{23}_{33}$kim^{45}tɔk$^{21}_{5}$loʔ$^{121}_{21}$t'ɔ^{23} bo$^{23}_{33}$taʔ^{121}tioʔ$^{121}_{21}$be$^{33}_{21}$lɔ^{53} taʔ^{121}tioʔ$^{121}_{21}$tsiaʔ$^{21}_{53}$
黄 金 砻 落 涂，无 踏 着 烩 撸，踏 着 则

tsai$^{45}_{33}$k'ɔ^{53} ai^{45}ia^{21}
知 苦！（用脚刮蹭粪便，忽然看身边插着的剑，大吃一惊） 哎 呀！

iau^{45}siu^{33}a^{21} het$^{21}_{5}$si$^{33}_{21}$tsi$^{33}_{21}$tsua$^{23}_{33}$a^{53} bu$^{53}_{45}$kiam^{21}bu$^{53}_{45}$kau$^{21}_{53}$tsia^{45}lai^{23}
夭 寿 啊！迄 是 舐 谁 仔？舞 剑 舞 遘 遮 来，

hiam$^{53}_{45}$hiam$^{53}_{45}$a^{53}suaʔ$^{21}_{53}$hɔ$^{33}_{21}$i^{45}tuʔ^{121}si$^{53}_{21}$
险 险 仔 煞 互 伊 揬 死！（抬头看到一边拴着的马，转而

a^{45} ha^{53}ha^{53} ha^{53}ha^{53}ha^{53} tsiã$^{21}_{53}$kai$^{45}_{33}$lai$^{21}_{53}$tsai^{21} tsiã$^{21}_{53}$kai$^{45}_{33}$lai$^{21}_{53}$tsai^{21}
大喜）啊！哈 哈！哈 哈 哈……！正 该 睐 载！正 该 睐 载！

suaʔ$^{21}_{53}$k'io$^{21}_{53}$tioʔ$^{121}_{21}$tsit$^{121}_{21}$tsiaʔ$^{21}_{53}$bɛ^{53} pɛʔ$^{121}_{21}$t'an$^{21}_{53}$tioʔ$^{121}_{21}$tsit$^{121}_{21}$tsiaʔ$^{21}_{53}$bɛ^{53}
煞 抾 着 一 只 马！白 趁 着 一 只 马！

ai^{45}ia^{21}ia^{21}
哎 呀 呀！

（唱）（《游西湖·翻头上马去揶先生》）

tu$^{53}_{45}$a^{53}ts'ut$^{21}_{5}$muĩ^{23}k'i$^{21}_{53}$tu$^{53}_{45}$tioʔ$^{121}_{21}$ham$^{33}_{21}$tsɛ̃^{53}
抵 仔 出 门 去 抵 着 陷 井，

koʔ$^{21}_{53}$sai^{53}koʔ$^{21}_{53}$kiam^{21}kaʔ^{21}gua^{53}taŋ$^{21}_{53}$tso$^{21}_{5}$pɛ^{53}
佫 屎 佫 剑 呷 我 当 做 靶；

ho$^{53}_{45}$kai$^{45}_{33}$tsai^{21}ho$^{53}_{45}$k'ui^{21}k'i$^{21}_{53}$k'ioʔ$^{21}_{53}$tioʔ$^{121}_{21}$bɛ^{53}
好 该 载 好 气 去 抾 着 马，

huan$^{45}_{33}$t'au^{23}tsiõ$^{33}_{21}$bɛ^{53}k'i$^{21}_{53}$ts'ue$^{33}_{21}$sin$^{45}_{33}$sɛ̃^{45} ts'ue$^{33}_{21}$sin$^{45}_{33}$sɛ̃^{45}
翻 头 上 马 去 揶 先 生，揶 先 生！

［夫骑上马，老马识途，又从原路回到自己家］

sin$^{45}_{33}$sε̃^{45}u$^{33}_{21}$ti^{33}aʔ^{21}bo^{23} sin$^{45}_{33}$sε̃^{45}kã$^{53}_{45}$u$^{33}_{21}$ti^{33}ts‘u^{21}e^{21}
夫：（喊）先生有伫抑无？先生敢有伫厝兮？

[妇在屋里听到夫在外头嚷嚷，急忙跑出来]

ai^{45}ia^{21} ai^{45}ia^{21} li^{53}tsit$^{21}_{5}$e$^{23}_{33}$gɔŋ^{33}a^{53} an$^{45}_{33}$tsuã^{53}kui$^{45}_{33}$puã$^{21}_{53}$
妇：（生气地）哎呀！哎呀！汝即兮戆仔！安怎归半

pɔ^{45}li^{53}iau$^{53}_{45}$koʔ$^{21}_{53}$bue$^{33}_{21}$k‘i^{21} iau$^{53}_{45}$koʔ$^{21}_{53}$ti$^{33}_{21}$tsia^{45}so$^{23}_{33}$a^{21}so^{23}nε̃^{45} kaʔ$^{21}_{53}$
晡汝犹佫未去？犹佫伫遮趖啊趖呢？呷

e$^{33}_{21}$hiaʔ$^{21}_{53}$gɔŋ^{33}nε̃^{21}
会赫戆呢？

[夫惊奇地瞪大双眼，盯着妇看视良久]

a^{21} a^{21} li^{53} li^{53} aʔ$^{21}_{53}$tsiã$^{21}_{53}$bai$^{53}_{45}$si^{21} tsiã$^{21}_{53}$bai$^{53}_{45}$si^{21}nε̃^{45} a$^{45}_{33}$
夫：啊！啊……汝……汝……抑正痞势，正痞势呢！阿

niɔ̃^{23}a^{21} lan^{53}iŋ$^{53}_{45}$kue^{21}kã$^{53}_{45}$bat$^{21}_{5}$kĩ^{21}kue^{21} aʔ$^{21}_{53}$gua^{53}loʔ$^{121}_{21}$m$^{33}_{21}$bat^{21}li$^{53}_{21}$
娘啊！伯往过敢怵见过？抑我咯伓怵汝，

li^{53}an$^{45}_{33}$tsuã^{53}kaʔ$^{21}_{53}$e^{33}kaʔ^{21}gua^{53}ho$^{33}_{21}$tso$^{21}_{53}$gɔŋ^{33}a^{53} koʔ$^{21}_{53}$bo$^{23}_{33}$tai$^{33}_{21}$bo$^{23}_{33}$
汝安怎呷会呷我号做戆仔？佫无代无

tsi^{21}mε̃$^{33}_{21}$gua^{53}gɔŋ^{33}nε̃^{33}
志骂我戆呢？

aʔ$^{21}_{53}$li^{53}li^{53}li^{53} li^{53} li^{53}
妇：抑汝汝汝！……汝……汝……（晕倒）

[幕后女声齐唱]

女众：（齐唱）（《红楼梦·日做日来暝做暝》）

ho$^{53}_{45}$ki$^{21}_{53}$sε̃^{21}aʔ^{21}si$^{33}_{21}$bai$^{53}_{45}$ki$^{21}_{53}$sε̃^{21}
好记性抑是痞记性，

bo$^{23}_{33}$t‘aŋ$^{45}_{33}$ka^{21}lai^{23}si$^{33}_{21}$bo$^{23}_{33}$t‘aŋ$^{45}_{33}$pε^{53}
无通教来是无通把。

$s\tilde{\epsilon}^{45}_{33} tso^{21} lo?^{121}_{21} si^{33}_{21} tsit^{121}_{21} e^{23} bo^{23}_{33} t'au^{23}_{33} sin^{23}$
生 做 咯 是 一 兮 无 头 神,

$tiu^{23}_{33} huan^{23}_{33} tiu^{33} lai^{23} b\epsilon?^{121} iau^{53}_{45} si^{33}_{21} b\epsilon?^{121}$
釉 还 釉 来 麦 犹 是 麦。

$ho^{53}_{45} ki^{21}_{53} s\tilde{\epsilon}^{21} a?^{21} si^{33}_{21} bai^{53}_{45} ki^{21}_{53} s\tilde{\epsilon}^{21}$
好 记 性 抑 是 痞 记 性,

$bo^{23}_{33} io?^{121}_{21} t'aŋ^{45}_{33} i^{:45} m\tilde{a}^{21} bo^{23}_{33} taŋ^{21}_{53} ts\epsilon^{23}$
无 药 通 医 嘛 无 当 查;

$s\tilde{\epsilon}^{45}_{33} tsi\tilde{a}^{23} si^{33}_{21} tsit^{121}_{21} e^{23} bo^{23}_{33} ki^{21}_{53} s\tilde{\epsilon}^{21}$
生 成 是 一 兮 无 记 性,

$zit^{121}_{53} tso^{21}_{53} zit^{121} lai^{23} m\tilde{\epsilon}^{23} iau^{53}_{45} si^{33}_{21} m\tilde{\epsilon}^{23}$
日 做 日 来 暝 犹 是 暝。

[全剧终]

唱段曲谱

日做日来暝犹是暝

女声齐唱
独幕歌仔戏《痞记性》选段（一）

1=D 2/4
♩=76 中速

高 然 作词配曲
调寄《红楼梦》

(1̇ 1̇ 3̇ | 2·3̇ 2̇7 | 6̇1 5356 | 1̇ -) | 5·6 17 | 6765 3 | 5·6 5612 | ³3 -
　　　　　　　　　　　　　　　　　　　　　　　　　　　　好　记性　抑　是　痞记　性，

5·6 6̇1 | 6765 3 | 5·6 3532 | ³1 - | 1·2 353 | 2321 65 | 1·2 3653 | ²2 -
无　通教　来　无　通　把；生做咯是　一　兮　无　头　神，

56 3 | 5 6·1 | 323 352 | ⁶1 - | (1̇ 1̇ 3̇ | 2·3̇ 2̇7 | 6̇1 5356 | 1̇ -)
釉　还　釉来　麦　犹是　麦。

5·6 17 | 6765 3 | 5·6 6512 | ³3 - | 5·6 35 | 6156 1 | 5·6 3532 | ⁶1 -
好　记性　抑　是　痞记　性，无　药　通　医　无　当　查；

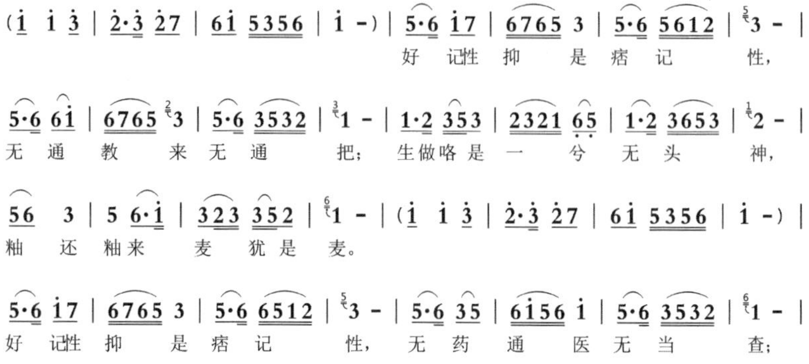

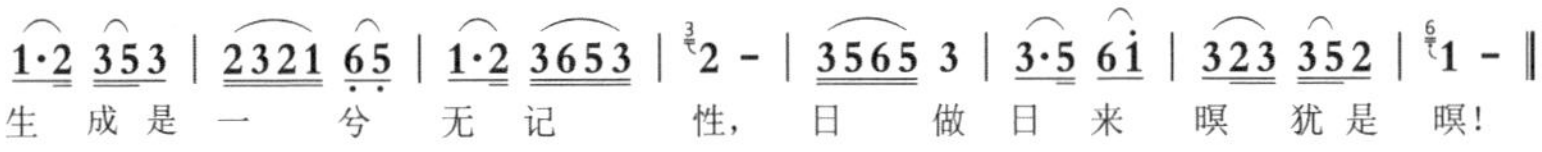

揤一兮先生来喝互伊醒

1=G 2/4

♩=106 较快

女声独唱

独幕歌仔戏《痞记性》选段（二）

高 然 作词配曲

调寄《三盆水仙》

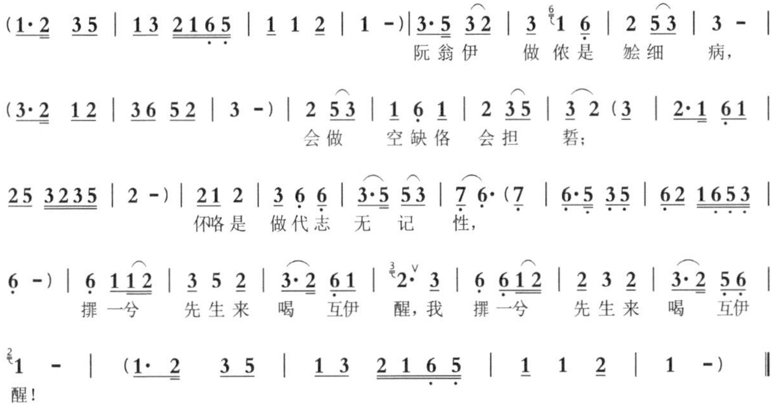

翻头上马去揤先生

1=G 2/4

♩=108 较快

男声独唱

独幕歌仔戏《痞记性》选段（三）

高 然 作词配曲

调寄《游西湖》

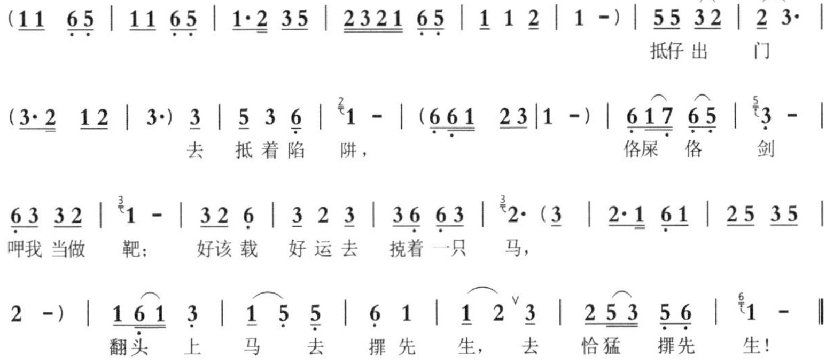

词语解释

1. 好记性，记性好。痞记性，记性不好。无通，不能，不行；通 t'aŋ[45]，助词，可以，允许，能。把，把关，掌控。生做，生成，天生，自然。咯 loʔ[121]，就，则。兮 e[23]，个，位。无头神，记性差者，无脑之人。粙 tiu[33]，水稻，稻子。还，仍，还。嘛，也，亦。暝，夜，晚上。

2. 阮 gun[53]，我的，我们的，我们。即兮，这个，这位；即，这。翁，丈夫，男人。食，吃。做空缺，干活儿。猛猛，利索，干脆。𫠛晓，不晓得，不懂得；𫠛 be[33]，不。厝边，邻居，街坊。曝粟，晒谷子。伊，他。鬥爬，帮着疏爬（谷子）；鬥，凑，配合。隔壁，四邻。挠裸生，拾捡花生；挠 k'ioʔ[21]，拾，捡；裸生，是“落花生”之合音形式。伓怽呷侬骂，不会跟人对骂/吵架；怽 bat[21]，曾经，经历；呷 kaʔ[21]，跟，与。诤 tsɛ̃[21]，争论，辩。创治，欺负，侵害。激细病，装弱者/弱小；激，扮，装。呵咾 o^{45}_{33} lo[53]，夸奖，表扬。喙仔，嘴巴。开咧咧，口张大笑状。𫠛记得，忘了。搎 mɛ̃[45]，手抓（米、沙等）。衫仔，衣服。饲头牲，喂牲口。无来去揣一个先生，要不去找位老师/医生；无，(在此）句首语气助词，要么，否则；来去，视言者指向，来，去。揣 ts'ue[33]，找，寻。安怎，如何，怎样。教咋，教一下，教一教；咋 tsɛ[21]，是“一下 $tsit^{121}_{21}$ ɛ[33]”的合音形式。看仔，看看。会𫠛，会不会。照原，仍然，依旧。赫 hiaʔ[21]，那么，如此。半头青，愣头青，二愣。恰 k'aʔ[21]，较。

3. 做侬，做人。𫠛细病，不差，不笨。勢 gau[23]，能干，聪明，擅于。佫 koʔ[21]，又，再。会担砉，能承重，可以干重活儿；砉 tɛʔ[21]，压，轧。代志，事情，事务。喝互伊醒，唤醒他。

4. 恰输，不如，倒不如。呷汝备马，帮你备马。好痞把把下，好歹把把关。抵着，碰上，遇见。无踵踭，不迟疑；踵踭 $tiŋ^{23}_{33}$ tɛ̃[23]，犹豫，踌躇。恰猛，赶紧，赶快。

5. 抑我来去啊呢，那么我去了啊；抑，句首语气助词。呷像，好像。腹肚，肚子。咕咕死，(不断发出）咕咕叫声。小可仔，有点儿，有些。哩 li[45]，正，在。绞，绞痛。着，句末语气助词。哩卜 li[45]beʔ[21]，正要，欲，将。迄啰仔，那个（指出恭）；迄，那。

6. 底一个，谁，哪一个。呷赫无谱，那么不像话；呷，语气助词；赫，那么，如此。砻落涂，掉到泥土里：砻tɔk^{21}，掉，落。涂，泥，土。撸，糟心，郁闷。夭寿，天哪，对逢坏事、惨事等的呼语。迄hit^{21}，那。舐谁，谁，哪位。遘遮，到这儿；遘kau^{21}，到，达。遮，这里。险险仔，差丁点儿。煞，却，倒。互，给，让，叫。揬tuʔ^{121}，戳，刺。

7. 正该睐载，真走运，真是多亏了；正，真，的确；该睐载，幸亏，好在，又说“该载”“好该载”等。抵仔，刚，才。抵着，遇上，碰着。佫，又，还。好气，好运气。翻头，回头，转身。

8. 有伫，在（家）；伫，在，于。戆仔，傻子，蠢人。归半晡，大半晌；归，整，成；晡，午。犹佫，还，仍然。趖啊趖，游来荡去，晃荡；趖so^{23}，慢行，爬。

9. 正痞势，真对不起，真不好意思；痞势，劣境，糟的情况。阿娘，年轻女子，小姐。伯lan^{53}，咱，咱们。往过，过往，以前。伓怺汝，不认识你；怺bat^{21}，认，知。无代无志，没缘由，没事儿。

猴设虎

扫码听录音

（独幕歌仔戏）

佚名 原故事　高然 编剧配曲

角色 猴　虎　公鹿　动物若干

时间 某日白天

地点 某深山老林中

［**故事梗概**］

老虎是林中之王，可有一回，却被动物们给耍了：猴儿叫老虎给逮着，诳称带领它去找更大的野兽。带到公鹿面前，却听到公鹿跟猴儿讨要虎皮。虎一听觉着还是保命为好而逃之夭夭。

场景 雨过天青，空气清新，林子里动物聚堆，气氛热闹和谐

［猴、公鹿与动物们载歌载舞］

众：（齐唱）(《四廓山·伓惊虎豹呷阮食》)

si$^{21}_{53}$ keʔ^{21} suã$^{45}_{33}$ niã^{53} kuan^{23} koʔ$^{21}_{53}$ kia^{33}
四 廓 山 岭 悬 佫 崎，

hɔ^{33} kue^{21} t‘ĩ^{45} tsɛ̃^{23} ts‘iu$^{33}_{21}$ hioʔ$^{121}_{21}$ a^{53} ts‘iã^{45}
雨 过 天 晴 树 箬 仔 蕲。

tak$^{121}_{21}$ kɛ^{45} tso$^{21}_{53}$ hue^{53} lai$^{23}_{33}$ siɔ̃$^{33}_{21}$ pɔ^{33}
逐 家 做 伙 来 想 步，

m$^{33}_{21}$ kiã^{45} hɔ$^{53}_{45}$ pa^{21} kaʔ^{21} gun^{53} tsiaʔ^{121}
伓 惊 虎 豹 呷 阮 食。

［后台虎啸声起，音乐止，众兽四散。虎上］

虎：（独唱）(《四廓山·听着我名排个惊》)

si$^{21}_{53}$ keʔ^{21} suã$^{45}_{33}$ niã^{53} kuan^{23} koʔ$^{21}_{53}$ kia^{33}
四 廓 山 岭 悬 佫 崎，

hɔ^{33} kue^{21} t'ĩ^{45} tsɛ̃^{23} ts'iu$^{33}_{21}$ hioʔ$^{121}_{21}$ a^{53} ts'iã^{45}
雨 过 天 晴 树 箬 仔 蕲。

suã$^{45}_{33}$ tiɔŋ^{45} u$^{33}_{21}$ hɔ^{53} gua^{53} mã^{21} tso$^{21}_{53}$ ɔŋ^{23}
山 中 有 虎 我 嘛 做 王，

t'iã$^{45}_{33}$ tioʔ$^{121}_{21}$ gua$^{53}_{45}$ e$^{23}_{33}$ miã^{23} si$^{33}_{21}$ pai$^{23}_{33}$ kɔ^{53} kiã^{45} pai$^{23}_{33}$ kɔ^{53} kiã^{45}
听 着 我 兮 名 是 排 个 惊！ 排 个 惊！

［虎再啸数次，以示威。忽看到四周动物，追逐。猴与虎周旋，终受擒］

ha^{53} ha^{53} ha^{53} li^{53} koʔ$^{21}_{53}$ tsau^{53} niãu$^{53}_{45}$ ts'i^{53} tu$^{53}_{45}$ tioʔ$^{121}_{21}$ niãu^{45} tɔ$^{33}_{21}$ kau^{23}
虎：哈 哈 哈！汝 佫 走！ 鸟 鼠 抵 着 猫，肚 猴

tu$^{53}_{45}$ tioʔ$^{121}_{21}$ siu$^{53}_{45}$ ke^{45} li^{53} kã$^{53}_{45}$ tsau$^{53}_{45}$ e$^{33}_{21}$ li^{33} hã^{45} aʔ^{21} bo$^{23}_{33}$ kɔŋ$^{53}_{45}$ li^{53} si$^{33}_{21}$ ts'iŋ^{33}
抵 着 水 鸡！汝 敢 走 会利？哼？抑 无 讲 汝 是 蹭

tioʔ$^{121}_{21}$ tsi$^{33}_{21}$ tsua^{23} a^{53} kaʔ$^{21}_{53}$ lai$^{23}_{33}$ kɔŋ^{53} hian$^{33}_{21}$ kaʔ^{21} li^{53} tsiaʔ^{121} k'i^{21} mã^{21} bo$^{23}_{33}$
着 舐 谁 仔 呷 来 讲！ 现 呷 汝 食 去 嘛 无

k'iam^{21} li$^{53}_{21}$
欠 汝！

［猴儿不言语又不惊慌，盯着老虎看，两眼滴溜乱转，看得老虎竟有点儿发怵］

hit$^{21}_{5}$ iau^{45} siu^{33} a$^{45}_{33}$ p'ãi^{53} suaʔ$^{21}_{53}$ k'i$^{21}_{53}$ hɔ$^{33}_{21}$ a$^{45}_{33}$ tãi$^{53}_{45}$ a^{53} biŋ^{53} tioʔ$^{121}_{21}$
虎：（对台下）迄 夭 寿！ 阿 痞 煞 去 互 阿 噔 仔 猛 着，

hã^{45} aʔ$^{21}_{53}$ gua^{53} tse$^{21}_{53}$ hɔ^{53} suaʔ$^{21}_{53}$ hɔ$^{33}_{21}$ kau$^{23}_{33}$ a^{53} p'aʔ$^{21}_{53}$ kiã^{45} tioʔ$^{121}_{21}$ nɛ̃^{45} kaʔ$^{21}_{53}$
哼？抑 我 这 虎 煞 互 猴 仔 拍 惊 着 呢！呷

an$^{45}_{33}$ nɛ̃^{45} tu$^{45}_{33}$ tu^{45} kaʔ^{21} gua^{53} k'uã^{21} k'uã$^{21}_{53}$ kau$^{21}_{53}$ gua^{53} suaʔ$^{21}_{53}$ u$^{33}_{21}$ tam$^{33}_{21}$ poʔ$^{121}_{21}$
安 尼 堆 堆 呷 我 看！ 看 遘 我 煞 有 淡 薄

ts'au$^{21}_{53}$ ts'ɛ̃$^{45}_{33}$ ge^{23} nɛ̃^{45}
臭 青 疑 呢！

loʔ$^{121}_{21}$ an$^{45}_{33}$ nɛ̃^{45} kaʔ^{21} i^{45} tu$^{45}_{33}$ tu^{45} k'uã^{21} k'uã$^{21}_{53}$ kau$^{21}_{53}$ suaʔ$^{21}_{53}$ hɔ$^{33}_{21}$
猴：（也对台下）咯 安 尼 呷 伊 堆 堆 看， 看 遘 煞 互

i^{45} ge^{23} si$^{53}_{21}$
伊疑死！

[两兽仍对视，猴忽然转赔笑脸]

a^{21} a^{21} ban$^{33}_{21}$ ts'iã$^{53}_{45}$ si^{33} tsiã$^{53}_{45}$ ban$^{33}_{21}$ ts'iã$^{53}_{45}$ si^{33} hɔ$^{53}_{45}$ tua$^{33}_{21}$ ko^{45} a^{21}
猴：啊……啊……慢且是……请慢且是！虎大哥啊，

tak$^{121}_{21}$ laŋ^{23} lɔŋ$^{53}_{45}$ tsai$^{45}_{33}$ iã^{53} li^{53} biŋ^{53} laŋ^{33} kɔŋ$^{53}_{45}$ zip$^{121}_{21}$ hɔ$^{53}_{45}$ au^{23} bo$^{23}_{33}$ si^{53}
逐侬拢知影汝猛！依讲“入虎喉，无死

mã^{21} ts'au$^{21}_{53}$ t'au^{23} tsi$^{33}_{21}$ tsua^{23} m$^{33}_{21}$ kiã^{45} nɛ̃^{45} m$^{33}_{21}$ koʔ$^{21}_{53}$ laŋ^{33} mã^{21} kɔŋ^{53}
嘛臭头”！舐谁伓惊呢？伓佫侬嘛讲

be$^{53}_{45}$ nã$^{23}_{33}$ a^{53} k'uã$^{21}_{53}$ nã$^{23}_{33}$ hi^{33} be$^{53}_{45}$ t'ĩ$^{33}_{21}$ tsiam^{45} k'uã$^{21}_{53}$ tsiam$^{45}_{33}$ p'ĩ^{33} li^{53} bueʔ$^{21}_{53}$
“买篮仔看篮耳，买组针看针鼻”！汝卜

tsiaʔ$^{121}_{21}$ gua^{53} mã^{21} tioʔ$^{121}_{21}$ tan$^{45}_{33}$ k'uã$^{21}_{53}$ a^{53} gua^{53} si$^{33}_{21}$ an$^{45}_{33}$ tsuã^{53} iɔ̃$^{33}_{21}$ a^{53} kaʔ$^{21}_{53}$
食我，嘛着暎看仔我是安怎样仔呷

koʔ$^{21}_{53}$ kɔŋ^{53}
佫讲！

li^{53} nã$^{53}_{45}$ a^{53} i$^{21}_{53}$ su^{21} la^{21} an$^{45}_{33}$ tsuã^{53} kaʔ$^{21}_{53}$ t'iã$^{45}_{33}$ lɔŋ$^{53}_{45}$ bo^{23} nɛ̃^{45}
虎：（吃惊）汝哪仔意思喇？安怎呷听拢无呢？

hɔ$^{53}_{45}$ tua$^{33}_{21}$ ko^{45} a^{21}
猴：虎大哥啊！（独唱）（《杂嗲仔/七字仔·我猴仔瘖猴猴是猴命》）

gua^{53} kau$^{23}_{33}$ a^{53} san$^{53}_{45}$ kau$^{23}_{33}$ kau^{23} si$^{33}_{21}$ kau$^{23}_{33}$ miã^{33}
（唱）我猴仔瘖猴猴是猴命，

aʔ$^{21}_{53}$ si$^{33}_{21}$ bueʔ$^{21}_{53}$ an$^{45}_{33}$ tsuã^{53}
虎：抑是卜安怎？

bueʔ$^{21}_{53}$ t'ai$^{53}_{45}$ t'o^{53} u$^{33}_{21}$ tsiau^{33} kap$^{21}_{5}$ li^{53} taŋ$^{23}_{33}$ tse$^{23}_{33}$ tiã^{45}
猴：（唱）卜呔讨有嘸佮汝同齐癫？

het$^{21}_{5}$ u$^{33}_{21}$ iã^{53}
虎：迄有影！

$gua^{53}se^{21}_{53}liap^{121}bo^{23}_{33}baʔ^{21}koʔ^{21}_{53}kau^{33}_{21}kut^{21}_{5}t‘au^{23}$

猴：（唱）我 细 粒 无 肉 佫 厚 骨 头，

$an^{45}_{33}tsuã^{53}kɔŋ^{53}la^{21}$

虎： 安 怎 讲 啦？

$li^{53}tsiaʔ^{121}_{21}gua^{53}loʔ^{121}_{21}e^{33}_{21}sia^{21}_{53}pai^{33}li^{53}e^{23}_{33}miã^{23}_{33}siã^{45}$

猴：（唱）汝 食 我 咯 会 泻 败 汝 兮 名 声！

n^{33} n^{33} $bo^{23}li^{53}kɔŋ^{53}_{45}bueʔ^{21}_{53}an^{45}_{33}tsuã^{53}nɛ̃^{45}$

虎： 嗯……嗯……无 汝 讲 卜 安 怎 呢？

$hɔ^{53}_{45}tua^{33}_{21}ko^{45}a^{21}$

猴： 虎 大 哥 啊！

$li^{53}e^{23}_{33}miã^{23}_{33}siã^{45}t‘au^{21}_{53}ti^{33}_{21}tsia^{45}kap^{21}_{5}hia^{45}$

（唱）汝 兮 名 声 透 伫 遮 佮 遐，

$suã^{45}_{33}lai^{33}bo^{23}_{33}laŋ^{23}kã^{53}_{45}kaʔ^{21}li^{53}zia^{53}$

山 内 无 侬 敢 呷 汝 惹。

$k‘aʔ^{21}_{53}su^{45}gua^{53}ts‘ua^{33}_{21}li^{53}k‘i^{21}_{53}taŋ^{23}_{33}tse^{23}_{33}kiã^{23}$

恰 输 我 焘 汝 去 同 齐 行，

$ts‘ue^{33}_{21}tsit^{121}_{21}tsiaʔ^{21}tsat^{121}_{21}tsĩ^{45}baʔ^{21}koʔ^{21}_{53}tua^{33}_{21}p‘iã^{53}$

揣 一 只 实 撖 肉 佫 大 迺！

$ho^{53}ho^{53}ho^{53}$ $het^{21}_{5}u^{33}_{21}iã^{53}$ $t‘am^{45}_{33}laŋ^{33}tsit^{121}_{21}tiau^{23}_{33}k‘ɔ^{21}$ $suaʔ^{21}_{53}$

虎：（大喜）好 好 好！ 迄 有 影！ 贪 侬 一 条 裤， 煞

$liau^{53}_{45}k‘i^{21}_{53}tsit^{121}_{21}p‘it^{21}_{5}pɔ^{21}$ $ɔ^{53}_{45}laŋ^{33}tsit^{121}_{21}te^{21}_{53}kiɔ̃^{45}$ $loʔ^{121}_{21}ts‘e^{33}_{21}laŋ^{33}tsit^{121}_{21}$

了 去 一 匹 布；捣 侬 一 埭 姜， 咯 赃 侬 一

$tsiaʔ^{21}_{53}iɔ̃^{23}$ $li^{53}kɔŋ^{53}_{45}liau^{53}tsiã^{21}_{53}tioʔ^{121}$ $beʔ^{21}_{53}tsiaʔ^{121}loʔ^{121}_{21}tsiaʔ^{121}_{21}k‘aʔ^{21}_{53}$

只 羊！汝 讲 了 正 着， 卜 食 咯 食 恰

$tua^{33}_{21}tsiaʔ^{21}e^{21}$ $taŋ^{23}_{33}tse^{23}_{33}kiã^{23}$ $taŋ^{23}_{33}tse^{23}_{33}kiã^{23}$

大 只 兮！ 同 齐 行！ 同 齐 行！

[猴带路，虎随行，于山中寻找大猎物。终于看到小涧对岸站着头大公鹿]

ua^{45}ha^{53}ha^{53}ha^{53} koʔ$^{21}_{53}$suaʔ$^{21}_{53}$u$^{33}_{21}$iã^{53}nɛ̃^{45} k'uã$^{21}_{53}$li^{53}san$^{53}_{45}$kau$^{23}_{33}$
虎：（兴奋）哇哈哈哈！佫煞有影呢！看汝痟猴

kau^{23}bo$^{23}_{33}$siɔ̃^{33}li^{53}koʔ$^{21}_{53}$hiaʔ$^{21}_{53}$nĩ^{33}gau^{23} ɔm^{21}
猴，无想汝佫赫伲势！唵！（作欲扑状）

t'iŋ^{23}k'ɛʔ^{21} li^{53}kaʔ^{21}gua^{53}tiã^{33}k'i^{21}
鹿：停喀！汝呷我定去！

[老虎吃了一惊，停了下来。鹿转身对猴子]

si$^{53}_{45}$kau$^{23}_{33}$a^{53} li^{53}kã$^{53}_{45}$m$^{33}_{21}$si^{33}un$^{23}_{33}$gua^{53}sã$^{45}_{33}$niã^{53}hɔ$^{53}_{45}$p'ue^{23}tioʔ$^{121}_{21}$ laŋ^{33}
鹿：死猴仔！汝敢伓是允我三领虎皮着？侬

kɔŋ$^{53}_{45}$ un$^{23}_{33}$laŋ^{33}suã$^{45}_{33}$ti^{45}tioʔ$^{121}_{21}$mãi$^{21}_{53}$kiã$^{45}_{33}$ts'i^{21} un$^{23}_{33}$laŋ^{33}k'aʔ$^{21}_{53}$ts'am$^{53}_{45}$
讲“允侬山猪着嫒惊刺”！“允侬恰惨

k'iam$^{21}_{53}$laŋ$^{23}_{21}$ tsit$^{21}_{5}$mãi^{53}kaʔ$^{21}_{53}$suĩ$^{21}_{53}$tsit$^{121}_{21}$niã^{53}aʔ^{21}niã^{23} iau$^{53}_{45}$koʔ$^{21}_{53}$
欠侬”！即逐呷算一领抑尔，犹佫

nɔ̃$^{33}_{21}$niã^{53} li^{53}ti$^{33}_{21}$si^{23}lai$^{23}_{33}$hiŋ^{23}nɛ̃^{45}
两领，汝伫时来还呢？

[老虎大吃一惊，转身看猴子。猴子放声大笑，突然逃至鹿身边]

aʔ$^{21}_{53}$li^{53}li^{53}li^{53} ai^{45}ia^{21} ɔk$^{21}_{5}$bɛ^{53}u$^{33}_{21}$ɔk$^{21}_{5}$laŋ^{23}k'ia^{23} ian$^{45}_{33}$tsi$^{45}_{33}$bɛ^{53}k'i$^{21}_{53}$
虎：抑汝汝汝！哎呀！恶马有恶侬骑，胭脂马去

tu$^{53}_{45}$tioʔ$^{121}_{21}$kuan$^{45}_{33}$lo$^{53}_{45}$ia^{23} tse$^{21}_{53}$tsioʔ$^{121}_{21}$t'au^{23}suaʔ$^{21}_{53}$k'i$^{21}_{53}$hɔ^{33}ke$^{45}_{33}$nuĩ^{33}
抵着关老爷！这石头煞去互鸡卵

k'ap^{121}p'ua^{21} ai^{45}ia^{21}ia^{21}
磕破！哎呀呀！

siɔ̃$^{33}_{21}$beʔ$^{21}_{53}$kiã$^{23}_{33}$ho$^{53}_{45}$lɔ^{33}k'i$^{21}_{53}$ts'ai$^{33}_{21}$tioʔ$^{121}_{21}$piaʔ^{21}
（念）想卜行好路去揌着壁，

siɔ̃$^{33}_{21}$beʔ$^{21}_{53}$tsiaʔ$^{121}_{21}$ho$^{53}_{45}$liau^{33}k'i$^{21}_{53}$tu$^{53}_{45}$tioʔ$^{121}_{21}$lauʔ$^{21}_{53}$t'ɔ$^{21}_{53}$sia^{21}
想卜食好料去抵着落吐泻！

siɔ̃$^{33}_{21}$ kɔŋ$^{53}_{45}$ u$^{33}_{21}$ baʔ^{21} tsiaʔ^{121} k'i$^{21}_{53}$ ts'iŋ$^{33}_{21}$ tioʔ$^{121}_{21}$ lɔk$^{121}_{21}$ a^{53} tsiã^{45}
想讲有肉食去蹭着鹿仔精,

siɔ̃$^{33}_{21}$ kɔŋ$^{53}_{45}$ sim^{45} m$^{33}_{21}$ kiã^{45} ts'uan$^{21}_{53}$ kiã^{45} tioʔ$^{121}_{21}$ k'a$^{45}_{33}$ p'iã^{45}
想讲心怀惊串惊着骹髀!

sim^{45} kiã^{45} baʔ^{21} t'iau^{21} gua^{53} si^{33} iau$^{53}_{45}$ bue$^{33}_{21}$ tiã^{33}
心惊肉跳我是犹未定,

koʔ$^{21}_{53}$ t'iã^{45} tioʔ$^{121}_{21}$ hɔ$^{53}_{45}$ p'ue^{23} beʔ$^{21}_{53}$ kaŋ^{33} t'eʔ$^{121}_{21}$ sã$^{45}_{33}$ niã^{53}
佫听着虎皮卜共揣三领!

mɛ̃$^{53}_{45}$ mɛ̃^{53} tsau$^{53}_{45}$ tun$^{53}_{45}$ k'i$^{21}_{53}$ gun$^{53}_{45}$ suã$^{45}_{33}$ p'iã^{23}
猛猛走转去阮山坪,

suã$^{45}_{33}$ tai$^{33}_{21}$ ɔŋ^{23} gun^{53} mã^{21} tioʔ$^{121}_{21}$ kɔ$^{21}_{53}$ sɛ̃$^{21}_{53}$ miã^{33} kɔ$^{21}_{53}$ sɛ̃$^{21}_{53}$ miã^{33}
山大王阮嘛着顾性命,顾性命!

[老虎仓惶逃下。动物们又欢聚在一起,载歌载舞,兴高采烈]

众: (齐唱)(《四廓山·怀惊虎豹呷阮食》)

si$^{21}_{53}$ keʔ^{21} suã$^{45}_{33}$ niã^{53} kuan^{23} koʔ$^{21}_{53}$ kia^{33}
四廓山岭悬佫嵜,

hɔ^{33} kue^{21} t'ĩ^{45} tsɛ̃^{23} ts'iu$^{33}_{21}$ hioʔ$^{121}_{21}$ a^{53} ts'iã^{45}
雨过天晴树箬仔蔪。

tak$^{121}_{21}$ kɛ^{45} tso$^{21}_{53}$ hue^{53} lai$^{23}_{33}$ siɔ̃$^{33}_{21}$ pɔ^{33}
逐家做伙来想步,

m$^{33}_{21}$ kiã^{45} hɔ$^{53}_{45}$ pa^{21} kaʔ^{21} gun^{53} tsiaʔ^{121}
怀惊虎豹呷阮食!

[全剧终]

怀惊虎豹呷阮食

齐唱
独幕歌仔戏《猴设虎》选段（一）

高 然 作词作曲

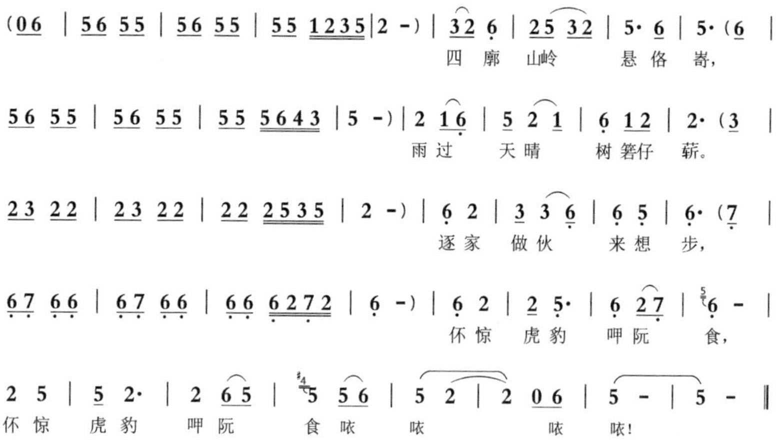

1=G 2/4　♩=106 较快，自信地

(06 | 5655 | 5655 | 55 1235 | 2 -) | 3 2 6 | 25 32 | 5· 6 | 5·(6 |
　　　　　　　　　　　　　　　　　　　四 廊 山岭　悬佫　峭，

5655 | 5655 | 55 5643 | 5 -) | 2 16 | 5 21 | 6 12 | 2·(3 |
　　　　　　　　　　　　　　　雨过　天晴　树箬仔　蕲。

23 22 | 23 22 | 22 2535 | 2 -) | 6 2 | 3 36 | 6 5 | 6·(7 |
　　　　　　　　　　　　　　　逐家　做伙　来想　步，

6766 | 6766 | 66 6272 | 6 -) | 6 2 | 25· | 6 27 | 5 6 - |
　　　　　　　　　　　　　　怀惊　虎豹　呷阮　食，

2 5 | 5 2· | 2 65 | 5 56 | 5 2 | 2 06 | 5 - | 5 - ‖
怀惊　虎豹　呷阮　食　哝　哝　　　哝　哝！

听着我名排个惊

男声独唱
独幕歌仔戏《猴设虎》选段（二）

高 然 作词作曲

1=G 2/4　♩=86 中速，威武地

(06 | 5655 | 5655 | 55 1235 | 2#1 2) | 3 2 6 | 25 32 | 5· 6 | 5·(6 |
　　　　　　　　　　　　　　　　　　　四 廊 山岭　悬佫　峭，

5655 | 5655 | 55 56#43 | 5 25) | 2 16 | 5 21 | 6 12 | 2·(3 |
　　　　　　　　　　　　　　雨过　天晴　树箬仔　蕲。

23 22 | 23 22 | 22 2535 | 2#1 2) | 1 2 | 6 32 | 36 21 | 6·(7 |
　　　　　　　　　　　　　　　山中　有虎　我嘛做　王，

6766 | 6766 | 66 6272 | 6#5 6) | 6 5 | 27 66 | 1 26 | 1 - ‖
　　　　　　　　　　　　　听着　我分名是　排个　惊，

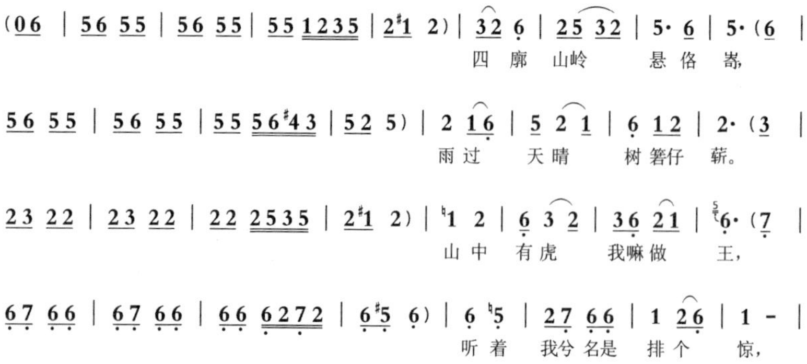

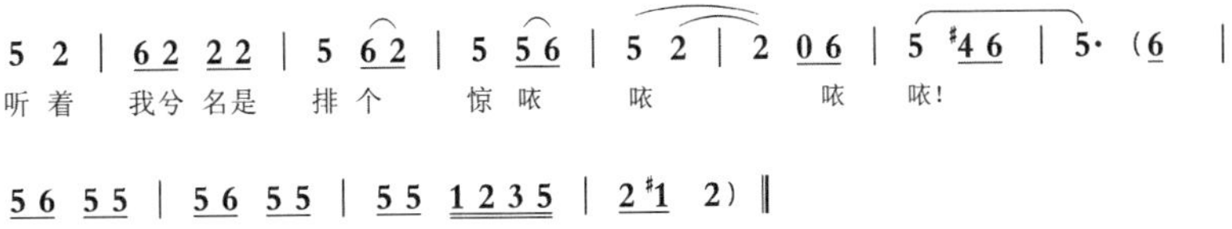

我猴仔瘠猴猴是猴命

独唱

独幕歌仔戏《猴设虎》选段（三）

1=G转F 2/4

♩=102 稍快

高 然 作词配曲
调寄《杂暧仔·七字仔》

(0 3 2 | 5 5 1 2 3 5 | 2·) 3 2 | 1 3 2 | 5 2 2 | 1 2 | 2· (3 2 | 5 5 1 2 3 5 | 2·) 3 2 |
我　猴仔　瘠猴猴　是猴命，(虎：抑是卜安怎？)卜

2 5 5 3 | 6 1· | 2 2 1 1 | 2· (3 2 | 1 1 1 2 3 5 | 2·) 3 2 | 3 6 | 1 6 1 |
呔　讨　有嗹　呷汝同齐　癫？(虎：迄有影！)我　细粒　无肉佫

6 2 1 | 5· (7 | 6 6 6 5 3 5 | 6·) 7 6 | 5 2 7 | 2 2 7 6 5 | 7 6 5 | 6· 7 6 |
厚骨　头，(虎：安怎讲？)　汝　食我　咯会泻　败汝兮名　声，汝

5 2 7 | 6 6 7 6 6 | 7 6 6 | 1 5 (6 | 5 5 5 3 2 3 | 5 0 6 | 5 5 5 3 2 3 | 5·6 1 7 |
食我　咯会泻　败汝兮名　声！(虎：嗯…这…无汝讲卜安怎呢？)

6 7 6 5　3 5 6 1 | 5 6 | 3 3 5 | 6 3 2 6 | 3 -) | 7 6 3 | 5 6 | 5 3· |
转1=F(前5=后6)　　　　　　　　　　　　　　　　　　　　　　　　汝兮　名声

3· (2 3 | 6· 2 | 3 6 | 3 6 2 3 | 6) 6 3 | 5 6 6 | 5 6 #4 | 3 3 3 |
　　　　透仁　遮俗　遐，　山内

3 3 5 | 3 6 | 5 3 2 1 | 6 3 | 3 6 | (6· 1 | 2 5 | 3 6 2 3 |
无依　(啊)　敢　　呷汝惹。

6 -) | 3 3 3 2 | 2 5 3 | 3 6 3 | 1 1 | 5 6 (1 | 6· 1 | 6 5 |
　　　恰输我　炁汝　(咳)去同齐　行，

3 3 5 2 3 1 2 | 6 -) | 2 2 2 3 5 | 3 - | 6· 1 | 6 5 3 | 6 - |
　　　　　　　　　挀一只实撮　　　肉佫　大迺　(啊)，

2 2 2 | 3 5 | 3 - | 3· 5 | 3 1 7 | 6 - | (6 6 | 5 6 5 3 |
挀一只　实撮　　肉佫　大迺　(啊)!

2 3 | 2 3 2 1 | 6 -) ‖

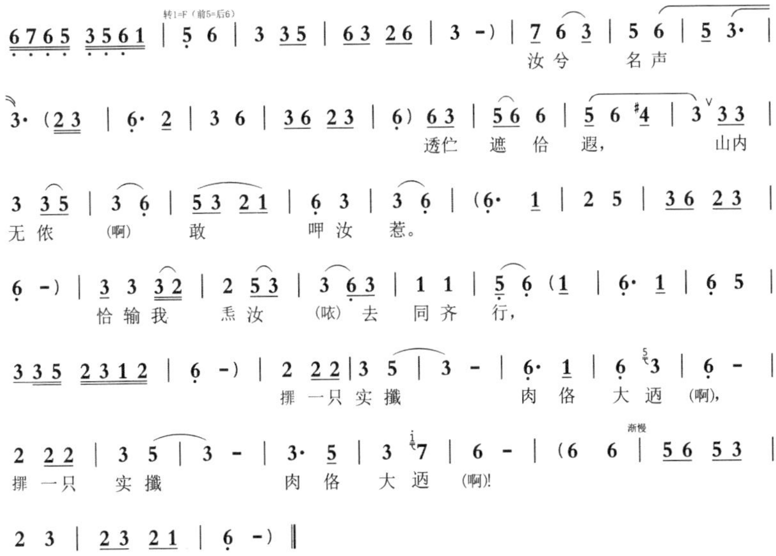

词语解释

1. 猴设虎，猴子骗老虎；设，诳，骗。伓惊，不怕，不担忧。呷 kaʔ^{21}，把，将。阮 gun^{53}，我们，我的，我们的。食，吃，进食。四廓，四周，周围。悬，高。佫 koʔ^{21}，又，再。崎 kia^{33}，陡，峭。箬 hioʔ^{121}，树叶，叶子。菁 ts'ia^{45}，崭新，鲜亮。逐家，大伙儿，每人。做伙，一起，聚会。想步，想对策，谋划。

2. 嘛，也，亦。听着，听见，听到。兮 e^{23}，的。排个，人人，每个。惊，害怕，恐惧。汝佫走，你还跑；走，跑步；走为“行 kiã^{23}”。乌鼠，老鼠。抵 tu^{53}，碰，遇。肚猴，蝼蛄。水鸡，田鸡，青蛙。敢走会利，能跑得了吗；利，顺畅，利索。抑无讲，也不说，也不看看。蹭 ts'iŋ^{33}，碰，遇。舐谁，谁，哪位。呷来讲，再说，放置句末加强语气。现，马上，立刻。呷汝食去，把你吃了。无欠汝，不欠你啥。

3. 迄夭寿，哇塞，天呐；口头呼语，表惊叹。阿痞，烂仔，蛮横之人。互 hɔ^{33}，让，被。阿噔仔，弱小者，弱者；噔 tãi^{53}，微小，弱小。去互……猛着，叫……欺负了；猛 biŋ^{53}，动词，欺凌。抑 aʔ^{21}，那么，(在此) 句首语气助词。煞，倒，却。拍惊，恐吓，惊扰。呷 kaʔ^{21}，怎么，干嘛，句首语气助词。安尼，如此，这样。堆堆呷我看，死命盯着看，死盯着。遘 kau^{21}，到，达。淡薄，一点儿，一丁点儿，又说“淡薄仔”。臭青疑，既疑惑又害怕。

4. 咯 loʔ^{121}，得，就。呷伊堆堆看，死盯着它。看遘煞互伊疑死，盯到它产生怀疑还害怕。

5. 慢且是，且慢。逐侬，人人。拢，都，全。知影，知道，明白。猛 biŋ^{53}，厉害，能。侬讲，人说，俗话说。臭头，瘌痢头。伓佫 m^{33}_{21} koʔ^{21}，不过，然而。组针，缝衣针；组 t'ĩ^{33}，缝，补。卜 bueʔ^{21}/beʔ^{21}，要，欲。嘛着，也得，必须。睁 tan^{45}，先，预先。看仔，看看，看一下。安怎样仔，如何，什么情况。呷佫讲，再说，再论。

6. 哪仔，啥，什么。安怎，怎么，为什么。听拢无，听不明白。

7. 瘖猴猴，如猴儿般瘦；瘖 san^{53}，瘦，苗条。卜呔讨，哪儿能，怎么可以。有瞧，有本事，敢于。佮 kap^{21}/kaʔ^{21}，与，跟，和。同齐，一块儿，一起。癫，疯。讫有影，那是，当然。细粒，个儿小，小个子。厚骨头，多骨头；厚，多，盈。泻败，败坏，破坏。

8. 透伫遮佮遐，扬名在这儿和那儿；伫ti^{33}，在，于。遮，这里；遐，那里。山内，大山里头。无侬，没有人。恰输，不如，倒不如。毛ts‘ua^{33}，带领，引导。揮ts‘ue^{33}，寻，找。实擮tsat$^{121}_{21}$tsĩ^{45}，结实，充实；擮，塞，挤。大酒，大块肉。

9. 了去，耗掉，损失了。抈ɔ^{53}，挖，掘。一埭，一块。赒ts‘e^{33}，赔付，赔偿。正着，真是正确；正，真，的确；着，对。恰k‘aʔ^{21}，较，更。大只，块头大。

10. 赫伲势，这么/那么能干；势gau^{23}，贤，擅长。唵ɔm^{21}，虎啸声。

11. 停喀，停下。定去，安静下来，消停。允，允诺，答应。领，量词，张。着tioʔ^{121}，句末语气助词。山猪，野猪。媛mãi^{21}，别，不必。恰惨欠侬，比欠人（钱财、人情等）还糟。即逫，这回，这次；逫mãi^{53}，趟，次。呷，才，方。抑尔，罢了，而已。犹佫，还，仍然。伫时，什么时候，几时。

12. 鸡卵，鸡蛋。拺着壁，碰/撞到墙；拺ts‘ai^{33}，撞。食好料，吃大餐，改膳。落吐泻，又吐又泻。串惊着骹髀，怕啥来啥；串，专；着，中（zhòng））；骹髀，背脊。犹未定，还没有静下来。共kaŋ^{33}，在此是“呷侬kaʔ^{21}laŋ^{33}（把人，跟人）”的合音形式。擳t‘eʔ^{121}，拿，取。猛猛mɛ̃$^{53}_{45}$mɛ̃^{53}，快速，迅猛。转去，回去。山坪，山较低缓处。

梁才女

（大型闽南语诗词歌仔戏）

高然 编剧作曲

人物 梁才女（水仙）、金公子（梅生）、梁家人、茶店主、游客、茶客、官兵、书生、村妇等

时间 古代某时期

地点 福建漳州地区

[故事梗概]

漳州梁知府之女梁水仙于元夕夜与同好诗文、才华横溢之金梅生金公子相识，二人互为爱慕，常吟诗作对互励。金公子因抗敌殉身，梁水仙为伊未再谈婚嫁，终日作诗写词度日，未几亦悲伤而逝。梁父将其葬于漳州西湖畔芝山脚，墓碑上刻有“梁才女之墓”，后为历代文人学子求学、求功名、讨慧拜祭圣地。

第一场 古城相怺

扫码听录音

时间 某元夕夜

地点 漳州老城一角

[幕启游人如织，一片元夕热闹景象]

tsap$^{121}_{21}$ gɔ^{33} tsap$^{121}_{21}$ gɔ^{33} kiat$^{21}_{5}$ tiŋ$^{45}_{33}$ pɛ̃^{23} kuĩ$^{45}_{33}$ iã^{33} kuĩ$^{45}_{33}$ iã^{33} bo$^{23}_{33}$ su$^{45}_{33}$ ts‘ɛ̃^{45}

众：（念）十 五 十 五 结 灯 棚，光 焰 光 焰 无 输 星；

si$^{21}_{53}$ keʔ^{21} si$^{21}_{53}$ keʔ^{21} ts‘ai$^{53}_{45}$ tiŋ^{45} toʔ^{21} guan$^{23}_{33}$ sik^{121} guan$^{23}_{33}$ sik^{121} nãu$^{33}_{21}$

四 廓 四 廓 彩 灯 着，元 夕 元 夕 闹

ziat^{121} mɛ̃^{23}

热 暝！

（合唱）（[宋] 傅伯成《七律·拟和元夕御制》）

ban$^{33}_{21}$ hɔ^{33} ts‘ian$^{45}_{33}$ bun^{23} siu$^{21}_{53}$ tsɔk$^{21}_{5}$ t‘uan^{23} bi$^{33}_{21}$ iaŋ^{45} kiɔŋ^{45} k‘uat^{21}
万户千门绣作团，未央宫阙

siɔŋ^{53} tsan$^{21}_{53}$ guan^{23} tiŋ^{45} hua^{45} bu$^{23}_{33}$ sɔ^{21} pai$^{23}_{33}$ kim$^{45}_{33}$ ts‘iɔk^{21} guat$^{121}_{21}$
耸巑岏。灯花无数排金粟，月

p‘ik^{21} tɔŋ$^{45}_{33}$ k‘ɔŋ^{45} i$^{53}_{45}$ sian^{21} uan^{23} hiaŋ^{45} ziau^{53} i^{33} lɔ^{23} ian^{45} bit$^{121}_{21}$ bit^{121}
魄当空倚扇纨。香绕御炉烟幂幂，

giɔk$^{121}_{21}$ iau^{23} sian$^{45}_{33}$ pue^{33} hiaŋ$^{53}_{45}$ suan$^{45}_{33}$ suan^{45} iu$^{23}_{33}$ zin^{23} kiɔŋ$^{33}_{21}$ suat^{21} kui$^{45}_{33}$
玉瑶仙佩响珊珊。游人共说归

lai^{23} buan^{53} it$^{21}_{5}$ tsim^{53} kin$^{45}_{33}$ t‘ian^{45} ho$^{53}_{45}$ bɔŋ^{33} tsan^{23}
来晚，一枕钧天好梦残。

[唱完众人各自散去，逛街的逛街，赏灯的赏灯。金公子上场，见景感慨]

ai^{45} ia^{21} ia^{21} ho$^{53}_{45}$ tsit$^{121}_{21}$ e^{23} tiŋ^{45} kuĩ^{45} bak^{121} hua^{45} laŋ^{23} e^{45} laŋ^{23} k‘e^{21} e^{23}
金：哎呀呀！好一兮灯光目花，侬挨侬揳兮

nãu$^{33}_{21}$ ziat^{121} mɛ̃^{23}
闹热暝！

（独唱）（[宋] 赵以夫《木兰花慢·漳州元夕》）

giɔk$^{121}_{21}$ bue^{23} ts‘ui$^{45}_{33}$ tse$^{21}_{53}$ suat^{21} kak$^{21}_{5}$ ho$^{23}_{33}$ k‘i^{21} buan$^{53}_{45}$ lam$^{23}_{33}$ tsiu^{45}
玉梅吹霁雪，觉和气，满南州。

kiŋ$^{21}_{53}$ lian^{23} sik$^{121}_{21}$ tsiŋ$^{23}_{33}$ kɔŋ^{45} tɔŋ$^{23}_{33}$ huan^{45} siau$^{53}_{45}$ i^{53} tiau$^{45}_{33}$ ai^{53} tsuan$^{23}_{33}$ siu^{45}
更连夕晴光，同番小雨，朝霭全收。

zin$^{23}_{33}$ tsiŋ^{23} put$^{21}_{5}$ ti^{45} ti$^{53}_{45}$ su^{33} tan$^{33}_{21}$ hɔŋ$^{23}_{33}$ tɔŋ^{23} pik$^{121}_{21}$ sɔ^{45} tsɔŋ$^{53}_{45}$ tui$^{45}_{33}$ iu^{23}
人情不知底事，但黄童白叟总追游。

kɛ$^{21}_{53}$ hai^{53} ts‘ian$^{45}_{33}$ sim^{23} ts‘ai$^{53}_{45}$ siu^{33} tiaŋ^{21} k‘ɔŋ^{45} ban$^{33}_{21}$ tiam$^{53}_{45}$ siŋ$^{45}_{33}$ kiu^{23}
驾海千寻彩岫，涨空万点星球。

hɔŋ$^{45}_{33}$ liu^{23}
风流。

siu$^{21}_{53}$ sik^{21} biŋ$^{23}_{33}$ biu^{23}　kim$^{45}_{33}$ lian$^{23}_{33}$ pɔ^{33}　tɔ$^{33}_{21}$ k‘iŋ$^{45}_{33}$ ziu^{23}
秀色明眸，金莲步，度轻柔。

zim^{33} ɔŋ$^{53}_{45}$ lai^{23} ian$^{21}_{53}$ sik^{121}　hiaŋ$^{45}_{33}$ hɔŋ^{45} in$^{53}_{45}$ bu^{53}　ts‘iŋ$^{45}_{33}$ kuan^{53} sui$^{23}_{33}$ iu^{45}
任往来燕席，香风引舞，清管随讴。

ho^{23} tsiŋ$^{23}_{33}$ kian^{21} t‘i$^{45}_{33}$ t‘ai$^{21}_{53}$ siu^{53}　i$^{53}_{45}$ tiŋ$^{45}_{33}$ ts‘ia^{45}　k‘i^{21} a^{53} iu$^{33}_{21}$ ti$^{23}_{33}$ liu^{23}
何曾见痴太守，已登车，去也又迟留。

zin^{23} su^{33} to$^{45}_{33}$ tsiŋ^{23} ho$^{33}_{21}$ guat^{121}　sip$^{121}_{21}$ hun^{45} tsiau$^{21}_{53}$ ŋɔ̃$^{53}_{45}$ tɔŋ$^{45}_{33}$ liu^{23}
人似多情皓月，十分照我当楼！

[金唱大半时，早已围了一堆观众欣赏其吟唱。梁水仙爱慕伊，待其唱毕接着对诗]

梁：（紧接唱）（[宋] 傅伯成《七律·拟和元夕御诗（闰正月）》）

guan$^{23}_{33}$ ia^{33} sin$^{45}_{33}$ t‘iam^{45} it$^{21}_{5}$ ia^{33} ts‘un^{45}　k‘iɔk^{21} k‘iŋ^{45} hua^{45} lun^{33}
元夜新添一夜春，曲轻花嫩

bi$^{33}_{21}$ siŋ$^{23}_{33}$ t‘un^{23}　siŋ$^{45}_{33}$ ko^{45} buan$^{53}_{45}$ te^{33} tsui^{21} huan$^{23}_{33}$ siŋ^{53}　lau$^{23}_{33}$ kɔk^{21}
未成尘。笙歌满地醉还醒，楼阁

tiɔŋ$^{45}_{33}$ t‘ian^{45} huan^{21} ts‘ia$^{53}_{45}$ lun^{23}
中天奂且轮。

sin$^{45}_{33}$ iak^{121} biau^{33} zi^{23} gi$^{23}_{33}$ hɔŋ^{33} bu^{53}　uan$^{53}_{45}$ zin^{23} tɔŋ$^{33}_{21}$ su^{33} sai$^{21}_{53}$ hɔŋ$^{23}_{33}$ pin^{45}
金：（接唱）新药妙如仪凤舞，远人动似塞鸿宾。

put$^{21}_{5}$ ti^{45} tsam$^{21}_{53}$ lɔ^{33} in^{45} to$^{45}_{33}$ siau^{53}　tan$^{33}_{21}$ kian^{21} sam$^{45}_{33}$ han^{23} pai$^{21}_{53}$ bu$^{53}_{45}$ p‘in^{23}
金梁：（重唱）不知湛露恩多少，但见三韩拜舞频。

[金唱完激动，为眼前才女才貌仪态折服]

ai^{45} ia^{21} ia^{21}　a$^{45}_{33}$ niɔ̃^{23} a^{21}　li^{53} bun$^{23}_{33}$ su^{23} ŋɛ̃$^{53}_{45}$ ku^{21} pue$^{33}_{21}$ t‘au$^{21}_{53}$ t‘au^{21}　gim$^{23}_{33}$
金：哎呀呀！阿娘啊，汝文词雅句背透透，吟

si^{45} tsɔk$^{21}_{5}$ tui^{21} sik$^{121}_{21}$ lauʔ$^{21}_{53}$ lauʔ^{21}　laŋ^{23} sui^{53} bak^{121} ɔ^{45} bai^{23} k‘iau$^{45}_{33}$ k‘iau^{45}
诗作对熟落落；依水目乌眉跷跷，

e$^{33}_{21}$ts‘iɔ̃^{21}gau$^{23}_{33}$bu^{53}uaʔ$^{121}_{21}$t‘iau$^{21}_{53}$t‘iau^{21} kã$^{53}_{45}$e$^{33}_{21}$sai$^{53}_{45}$lai$^{23}_{33}$muĩ^{33}tsɛ^{21} kio$^{21}_{53}$
会唱 势舞活 跳 跳！敢会使来问咋，叫

nã$^{53}_{45}$a^{53}sɛ̃$^{21}_{53}$nã$^{53}_{45}$a^{53}
哪仔姓哪仔？

sio$^{53}_{45}$lu$^{53}_{45}$tsu^{53}sɛ̃$^{21}_{53}$niɔ̃^{23}miã$^{23}_{33}$tsui$^{53}_{45}$sian^{45} tua$^{21}_{53}$ti^{33}
梁：小女子姓梁名水仙，蹛伫……

a^{21} tsui$^{53}_{45}$sian^{45} tsui$^{53}_{45}$sian^{45}a^{21} li^{53}li^{53}li^{53} tsiã$^{21}_{53}$kaŋ^{53}si$^{33}_{21}$tsit$^{121}_{21}$kɔ$^{53}_{45}$
金：啊！水仙！水仙啊！汝汝汝！正港是一个

tsui$^{53}_{45}$tiɔŋ$^{45}_{33}$sian^{45}a^{21}
水中仙啊！

（男领与伴唱）（[宋]陈与义《五言·咏水仙花五韵》）

sian$^{45}_{33}$zin^{23}siaŋ$^{45}_{33}$sik$^{21}_{5}$hiu^{23} ko$^{53}_{45}$i^{45}i$^{53}_{45}$sik^{21}tsi^{45}
仙人缃色裘，缟衣以裼之。

ts‘iŋ$^{45}_{33}$t‘uat^{21}hun$^{45}_{33}$ui$^{53}_{45}$te^{33} tɔk$^{121}_{21}$lip^{121}tɔŋ$^{45}_{33}$hɔŋ$^{45}_{33}$si^{23}
青帨纷委地，独立东风时。

ts‘ui$^{45}_{33}$hiaŋ^{45}tɔŋ$^{33}_{21}$tiŋ^{23}luan^{53} lɔŋ$^{33}_{21}$iŋ^{53}ts‘iŋ$^{45}_{33}$tiu^{21}ti^{23}
吹香洞庭暖，弄影清昼迟。

tsik$^{121}_{21}$tsik^{121}li^{23}lɔk$^{121}_{21}$im^{45} tiŋ$^{23}_{33}$tiŋ^{23}i^{53}i$^{53}_{45}$ki^{23}
寂寂篱落阴，亭亭与予期。

sui^{23}ti^{45}uan^{23}tiɔŋ^{45}k‘ik^{21} liŋ$^{23}_{33}$hu^{21}e$^{33}_{21}$tsin$^{45}_{33}$si^{45}
谁知园中客，能赋会真诗。

tsui$^{53}_{45}$sian^{45}a^{21} niɔ̃^{23}tsui$^{53}_{45}$sian^{45} li^{53}si$^{33}_{21}$an$^{45}_{33}$tsuã^{53}e^{23}tsit$^{121}_{21}$lui$^{53}_{45}$tsui$^{53}_{45}$
水仙啊，梁水仙！汝是安怎兮一蕊水

sian$^{45}_{33}$hua^{45}a^{21}
仙花啊！

（吟）（[宋]杨万里《七绝·晚寒题水仙花之一》）

tsui$^{53}_{45}$sian$^{45}_{33}$k‘iɔk$^{21}_{5}$luan^{53}ai$^{21}_{53}$ts‘iŋ$^{45}_{33}$han^{23}
水仙怯暖爱清寒，

liaŋ$^{53}_{45}$ zit^{121} bi$^{23}_{33}$ suan^{45} lan$^{53}_{45}$ iɔk$^{121}_{21}$ bian^{23}
两 日 微 暄 懒 欲 眠。

liau^{33} ts'iau^{21} buan$^{53}_{45}$ hɔŋ^{45} zin^{23} put$^{21}_{5}$ hue^{33}
料 峭 晚 风 人 不 会，

liu$^{23}_{33}$ hua^{45} ts'ia$^{53}_{45}$ tsu^{21} puan$^{33}_{21}$ si$^{45}_{33}$ sian^{45}
留 花 且 住 伴 诗 仙。

梁：（紧接吟）（[宋] 杨万里《七绝·晚寒题水仙花之二》）

tsui$^{53}_{45}$ sian^{45} t'au^{23} taŋ^{33} lik^{121} ts'iam$^{45}_{33}$ ziɔk^{121}
水 仙 头 重 力 纤 弱，

p'ik$^{21}_{5}$ liu^{53} io^{45} tsi^{45} hɔŋ^{23} giɔk^{121} gɔk^{21}
碧 柳 腰 支 黄 玉 萼。

p'iŋ$^{45}_{33}$ p'iŋ^{45} niãu$^{53}_{45}$ niãu^{53} sui^{23} ui$^{33}_{21}$ hu^{23}
娉 娉 袅 袅 谁 为 扶？

sui$^{33}_{21}$ hiaŋ^{45} tsai$^{33}_{21}$ p'ɔŋ^{23} hu$^{23}_{33}$ tsiɔk^{21} ku^{23}
瑞 香 在 旁 扶 着 渠。

hit$^{21}_{5}$ u$^{33}_{21}$ iã^{53}
金：迄 有 影！（吟）（[宋] 杨万里《七绝·晚寒题水仙花之三》）

lian$^{33}_{21}$ ku^{21} lɔ$^{23}_{33}$ t'ui^{23} k'i$^{53}_{45}$ k'o$^{53}_{45}$ bu^{23} ku^{21} siŋ^{23} bi$^{33}_{21}$ pit^{21} tsin$^{33}_{21}$ ian$^{23}_{33}$ ku^{23}
炼 句 炉 槌 岂 可 无，句 成 未 必 尽 缘 渠。

lau$^{33}_{21}$ hu^{45} put$^{21}_{5}$ si^{33} sim$^{23}_{33}$ si$^{45}_{33}$ ku^{21} si$^{45}_{33}$ ku^{21} tsu$^{33}_{21}$ lai^{23} sim$^{23}_{33}$ lau$^{33}_{21}$ hu^{45}
老 夫 不 是 寻 诗 句，诗 句 自 来 寻 老 夫！

ha^{53} ha^{53} ha^{53} tsai$^{33}_{21}$ ɛ^{33} sɛ̃$^{21}_{53}$ kim^{45} tua$^{33}_{21}$ miã^{23} bue$^{23}_{33}$ siŋ^{45}
哈 哈 哈！ 在 下 姓 金， 大 名 梅 生！

ha^{53} ha^{53} ha^{53} tsit$^{121}_{21}$ tsaŋ^{23} tsui$^{53}_{45}$ sian^{45} tsit$^{121}_{21}$ ki^{45} bue$^{23}_{33}$ hua^{45} ha^{53}
众：（大笑）哈 哈 哈！ 一 枞 水 仙， 一 枝 梅 花！ 哈

ha^{53} ha^{53}
哈 哈……！

（对梁水仙）（吟）（[明] 吴承恩《卜算子·题水仙》（选句））

giɔk$^{121}_{21}$ lip^{121} sio$^{53}_{45}$ pʻiŋ$^{45}_{33}$ tʻiŋ^{23}　bit$^{121}_{21}$ bit^{121} ham$^{23}_{33}$ tsiŋ$^{23}_{33}$ sɔ^{21}
玉立小娉婷，默默含情素。

tsʻut$^{21}_{5}$ kik^{21} hɔŋ$^{45}_{33}$ piau^{45} zip$^{121}_{21}$ kut$^{21}_{5}$ hiaŋ^{45}　tsi$^{53}_{45}$ kʻiɔŋ^{53} bue$^{23}_{33}$ hua^{45} tɔ^{21}
出格风标入骨香，只恐梅花妒。

（又大笑。转身对金公子）（吟）（[宋] 陈淳《五律·丁未十月见梅一点》）

tsʻiŋ$^{45}_{33}$ tsʻiŋ^{45} it$^{21}_{5}$ tiam$^{53}_{45}$ giɔk^{121}　kʻɔ$^{45}_{33}$ ki^{45} tsuat^{121} sian$^{45}_{33}$ sian^{45}
清清一点玉，枯枝绝鲜鲜。

lik$^{121}_{21}$ lik^{121} sɔŋ$^{45}_{33}$ lim$^{23}_{33}$ ki^{23}　bi$^{33}_{21}$ siŋ^{53} iu$^{53}_{45}$ tsʻu$^{53}_{45}$ gian^{23}
历历霜林奇，未省有此妍。

ŋɛ̃$^{53}_{45}$ zu^{23} tiak^{21} kun$^{45}_{33}$ tsu^{53}　kak^{21} tsai^{33} kun^{23} bɔŋ^{23} sian^{45}
雅如哲君子，觉在群蒙先。

kʻiat$^{21}_{5}$ tsi^{45} ki^{53} an^{21} siaŋ^{33}　su$^{53}_{45}$ ŋɔ̃^{53} sim^{45} sa$^{53}_{45}$ zian^{23}
揭之几案上，使我心洒然。

[诗吟毕众大笑。音乐起，众载歌载舞]

（合唱）（[宋] 傅伯成《七律·拟和元夕御制》）

ban$^{33}_{21}$ hɔ^{33} tsʻian$^{45}_{33}$ bun^{23} siu$^{21}_{53}$ tsɔk$^{21}_{5}$ tʻuan^{23}
万户千门绣作团，

bi$^{33}_{21}$ iaŋ^{45} kiɔŋ^{45} kʻuat^{21} siɔŋ^{53} tsan$^{21}_{53}$ guan^{23}
未央宫阙耸巑岏。

tiŋ^{45} hua^{45} bu$^{23}_{33}$ sɔ^{21} pai$^{23}_{33}$ kim$^{45}_{33}$ tsʻiɔk^{21}
灯花无数排金粟，

guat$^{121}_{21}$ pʻik^{21} tɔŋ$^{45}_{33}$ kʻɔŋ^{45} i$^{53}_{45}$ sian^{21} uan^{23}
月魄当空倚扇纨。

hiaŋ^{45} ziau^{53} i^{33} lɔ^{23} ian^{45} bit$^{121}_{21}$ bit^{121}
香绕御炉烟幂幂，

giɔk$^{121}_{21}$ iau^{23} sian$^{45}_{33}$ pue^{33} hiaŋ$^{53}_{45}$ suan$^{45}_{33}$ suan^{45}
玉 瑶 仙 佩 响 珊 珊。

iu$^{23}_{33}$ zin^{23} kiɔŋ$^{33}_{21}$ suat^{21} kui$^{45}_{33}$ lai^{23} buan^{53}
游 人 共 说 归 来 晚，

it$^{21}_{5}$ tsim^{53} kin$^{45}_{33}$ t‘ian^{45} ho$^{53}_{45}$ bɔŋ^{33} tsan^{23}
一 枕 钧 天 好 梦 残。

［落幕］

唱段曲谱

七律·拟和元夕御制[1]

1=G $\frac{2}{4}$

♩=80 中速，欢快，热情地

合唱

歌仔戏《梁才女》第一场选段（一）

［宋］傅伯成 作诗
高 然 作曲

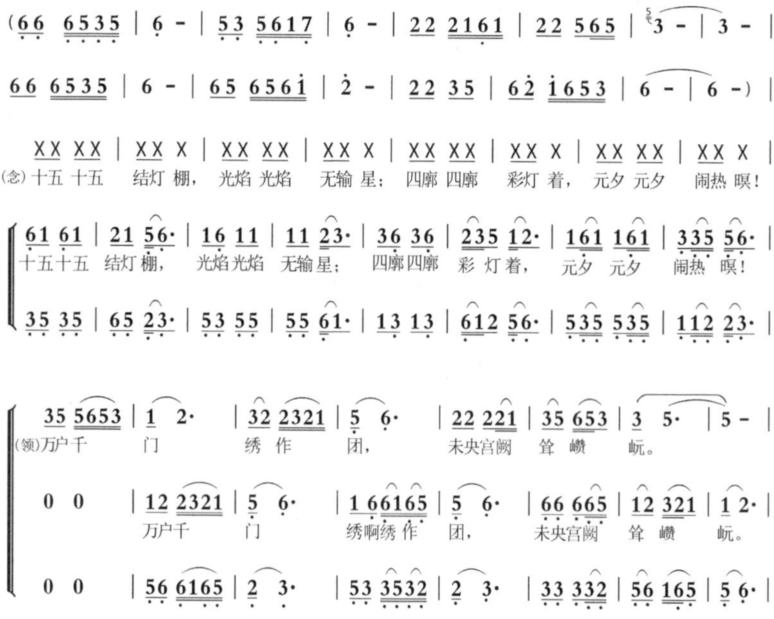
(念)十五 十五 结灯 棚，光焰 光焰 无输 星；四廓 四廓 彩灯 着，元夕 元夕 闹热 暝！
十五十五 结灯棚，光焰光焰 无输星；四廓四廓 彩 灯 着，元夕 元夕 闹热 暝！
(领)万户千 门 绣 作 团，未央宫阙 耸 巑 岏。
万户千 门 绣啊绣 作 团，未央宫阙 耸 巑 岏。

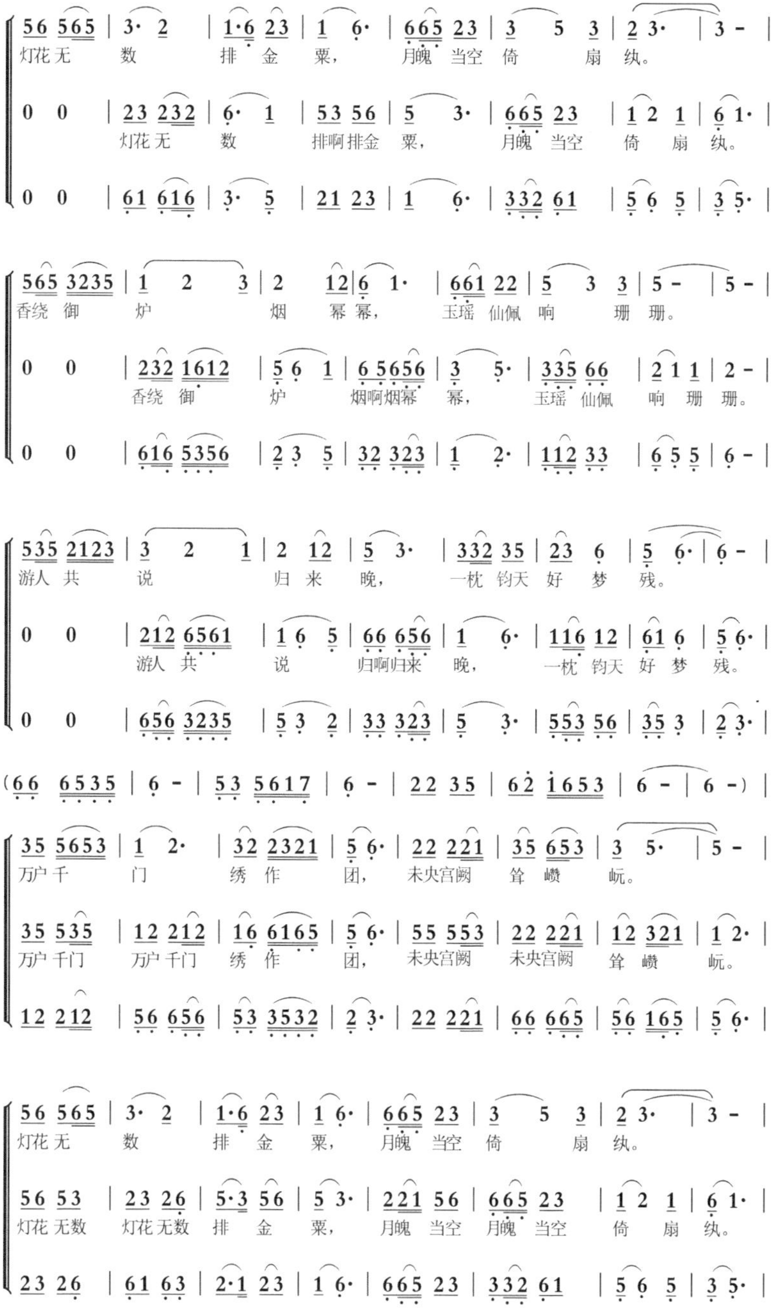
灯花无 数 排 金 粟， 月魄 当空 倚 扇 纨。
灯花无 数 排啊排金 粟， 月魄 当空 倚 扇 纨。
香绕 御 炉 烟 幂幂， 玉瑶 仙佩 响 珊 珊。
香绕 御 炉 烟啊烟幂 幂， 玉瑶 仙佩 响 珊 珊。
游人 共 说 归 来 晚， 一枕 钓天 好 梦 残。
游人 共 说 归啊归来 晚， 一枕 钓天 好 梦 残。
万户 千 门 绣 作 团， 未央宫阙 耸 巑 岏。
万户 千门 万户 千门 绣 作 团， 未央宫阙 未央宫阙 耸 巑 岏。
灯花 无 数 排 金 粟， 月魄 当空 倚 扇 纨。
灯花 无数 灯花 无数 排 金 粟， 月魄 当空 月魄 当空 倚 扇 纨。

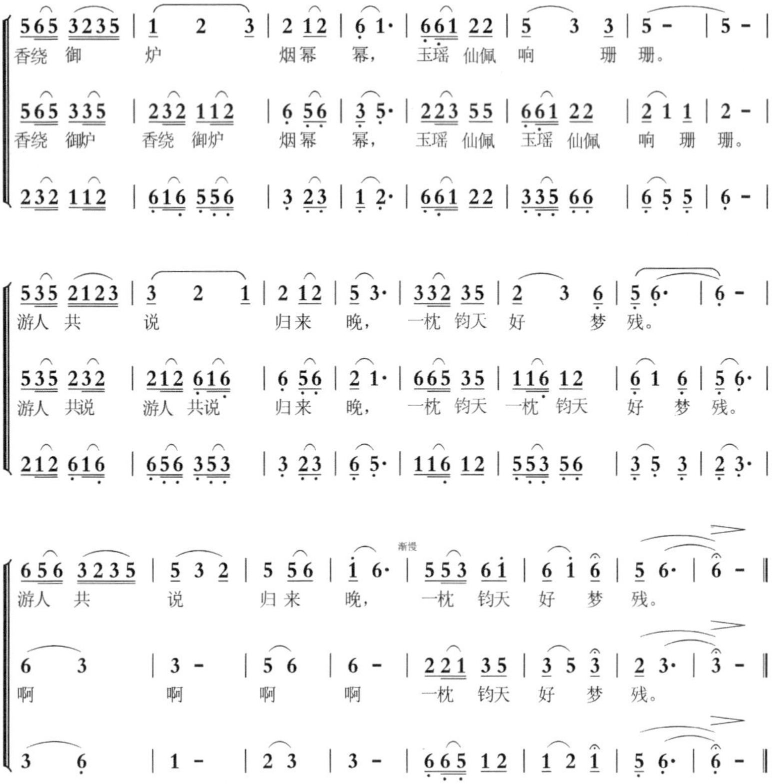

木兰花慢·漳州元夕

1=F转G $\frac{2}{4}$

♩=66 缓慢，优美、潇洒地

男声独唱

歌仔戏《梁才女》第一场选段（二）

[宋]赵以夫 作词

高 然 作曲

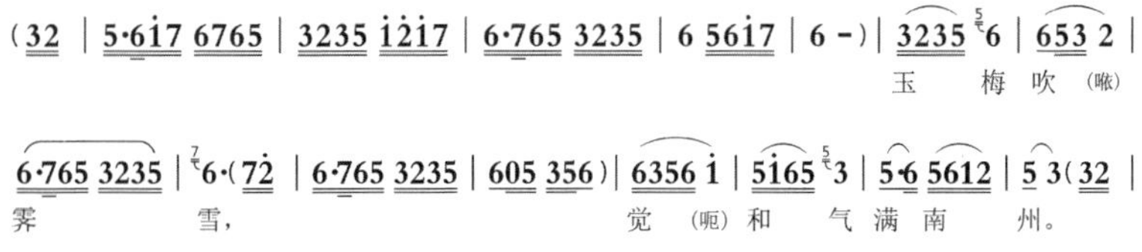

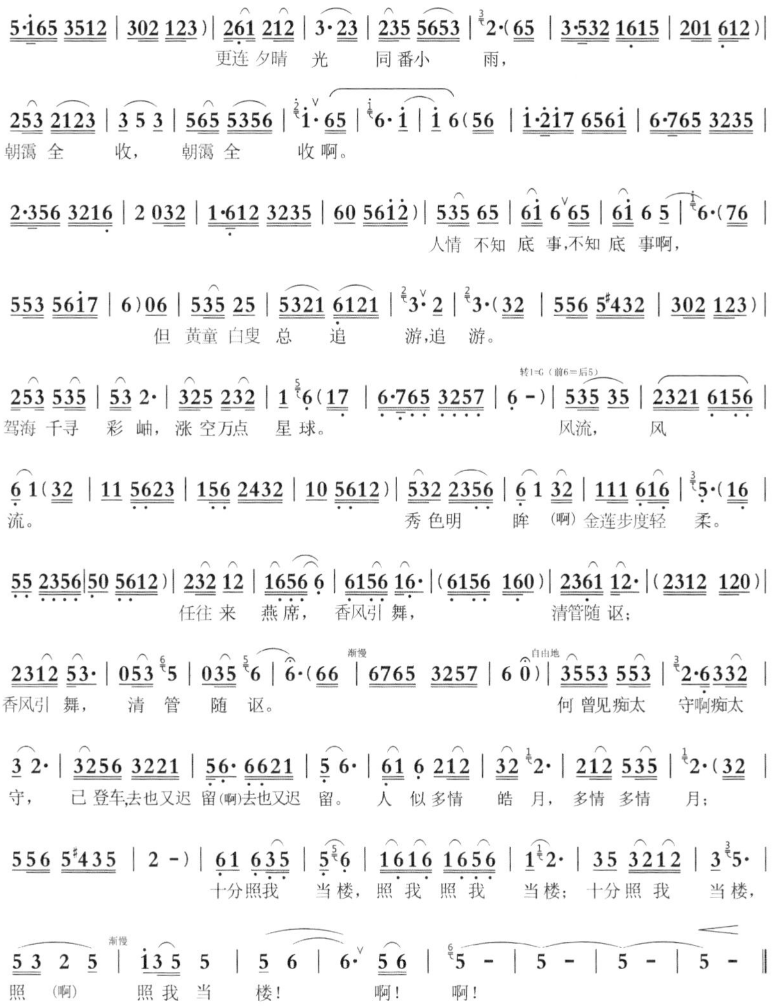

七律·拟和元夕御诗（闰正月）

1=G转C $\frac{4}{4}$

♩=58 缓慢、柔和、深情地

男女声二重唱

歌仔戏《梁才女》第一场选段（三）

［宋］傅伯成 作诗

高然 作曲

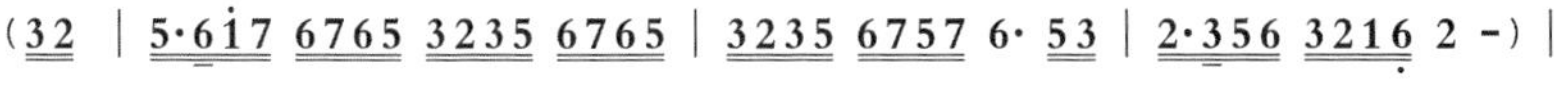

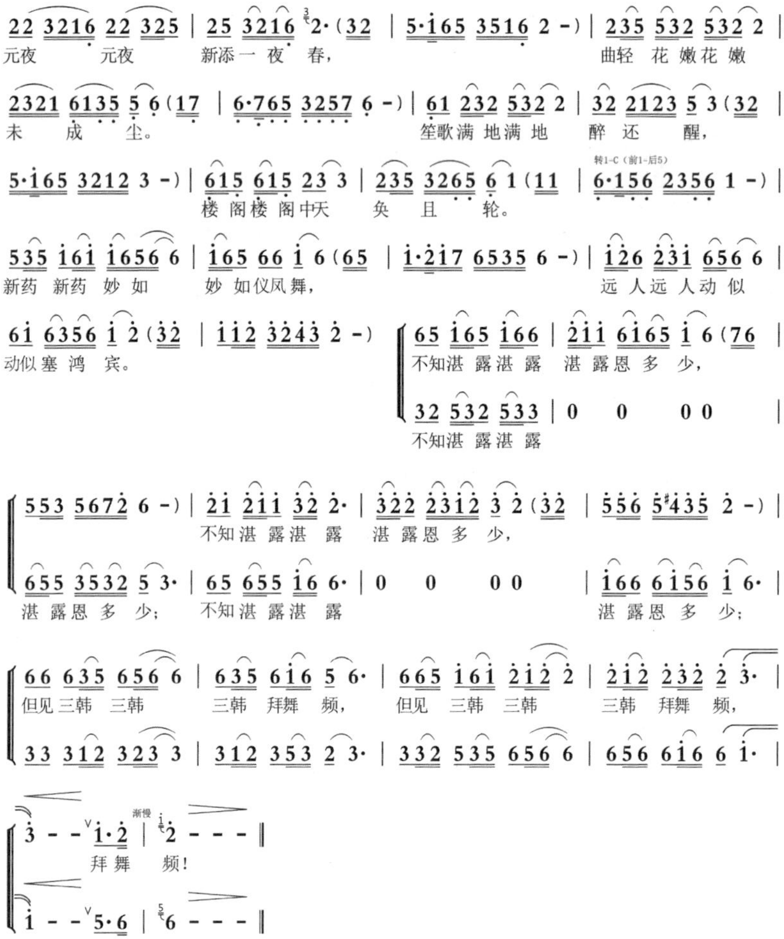

五言·咏水仙花五韵

1=F $\frac{2}{4}$

男声独唱

歌仔戏《梁才女》第一场选段（四）

♩=70 中速偏缓、优雅、赞赏地

［宋］陈与义 作诗

高 然 作曲

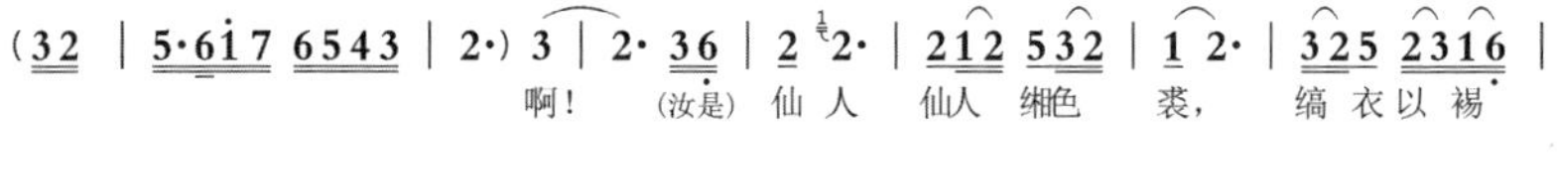

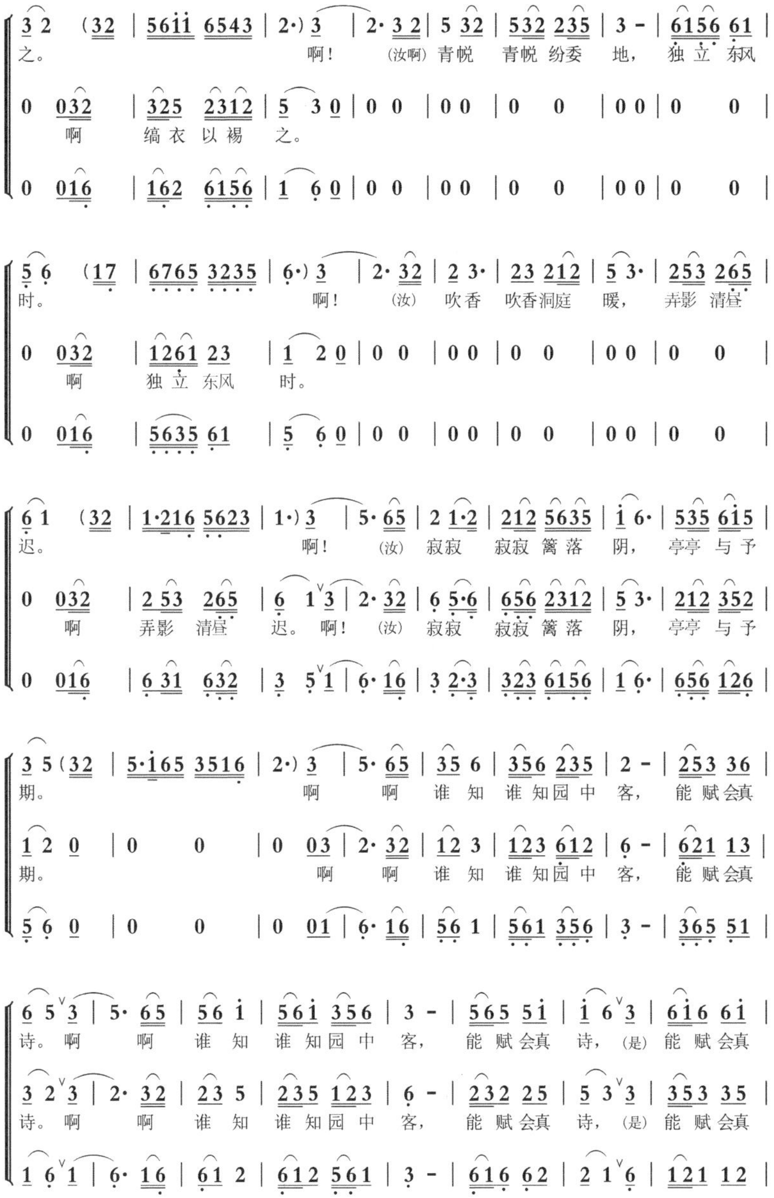

$\begin{Bmatrix} \widehat{3\ 2}\ (\underline{32}\ |\ \underline{56}\widehat{1\dot{1}}\ \underline{6543}\ |\ 2\cdot)\ 3\ |\ 2\cdot\underline{32}\ 5\ \underline{32}\ |\ \underline{532}\ \underline{235}\ |\ 3-|\ \underline{6156}\ \underline{6\dot{1}}\ | \\ \text{之。} \qquad\qquad\qquad \text{啊！}\quad\text{(汝啊)}\text{青悦}\ \text{青悦}\ \text{纷委}\ \text{地，}\text{独立}\ \text{东风} \\ 0\ \underline{03\overset{\frown}{2}}\ |\ \underline{325}\ \underline{2312}\ |\ 5\ \ 30\ |\ 00\ |\ 00\ |\ 0\ \ 0\ |\ 00\ |\ 0\ \ 0\ | \\ \text{啊}\quad\text{缟衣}\ \text{以裼}\quad\text{之。} \\ 0\ \underline{01\overset{\frown}{6}}\ |\ \underline{162}\ \underline{6156}\ |\ \underline{1}\ \ 6\underline{0}\ |\ 00\ |\ 00\ |\ 0\ \ 0\ |\ 00\ |\ 0\ \ 0\ | \end{Bmatrix}$

$\begin{Bmatrix} \widehat{5\ 6}\ (\underline{17}\ |\ \underline{6765}\ \underline{3235}\ |\ 6\cdot)\ 3\ |\ 2\cdot\underline{32}\ |\ 2\ 3\cdot\ \underline{23}\ \underline{212}\ |\ 5\ 3\cdot\ |\ \underline{253}\ \underline{265}\ | \\ \text{时。} \qquad\qquad \text{啊！}\quad\text{(汝)}\ \text{吹香}\ \text{吹香}\ \text{洞庭}\ \text{暖，}\text{弄影}\ \text{清昼} \\ 0\ \underline{03\overset{\frown}{2}}\ |\ \underline{1261}\ \underline{23}\ |\ 1\ 20\ |\ 00\ |\ 00\ |\ 0\ 0\ |\ 00\ |\ 0\ \ 0\ | \\ \text{啊}\quad\text{独立}\ \text{东风}\quad\text{时。} \\ 0\ \underline{01\overset{\frown}{6}}\ |\ \underline{5635}\ \underline{61}\ |\ \underline{5}\ \ 60\ |\ 00\ |\ 00\ |\ 0\ \ 0\ |\ 00\ |\ 0\ \ 0\ | \end{Bmatrix}$

$\begin{Bmatrix} \widehat{6\ 1}\ (\underline{32}\ |\ \underline{1\cdot2\underline{16}}\ \underline{5623}\ |\ 1\cdot)\ 3\ |\ 5\cdot\underline{65}\ 2\ 1\cdot\underline{2}\ |\ \underline{212}\ \underline{5635}\ |\ \underline{1}\ 6\cdot\ |\ \underline{535}\ \underline{615}\ | \\ \text{迟。} \qquad\qquad \text{啊！}\quad\text{(汝)}\ \text{寂寂}\ \text{寂寂}\ \text{篱落}\ \text{阴，}\text{亭亭}\ \text{与予} \\ 0\ \underline{03\overset{\frown}{2}}\ |\ \underline{2\ 53}\ \underline{265}\ |\ 6\ 1\overset{V}{3}\ |\ 2\cdot\underline{32}\ |\ \underline{65\cdot6}\ \underline{656}\ \underline{2312}\ |\ 5\ 3\cdot\ |\ \underline{212}\ \underline{352}\ | \\ \text{啊}\quad\text{弄影}\ \text{清昼}\ \text{迟。啊！}\text{(汝)}\ \text{寂寂}\ \text{寂寂}\ \text{篱落}\ \text{阴，}\text{亭亭}\ \text{与予} \\ 0\ \underline{01\overset{\frown}{6}}\ |\ \underline{6\ 31}\ \underline{632}\ |\ 3\ 5\cdot\underline{1}\ |\ 6\cdot\underline{16}\ |\ 3\ 2\cdot\underline{3}\ |\ \underline{323}\ \underline{6156}\ |\ \underline{1}\ 6\cdot\ |\ \underline{656}\ \underline{126}\ | \end{Bmatrix}$

$\begin{Bmatrix} \widehat{3\ 5}\ (\underline{32}\ |\ \underline{5\cdot1\underline{65}}\ \underline{3516}\ |\ 2\cdot)\ 3\ |\ 5\cdot\underline{65}\ \underline{35}\ 6\ |\ \underline{356}\ \underline{235}\ |\ 2-|\ \underline{253}\ \underline{36}\ | \\ \text{期。} \qquad\qquad\qquad \text{啊}\ \text{啊}\ \text{谁知}\ \text{谁知}\ \text{园中}\ \text{客，}\text{能赋}\ \text{会真} \\ \underline{1}\ 2\ 0\ |\ 0\ \ 0\ |\ 0\ \ 0\ |\ 0\underline{3}\ 2\cdot\underline{32}\ |\ \underline{12}\ 3\ |\ \underline{123}\ \underline{612}\ |\ 6-|\ \underline{621}\ \underline{13}\ | \\ \text{期。} \qquad\qquad\qquad\qquad \text{啊}\ \text{啊}\ \text{谁知}\ \text{谁知}\ \text{园中}\ \text{客，}\text{能赋}\ \text{会真} \\ \underline{5}\ 6\ 0\ |\ 0\ \ 0\ |\ 0\ \ 0\ |\ \underline{01}\ 6\cdot\underline{16}\ |\ \underline{56}\ 1\ |\ \underline{561}\ \underline{356}\ |\ 3-|\ \underline{365}\ \underline{51}\ | \end{Bmatrix}$

$\begin{Bmatrix} \widehat{6\ 3}\ 5\cdot\underline{65}\ |\ \underline{56}\ 1\ |\ \underline{561}\ \underline{356}\ |\ 3-|\ \underline{565}\ \underline{51}\ |\ 1\ 6\overset{V}{3}\ |\ \underline{616}\ \underline{61}\ | \\ \text{诗。啊}\quad\text{啊}\ \text{谁知}\ \text{谁知}\ \text{园中}\ \text{客，}\text{能赋}\ \text{会真}\ \text{诗，(是)}\text{能赋}\ \text{会真} \\ \underline{3\ 2\overset{V}{3}}\ |\ 2\cdot\underline{32}\ |\ \underline{23}\ 5\ |\ \underline{235}\ \underline{123}\ |\ 6-|\ \underline{232}\ \underline{25}\ |\ 5\ 3\cdot\ |\ \underline{353}\ \underline{35}\ | \\ \text{诗。啊}\quad\text{啊}\ \text{谁知}\ \text{谁知}\ \text{园中}\ \text{客，}\text{能赋}\ \text{会真}\ \text{诗，(是)}\text{能赋}\ \text{会真} \\ \underline{1\ 6\overset{V}{1}}\ |\ 6\cdot\underline{16}\ |\ \underline{61}\ 2\ |\ \underline{612}\ \underline{561}\ |\ 3-|\ \underline{616}\ \underline{62}\ |\ 2\ 1\cdot\underline{6}\ |\ \underline{121}\ \underline{12}\ | \end{Bmatrix}$

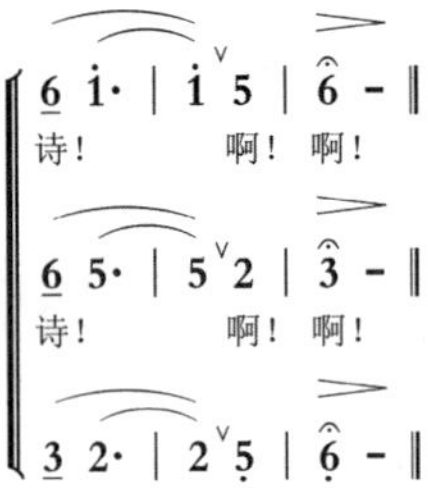

七律·拟和元夕御制₂

1=G 2/4

♩=82 中速、欢快、热情地

合唱

歌仔戏《梁才女》第一场选段（五）

［宋］傅伯成 作诗

高 然 作曲

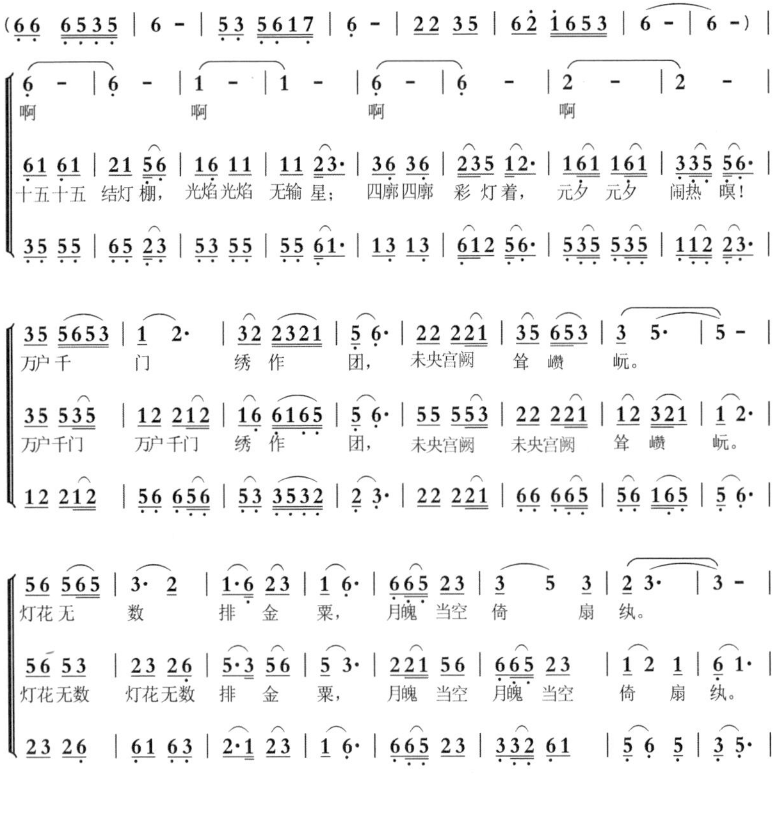

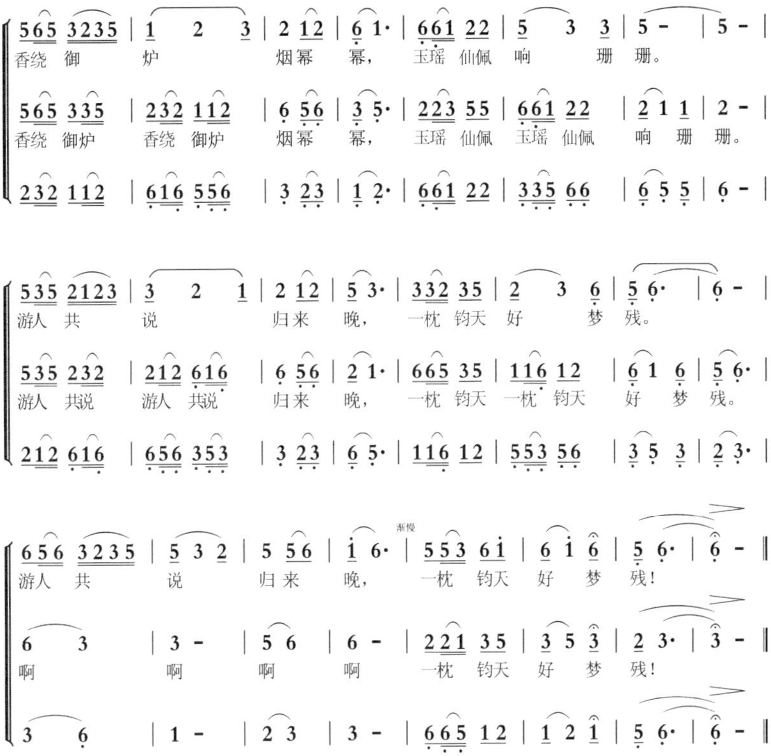

词语解释

1. 相怽，相识，互认；怽bat^{21}，知道，认，识。结灯棚，扎灯架/棚（防雨等）。四廓，四处，周围。彩灯着，彩灯点着，放光。闹热，热闹。暝mɛ̃^{23}，夜，晚。兮e^{23}，的。依挨依揳，人拥人挤；揳k‘e^{21}，挤，搡。南州，漳州的另名。

2. 阿娘，娘子，小姐，年轻女子。背透透，背记娴熟。熟落落，十分熟练。水sui^{53}，漂亮，美好。目乌，眼睛黑亮。跷k‘iau^{45}，翘起，弯曲。势gau^{23}，能，擅于。活跳跳，活蹦乱跳，活跃。会使，可以，能，允许。问咋，问一下，问问；咋tsɛ^{21}，是“一下tsit$^{121}_{21}$ ɛ^{33}”的合音形式。哪仔，什么。

3. 蹛伫，住在；蹛tua[21]，居，住，在；伫ti[33]，在，于。正港，真正，正宗，名符其实。安怎，如何，怎样。一蕊，一朵；蕊，量词，如“一蕊目睭（一颗眼珠子）”等。迄有影，那是真的，确实；迄hit[21]，那。枞tsaŋ[23]，棵，株。

4. 傅伯成，南宋进士，福建晋江人，从朱熹学，曾任闽清、连江（均为福建属）知县，漳州知府、工部侍郎、左谏议大夫等。

5. 赵以夫，南宋进士，福建长乐人，曾任漳州知府、吏部尚书等。

6. 陈与义，北宋舍甲科，河南洛阳人，曾任浙江湖州知府，吏部、礼部侍郎等。

7. 杨万里，南宋进士，江西吉州吉水人，曾任漳州知府等。

8. 吴承恩，明朝贡生，江苏淮安人，著有《西游记》等作品。

9. 陈淳，南宋进士，福建龙溪（今漳州）人，从朱熹学，号北溪先生。

扫码听录音

第二场　芝山共游

时间　某春日晴天

地点　漳州芝山顶一角

场景　风和日丽，阳光普照，山上一角有茶馆，山下远处农田农舍成画

［幕启前幕后合唱］

众：（合唱）（［宋］李则《七绝·临漳台》）

tiŋ^{23} tsim^{53} lim$^{23}_{33}$ tsiaŋ^{45} it$^{21}_{5}$ sui^{53} im^{45}
亭　枕　临　漳　一　水　阴，

puan$^{21}_{53}$ k'ɔŋ^{45} in$^{23}_{33}$ bu^{33} so$^{53}_{45}$ han$^{23}_{33}$ lim^{23}
半　空　云　雾　锁　寒　林。

san^{45} tsiɔŋ^{23} t'ian$^{45}_{33}$ po^{53} lai$^{23}_{33}$ luan^{23} uan^{53}
山　从　天　宝　来　峦　远，

ki^{45} p'ik^{21} k'ai^{45} guan^{23} lik$^{121}_{21}$ tai^{33} ts'im^{45}
基　辟　开　元　历　代　深。

［幕启，金公子、梁水仙二人同上，逛游芝山］

金：（吟）（［明］王祎《五律·清漳十咏之一》）

tsiaŋ$^{45}_{33}$ sui^{53} lam$^{23}_{33}$ pian^{45} kun^{21}　bin$^{53}_{45}$ hiaŋ^{45} to$^{21}_{53}$ ts'u^{53} kiɔŋ^{23}
漳　水　南　边　郡，　闽　乡　到　此　穷。

te^{33} p'ian^{45} tɔŋ^{45} siau$^{53}_{45}$ suat^{21}　hai^{53} kin^{33} ia^{33} to$^{45}_{33}$ hɔŋ^{45}
地　偏　冬　少　雪，　海　近　夜　多　风。

pik$^{21}_{5}$ uat^{121} san$^{45}_{33}$ ts'uan^{45} siɔk^{121}　sam$^{45}_{33}$ gɔ^{23} kiŋ$^{53}_{45}$ but^{121} tɔŋ^{23}
百　粤　山　川　属，　三　吴　景　物　同。

sik$^{21}_{5}$ hian^{23} ui$^{23}_{33}$ hua^{21} tsai^{33}　ts'ian$^{45}_{33}$ tsai^{21} tsi$^{53}_{45}$ iaŋ^{23} ɔŋ^{45}
昔　贤　遗　化　在，　千　载　紫　阳　翁。

梁：(吟)([明] 王祎《五律·清漳十咏之七》)

si$^{33}_{21}$ ts‘u^{21} hɔŋ$^{45}_{33}$ gan^{23} piat^{121}　tsiaŋ$^{45}_{33}$ lam^{23} kak^{21} kiŋ$^{21}_{53}$ kiaŋ^{23}
是处方言别，漳南觉更强。

zi$^{23}_{33}$ tɔŋ^{23} kai$^{45}_{33}$ huan$^{21}_{53}$ kiã^{53}　lam$^{23}_{33}$ lu^{53} tsɔŋ$^{53}_{45}$ ts‘iŋ$^{45}_{33}$ laŋ^{23}
儿童皆唤囝，男女总称侬。

put$^{21}_{5}$ i^{53} iu$^{23}_{33}$ ts‘uan^{45} kiak^{121}　in$^{45}_{33}$ suan^{45} tsin$^{33}_{21}$ pue$^{33}_{21}$ hiaŋ^{45}
不雨犹穿屐，因暄尽佩香。

zin$^{23}_{33}$ zin^{23} gɛ$^{23}_{33}$ tsu^{53} tsi^{53}　tɔ$^{45}_{33}$ ui^{33} tsiak$^{121}_{21}$ pin$^{45}_{33}$ laŋ^{23}
人人牙子紫，都为嚼槟榔。

[梁吟毕与金对视，大笑。二人合吟]

金、梁：(合吟)([宋] 辛弃疾《生查子·独游西岩》)

ts‘iŋ$^{45}_{33}$ san^{45} hui$^{45}_{33}$ put$^{21}_{5}$ kɛ^{45}　bi$^{33}_{21}$ kai^{53} lau$^{23}_{33}$ laŋ^{23} tsu^{33}
青山非不佳，未解留侬住。

ts‘ik$^{21}_{5}$ kiɔk^{21} tap$^{121}_{21}$ tsan$^{23}_{33}$ piŋ^{45}　ui$^{33}_{21}$ ai^{21} ts‘iŋ$^{45}_{33}$ k‘e^{45} ku^{21}
赤脚踏层冰，为爱清溪故。

tiau^{45} lai^{23} san^{45} niãu^{53} t‘i^{23}　k‘uan$^{21}_{53}$ siaŋ^{33} san^{45} ko^{45} ts‘u^{21}
朝来山鸟啼，劝上山高处。

ŋɔ̃$^{53}_{45}$ i^{21} put$^{21}_{5}$ kuan^{45} ki^{23}　tsu$^{33}_{21}$ tsai^{21} sim$^{23}_{33}$ si^{45} k‘u^{21}
我意不关渠，自在寻诗去！

[两人吟声刚落，远处传来赞叹风光好之声。游人甲上，二人闪避一旁]

ho$^{53}_{45}$ kɔŋ$^{45}_{33}$ kiŋ^{53}　ho$^{53}_{45}$ kɔŋ$^{45}_{33}$ kiŋ^{53} a^{21}
游甲：好光景！好光景啊！

(吟)([宋] 丘葵《五言·独步芝山》)

piŋ$^{23}_{33}$ siŋ^{45} tɔk$^{121}_{21}$ ɔŋ$^{53}_{45}$ guan^{33}　p‘o^{45} tit^{21} san^{45} lim^{23} ts‘i^{21}
平生独往愿，颇得山林趣。

k‘iŋ$^{45}_{33}$ im^{45} ts‘un^{45} bɔk$^{121}_{21}$ bɔk^{121}　tam$^{33}_{21}$ zit^{121} sui$^{23}_{33}$ hiŋ$^{23}_{33}$ ki^{21}
轻阴春漠漠，淡日随行屐。

iu$^{23}_{33}$hiam^{23}iŋ^{53}t‘an$^{21}_{53}$zin^{23} tik$^{121}_{21}$zip^{121}ts‘im$^{45}_{33}$ts‘im^{45}ts‘ĩ^{21}
犹 嫌 影 趁 人， 特 入 深 深 处。

[吟毕下。游人乙上]

ua^{21}ha^{45} t‘ĩ^{45}tsẽ^{23}zit^{121}ts‘iŋ^{45} liam$^{33}_{21}$lam$^{23}_{33}$san$^{45}_{33}$si^{33}suaʔ$^{21}_{53}$u$^{33}_{21}$taŋ$^{21}_{53}$
游乙：哇 哈！ 天 晴 日 清， 念 南 山 寺 煞 有 当
k‘uã^{21}tioʔ$^{121}_{21}$
看 着！

（吟）（[元] 林广发《五律·南山寺》）

k‘iau$^{21}_{53}$siu^{53}siŋ^{23}lam^{23}siaŋ^{33} iu$^{45}_{33}$zian^{23}kian$^{21}_{53}$ts‘u$^{53}_{45}$san^{45}
翘 首 城 南 上， 悠 然 见 此 山。

tik^{21}tsɔŋ^{23}ts‘iu$^{45}_{33}$i^{53}am^{21} siɔŋ^{23}tɔ^{33}buan$^{53}_{45}$hɔŋ^{45}han^{23}
竹 藏 秋 雨 暗， 松 度 晚 风 寒。

kɛ^{45}sik^{21}ts‘ui$^{45}_{33}$hɔŋ$^{23}_{33}$kiɔk^{21} tsiŋ$^{23}_{33}$kɔŋ^{45}siaŋ$^{33}_{21}$ts‘ui$^{21}_{53}$luan^{23}
佳 色 催 黄 菊， 晴 光 上 翠 峦。

kuan^{21}hui^{45}ho$^{23}_{33}$ts‘u^{21}niãu^{53} zit^{121}bɔ^{33}tsin$^{33}_{21}$ti$^{23}_{33}$huan^{23}
倦 飞 何 处 鸟， 日 暮 尽 迟 还。

[游人乙吟毕下。金梁二人复现]

ai^{21} bun$^{23}_{33}$hɔŋ^{45}gim$^{23}_{33}$si^{45} kian$^{21}_{53}$kiŋ^{53}siɔŋ$^{33}_{21}$su^{23} tse$^{21}_{53}$ts‘iu$^{45}_{33}$t‘ĩ^{45}
金： 唉， 闻 风 吟 诗， 见 景 诵 词， 这 秋 天
bue$^{33}_{21}$kau^{21} suaʔ$^{21}_{53}$lun$^{53}_{45}$be$^{33}_{21}$tiau^{23}ai$^{21}_{53}$gim^{23}ts‘ut^{21}lai$^{23}_{21}$ ha^{53}ha^{53}ha^{53}
未 遘， 煞 懔 狯 着 爱 吟 出 来！ 哈 哈 哈……！

tioʔ^{121} hɔŋ^{45}ho^{23}zit^{121}le^{33} suã^{45}ts‘iŋ^{45}tsui^{53}siu^{21} u$^{33}_{21}$si^{45}m$^{33}_{21}$gim^{23}
梁： 着！ 风 和 日 丽， 山 清 水 秀， 有 诗 伓 吟
pɛʔ$^{121}_{21}$m$^{33}_{21}$gim^{23}
白 伓 吟……

mãi$^{21}_{53}$tan$^{53}_{45}$bo$^{23}_{33}$si^{45}k‘aŋ$^{45}_{33}$ziau$^{21}_{53}$t‘au^{23} ha^{53}ha^{53}ha^{53}
金： 媛 等 无 诗 空 爬 头！ 哈 哈 哈……！

[梁金二人笑。音乐声起]

金、梁：(二重唱)([唐] 周匡物《七律·三桥隐居歌》)

sui^{23} kɛ^{45} tsɔk$^{21}_{5}$ kiau^{23} k'e$^{45}_{33}$ sui$^{53}_{45}$ t'iu^{23}
谁家作桥溪水头，

mãu$^{23}_{33}$ tɔŋ^{23} su$^{21}_{53}$ guat^{121} zi$^{23}_{33}$ ts'iŋ$^{45}_{33}$ ts'iu^{45}
茅堂四月如清秋。

pik$^{121}_{21}$ in^{23} i$^{53}_{45}$ ko^{21} bɔ^{33} san^{45} tsi^{53}
白云已过暮山紫，

hɔŋ$^{23}_{33}$ niãu^{53} put$^{21}_{5}$ biŋ^{23} ts'un^{45} tsu$^{33}_{21}$ iu^{45}
黄鸟不鸣春自幽。

hian$^{45}_{33}$ ziam^{53} pue^{33} hiaŋ^{21} kɔ$^{45}_{33}$ tsiu^{45} lip^{121}
掀髯背向孤舟立，

iu$^{23}_{33}$ ki^{21} sian$^{45}_{33}$ guan^{23} kiu$^{33}_{21}$ tsiŋ$^{23}_{33}$ zip^{121}
犹记仙源旧曾入。

i^{53} ta^{53} sɔ$^{45}_{33}$ p'ɔŋ^{23} tsui^{21} put$^{21}_{5}$ ti^{45}
雨打疏篷醉不知，

t'o$^{23}_{33}$ hua^{45} it$^{21}_{5}$ ia^{33} sin$^{45}_{33}$ liu^{23} kip^{21}
桃花一夜新流急。

li^{53} k'uã^{21} het$^{21}_{5}$ ts'an^{23} tsit$^{121}_{21}$ k'u^{45} tsit$^{121}_{21}$ k'u^{45} ts'ɛ̃$^{45}_{33}$ giu$^{53}_{45}$ giu^{53} tsiã$^{21}_{53}$
梁：汝看迄塍！一丘一丘青搝搝，正

si^{33} tiu$^{33}_{21}$ a^{53} sɛ̃$^{45}_{33}$ t'uã^{21} ho^{53}
是籼仔生澶好！

li^{53} k'uã^{21} het$^{21}_{5}$ laŋ^{23} tsit$^{121}_{21}$ kɔ$^{53}_{45}$ tsit$^{121}_{21}$ kɔ^{53} iu$^{21}_{53}$ mɛ̃$^{23}_{33}$ mɛ̃^{23} u$^{33}_{21}$ iã^{53} laŋ$^{23}_{33}$
金：汝看迄侬！一个一个幼冥冥，有影侬

laŋ^{23} lo$^{23}_{33}$ tsɔk^{21} k'in^{23}
侬劳作勤！

(二人吟)([元] 杨稷《七言·田家乐歌》)

tian^{23} kɛ^{45} lɔk^{121} he^{45} tian^{23} kɛ^{45} lɔk^{121}
梁：田家乐兮田家乐，

lɔk^{121} tsai^{33} giau^{23} t'ian^{45} su^{33} kiŋ^{45} tsɔk^{121}
乐在尧天事耕凿。

tai$^{33}_{21}$ zi^{23} pak$^{21}_{5}$ lɔŋ^{53} tsiŋ$^{21}_{53}$ pik$^{121}_{21}$ in^{23}
大儿北垅种白云，

siau$^{53}_{45}$ zi^{23} lam^{23} kan^{21} im$^{53}_{45}$ hɔŋ$^{23}_{33}$ tɔk^{121}
小儿南涧饮黄犊。

hu^{33} kɔ^{45} tam$^{23}_{33}$ siau^{21} k'o$^{21}_{53}$ ts'am^{23} sɔŋ^{45}
金：妇姑谈笑课蚕桑，

ts'im$^{45}_{33}$ ia^{33} han$^{23}_{33}$ kui^{45} hiaŋ$^{53}_{45}$ mãu$^{23}_{33}$ ɔk^{21}
深夜寒机响茅屋。

i^{45} sik^{121} i^{23} ziau^{23} sue^{21} tsa$^{53}_{45}$ kan^{45}
衣食馀饶税早干，

li^{33} put$^{21}_{5}$ to^{21} bun^{23} k'ian^{53} sui^{21} tsiɔk^{21}
吏不到门犬睡足。

iu$^{53}_{45}$ si^{23} k'ik^{21} ti^{21} bun$^{33}_{21}$ k'i$^{53}_{45}$ ki^{45}
梁：有时客至问起居，

tiɔk^{21} su^{53} ke^{45} pui^{23} sin$^{45}_{33}$ ziaŋ^{53} siɔk^{121}
金：啄黍鸡肥新酿熟。

sam$^{45}_{33}$ pue^{45} tsiu$^{53}_{45}$ hɔ^{33} kiŋ$^{21}_{53}$ ko$^{45}_{33}$ ko^{45}
金、梁：三杯酒后更高歌，

tsin^{33} si$^{33}_{21}$ tian$^{23}_{33}$ kɛ^{45} t'ai$^{21}_{53}$ piŋ$^{23}_{33}$ k'iɔk^{21}
尽是田家太平曲。

[二人大笑。远处传来茶馆歌声，金梁二人静听]

茶客：（合唱）（[唐] 灵一《七绝·与元居士青山潭饮茶》）

ia$^{53}_{45}$ tsuan^{23} ian$^{45}_{33}$ hue^{53} pik$^{121}_{21}$ in^{23} kan^{45} tse^{33} im^{53} hiaŋ^{45} tɛ^{23} ai$^{21}_{53}$ ts'u$^{53}_{45}$ san^{45}
野泉烟火白云间，坐饮香茶爱此山。

giam^{23} hɛ^{33} ui$^{23}_{33}$ tsiu^{45} put$^{21}_{5}$ zim$^{53}_{45}$ k'i^{21} ts'iŋ$^{45}_{33}$ k'e^{45} liu$^{23}_{33}$ sui^{53} bɔ^{33} ts'an$^{23}_{33}$ ts'an^{23}
岩下维舟不忍去，青溪流水暮潺潺。

u$^{33}_{21}$ iã^{53} hɔ̃^{21}　kan$^{45}_{33}$ ta^{45} kɔ$^{21}_{53}$ k‘uã$^{21}_{53}$ kɔŋ$^{45}_{33}$ kiŋ^{53}　gim$^{23}_{33}$ si$^{45}_{33}$ su^{23}　ts‘ui^{21} k‘iat^{121}
金：有影呼，干燋顾看光景，吟诗词，喙竭

nã$^{23}_{33}$ au^{23} ta^{45}　suaʔ$^{21}_{53}$ m$^{33}_{21}$ tsai^{45} lai$^{23}_{33}$ k‘i$^{21}_{53}$ ak$^{21}_{5}$ nɔ̃$^{33}_{21}$ pue$^{45}_{33}$ a^{53} tɛ^{23}
嘛喉燋，煞伓知来去沃两杯仔茶！

u$^{33}_{21}$ iã^{53}　k‘i$^{21}_{53}$ ak$^{21}_{5}$ nɔ̃$^{33}_{21}$ pue$^{45}_{33}$ a^{53} tɛ^{23}
梁：有影！去沃两杯仔茶！

金、梁：（二重唱）（[唐] 杜甫《五律·重过何氏五首之三》）

lɔk$^{121}_{21}$ zit^{121} piŋ$^{23}_{33}$ tai^{23} siaŋ^{33}　ts‘un$^{45}_{33}$ hɔŋ^{45} tuat$^{21}_{5}$ biŋ^{53} si^{23}
落日平台上，春风啜茗时。

sik$^{121}_{21}$ lan^{23} sia$^{23}_{33}$ tiam$^{53}_{45}$ pit^{21}　tɔŋ$^{23}_{33}$ iap^{121} tse$^{33}_{21}$ t‘e$^{23}_{33}$ si^{45}
石阑斜点笔，桐叶坐题诗。

hui$^{53}_{45}$ ts‘ui^{21} biŋ^{23} i^{45} hɔŋ^{23}　ts‘iŋ$^{45}_{33}$ t‘iŋ^{23} lip^{121} tiau$^{21}_{53}$ si^{45}
翡翠鸣衣桁，蜻蜓立钓丝。

tsu$^{33}_{21}$ hɔŋ^{23} kim$^{45}_{33}$ zit^{121} hiŋ^{21}　lai$^{23}_{33}$ ɔŋ^{53} ik$^{121}_{21}$ bu$^{23}_{33}$ ki^{23}
自逢今日兴，来往亦无期。

[两人唱毕来到茶馆，见老板和几位茶客在饮茶吟诗作对]

客甲：（吟）（[唐] 薛能《五律·留题》）

tɛ$^{23}_{33}$ hiŋ^{21} hɔk$^{21}_{5}$ si$^{45}_{33}$ sim^{45}　it$^{21}_{5}$ au^{45} huan$^{23}_{33}$ it$^{21}_{5}$ gim^{23}
茶兴复诗心，一瓯还一吟。

ap$^{21}_{5}$ ts‘un^{45} kam$^{45}_{33}$ tsia^{21} liŋ^{53}　suan$^{45}_{33}$ i^{53} le$^{33}_{21}$ tsi^{45} ts‘im^{45}
压春甘蔗冷，喧雨荔枝深。

tsɔ^{33} k‘i^{21} bu$^{23}_{33}$ ui$^{23}_{33}$ hin^{33}　iu$^{45}_{33}$ ts‘e^{45} i$^{53}_{45}$ pian$^{21}_{53}$ sim^{23}
骤去无遗恨，幽栖已遍寻。

go$^{23}_{33}$ bi^{23} put$^{21}_{5}$ k‘o$^{53}_{45}$ to^{21}　ko$^{45}_{33}$ ts‘u^{21} baŋ$^{33}_{21}$ ts‘ian$^{45}_{33}$ tsim^{23}
峨眉不可到，高处望千岑。

ho^{53}　sui^{53}
众：好！水！

gua^{53} mã^{21} u$^{33}_{21}$ ho$^{53}_{45}$ mĩʔ^{121} hɔ$^{33}_{21}$ lin^{53} t‘iã^{45}
客乙：我嘛有好物互恁听！

（吟）（[唐]钱起《七绝·与赵莒茶宴》）

tik$^{21}_{5}$ hɛ^{33} bɔŋ$^{33}_{21}$ gan^{23} tui$^{21}_{53}$ tsi$^{53}_{45}$ ta^{23} tsuan$^{23}_{33}$ siŋ^{21} i$^{53}_{45}$ k‘ik^{21} tsui^{21} liu$^{23}_{33}$ ha^{23}
竹下忘言对紫茶，全胜羽客醉流霞。

tin$^{23}_{33}$ sim^{45} se$^{53}_{45}$ tsin^{33} hiŋ^{21} lan^{23} tsin^{33} it$^{21}_{5}$ si^{33} sian$^{23}_{33}$ siŋ^{45} p‘ian$^{21}_{53}$ iŋ^{53} sia^{23}
尘心洗尽兴难尽，一树蝉声片影斜。

k‘iau^{53} u$^{33}_{21}$ iã^{53} si$^{33}_{21}$ ho$^{53}_{45}$ si^{45}
众：巧！有影是好诗！

tsit$^{21}_{5}$ mãi^{53} tioʔ$^{121}_{21}$ gua^{53} a^{21} la^{21}
梁：即迈着我啊喇！（吟）（[唐]张继《六言·山家》）

pan$^{53}_{45}$ kiau^{23} zin^{23} tɔ^{33} tsuan$^{23}_{33}$ siŋ^{45} mãu$^{23}_{33}$ gim^{23} zit^{121} ŋɔ̃^{53} ke^{45} biŋ^{23}
板桥人渡泉声，茅檐日午鸡鸣。

bɔk$^{121}_{21}$ ts‘in^{45} pue$^{33}_{21}$ tɛ^{23} ian^{45} am^{21} k‘iɔk^{21} hi^{53} sai$^{21}_{53}$ kɔk^{21} t‘ian^{45} tsiŋ^{23}
莫嗔焙茶烟暗，却喜晒谷天晴。

ho$^{53}_{45}$ si^{45} ho$^{53}_{45}$ si^{45}
众：好诗！好诗！

aʔ$^{21}_{53}$ gua^{53} lɛ^{45} gua^{53} mã^{21} tioʔ$^{121}_{21}$ lai^{23} tsit$^{121}_{21}$ tiau^{23} a$^{53}_{21}$
金：抑我咧？我嘛着来一条仔！
（吟）（[唐]姚合《七绝·乞新茶》）

lun$^{33}_{21}$ lik^{121} bi$^{23}_{33}$ hɔŋ^{23} p‘ik$^{21}_{5}$ kan^{21} ts‘un^{45}
嫩绿微黄碧涧春，

ts‘ai^{53} si^{23} bun$^{23}_{33}$ to^{33} tuan$^{33}_{21}$ hun$^{45}_{33}$ sin^{45}
采时闻道断荤辛。

put$^{21}_{5}$ tsiaŋ^{45} tsian^{23} mãi^{53} tsiaŋ$^{45}_{33}$ si^{45} k‘ik^{21}
不将钱买将书乞，

tsio$^{21}_{53}$ bun^{33} san$^{45}_{33}$ ɔŋ^{45} iu$^{53}_{45}$ ki$^{53}_{45}$ zin^{23}
借问山翁有几人？

ha^{53} ha^{53} ha^{53} li^{53} si$^{33}_{21}$ li^{45} kɔŋ$^{53}_{45}$ tsiaʔ$^{121}_{21}$ tɛ^{23} lɛ^{45} ha^{53} ha^{53} ha^{53}
众：哈哈哈！汝是哩讲食茶咧！哈哈哈……！

kɔŋ$^{53}_{45}$tsiaʔ$^{121}_{21}$tɛ^{23} gua^{53}be$^{33}_{21}$ua^{53}tit^{21} gua^{53}mã^{21}tioʔ$^{121}_{21}$lai^{23}tsit$^{121}_{21}$tiau$^{23}_{33}$a^{53}
店主：讲 食 茶？ 我 艙 倚 得！ 我 嘛 着 来 一 条 仔！

（吟）（[唐] 白居易《五绝·山泉煎茶有怀》）

tse^{33}ts‘iɔk^{21}liŋ$^{23}_{33}$liŋ^{23}tsui^{53} k‘uã^{21}tsuã^{45}sit$^{21}_{5}$sit^{21}tin^{23}
坐 酌 泠 泠 水， 看 煎 瑟 瑟 尘。

bu$^{23}_{33}$iu^{23}ts‘i^{23}it$^{21}_{5}$uan^{53} ki^{21}i$^{53}_{45}$ai$^{21}_{53}$tɛ^{23}zin^{23}
无 由 持 一 碗， 寄 与 爱 茶 人。

tioʔ^{121} ki^{21}i$^{53}_{45}$ai$^{21}_{53}$tɛ^{23}zin^{23}
众： 着！ 寄 与 爱 茶 人！（吟）（[宋] 陆游《七绝·雪后煎茶》）

suat$^{21}_{5}$ik^{121}ts‘iŋ$^{45}_{33}$kam^{45}tiaŋ^{53}tsiŋ$^{53}_{45}$tsuan^{23} tsu$^{33}_{21}$he^{23}tɛ^{23}tsau^{21}tsiu$^{33}_{21}$
雪 液 清 甘 涨 井 泉， 自 携 茶 灶 就

p‘iŋ$^{45}_{33}$tsian^{45}
烹 煎。

it$^{21}_{5}$ho^{23}bu$^{23}_{33}$hɔk^{21}kuan$^{45}_{33}$sim^{45}su^{33} put$^{21}_{5}$ɔŋ^{53}zin$^{23}_{33}$kan^{45}tsu$^{33}_{21}$pik$^{21}_{5}$lian^{23}
一 毫 无 复 关 心 事， 不 枉 人 间 住 百 年。

（五重唱）（[唐] 元稹《递字诗·茶》）

tɛ^{23} hiaŋ$^{45}_{33}$iap^{121} lun$^{33}_{21}$gɛ^{23} bɔ$^{33}_{21}$si$^{45}_{33}$k‘ik^{21} ai$^{21}_{53}$tsiŋ$^{45}_{33}$kɛ^{45}
茶。 香 叶， 嫩 芽。 慕 诗 客， 爱 僧 家。

lian$^{53}_{45}$tiau^{45}pik$^{121}_{21}$giɔk^{121} lo^{23}tsik^{21}hɔŋ$^{23}_{33}$sɛ^{45}
碾 雕 白 玉， 罗 织 红 纱。

tiau^{33}tsian^{45}hɔŋ$^{23}_{33}$lui^{53}sik^{21} uan^{53}tsuan^{53}k‘iɔk$^{21}_{5}$tin$^{23}_{33}$hua^{45}
铫 煎 黄 蕊 色， 碗 转 曲 尘 花。

ia^{33}hɔ^{33}iau$^{45}_{33}$pue^{23}biŋ$^{23}_{33}$guat^{121} sin$^{23}_{33}$tsian^{23}biŋ^{33}tui^{21}tiau$^{45}_{33}$ha^{23}
夜 后 邀 陪 明 月， 晨 前 命 对 朝 霞。

se$^{53}_{45}$tsin^{33}kɔ$^{53}_{45}$kim^{45}zin^{23}put$^{21}_{5}$kuan^{21} tsiaŋ$^{45}_{33}$ti^{45}tsui$^{21}_{53}$hɔ^{33}k‘i$^{53}_{45}$
洗 尽 古 今 人 不 倦， 将 知 醉 后 岂

k‘am$^{45}_{33}$k‘ua^{45}
堪 夸。

[**落幕**]

唱段曲谱

七绝·临漳台

1=G $\frac{2}{4}$

♩=60 缓速、广阔、空旷地

合唱

歌仔戏《梁才女》第二场选段（六）

[宋]李 则 作诗

高 然 作曲

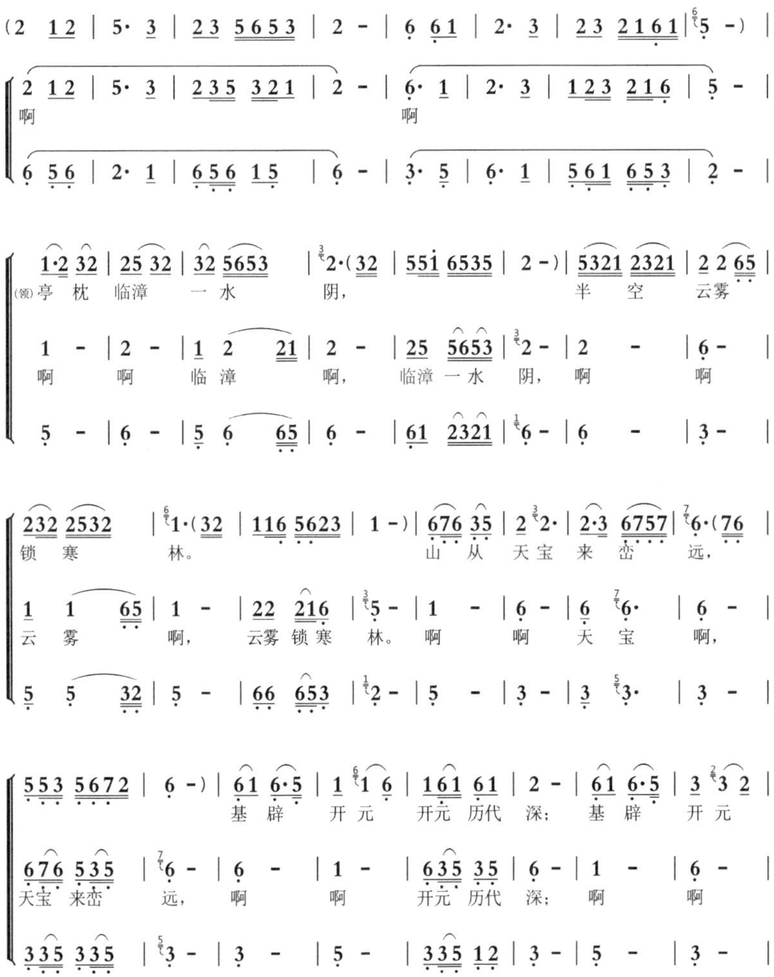

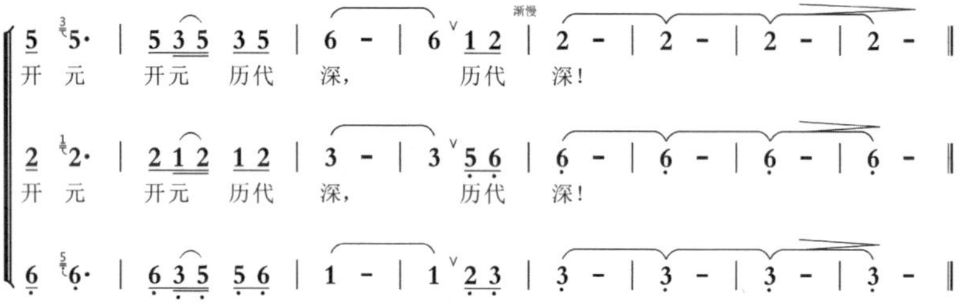

七律·三桥隐居歌

1=G转F $\frac{2}{4}$
♩=68 缓慢，优美、抒情地

男女二重唱
歌仔戏《梁才女》第二场选段（七）

[唐]周匡物 作诗
高 然 配曲
调寄（七字/杂嗲）

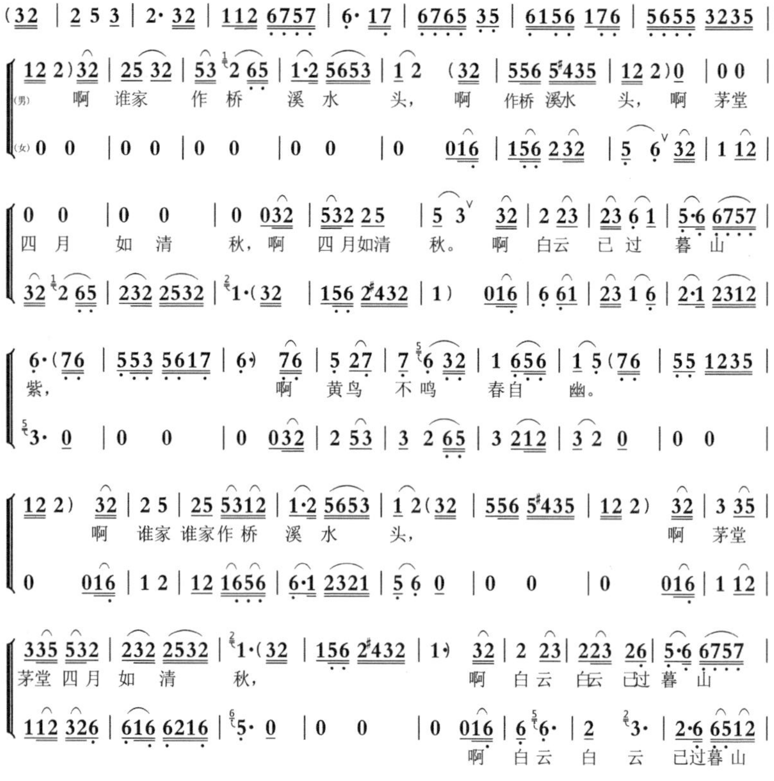

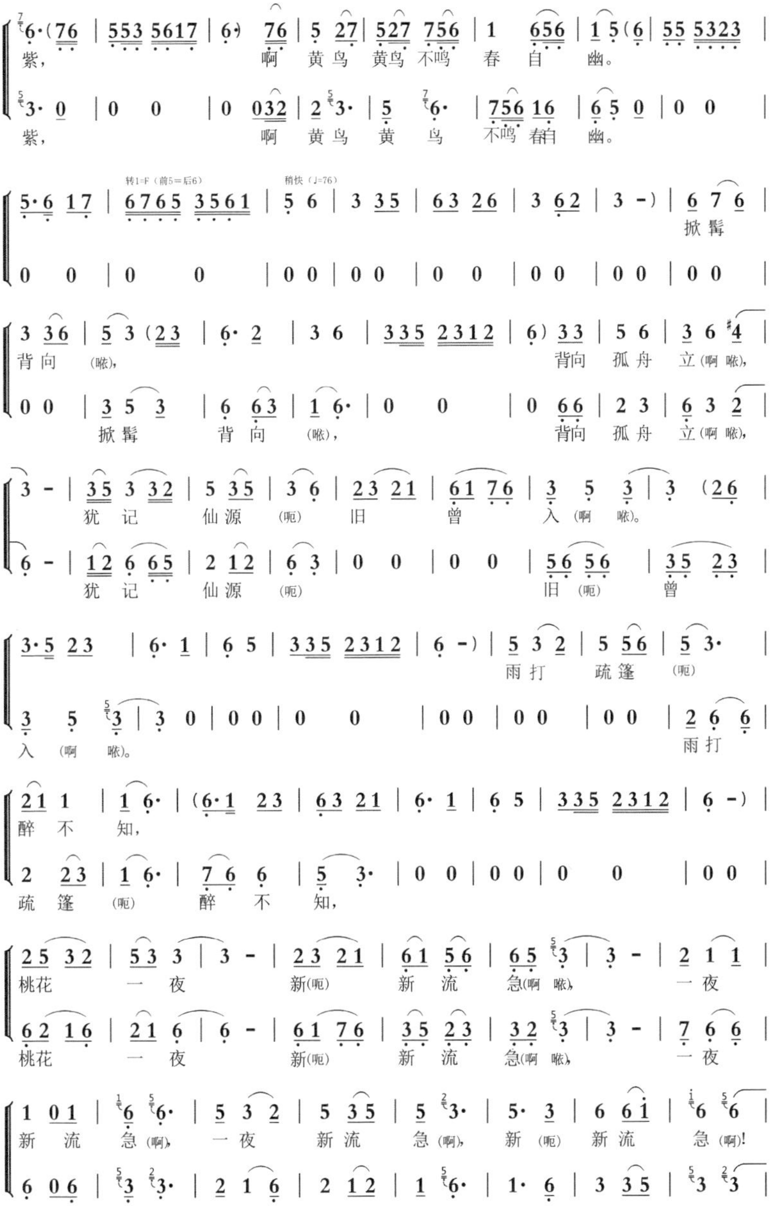
紫，啊 黄鸟 黄鸟 不鸣 春 自 幽。
紫，啊 黄鸟 黄 鸟 不鸣 春自 幽。
转1=F（前5=后6）
稍快（♩=76）
掀髯 背向（喏），背向 孤舟 立（啊 喏），
掀髯 背 向（喏），背向 孤 舟 立（啊 喏），
犹 记 仙源（呃） 旧 曾 入（啊 喏）。
犹 记 仙源（呃） 旧（呃） 曾
雨打 疏篷（呃）
入（啊 喏）。雨打
醉 不 知，
疏 篷（呃） 醉 不 知，
桃花 一 夜 新（呃） 新 流 急（啊 喏），一夜
桃花 一 夜 新（呃） 新 流 急（啊 喏），一夜
新 流 急（啊），一夜 新流 急（啊），新（呃） 新流 急（啊）！

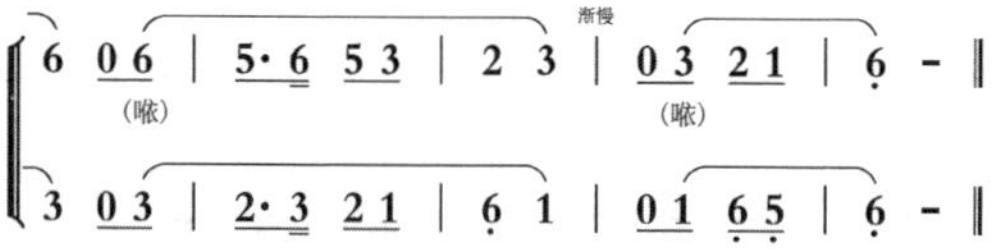

七绝·与元居士青山潭饮茶

1=F $\frac{2}{4}$

♩=84 中速、畅快、抒情地

混声四重唱

歌仔戏《梁才女》第二场选段（八）

［唐］灵 一 作诗

高 然 作曲

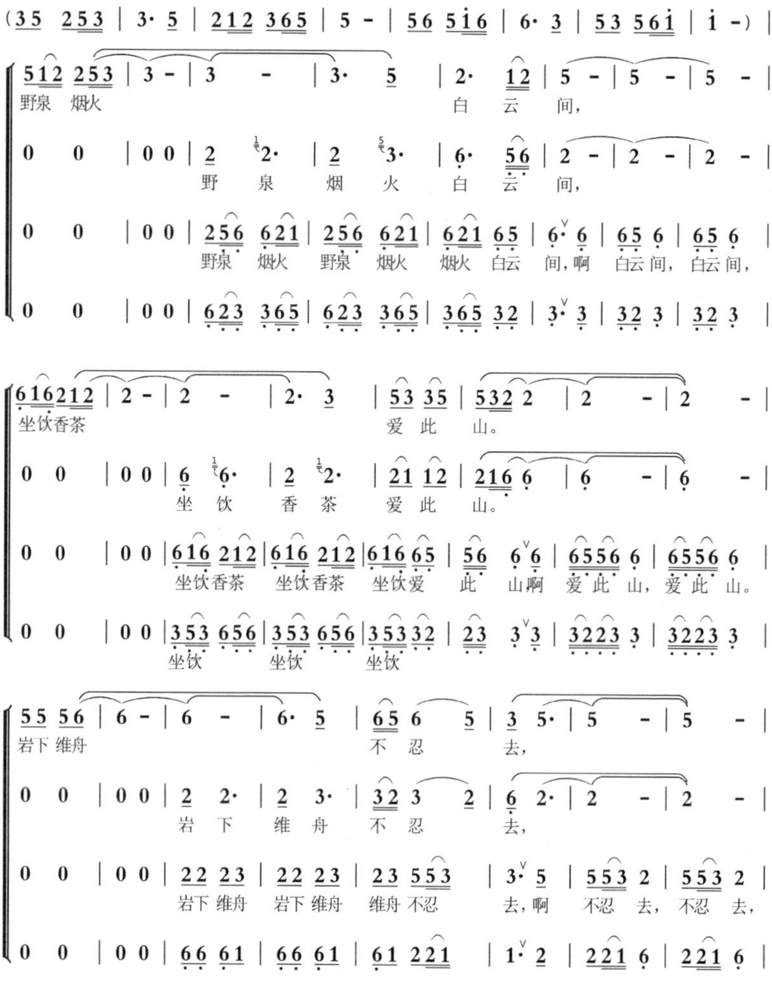

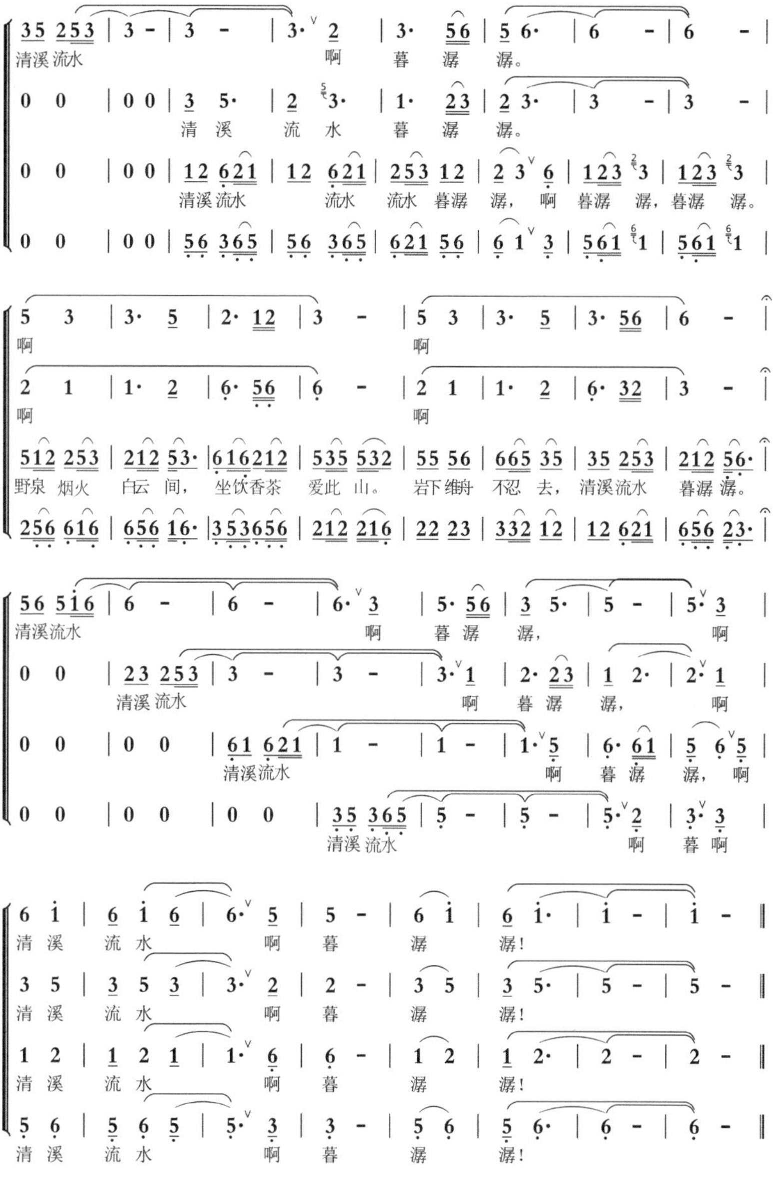
清溪流水 啊 暮潺 潺。
清溪 流 水 暮 潺 潺。
清溪流水 流水 流水 暮潺 潺，啊 暮潺 潺，暮潺 潺。
啊
啊
啊
啊
野泉 烟火 白云 间，坐饮香茶 爱此 山。
岩下维舟 不忍 去，清溪流水 暮潺 潺。
清溪流水 啊 暮 潺 潺，啊
清溪 流水 啊 暮 潺 潺，啊
清溪流水 啊 暮 潺 潺，啊
清溪 流水 啊 暮 啊
清溪 流 水 啊 暮 潺 潺！
清溪 流 水 啊 暮 潺 潺！
清溪 流 水 啊 暮 潺 潺！
清溪 流 水 啊 暮 潺 潺！

五律·重过何氏五首（之三）

1=F $\frac{2}{4}$

♩=88 中速偏快、优美、轻松地

男女声二重唱

歌仔戏《梁才女》第二场选段（九）

［唐］杜 甫 作诗
高 然 作曲

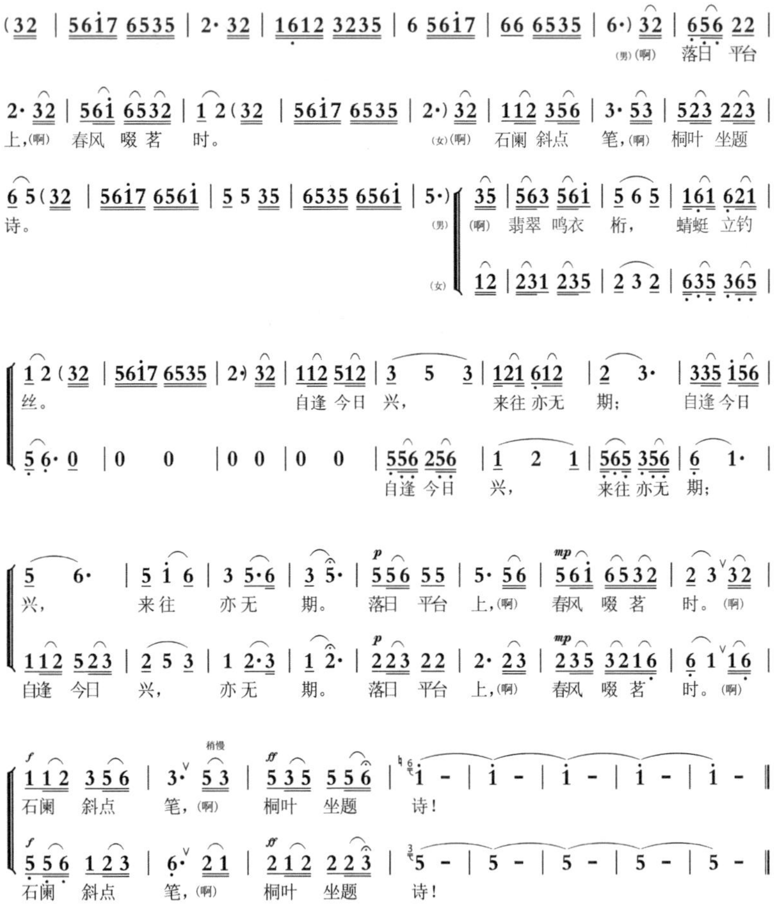

递字诗·茶

1=F $\frac{2}{4}$

♩=92 欢快，赞颂地

五重唱

歌仔戏《梁才女》第二场选段（十）

［唐］元 稹 作诗
高 然 作曲

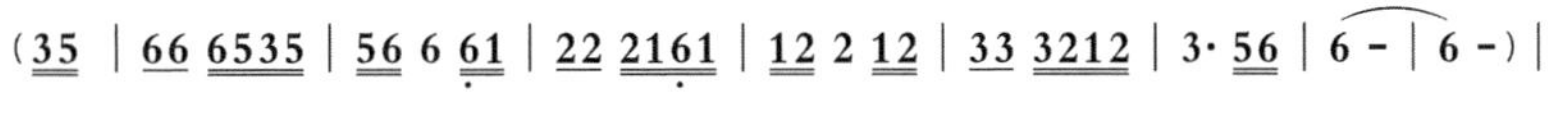

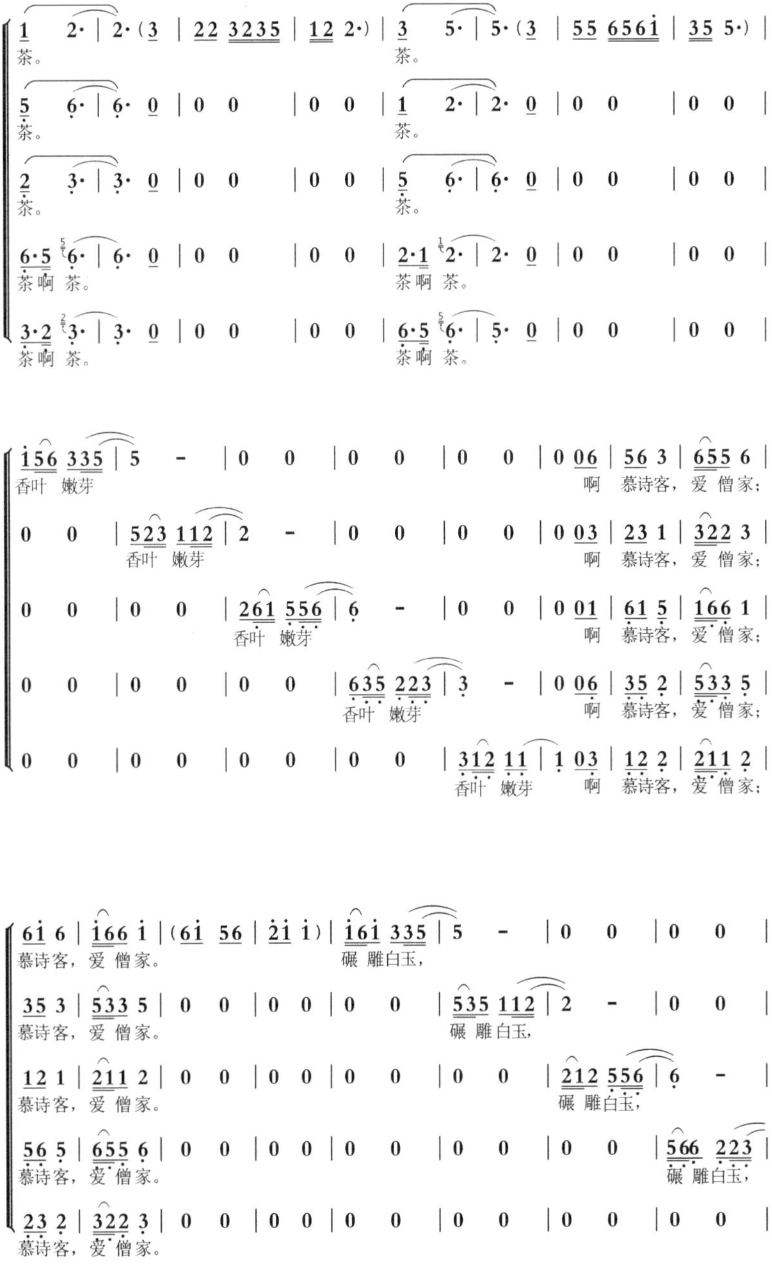
茶。
茶。
茶。
茶。
茶。
茶。
茶啊 茶。
茶啊 茶。
茶啊 茶。
茶啊 茶。
香叶 嫩芽
啊 慕诗客，爱 僧家；
香叶 嫩芽
啊 慕诗客，爱 僧家；
香叶 嫩芽
啊 慕诗客，爱 僧家；
香叶 嫩芽
啊 慕诗客，爱 僧家；
香叶 嫩芽
啊 慕诗客，爱 僧家；
慕诗客，爱 僧家。
碾 雕白玉，
慕诗客，爱 僧家。
碾 雕白玉，
慕诗客，爱 僧家。
碾 雕白玉，
慕诗客，爱 僧家。
碾 雕白玉，
慕诗客，爱 僧家。

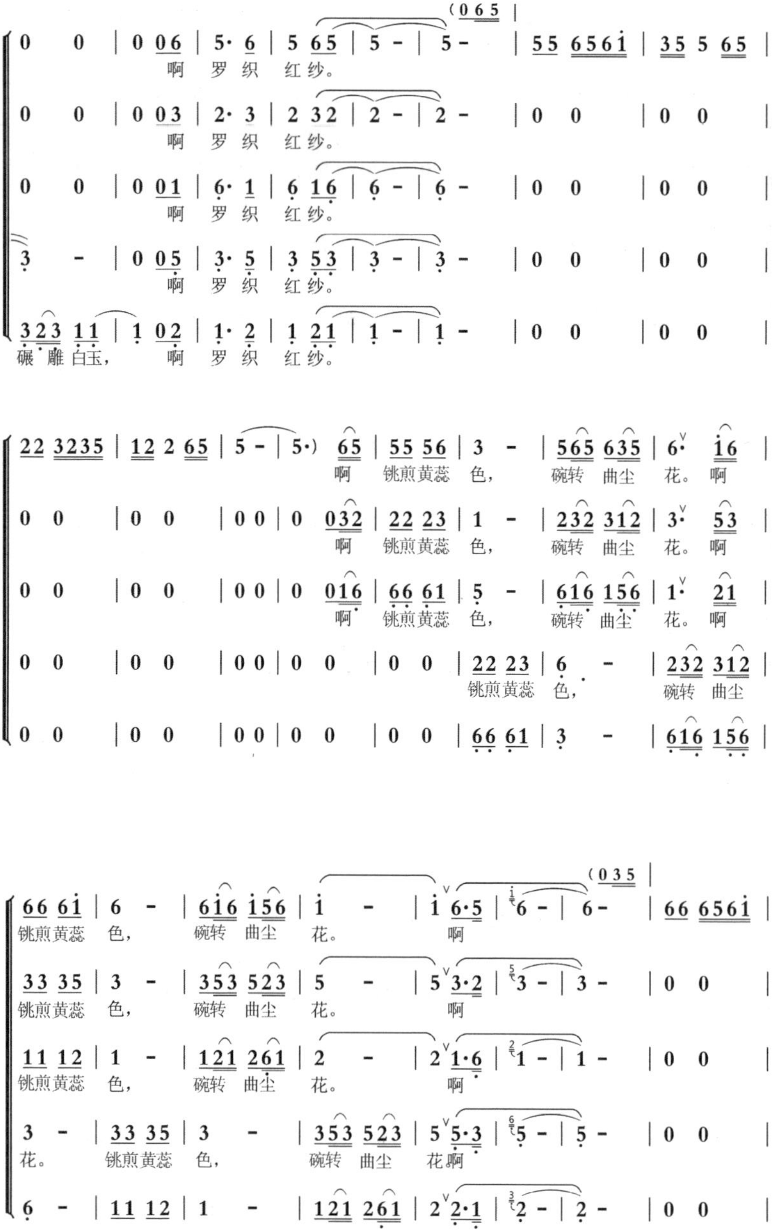
啊 罗 织 红 纱。
碾 雕 白玉， 啊 罗 织 红 纱。
啊 铫煎黄蕊 色， 碗转 曲尘 花。 啊
铫煎黄蕊 色， 碗转 曲尘
铫煎黄蕊 色， 碗转 曲尘 花。 啊
花。 铫煎黄蕊 色， 碗转 曲尘 花啊

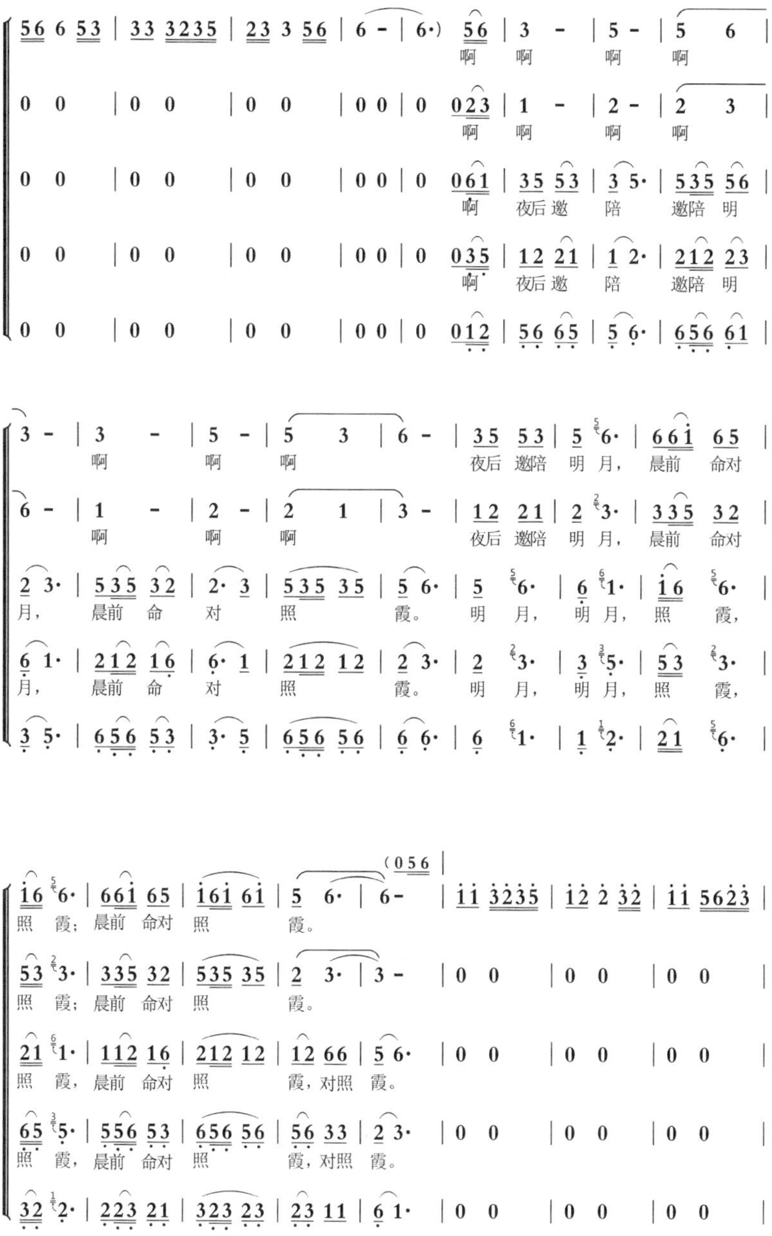
啊 啊 啊 啊
啊 啊 啊 啊
啊 夜后邀 陪 邀陪 明
啊 夜后邀 陪 邀陪 明
啊 啊 啊 夜后 邀陪 明 月，晨前 命对
啊 啊 啊 夜后 邀陪 明 月，晨前 命对
月，晨前 命 对 照 霞。明 月，明 月，照 霞，
月，晨前 命 对 照 霞。明 月，明 月，照 霞，
照 霞；晨前 命对 照 霞。
照 霞；晨前 命对 照 霞。
照 霞，晨前 命对 照 霞，对照 霞。
照 霞，晨前 命对 照 霞，对照 霞。

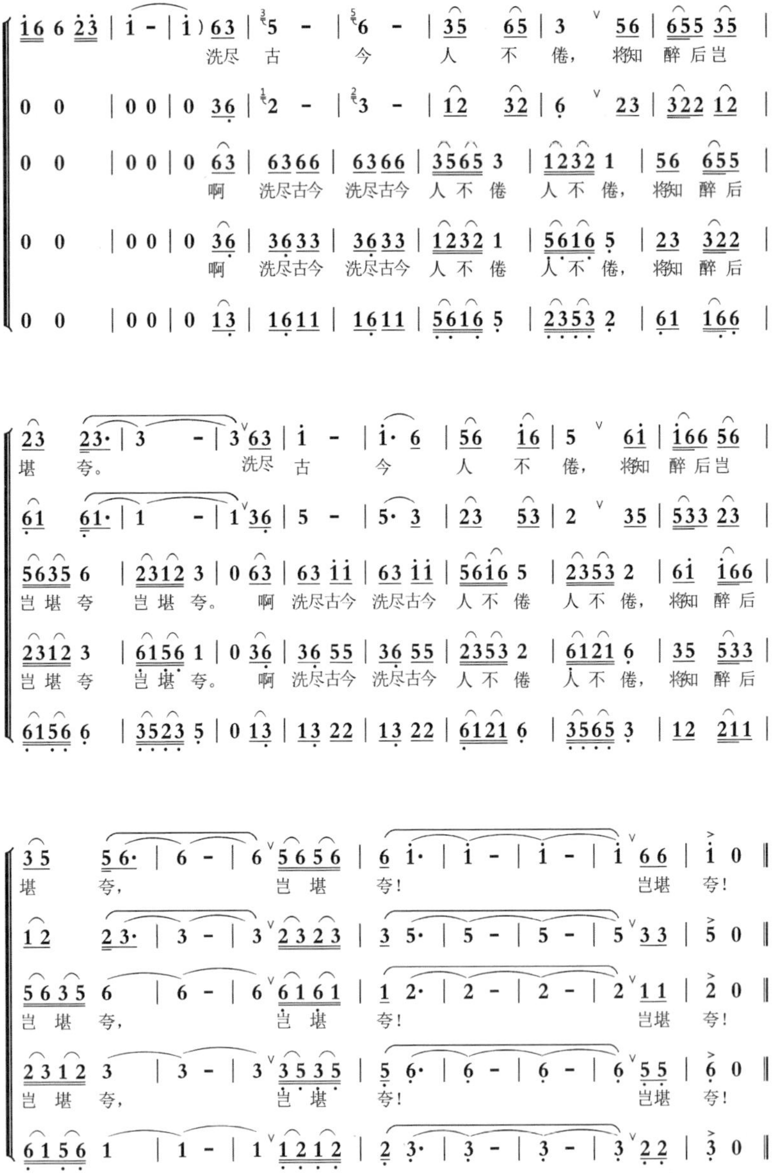
洗尽 古 今 人 不 倦， 将知 醉 后 岂
啊 洗尽古今 洗尽古今 人 不 倦 人 不 倦， 将知 醉 后
啊 洗尽古今 洗尽古今 人 不 倦 人 不 倦， 将知 醉 后
堪 夸。 洗尽 古 今 人 不 倦， 将知 醉 后 岂
岂 堪 夸 岂 堪 夸。 啊 洗尽古今 洗尽古今 人 不 倦 人 不 倦， 将知 醉 后
岂 堪 夸 岂 堪 夸。 啊 洗尽古今 洗尽古今 人 不 倦 人 不 倦， 将知 醉 后
堪 夸， 岂 堪 夸！ 岂堪 夸！
岂 堪 夸， 岂 堪 夸！ 岂堪 夸！
岂 堪 夸， 岂 堪 夸！ 岂堪 夸！

词语解释

1. 天宝，漳州老城西北十几公里之天宝山，海拔900多米，有数个山峰。漳南，漳州别称，又称南州、清漳、丹霞等。囝kiã^{53}，儿子，孩子。侬laŋ^{23}，人，别人；“人”字读zin^{23}。

2. 光景，风景，前景，前程。屐ki^{21}，蔴或葛皮等制成的鞋子。念，连，连带，且。南山寺，现今漳州最大规模古庙，唐代已建，为福建古代“四大丛林”之一。煞，却，倒。有当看着，可以/能看见。

3. 未遘，还没到，未及；遘kau^{21}，到，达。懔𫧃着，忍不住，扛不了；懔lun^{53}，忍，受，害怕；𫧃be^{33}，不会，不。爱，得，必须。着tioʔ^{121}，对，正确。伓m^{33}，不。媛mãi^{21}，别，不要。𧾷隹头，挠头，抓头皮；𧾷隹ziau^{21}，抓（痒），挠（痒）。

4. 迄塍，那田；迄hit^{21}，那；塍，水田，田；“田”字仅读tian^{23}。丘，水田的量词，即“块”。青摸摸，绿油油。釉仔，稻子，水稻；釉tiu^{33}；“稻”字读to^{33}。生澶好，长势好，繁衍旺盛；澶t‘uã^{21}，水波外淌，引申繁衍，生长。幼冥冥，极细小状。有影，确实，的确。

5. 干燋，只，仅只，光。喙竭咻喉燋，口干喉咙燥；喙ts‘ui^{21}，口，嘴巴；咻喉，喉；燋ta^{45}，干，涸。伓知，不知道。来去，去、来（视说话者的指向）。沃茶，喝茶。两杯仔，几杯（不确定数字，是约略说法；对比“两杯”，就仅只两杯）。

6. 水sui^{53}，妙，好；读tsui^{53}，透明无味无色液体。嘛，也，亦。物，东西。互恁听，让你们听；互，叫。被，给；恁lin^{53}，你们，你们的。巧，好，妙。即迈tsit$_5^{21}$mãi^{53}，这回，这次；即，这；迈，趟，次。着tioʔ^{121}，轮，中。啊，了，表已然态。

7. 抑我咧，那么我呢；抑aʔ^{21}，（在此）语气助词。一条仔，一首（或）几首，加“仔”是约略的说法，不加“仔”的“一条”就仅只“一首”。铫，煎茶之铁器皿。

8. 李则，南宋人，福建漳州人，曾任福建德化县令等。

9. 王祎，元末明初人，浙江义乌人，曾任福建漳州府通判、翰林侍制等。

10. 辛弃疾，南宋人，山东济南人，曾任浙江绍兴、江苏镇江知府等。

11. 丘葵，南宋人，福建同安人，卒年九十，有《钓矶诗集》。

12. 林广发，元朝人，福建漳州人，曾任龙溪（漳州）簿，汀、漳屯田万户府等。

13. 周匡物，唐朝进士，福建漳州人，曾任广东高州刺史。

14. 杨稷，元朝人，福建长泰人，隐居不仕。

15. 灵一，唐朝僧人，广陵（今江苏扬州）人，俗姓吴，时称“一公”。

16. 杜甫，唐朝人，襄阳（今湖北襄樊）人，生于河南巩县，有《杜工部集》。

17. 薛能，唐朝进士，汾州（今山西临汾）人，累官至工部尚书。

18. 钱起，唐朝进士，吴兴（今浙江吴兴）人，累官至考功郎中。

19. 张继，唐朝进士，湖北襄阳人，游苏州时曾写《枫桥夜泊》。

20. 姚合，唐朝进士，陕州峡石（今河南三门峡）人，累官至给事中。

21. 白居易，唐朝进士，下邽（今陕西渭南）人，累官至刑部侍郎。

22. 陆游，南宋赐进士，越州山阴（今浙江绍兴）人，累官至宝章阁侍制。

23. 元稹，唐朝河内（今河南沁阳）人，累官至同平章事（类宰相）。

扫码听录音

第三场　东湖相辞

时间 仲夏日某晴天

地点 漳州东门外东湖一隅

场景 风和日丽、荷香四溢；游人如织

［三女游客赏湖羡荷，发感慨］

女客：（三重唱）（［宋］郭祥正《七律·东湖》）

tɔŋ$^{45}_{33}$ hɔ^{23} pak$^{21}_{5}$ si^{33} sui^{53} siaŋ$^{45}_{33}$ t‘ɔŋ^{45}　sip$^{121}_{21}$ li^{53} ho$^{23}_{33}$ hua^{45} puan$^{21}_{53}$ pik$^{121}_{21}$ hɔŋ^{23}
东湖北溆水相通，十里荷花半白红。

liŋ$^{53}_{45}$ iam^{33} i$^{53}_{45}$ liŋ^{23} siau$^{45}_{33}$ k‘ɔk$^{21}_{5}$ su^{53}　am$^{21}_{53}$ hiaŋ^{45} si^{23} hɔk^{21} san$^{21}_{53}$ ts‘iŋ$^{45}_{33}$ hɔŋ^{45}
冷艳已能消酷暑，暗香时复散清风。

iɔk$^{121}_{21}$ bian^{23} piat^{121} p‘ɔ^{53} bu^{23} hi^{23} t‘iŋ^{53}　ts‘ia$^{53}_{45}$ i^{53} sɔ$^{45}_{33}$ lan^{23} hak^{121} tiau$^{21}_{53}$ ɔŋ^{45}
欲眠别浦无鱼艇，且倚疏栏学钓翁。

in^{23} k‘i^{53} sian$^{45}_{33}$ t‘iŋ^{23} hui$^{45}_{33}$ buan$^{53}_{45}$ i^{53}　sa$^{53}_{45}$ zian^{23} sin$^{45}_{33}$ si^{21} ts‘ut$^{21}_{5}$ huan$^{23}_{33}$ lɔŋ^{23}
云起仙庭飞晚雨，洒然身世出樊笼。

［唱毕女游客散去。金公子、梁水仙上］

金： ts‘ɛ̃$^{45}_{33}$ t‘ĩ^{45} pɛʔ$^{121}_{21}$ hun^{23}　hãʔ$^{21}_{53}$ zit^{121} bi$^{23}_{33}$ hɔŋ^{45}　kɔŋ$^{53}_{45}$ zuaʔ^{121} u$^{33}_{21}$ hiaʔ$^{21}_{53}$ zuaʔ^{121}
青天白云，颬日微风，讲热有赫热，
m$^{33}_{21}$ koʔ$^{21}_{53}$
伓佫……

（吟）（［宋］郭祥正《七绝·东湖（之二）》）

taŋ$^{45}_{33}$ ɔ^{23} tsui^{53} su^{33} kam$^{21}_{53}$ ɔ^{23} biŋ^{23}　hɔŋ^{23} pik^{121} ho$^{23}_{33}$ hua^{45} tsu$^{33}_{21}$ tsai^{33} sin^{45}
东湖水似鉴湖明，红白荷花自在生。

tsi$^{53}_{45}$ iu^{53} hiaŋ$^{45}_{33}$ hɔŋ^{45} ts‘ui$^{45}_{33}$ k‘ik$^{21}_{5}$ tso^{33}　kiŋ$^{21}_{53}$ bu^{23} huan$^{23}_{33}$ su^{53} to$^{21}_{53}$ gim^{23} iŋ^{23}
只有香风吹客座，更无烦暑到檐楹。

梁：（吟）（[宋] 郭祥正《七绝·东湖（之六）》）

it$^{21}_{5}$ ɔ^{23} lik$^{121}_{21}$ sui^{53} tɔŋ$^{45}_{33}$ ts'ɔŋ^{45} tsiŋ^{33} pik$^{21}_{5}$ li^{53} ts'iŋ$^{45}_{33}$ san^{45} kuan$^{53}_{45}$ p'ɔk^{21} k'ai^{45}
一湖绿水当窗净，百里青山卷箔开。

tsi$^{53}_{45}$ k'iɔŋ^{53} sik$^{121}_{21}$ iaŋ^{23} ts'ui$^{45}_{33}$ k'ik^{21} k'i^{21} put$^{21}_{5}$ hiam^{23} iu$^{45}_{33}$ niãu^{53} ts'in$^{21}_{53}$
只恐夕阳催客去，不嫌幽鸟趁

zin^{23} lai^{23}
人来。

ha^{53} ha^{53} ha^{53} tsia^{53} e^{21} lɔŋ$^{53}_{45}$ si$^{33}_{21}$ sɔŋ$^{21}_{53}$ tiau^{23} kueʔ$^{21}_{53}$ siaŋ$^{23}_{33}$ tsiŋ^{21} e$^{23}_{33}$ taŋ$^{45}_{33}$
金：哈哈哈……！者兮拢是宋朝郭祥正兮东

ɔ^{23} si^{45}
湖诗！

iau$^{53}_{45}$ koʔ$^{21}_{53}$ u^{33} tioʔ$^{121}_{21}$ sɔŋ$^{21}_{53}$ tiau^{23} lim$^{23}_{33}$ tik^{121} mã^{21} sɛ$^{53}_{45}$ tse^{33} taŋ$^{45}_{33}$ ɔ^{23} si^{45} tioʔ$^{121}_{21}$
梁：犹佫有着！宋朝林迪嘛舍侪东湖诗着！

（吟）（[宋] 林迪《七绝·东湖（之一）》）

ban$^{33}_{21}$ k'iŋ^{53} han$^{23}_{33}$ tian^{23} tsiam$^{21}_{53}$ tit$^{21}_{5}$ to^{45} piŋ$^{23}_{33}$ t'e^{23} hɔŋ$^{21}_{53}$ iaŋ^{21} tsiap$^{21}_{5}$
万顷闲田占得多，平堤滉漾接

tɔŋ$^{45}_{33}$ p'o^{45}
东坡。

liu$^{23}_{33}$ p'o^{45} san$^{21}_{53}$ si^{45} lian^{23} ts'ian$^{45}_{33}$ bik^{121} i$^{23}_{33}$ su^{33} iu$^{23}_{33}$ k'am^{45} tiaŋ$^{53}_{45}$ ki$^{45}_{33}$ ho^{23}
流波散施连阡陌，馀事犹堪长芰荷。

金：（吟）（[宋] 林迪《七绝·东湖（之三）》）

ki$^{23}_{33}$ k'i^{45} si$^{21}_{53}$ lɔ^{33} k'ɔ$^{53}_{45}$ hɔŋ$^{45}_{33}$ p'o^{45} but^{121} gua^{33} siau$^{45}_{33}$ iau^{23} tit$^{21}_{5}$ ts'i^{21} to^{45}
崎岖世路苦风波，物外逍遥得趣多。

bun^{23} iam^{53} sik$^{121}_{21}$ iaŋ^{23} sin$^{45}_{33}$ sui$^{21}_{53}$ kau^{21} sɔ$^{21}_{53}$ siŋ^{45} si^{23} tɔ^{33} ts'ai$^{53}_{45}$ liŋ$^{23}_{33}$ ko^{45}
门掩夕阳新睡觉，数声时度采菱歌。

ha^{53} ha^{53} ha^{53} tsit$^{21}_{5}$ tsun^{33} kaʔ$^{21}_{53}$ tu$^{53}_{45}$ a^{53} zit$^{121}_{21}$ tau^{21} aʔ^{21} niã^{23} bueʔ$^{21}_{53}$ t'ai$^{53}_{45}$
梁：哈哈哈！即阵呷抵仔日昼抑尔，卜呔

t‘o^{53}u$_{21}^{33}$nã$_{45}^{53}$a^{53} sik$_{21}^{121}$iaŋ^{23} la^{21} nã$_{45}^{53}$a^{53} sin$_{33}^{45}$sui$_{53}^{21}$kau^{21} la^{21} li^{53}
讨有哪仔“夕 阳”喇，哪仔“新 睡 觉”喇！汝

koʔ$_{53}^{21}$t‘iã^{45} sɔŋ$_{53}^{21}$tiau^{23}tio$_{21}^{33}$i$_{45}^{53}$hu^{45}mã^{21}u$_{21}^{33}$tsit$_{21}^{121}$tiau^{23}kɔŋ$_{45}^{53}$taŋ$_{33}^{45}$ɔ^{23}e^{23}
佫听，宋朝赵以夫嘛有一条讲东湖兮，

sia$_{45}^{53}$tsin$_{21}^{33}$ho^{53} li^{53}t‘iã^{45}
写尽好，汝听！

（吟）（［宋］赵以夫《七绝·东湖夜游》）

it$_{5}^{21}$tsun^{23}biŋ$_{33}^{23}$guat^{121}it$_{5}^{21}$tsun^{23}hɔŋ^{45} siam$_{45}^{53}$siam^{53}kun$_{33}^{23}$siŋ^{45}lɔk$_{21}^{121}$
一船明月一船风，闪闪群星落

sui$_{45}^{53}$tiɔŋ^{45}
水中。

hiŋ^{23}to^{21}ɔ$_{33}^{23}$sim^{45}ho$_{33}^{23}$iŋ^{53}luan^{33} siau$_{45}^{53}$zi^{23}t‘am$_{53}^{21}$to^{33}tsiat^{21}lian$_{33}^{23}$p‘ɔŋ^{23}
行到湖心荷影乱，小儿探道折莲篷。

ha^{53}ha^{53}ha^{53} laŋ^{33}hit$_{5}^{21}$si^{3} taŋ$_{33}^{45}$ɔ^{23}ia$_{21}^{33}$iu^{23} li^{53}tsit$_{5}^{21}$tsun^{33}hiaʔ$_{53}^{21}$tua^{33}
金：哈哈哈！侬迄是《东湖夜游》！汝即阵赫大

zit$_{21}^{121}$t‘au^{23} nã$_{45}^{53}$a^{53}biŋ$_{33}^{23}$guat^{121}la^{21} nã$_{45}^{53}$a^{53}kun$_{33}^{23}$siŋ^{45}la^{21}
日头，哪仔“明 月”喇，哪仔“群 星”喇！（学梁腔调）

it$_{5}^{21}$tsun^{23}tua$_{21}^{33}$zit^{121}it$_{5}^{21}$tsun^{23}hɔŋ^{45} siam$_{45}^{53}$siam^{53}zit$_{21}^{121}$hua^{45}lɔk$_{21}^{121}$sui$_{45}^{53}$
“一船大日一船风，闪闪日花落水

tiɔŋ^{45} ha^{53}ha^{53}ha^{53} u$_{21}^{33}$iã^{53} kã$_{33}^{45}$kɔ$_{53}^{21}$tit$_{5}^{21}$kap$_{5}^{21}$li^{53}puan$_{21}^{33}$t‘iɔŋ^{21} tsiŋ$_{53}^{21}$
中！哈哈哈……！有影，兼顾得佮汝拌畅，正

kiŋ^{45}tai$_{21}^{33}$tsi^{21}suaʔ$_{53}^{21}$be$_{21}^{33}$ki$_{53}^{21}$tit$_{5}^{21}$kaʔ^{21}li$_{45}^{53}$kɔŋ^{53}
经代志煞 袂记得佮汝讲！

ɔ^{53} li^{53}nã$_{45}^{53}$a^{53}tsiŋ$_{53}^{21}$kiŋ^{45}tai$_{21}^{33}$tsi^{21}kɔŋ$_{45}^{53}$lai$_{33}^{23}$t‘iã^{45}
梁：哦，汝哪仔正经代志讲来听！

tsui$_{45}^{53}$sian^{45}a^{21} kin$_{21}^{33}$lai^{23}a^{53}hai$_{45}^{53}$kĩ^{23}tai$_{21}^{33}$tsi^{21}tse^{33} gua^{53}si$_{21}^{33}$
金：（突变严肃）水仙啊！近来仔海墘代志侪，我是

tsa$^{45}_{33}$ pɔ$^{45}_{33}$ laŋ^{23} tioʔ$^{121}_{21}$ ai$^{21}_{53}$ k'i$^{21}_{53}$ ts'ut$^{21}_{5}$ lat^{121} a^{53} kã$^{53}_{45}$ m$^{33}_{21}$ si^{33}
查夫侬，着爱去出力仔，敢伓是？

li^{53} li^{53} li^{53}
梁：（突然明白）汝……汝汝……！（转身掩面而泣）

ai^{21} gua^{53} tsai$^{45}_{33}$ iã^{53} kan$^{45}_{33}$ lan^{23} lai^{23} gua^{53} saŋ$^{21}_{53}$ li^{53} tsit$^{121}_{21}$ tiau^{23} tɔŋ$^{23}_{33}$ tiau^{23}
金：唉！我知影艰难！来，我送汝一条唐朝

pik$^{121}_{21}$ ki$^{45}_{33}$ ik^{121} e^{23} saŋ$^{21}_{53}$ li^{33} tsiaŋ$^{45}_{33}$ tsiu^{45}
白居易兮《送吕漳州》！（独唱）（［唐］白居易《五言·送吕漳州》）

kim$^{45}_{33}$ tiau^{45} it^{21} ɔ$^{23}_{33}$ tsiu^{53} gan^{23} sɔŋ^{21} tsiaŋ$^{45}_{33}$ tsiu^{45} bɔk^{121}
今朝一壶酒，言送漳州牧。

puan$^{21}_{53}$ tsu^{33} iau$^{21}_{53}$ han$^{23}_{33}$ iu^{23} ai$^{21}_{53}$ hua^{45} lian$^{23}_{33}$ ts'au^{53} liɔk^{121}
半自要闲游，爱花怜草绿。

hua$^{45}_{33}$ tsian^{23} hɛ$^{33}_{21}$ an$^{45}_{33}$ bɛ^{53} ts'au$^{53}_{45}$ siaŋ^{33} he$^{23}_{33}$ si$^{45}_{33}$ tiɔk^{121}
花前下鞍马，草上携丝竹。

hiŋ$^{23}_{33}$ k'ik^{21} im$^{53}_{45}$ sɔ$^{21}_{53}$ pue^{45} tsu$^{53}_{45}$ zin^{23} ko$^{45}_{33}$ it$^{21}_{5}$ k'iɔk^{21}
行客饮数杯，主人歌一曲。

tuan$^{45}_{33}$ ki^{45} sik$^{21}_{5}$ hɔŋ$^{45}_{33}$ kiŋ^{53} lui^{53} ts'ut^{21} lo$^{23}_{33}$ tɔŋ^{23} p'ɔk^{21}
端居惜风景，屡出劳僮仆。

tɔk$^{121}_{21}$ tsui^{21} su$^{33}_{21}$ bu$^{23}_{33}$ biŋ^{23} tsio$^{21}_{53}$ kun^{45} tsɔk$^{21}_{5}$ te$^{23}_{33}$ bɔk^{21}
独醉似无名，借君作题目。

tse^{21} tse^{21} tsit$^{121}_{21}$ piat^{121} koʔ$^{21}_{53}$ m$^{33}_{21}$ tsai^{45} li^{53} u$^{33}_{21}$ t'aŋ^{45} tuĩ$^{53}_{45}$ lai^{23}
梁：（泣不成声）这……这一别，佫伓知汝有通转来

aʔ^{21} bo^{23}
抑无？

金：（吟）（［唐］贾岛《五绝·剑客》）

sip$^{121}_{21}$ lian^{23} bua^{23} it$^{21}_{5}$ kiam^{21} sɔŋ$^{45}_{33}$ to^{45} bue$^{33}_{21}$ tsiŋ$^{23}_{33}$ ts'i^{21}
十年磨一剑，霜刀未曾试。

kim$^{45}_{33}$ zit^{121} pa$^{53}_{45}$ si^{33} kun^{45}　sui^{23} iu$^{53}_{45}$ put$^{21}_{5}$ piŋ$^{23}_{33}$ si^{33}
今日把示君，谁有不平事？

ai^{21} ia^{21}　li^{53}　li^{53} li^{53} li^{53} a^{21}
梁：哎呀！汝……汝汝汝啊！（擦拭泪水）

（独唱）（[宋] 高登《五言·留别》）

tiaŋ$^{33}_{21}$ hu^{45} si$^{21}_{53}$ hɔŋ$^{45}_{33}$ tsi^{21}　k‘iŋ$^{53}_{45}$ tsɔk^{21} zi$^{23}_{33}$ lu^{53} piat^{121}
丈夫四方志，肯作儿女别。

kɔ$^{21}_{53}$ ŋɔ̃^{53} ts‘a^{45} kuat$^{121}_{21}$ kiaŋ^{23}　suan$^{33}_{21}$ kun^{45} tsin$^{45}_{33}$ siu$^{21}_{53}$ huat^{21}
顾我差崛强，羡君真秀发。

to$^{33}_{21}$ gi^{33} tiɔŋ$^{33}_{21}$ ts‘ian$^{45}_{33}$ kin^{45}　li^{33} biŋ^{23} k‘iŋ^{45} it$^{21}_{5}$ iap^{121}
道义重千钧，利名轻一叶。

tsɔŋ$^{21}_{53}$ hɔŋ^{45} t‘ɔ$^{21}_{53}$ hɔŋ$^{23}_{33}$ ge^{23}　tiɔŋ$^{45}_{33}$ siŋ^{23} kuan$^{21}_{53}$ zit$^{121}_{21}$ guat^{121}
壮风吐虹蜺，忠诚贯日月。

ts‘aʔ$^{21}_{53}$ kiam^{21} lɔ$^{33}_{21}$ kan$^{45}_{33}$ tam^{53}　k‘an$^{21}_{53}$ kiŋ^{21} lian$^{33}_{21}$ hun$^{45}_{33}$ giap^{121}
插剑露肝胆，看镜念勋业。

ho$^{23}_{33}$ tɔŋ^{45} puat$^{121}_{21}$ mãu$^{23}_{33}$ zu^{23}　tɔŋ^{23} tsai^{33} tin$^{23}_{33}$ lik$^{121}_{21}$ liat^{121}
何当拔茅茹，同在陈力列。

ai^{45} ia^{21} ia^{21}　tsui$^{53}_{45}$ sian^{45} a^{53}
金：哎呀呀！水仙啊！

（独唱）（[唐] 潘存实《五言·赋得玉声如乐》）

piau$^{53}_{45}$ tsik^{21} tsu$^{33}_{21}$ kian$^{45}_{33}$ tsiŋ^{45}　in$^{45}_{33}$ zin^{23} it$^{21}_{5}$ k‘ɔ$^{21}_{53}$ biŋ^{23}
表质自坚贞，因人一扣鸣。

tsiŋ^{33} tsiaŋ^{45} kim^{45} piŋ^{21} hiaŋ^{53}　biau^{33} i$^{53}_{45}$ gak^{121} tɔŋ$^{23}_{33}$ siŋ^{45}
静将金并响，妙与乐同声。

iau$^{53}_{45}$ iau^{53} gi$^{23}_{33}$ hɔŋ^{45} sɔŋ^{21}　liŋ$^{23}_{33}$ liŋ^{23} su^{33} k‘iɔk^{21} siŋ^{23}
杳杳疑风送，泠泠似曲成。

un^{33} ham^{23} siaŋ^{45} sik^{21} ts‘iat^{21}　im^{45} tai^{33} sun$^{33}_{21}$ hian^{23} ts‘iŋ^{45}
韵含湘瑟切，音带舜弦清。

put$^{21}_{5}$ tɔk^{121} tsɔŋ^{23} hɔŋ$^{23}_{33}$ k‘i^{21}　iu^{23} liŋ^{23} ts‘iaŋ$^{21}_{53}$ but$^{121}_{21}$ tsiŋ^{23}
不独藏虹气，犹能畅物情。

hɔ$^{33}_{21}$ k‘ui^{23} zu$^{23}_{33}$ ui^{33} t‘iŋ^{21}　tsiɔŋ$^{23}_{33}$ ts‘u^{53} tsin$^{53}_{45}$ tsɔŋ$^{45}_{33}$ tsiŋ^{45}
后夔如为听，从此振琮琤！

gua^{53} tsai^{45}　gua^{53} tsai^{45} a^{21}
梁：（仍泣不成声）我知，我知啊！

li^{53} k‘uã$^{21}_{53}$ li^{53}
金：汝看汝！（吟）（[宋] 郑斯立《五律·赠陈宗之（之一）》）

suan$^{33}_{21}$ kun^{45} kɛ^{45} k‘uat^{21} hɛ^{33}　put$^{21}_{5}$ tap^{121} kiu$^{53}_{45}$ ki$^{23}_{33}$ tin^{23}
羡君家阙下，不踏九衢尘。

ban$^{33}_{21}$ kuan^{53} si$^{45}_{33}$ tiɔŋ^{45} tso^{33}　it$^{21}_{5}$ siŋ^{45} han^{23} ko$^{53}_{45}$ sin^{45}
万卷书中坐，一生闲裹身。

t‘am$^{45}_{33}$ si^{45} gi^{23} iu$^{53}_{45}$ tsɛ^{21}　uat$^{121}_{21}$ si^{21} iɔk$^{121}_{21}$ bu$^{23}_{33}$ zin^{23}
梁金：（合）贪诗疑有债，阅世欲无人。

tsɔk$^{121}_{21}$ zit^{121} siaŋ$^{45}_{33}$ su^{45} ts‘u^{21}　tɔŋ$^{23}_{33}$ hua^{45} lan$^{33}_{21}$ ban^{33} ts‘un^{45}
昨日相思处，桐花烂漫春！

[两人相拥造型。游客众聚合唱]

众：（合唱）（[唐] 孟郊《五律·古怨别》）

sap$^{21}_{5}$ sap^{21} ts‘iu$^{45}_{33}$ hɔŋ^{45} siŋ^{45}　ts‘iu$^{23}_{33}$ zin^{23} uan$^{21}_{53}$ li$^{23}_{33}$ piat^{121}
飒飒秋风生，愁人怨离别。

ham$^{23}_{33}$ tsiŋ^{23} liaŋ$^{53}_{45}$ siaŋ$^{45}_{33}$ hiaŋ^{21}　iɔk$^{121}_{21}$ gi^{53} k‘i^{21} sian$^{45}_{33}$ iat^{21}
含情两相向，欲语气先咽。

sim$^{45}_{33}$ k‘iɔk^{21} ts‘ian$^{45}_{33}$ ban$^{33}_{21}$ tuan^{45}　pi^{45} lai^{23} k‘iɔk^{21} lan$^{23}_{33}$ suat^{21}
心曲千万端，悲来却难说。

piat^{121} hɔ^{33} ui$^{23}_{33}$ sɔ$^{53}_{45}$ su^{45}　t‘ian$^{45}_{33}$ gai^{23} kiɔŋ$^{33}_{21}$ biŋ$^{23}_{33}$ guat^{121}
别后唯所思，天涯共明月。

[落幕]

唱段曲谱

七律·东湖

1=F $\frac{4}{4}$

♩=75 中速稍缓、优美地

女声三重唱

歌仔戏《梁才女》第三场选段（十一）

［宋］郭祥正 作诗
高 然 作曲

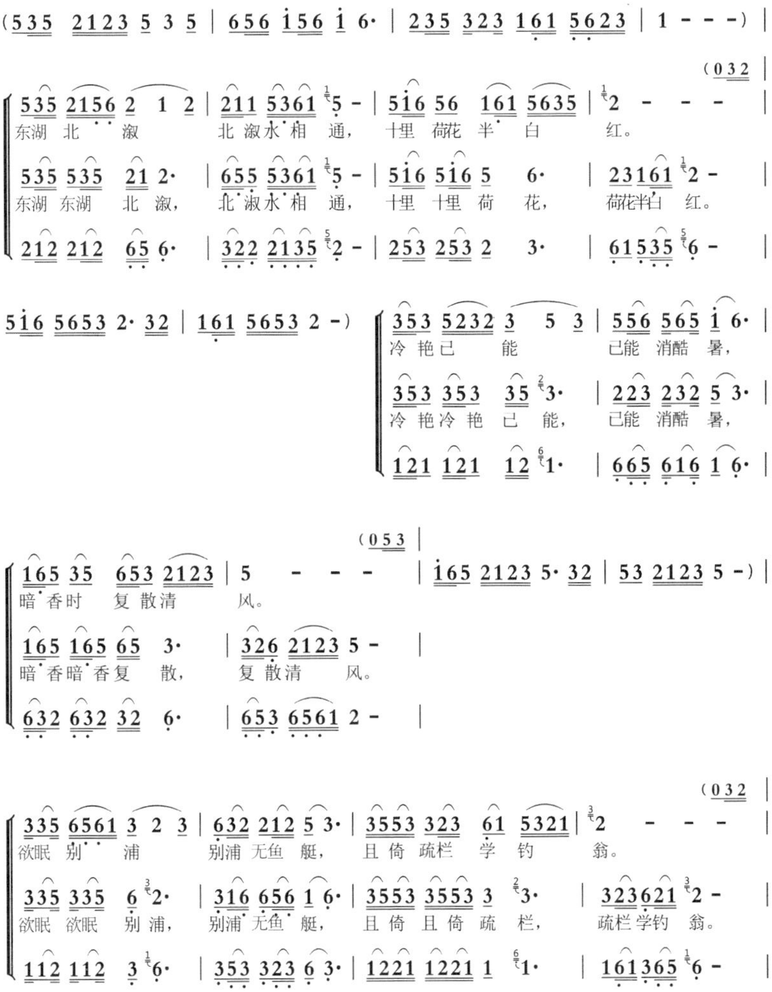

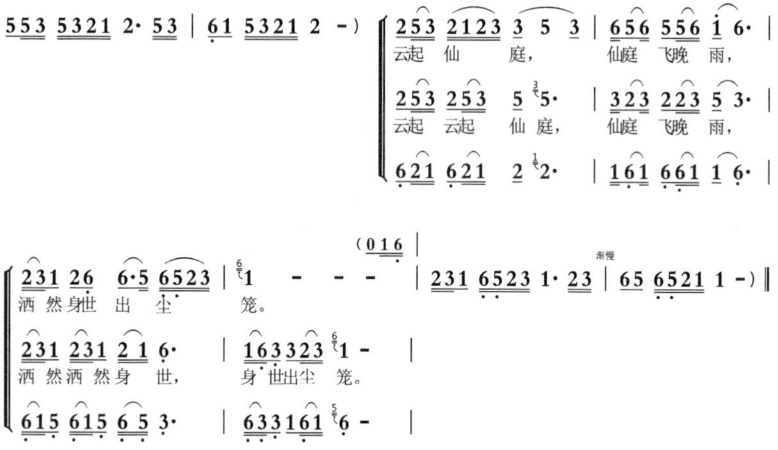

云起 仙 庭，仙庭 飞晚 雨，
云起 云起 仙 庭，仙庭 飞晚 雨，

洒 然 身世 出 尘 笼。
洒 然 洒 然 身 世，身 世出尘 笼。

五言·送吕漳州

1=G $\frac{2}{4}$

♩=55 缓慢，悠扬，吟诵地

独唱

歌仔戏《梁才女》第三场选段（十二）

［唐］白居易 作诗

高 然 作曲

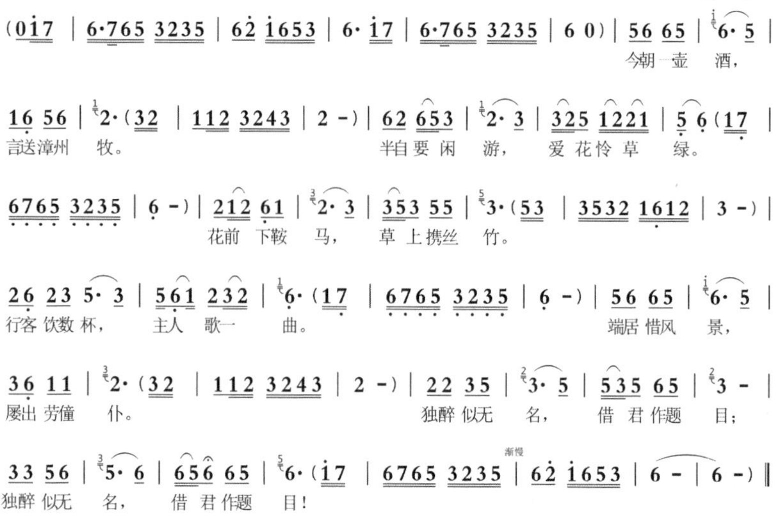

今朝一壶 酒，
言送漳州 牧。半自要 闲 游，爱 花 怜 草 绿。
花前 下鞍 马，草 上 携丝 竹。
行客 饮数 杯，主人 歌一 曲。端居 惜风 景，
屡出 劳僮 仆。独醉 似无 名，借 君 作题 目；
渐慢
独醉 似无 名，借 君 作题 目！

五言·留别

1=F $\frac{2}{4}$

♩=72 中速偏缓、深情、自由地

女声独唱

歌仔戏《梁才女》第三场选段（十三）

[宋]高 登 作诗

高 然 作曲

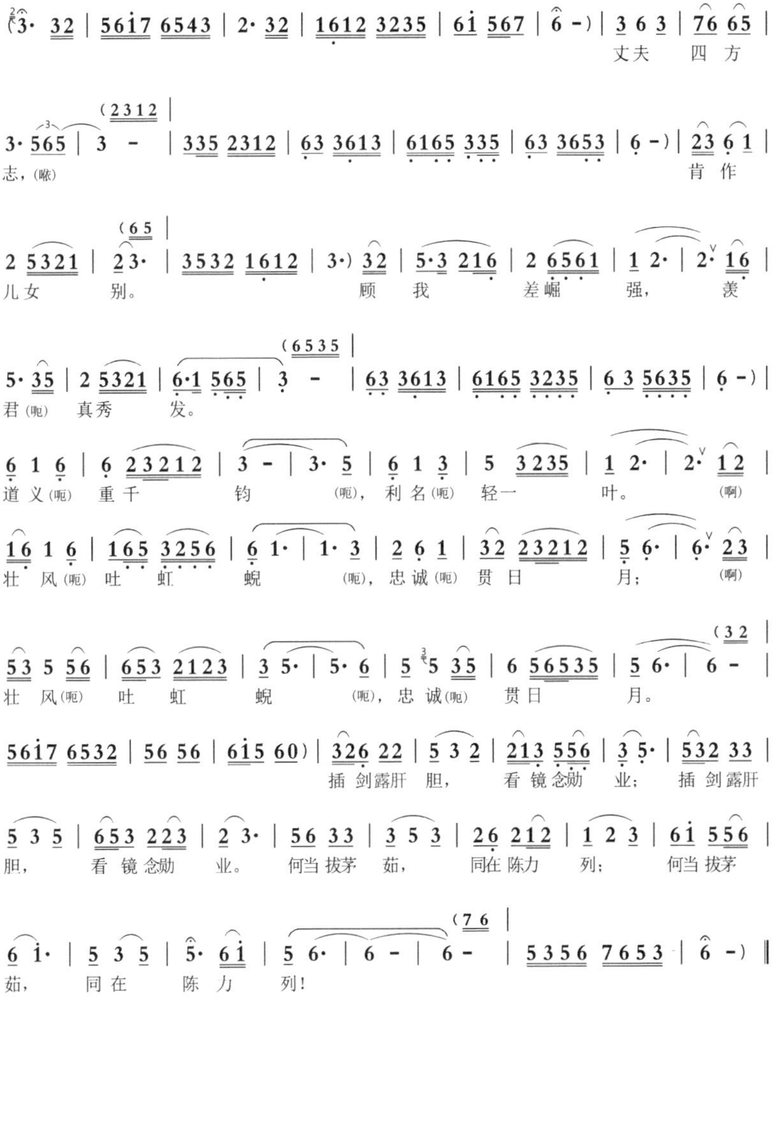

五言·赋得玉声如乐

男声独唱

歌仔戏《梁才女》第三场选段（十四）

[宋]潘存实 作诗
高 燃 作曲
调寄《杂喙/杂念》

1=G 2/4

♩=70 中速偏缓、优美、赞颂地

(7̲6̲ | 5̲5̲ 1̲2̲3̲5̲ | 1̲2̲ 2) 3̲2̲ | 5 3̲2̲ | 5̲3̲2̲ 1̲2̲ | 3· (3̲2̲ | 5̲1̲6̲5̲ 3̲2̲1̲2̲ | 3 -) |
(白)(汝啊!)　　　　　　(汝)　表质　表质　自坚贞，

2 1̲2̲ 2̲1̲2̲ 3̲2̲3̲2̲ | 1 2 (3̲2̲ | 5̲6̲5̲♯4̲ 3̲2̲3̲5̲ | 1̲2̲ 2·) | 1 2̲3̲2̲ | 5̲3̲2̲ 5̲7̲ | 7̲6̲ (7̲6̲ |
因人　因人 一扣 鸣。　　　　　　　　　静将　金 (来)并响，

5̲3̲5̲6̲ 7̲6̲7̲2̲ | 5̲6̲ 6·) | 1 2̲3̲2̲ | 6̲7̲6̲ 6̲5̲6̲ | 1 5̲ (7̲6̲ | 5̲5̲ 1̲2̲3̲5̲ | 1̲2̲ 2) 3̲2̲ | 1̲2̲ 3̲2̲ |
　　　　　　　妙与　乐 (来)同　声。　　　　　　　　(汝)杳杳

1̲2̲3̲2̲ 1̲2̲ | 6·(7̲6̲ | 5̲3̲5̲6̲ 7̲6̲7̲2̲ | 5̲6̲ 6·) | 2̲3̲2̲ 1̲·2̲ | 2̲3̲1̲2̲ 6̲6̲5̲ | 6̲ 1̲ (7̲6̲ | 5̲6̲5̲5̲ 3̲2̲3̲5̲ |
杳杳　疑风　送，　　　　　　　泠泠　泠泠　似曲　成。

1̲2̲ 2) 3̲2̲ | 2 1̲2̲ | 2̲1̲2̲ 5̲3̲2̲ | 5 3 (3̲2̲ | 5̲1̲6̲5̲ 3̲2̲1̲2̲ | 3 -) | 5 3̲2̲ | 5̲3̲2̲ 6̲1̲ |
　(汝) 韵含 韵含 湘瑟 切，　　　　　　　　　音带 音带 舜弦

³2·(3̲2̲ | 5̲6̲5̲♯4̲ 3̲2̲3̲5̲ | 1̲2̲ 2) 3̲2̲ | 6 5̲6̲ | 6̲5̲6̲ 5̲3̲5̲ | ⁷6·(7̲6̲ | 5̲3̲5̲6̲ 7̲6̲7̲2̲ | 5̲6̲ 6·) |
清。　　　　　　(汝)不独 不独 藏虹 气，

稍快,转《杂念调》(♩=85)

1 5̲6̲ | 1̲5̲6̲ 6̲5̲3̲ | 3̲ 5̲ (7̲6̲ | 5̲ 6̲7̲ | 6̲5̲ 2̲3̲ | 5̲2̲ 1̲2̲ | 5 -) | 6 6̲1̲ |
犹能 犹能　畅物　情。　　　　　　　　　　　　　　　　后夔

6 1· | 1·2̲ 6̲5̲ | ²1 - | (5̲ 6̲7̲ | 6̲5̲ 2̲3̲ | 5̲2̲ 1̲2̲ | 5 -) | 5̲ 1̲6̲ |
后夔 如为 听，　　　　　　　　　　　　　　　　　　　　　　从此

5̲ ¹6· | 3̲5̲ 6̲ | ¹5 - | (5̲ 6̲7̲ | 6̲5̲ 2̲3̲ | 5̲2̲ 1̲2̲ | 5 -) | 6 6̲1̲ |
从此 振琤 琤；　　　　　　　　　　　　　　　　　　　　　后夔

2 2̲3̲ | 1̲2̲ 6̲ | ¹6 - | 5̲ 2̲7̲ | 6 7̲6̲ | 6̲1̲ 5̲ | ¹6·7̲ | 6̲1̲ 6̲ |
后夔 如为 听，　从此 从此 振琤 琤, (啊) 振琤

¹5̲ 5̲6̲ | 5̲ 2̲ | 0 6̲ | 5̲3̲5̲ | 2 - | (5 5̲ | 2̲3̲5̲ | 5̲5̲1̲3̲ | 2 -) ‖
琤 (啊)哝　哝)！

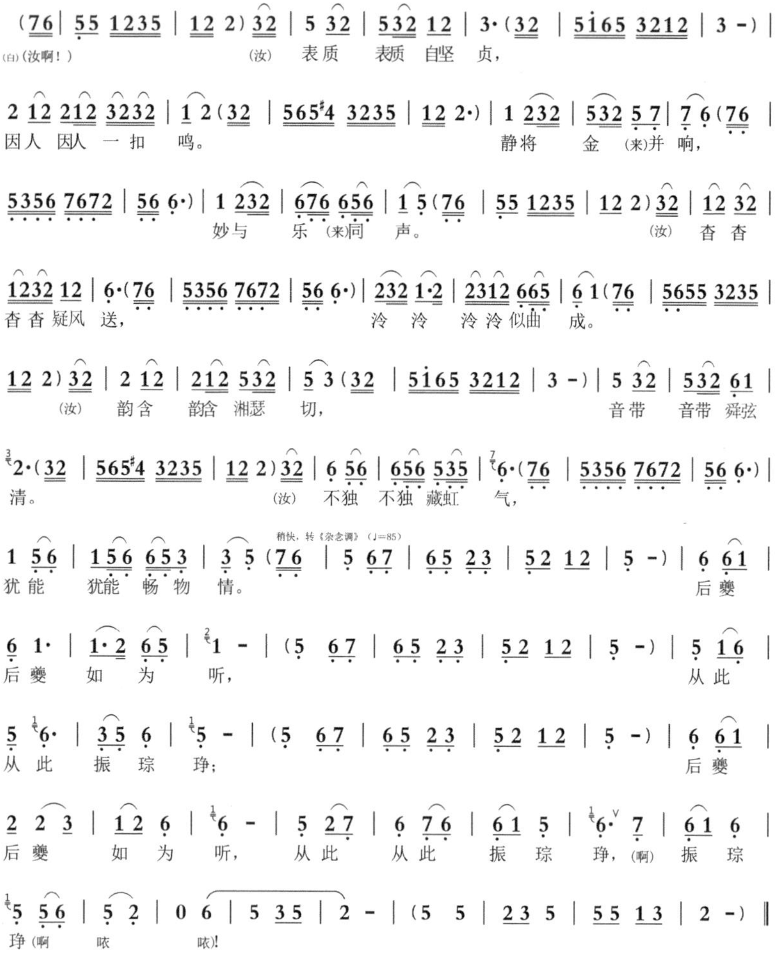

五律·古怨别

1=F $\frac{2}{4}$

♩=80 中速稍缓、忧愁、悲伤地

合唱

歌仔戏《梁才女》第三场选段（十五）

[唐]孟 郊 作诗

高 然 作曲

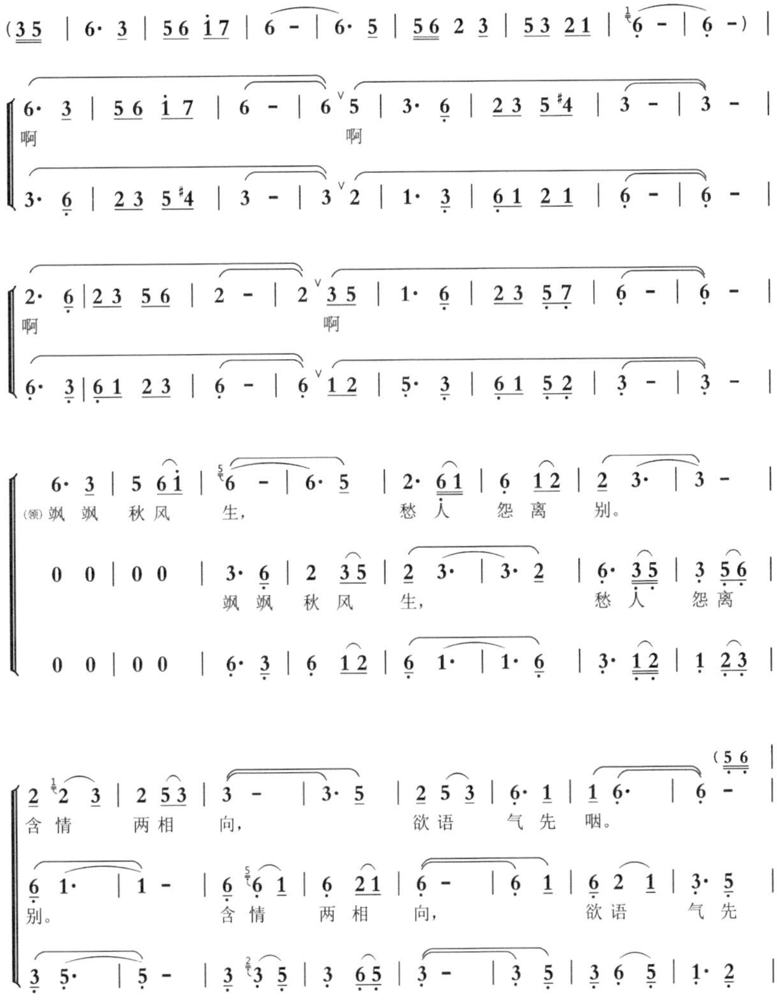

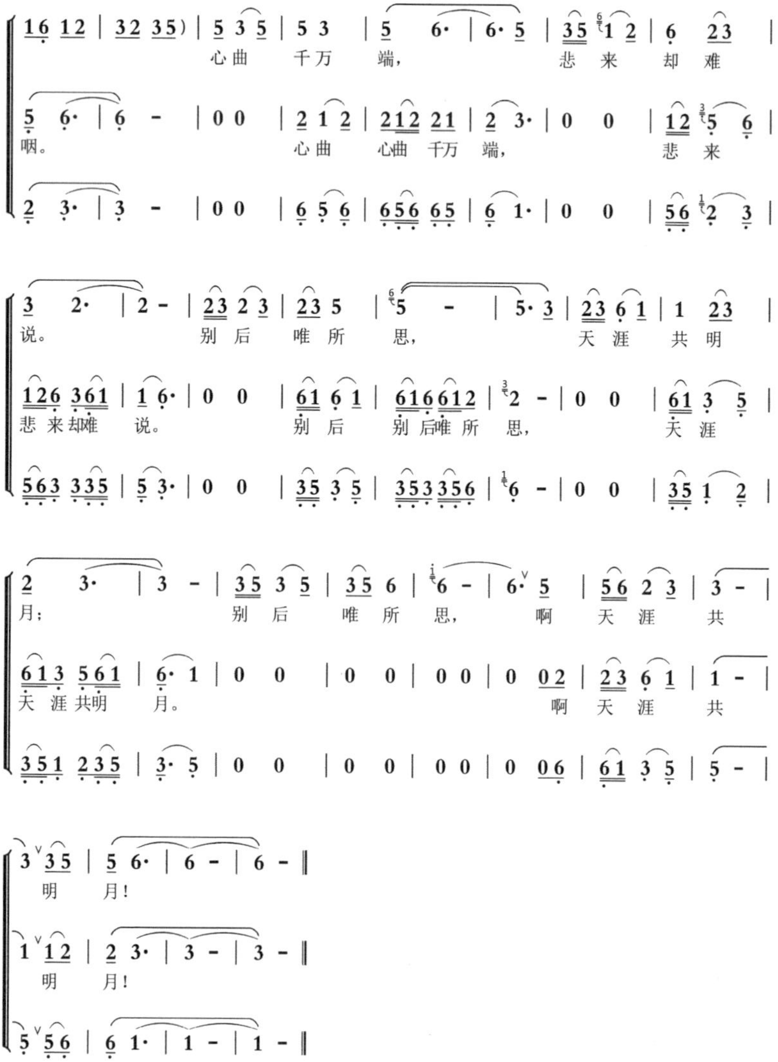
心曲 千万 端，悲来 却难
咽。心曲 心曲 千万 端，悲 来
说。别后 唯所 思，天涯 共明
悲来却难 说。别后 别后唯所 思，天涯
月；别后 唯所 思，啊 天涯 共
天涯共明 月。啊 天涯 共
明 月！
明 月！

词语解释

1. 东湖，清末前漳州古城东门外之九龙江泻湖，即今漳州九龙公园以及四周大片区域，为古代漳州一胜景，有关东湖遗诗盛。该湖于清末淤塞变田园。颇日，在大太阳下烤晒；颇 hãʔ^{21}，辐射热，烘，烤。有赫热，(真）有那么热；赫 hiaʔ^{21}，那么，那样。伓佫 m$^{33}_{21}$koʔ^{21}，不过，然而。

2. 犹佫有着，还有呢；佫，又，还；着，语气助词。

3. 即阵，这回，这会儿；即，这；阵，时间/阵。呷 kaʔ^{21}，才，方。抵仔 tu$^{53}_{45}$a^{53}，刚，才，正。日昼，中午。抑尔 aʔ^{21} niã^{23}，罢了，而已，语气助词。卜呔讨，要如何，怎么能。哪仔，什么。

4. 侬 laŋ^{33}，人家，别人。迄 hit^{21}，那。大日头，太阳大，日晒厉害。日花，太阳光。有影，确实，的确。兼 kã^{45}，仅，只，是“干焦 kan$^{45}_{33}$ta^{45}（仅只、光）”的合音形式。佮 kap^{21}/kaʔ^{21}，跟，与，和。拌畅，开玩笑，闹着玩儿。代志，事情。煞，却，反而。鱠记得，忘了，不记得。嘛，也，亦。一条，一首。写尽好，写得很好；尽，十分，很。

5. 近来仔，近来，最近。海墘，海边。代志侪，事儿多；侪 tse^{33}，多，盈。查夫侬，男人，男子。着爱，得，不得不；又说“爱着”或单说“着”或“爱”。出力仔，出力，奉献。敢伓是，不是吗，对吗。

6. 知影，知道，了解。艰难，不易，难。吕漳州，唐时称呼往各地做官者称谓，即吕姓往漳州为官者。

7. 伓知，不知道。有通转来抑无，有可能/可以回来吗；通，可以，允许。

8. 郭祥正，北宋进士，安徽当涂人，曾任漳州府官员。

9. 林迪，北宋进士，曾任龙溪县（今漳州和龙海等）知县，兴化（今福建莆田）人。

10. 赵以夫，南宋进士，福建长乐人，曾任漳州知府、吏部尚书等。

11. 白居易，唐朝进士，下邽（今陕西渭南）人，曾任江州司马，翰林学士，刑部侍郎等，多诗作。

12. 贾岛，唐朝人，幽州范阳（今河北涿州）人，多诗作。

13. 高登，北宋进士，福建漳浦人，曾任富川县令等。

14. 潘存实，唐朝进士，福建漳浦人，官至户部侍郎。

15. 郑斯立，南宋进士，怀安人，曾任漳浦尉、龙溪（今漳州与龙海）尉。

16. 孟郊，唐朝进士，湖州武康（今浙江德清）人，曾任溧阳尉等。

扫码听录音

第四场　厝内数念

时间 秋日某月夜

地点 梁宅后院一角

[幕启前，幕后合唱]

众：（合唱）（[明] 杨迈《五律・送友》）

tiaŋ$^{23}_{33}$ tiŋ^{23} ts‘iu$^{45}_{33}$ sik^{21} lo^{53}　suai$^{45}_{33}$ liu^{53} it$^{21}_{5}$ haŋ$^{23}_{33}$ zin^{23}
长亭秋色老，衰柳一行人。

kik$^{121}_{21}$ bɔk^{121} kiŋ$^{45}_{33}$ hui$^{45}_{33}$ gan^{33}　siaŋ$^{45}_{33}$ sim^{45} k‘an$^{21}_{53}$ pik$^{121}_{21}$ p‘iŋ^{23}
极目惊飞雁，伤心看白蘋。

sɔŋ$^{45}_{33}$ tiɔŋ^{45} mã$^{53}_{45}$ tsik^{21} uan^{53}　guat$^{121}_{21}$ hɛ^{33} lui$^{33}_{21}$ hun^{23} sin^{45}
霜中马迹远，月下泪痕新。

iau$^{23}_{33}$ bɔŋ^{33} ts‘iŋ$^{45}_{33}$ kaŋ^{45} k‘iɔk^{21}　lɔ$^{23}_{33}$ hua^{45} kiɔŋ$^{33}_{21}$ k‘ɔ$^{53}_{45}$ sin^{45}
遥望清江曲，芦花共苦辛。

[幕启，幕后歌声中，梁水仙手握酒杯，遥望远空]

ai^{21}　li^{53}　li^{53} li^{53} li^{53}　li^{53} a^{21}　an$^{45}_{33}$ tsuã^{53} kaʔ$^{21}_{53}$ tioʔ^{121} an$^{45}_{33}$ nɛ̃^{45} hɔ$^{53}_{45}$
唉！汝！汝汝汝！汝啊！安怎呷着安尼互

laŋ^{33} siau$^{21}_{53}$ liam^{33} nɛ̃^{45}
侬数念呢？

（饮尽手中酒）（吟）（[唐] 陈去疾《五言・送林刺史简言之漳州》）

kaŋ$^{45}_{33}$ si^{33} iɔk$^{121}_{21}$ ham$^{23}_{33}$ hun^{45}　ts‘iŋ$^{45}_{33}$ ko^{45} it$^{21}_{5}$ sɔŋ$^{21}_{53}$ kun^{45}
江树欲含曛，清歌一送君。

tsiŋ$^{45}_{33}$ ts‘am^{45} si^{23} le$^{33}_{21}$ p‘ɔ^{53}　piat$^{121}_{21}$ bue^{33} am$^{21}_{53}$ siɔŋ$^{23}_{33}$ hun^{23}
征骖辞荔浦，别袂暗松云。

lɔ^{33} hiap^{121} hɔŋ$^{23}_{33}$ ho$^{23}_{33}$ tɔ^{33}　san^{45} ts‘im^{45} tui^{33} iap^{121} bun^{23}
路狭　横河渡，山　深　坠叶　闻。

biŋ$^{23}_{33}$ tiau^{45} siɔk$^{21}_{5}$ ho$^{23}_{33}$ ts‘u^{21}　bi$^{33}_{21}$ zim^{53} tsui$^{21}_{53}$ tiɔŋ$^{45}_{33}$ hun^{45}
明　朝　宿　何　处，未　忍　醉　中　分。

[复又喝一杯酒。放下杯，拿起书来读，没读几行字，复又望夜空。夜空传来金公子的声音]

lai^{23}　tsui$^{53}_{45}$ sian^{45}　gua^{53} saŋ$^{21}_{53}$ li^{53} tsit$^{121}_{21}$ tiau^{23} tɔŋ$^{23}_{33}$ tiau^{23} pik$^{121}_{21}$ ki$^{45}_{33}$ ik^{121} e^{23}
金：来，水　仙，我　送　汝一　条　唐　朝　白　居易　兮
si^{45}　saŋ$^{21}_{53}$ li^{33} tsiaŋ$^{45}_{33}$ tsiu^{45}
诗《送　吕　漳　州》！（独唱）（[唐] 白居易《五言·送吕漳州》）

kim$^{45}_{33}$ tiau^{45} it^{21} ɔ$^{23}_{33}$ tsiu^{53}　gan^{23} sɔŋ^{21} tsiaŋ$^{45}_{33}$ tsiu^{45} bɔk^{121}
今　朝　一壶　酒，　言　送　漳　州　牧。

puan$^{21}_{53}$ tsu^{33} iau$^{21}_{53}$ han$^{23}_{33}$ iu^{23}　ai$^{21}_{53}$ hua^{45} lian$^{23}_{33}$ ts‘au^{53} liɔk^{121}
半　自　要　闲　游，爱　花　怜　草　绿。

[金公子声音止，梁水仙接唱]

hua$^{45}_{33}$ tsian^{23} hɛ$^{33}_{21}$ an$^{45}_{33}$ bɛ^{53}　ts‘au$^{53}_{45}$ siaŋ^{33} he$^{23}_{33}$ si$^{45}_{33}$ tiɔk^{121}
梁：（唱）花　前　下　鞍　马，　草　上　携　丝　竹。

hiŋ$^{23}_{33}$ k‘ik^{21} im$^{53}_{45}$ sɔ$^{21}_{53}$ pue^{45}　tsu$^{53}_{45}$ zin^{23} ko$^{45}_{33}$ it$^{21}_{5}$ k‘iɔk^{21}
行　客　饮　数　杯，　主　人　歌　一　曲。

tuan$^{45}_{33}$ ki^{45} sik$^{21}_{5}$ hɔŋ$^{45}_{33}$ kiŋ^{53}　lui^{53} ts‘ut^{21} lo$^{23}_{33}$ tɔŋ^{23} p‘ɔk^{21}
端　居　惜　风　景，屡　出　劳　僮　仆。

tɔk$^{121}_{21}$ tsui^{21} su$^{33}_{21}$ bu$^{23}_{33}$ biŋ^{23}　tsio$^{21}_{53}$ kun^{45} tsɔk$^{21}_{5}$ te$^{23}_{33}$ bɔk^{21}
独　醉　似　无　名，　借　君　作　题　目。

[梁唱毕发呆，复又拿书读。读不了几行字把书放下，拿剑起舞，边舞边吟诗]

ai^{21}　li^{53} li^{53} li^{53}　li^{53} a^{21}
唉！汝汝汝！汝啊！（吟）（[宋] 陈景肃《五律·怀高东溪二首（之一）》）

tsɔk$^{121}_{21}$ tsuan^{23} bɔk$^{121}_{21}$ t‘ai$^{21}_{53}$ ts‘im^{45}　t‘ai$^{21}_{53}$ ts‘im^{45} tsiŋ^{53} lam$^{23}_{33}$ k‘ip^{21}
凿泉莫太深，太深井难汲。

tiŋ$^{45}_{33}$ san^{45} bɔk$^{121}_{21}$ t‘ai$^{21}_{53}$ ko^{45}　t‘ai$^{21}_{53}$ ko^{45} tiŋ^{53} lam$^{23}_{33}$ lip^{121}
登山莫太高，太高顶难立。

san$^{45}_{33}$ tiŋ^{53} iaŋ^{53} k‘o$^{53}_{45}$ kuan^{45}　tsiŋ^{53} ian^{45} hu^{53} k‘o$^{53}_{45}$ ip^{121}
山顶仰可观，井渊俯可挹。

nã$^{53}_{45}$ ti^{45} hɔŋ$^{23}_{33}$ ho^{33} hui^{45}　hai$^{53}_{45}$ iau^{53} bu$^{23}_{33}$ siau$^{45}_{33}$ sik^{21}
那知鸿鹄飞，海杳无消息。

[舞了剑气喘不匀，力衰状，把剑扔在地上]

ai^{21}　niɔ̃$^{23}_{33}$ tsui$^{53}_{45}$ sian^{45} a^{21} niɔ̃$^{23}_{33}$ tsui$^{53}_{45}$ sian^{45}　laŋ^{33} bue$^{23}_{33}$ hua^{45} li^{53} tsui$^{53}_{45}$ sian^{45}
梁：唉！梁水仙啊梁水仙！侬梅花汝水仙，

tsin$^{45}_{33}$ tsiã^{21} si$^{33}_{21}$ tau$^{21}_{53}$ tsit$^{121}_{21}$ tã^{21} a^{21}
真正是鬥一担啊！（吟）（[宋]范成大《五绝·瓶花》）

tsui$^{53}_{45}$ sian^{45} he$^{23}_{33}$ laʔ$^{121}_{21}$ bue^{23}　lai$^{23}_{33}$ tsɔk^{21} san$^{21}_{53}$ hua^{45} i^{53}
水仙携腊梅，来作散花雨。

tan$^{33}_{21}$ kiŋ^{45} tsui^{21} bɔŋ^{33} siŋ^{53}　put$^{21}_{5}$ pian^{33} hiaŋ^{45} lai^{23} ts‘i^{21}
但惊醉梦醒，不辨香来处。

ai^{21} ai^{21} ai^{21}　li^{53} a^{21}　li^{53} si^{33} tsin$^{45}_{33}$ tsin^{45} tsiã$^{21}_{53}$ tsiã^{21} e$^{23}_{33}$ tsui$^{53}_{45}$ sian^{45} miã^{33} a^{21}
唉唉唉！汝啊！汝是真真正正兮水仙命啊！

（吟）（[宋]黄庭坚《七律·王充道送水仙花五十枝》（选句））

si$^{33}_{21}$ sui^{23} tsiau$^{45}_{33}$ ts‘u^{53} tuan$^{33}_{21}$ ts‘iaŋ^{23} hun^{23}
是谁招此断肠魂，

tsiŋ$^{21}_{53}$ tsɔk^{21} han$^{23}_{33}$ hua^{45} ki$^{21}_{53}$ ts‘iu$^{23}_{33}$ tsuat^{121}
种作寒花寄愁绝！

（吟）[宋]曾惇《朝中措·水仙花》（选句））

liŋ$^{23}_{33}$ p‘o^{45} it$^{21}_{5}$ k‘i^{21}　piŋ$^{23}_{33}$ san^{45} bɔŋ^{33} tuan^{33}　sui^{23} tsue$^{21}_{53}$ kuan$^{45}_{33}$ sim^{45}
凌波一去，平山梦断，谁最关心？

ui$^{23}_{33}$ iu^{53} ts‘iŋ$^{45}_{33}$ t‘ian^{45} p‘ik$^{21}_{5}$ hai^{53} ti$^{45}_{33}$ ki^{23} ia$^{33}_{21}$ ia^{33} kɔ^{45} k‘im^{23}
惟有青天碧海，知渠夜夜孤衾！

[吟至末句，刘克庄《水仙花》音乐声起]

（独唱）（[宋]刘克庄《七律·水仙花》）

sue$^{21}_{53}$ hua^{23} iau$^{23}_{33}$ lɔk^{121} but^{121} siau$^{45}_{33}$ zian^{23}
岁华摇落物萧然，

t$^{21}_{5}$ tsiŋ^{53} ts‘iŋ$^{45}_{33}$ hun^{45} tsuat$^{121}_{21}$ k‘o$^{53}_{45}$ lian^{23}
一种清芬绝可怜。

put$^{21}_{5}$ hi^{53} i$^{45}_{33}$ nĩ^{23} ts‘im$^{45}_{33}$ ho$^{33}_{21}$ sɔ^{21}
不许淤泥侵皓素，

tsuan$^{23}_{33}$ piŋ^{23} hɔŋ$^{45}_{33}$ lɔ^{33} huat^{21} iu$^{45}_{33}$ gian^{23}
全凭风露发幽妍。

sau$^{45}_{33}$ hun^{23} sa$^{53}_{45}$ lɔk^{121} tim$^{23}_{33}$ hɔ$^{23}_{33}$ k‘ik^{21}
骚魂洒落沉湖客，

giɔk$^{121}_{21}$ sik^{21} i$^{45}_{33}$ hi^{45} tsɔk$^{21}_{5}$ guat$^{121}_{21}$ sian^{45}
玉色依稀捉月仙。

k‘iɔk$^{21}_{5}$ siau^{21} pue$^{23}_{33}$ ɔŋ^{45} t‘ai$^{21}_{53}$ tsi$^{53}_{45}$ hun^{53}
却笑涪翁太脂粉，

gɔ^{33} tsiaŋ^{45} ko$^{45}_{33}$ ŋɛ̃^{53} p‘it$^{21}_{5}$ sian$^{23}_{33}$ kian^{45}
误将高雅匹婵娟。

[唱毕背对观众，掩面抽泣]

[落幕]

唱段曲谱

五律·送友

1=F $\frac{2}{4}$

♩=60 缓慢，惆怅地

合唱

歌仔戏《梁才女》第四场选段（十六）

［明］杨 迈 作诗
高 然 作曲

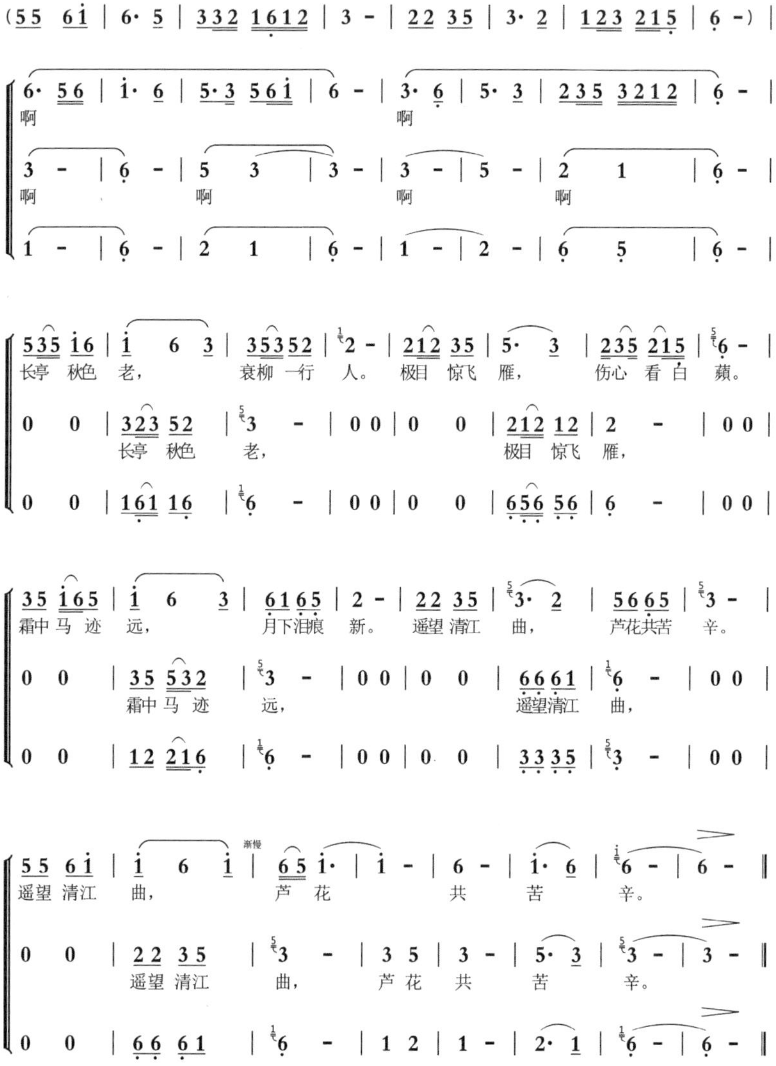

七律·水仙花

女声独唱

歌仔戏《梁才女》第四场选段（十七）

[宋]刘克庄 作诗
高 然 作曲

1=F 4/4

♩=48 缓慢，哀婉，凄美地

(5623 | 30 3235 6 2 | 1·2 16 565 3235 | 6 - 60 3235) |

653 2 212 65 | 1·2 5653 2·(32 | 556 #435 2 -) | 232 65 25 321 |
岁　华摇落　物萧　然，　　　　　　　　一种　清芬

232 2532 1·(32 | 116 5623 1 -) | 353 23 535 53 | 321 6121 6·(76 |
绝可　怜。　　　　　　　　不许　淤泥　侵皓　素，

553 5672 6 -) | 656 12 5 5·3 | 235 3265 1·(32 | 116 5623 10 1235) |
　　　　　全凭　风露　发幽　妍。

535 35 23 6·1 | 1·2 3653 2·(32 | 556 5435 20 5612) | 22 32 35 53 |
骚魂 洒落　沉湖　客，　　　　　　　　玉色 依稀

3235 2356 1·(32 | 116 5623 10 12 | 321 35 6·5 6165 | 6 - - 56 |
捉月　仙。　　　　　　　　　啊，却笑 涪翁 太 脂　粉，啊，

61 616 65 1612 | 3 - - 23 | 165 61 2·1 2321 | 2 - - 35 |
误将 高雅 匹婵　娟。　啊，却笑 涪翁 太 脂　粉，误将

6 - 16 1 | 6·5 32 30 5·6 | 6 - - - | 6 2 1·2 16 |
高雅　匹　　婵　娟！

渐慢

565 3235 6 - | 6 - - -) ‖

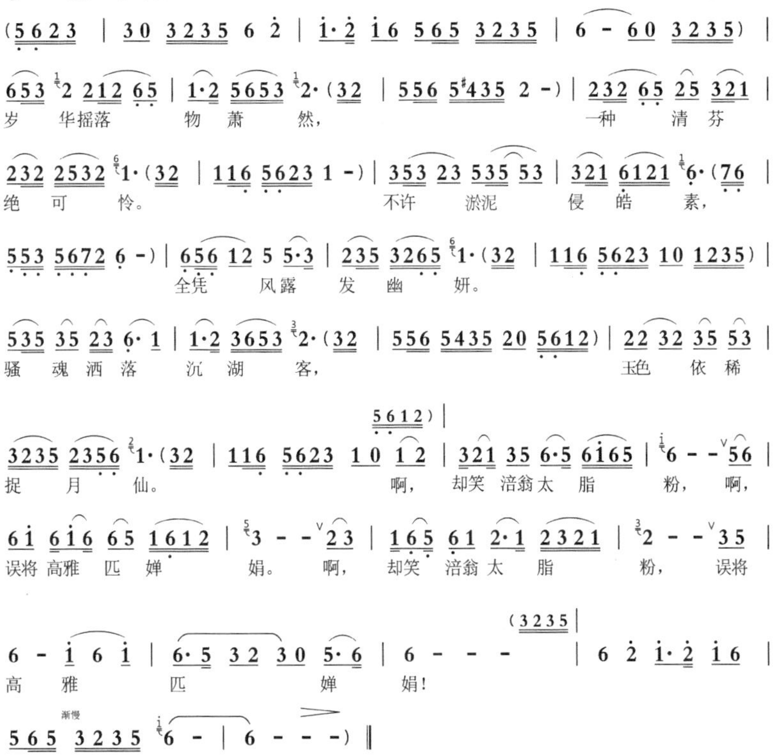

词语解释

1. 厝内，家里，家人，屋里，数念，想念，挂记。

2. 安怎，如何，怎样。呣着，才能。安尼，如此，这样。互，给，予，叫，让。

3. 一条，一首（诗）。

4. 依lan³³，人家，他人。鬥一担，凑一对。兮e²³，的。

5. 杨迈，福建龙溪（今漳州）人，于1652年漳围城时卒，时年十九岁。

6. 陈去疾，唐朝进士，福建侯官（今福州地区）人，曾任蔡州刺史等。

7. 白居易，唐朝进士，陕西渭南人。

8. 陈景肃，南宋进士，福建漳浦人，曾任福建仙游知县，浙江台州、广东潮州知府等。

9. 范成大，南宋进士，累官至参知政事，吴郡（今江苏苏州）人。

10. 黄庭坚，北宋进士，洪州分宁（今江西修水）人，曾任太和知县等。

11. 曾惇，生平未详。

12. 刘克庄，南宋人，福建莆田人，曾任福建建阳知县，漳州、建宁知州，工部尚书等。

扫码听录音

第五场　战场捐躯

时间　秋日某白天

地点　福建某海边战场一隅

场景　陆上怪石堆叠，远处茫茫大海，战场硝烟弥漫

[幕启，战场上杀声震天，金公子率众将士与入侵敌寇撕杀，刀光剑影，敌退]

众：（合唱）（[元] 王翰《七律·挽迭漳州》）

hik$_{5}^{21}$ in^{23} ap$_{5}^{21}$ siŋ^{23} t‘ian$_{33}^{45}$ tsi^{33} tsiat^{21}　tiaŋ$_{33}^{23}$ hɔŋ^{45} ia^{33} tsiau^{21} kɔ$_{33}^{45}$ siŋ$_{33}^{23}$ tsiat^{21}
黑 云 压 城 天 柱 折，长 烽 夜 照 孤 臣 节。

kiam^{21} hiat^{21} hui$_{33}^{45}$ tan^{45} k‘i^{21} tuat^{121} hɔŋ^{23}　gin^{23} tsiaŋ^{45} ts‘iɔk$_{5}^{21}$ ts‘iu^{53} hun$_{33}^{45}$ zi$_{33}^{23}$ suat^{121}
剑 血 飞 丹 气 夺 虹，银 章 触 手 纷 如 雪。

tiaŋ$_{21}^{33}$ hu^{45} kɔ$_{53}^{21}$ gi^{33} put$_{5}^{21}$ kɔ$_{53}^{21}$ si^{53}　t‘ai$_{53}^{21}$ hua^{23} k‘o$_{45}^{53}$ ts‘ui^{45} ts‘uan^{45} k‘o$_{45}^{53}$ k‘iat^{121}
丈 夫 顾 义 不 顾 死，泰 华 可 摧 川 可 竭。

tsiau^{45} hɔŋ^{23} le^{33} tan^{45} tsiu^{53} buan$_{45}^{53}$ ɔ^{23}　ts‘ian$_{33}^{45}$ tsai^{21} tsiaŋ$_{33}^{45}$ zin^{23} luat^{121} ɔ$_{33}^{45}$ iat^{21}
蕉 黄 荔 丹 酒 满 壶，千 载 漳 人 酹 呜 咽。

金：（吟）（[唐] 杨炯《五律·从军行》）

hɔŋ$_{33}^{45}$ hue^{53} tsiau$_{53}^{21}$ se$_{33}^{45}$ kiŋ^{45}　sim$_{33}^{45}$ tiɔŋ^{45} tsu$_{21}^{33}$ put$_{5}^{21}$ piŋ^{23}
烽 火 照 西 京，心 中 自 不 平。

gɛ^{23} tsiaŋ^{45} si$_{33}^{23}$ hɔŋ^{33} k‘uat^{21}　t‘iat$_{5}^{21}$ k‘ia^{23} ziau^{53} liɔŋ$_{33}^{23}$ siŋ^{23}
牙 璋 辞 凤 阙，铁 骑 绕 龙 城。

suat^{21} am^{21} tiau$^{45}_{33}$ ki^{23} ua^{33}　hɔŋ^{45} to^{45} tsap^{121} kɔ$^{53}_{45}$ siŋ^{45}
雪 暗 凋 旗 画， 风 多 杂 鼓 声。

liŋ^{23} ui^{23} pik$^{21}_{5}$ hu^{45} tiaŋ^{53}　siŋ$^{21}_{53}$ tsɔk^{21} it$^{21}_{5}$ su$^{45}_{33}$ siŋ^{45}
宁 为 百 夫 长， 胜 作 一 书 生！

tioʔ^{121} tioʔ^{121} tioʔ^{121}
众：（坚定地）着！ 着！ 着！（合吟）（[唐] 杜甫《五律·前出塞》）

bua$^{23}_{33}$ to^{45} ɔ^{45} iat^{21} tsui^{53}　tsui^{53} ts‘ik^{21} zim^{33} siaŋ$^{45}_{33}$ ts‘iu^{53}
磨 刀 呜 咽 水， 水 赤 刃 伤 手。

iɔk$^{121}_{21}$ k‘iŋ^{45} ts‘iaŋ^{23} tuan^{33} siŋ^{45}　sim^{45} si^{33} luan^{33} i$^{53}_{45}$ kiu^{53}
欲 轻 肠 断 声， 心 绪 乱 已 久。

tiaŋ$^{33}_{21}$ hu^{45} si^{21} hi$^{53}_{45}$ kɔk^{21}　hun$^{21}_{53}$ uan^{53} hɔk^{21} ho$^{23}_{33}$ iu^{53}
丈 夫 誓 许 国， 愤 惋 复 何 有？

kɔŋ$^{45}_{33}$ biŋ^{23} tɔ^{23} ki$^{23}_{33}$ lin^{23}　tsian$^{21}_{53}$ kut^{21} tɔŋ^{45} sɔk$^{21}_{5}$ hiu^{53}
功 名 图 骐 驎， 战 骨 当 速 朽！

[敌寇又冲上，金公子率众拼杀，又杀退敌。金中箭倒地，复又爬起]

tsui$^{53}_{45}$ sian^{45} a^{21}　tsui$^{53}_{45}$ sian^{45}　li^{53} a^{21}
金：（忍着剧痛）水 仙 啊， 水 仙！ 汝 啊！（吟）（[宋] 杨泽民《浣溪沙·水仙》）

sian$^{45}_{33}$ tsu^{53} ho$^{23}_{33}$ lian^{23} hɛ$^{33}_{21}$ t‘ai$^{21}_{53}$ k‘ɔŋ^{45}　liŋ$^{23}_{33}$ p‘o^{45} bi$^{23}_{33}$ pɔ^{33} siau$^{21}_{53}$ hu$^{23}_{33}$ iɔŋ^{23}
仙 子 何 年 下 太 空， 凌 波 微 步 笑 芙 蓉，

sui$^{53}_{45}$ hɔŋ^{45} tsan$^{23}_{33}$ guat^{121} tsɔ^{33} siŋ$^{45}_{33}$ sɔŋ^{45}
水 风 残 月 助 惺 松。

huan$^{23}_{33}$ ti^{33} bue$^{23}_{33}$ hiŋ^{45} tɔ$^{45}_{33}$ tsai$^{33}_{21}$ gan^{53}　gin$^{23}_{33}$ tai^{23} kim$^{45}_{33}$ tsan^{53} tsiŋ$^{21}_{53}$
砚 弟 梅 兄 都 在 眼， 银 台 金 盏 正

tɔŋ$^{45}_{33}$ hiɔŋ^{45}　ui$^{33}_{21}$ i^{45} it$^{21}_{5}$ tsui^{21} sa$^{53}_{45}$ gan^{23} hɔŋ^{23}
当 胸。 为伊一 醉 洒 颜 红。

（领众唱）[元] 妙声《五律·水仙咏》）

pik$_{5}^{21}$ ts'o^{53} ts'iu^{45} tsin^{33} si^{53} kɔ$_{33}^{45}$ hua^{45} le^{33} giam^{23} o^{45}
百 草 秋 尽 死，孤 花 丽 严 阿。

hɔŋ$_{33}^{45}$ sim^{45} t'ai$_{53}^{21}$ kiau$_{45}^{53}$ kiat^{21} sue$_{53}^{21}$ su^{33} tse$_{21}^{33}$ ts'o$_{33}^{45}$ to^{23}
芳 心 太 皎 洁，岁 事 坐 蹉 跎。

bi$_{33}^{23}$ guat^{121} pɔ^{33} iau^{23} ia^{33} k'iŋ$_{33}^{45}$ hɔŋ^{45} siŋ$_{33}^{45}$ sɔ$_{53}^{21}$ p'o^{45}
微 月 步 遥 夜，轻 风 生 素 波。

huai$_{33}^{23}$ zin^{23} k'i$_{45}^{53}$ bu$_{33}^{23}$ i^{21} lɔ^{33} uan^{53} iɔk$_{21}^{121}$ zu$_{33}^{23}$ ho^{23}
怀 人 岂 无 意，路 远 欲 如 何？

[唱毕终力衰气竭，倒地而亡。众将士极度悲痛地]

kim$_{33}^{45}$ tai$_{21}^{33}$ zin^{23}
众： 金 大 人！（吟）（[明] 朱龙翔《六言·峰山石》）

in$_{33}^{23}$ k'i^{21} ts'iɔŋ$_{33}^{45}$ t'ian^{45} lɔ$_{21}^{33}$ kut^{21} san$_{33}^{45}$ kin^{45} puat$_{21}^{121}$ te^{33} siŋ^{45} gɛ^{23}
云 气 冲 天 露 骨，山 根 拔 地 生 芽。

ban$_{21}^{33}$ kɔ^{53} ts'iŋ$_{33}^{45}$ ts'i^{23} go$_{33}^{23}$ tsu^{21} ts'ian$_{33}^{45}$ lian^{23} giŋ$_{33}^{23}$ kiat^{21} tan$_{33}^{45}$ hɛ^{23}
万 古 撑 持 鳌 柱，千 年 凝 结 丹 霞。

piŋ$_{33}^{45}$ piŋ^{45} pɔŋ$_{21}^{33}$ pɔŋ^{33} p'au$_{53}^{21}$ siã^{45} lɔm^{33} pi$_{33}^{45}$ pi^{45} pɔk$_{21}^{121}$ pɔk^{121} t'ɔ$_{33}^{23}$
（念）噼 噼 呯 呯 炮 声 啰，啤 啤 嚗 嚗 涂

tsioʔ^{121} piak^{121}
石 嗶！

tɔŋ^{21} tɔŋ^{21} ts'iã^{21} ts'iã^{21} lo$_{33}^{23}$ kɔ^{53} tan^{23} p'i$_{33}^{45}$ p'i^{45} p'iat$_{21}^{121}$ p'iat^{121} luan$_{21}^{33}$
咚 咚 嘶 嘶 锣 鼓 瑱，吱 吱 嘞 嘞 乱

ki^{23} iat^{121}
旗 拽！

k'iŋ$_{33}^{45}$ k'iŋ^{45} k'ãi$_{33}^{45}$ k'ãi^{45} to^{45} kiam^{21} kap^{21} si$_{33}^{45}$ si^{45} sut$_{5}^{21}$ sut^{21} ban$_{21}^{33}$ tsĩ^{21} piat^{121}
轻 轻 铿 铿 刀 剑 磕，嗖嗖咻 咻 万 箭 别！

i$_{33}^{45}$ i^{45} ua$_{33}^{45}$ ua^{45} tsiɔŋ$_{53}^{21}$ tik^{121} ui^{23} ts'i$_{33}^{45}$ ts'i^{45} ts'am$_{45}^{53}$ ts'am^{53} hueʔ$_{53}^{21}$ tiɔŋ^{45} p'at^{21}
咴咴哇 哇 众 敌 围，凄 凄 惨 惨 血 中 趴！

（合唱）（[宋] 陈淳《五律·丙辰十月又见梅因感前韵再赋》）

sɔŋ$^{45}_{33}$ ki^{45} t'ut$^{121}_{21}$ t'ut^{121} sɔ^{21}　kɔ$^{45}_{33}$ iŋ^{45} tsu$^{33}_{21}$ tiɔŋ^{45} sian^{45}
霜 枝 秃 秃 瘦，孤 英 自 中 鲜。

ts'ut$^{21}_{5}$ tin^{23} han^{23} giɔk^{121} tsu^{45}　siɔk$^{121}_{21}$ si^{33} ho^{23} ts'iŋ$^{45}_{33}$ gian^{23}
出 尘 寒 玉 姿，熟 视 何 清 妍。

tuan^{45} zu^{23} zin$^{23}_{33}$ tsia$^{53}_{45}$ sim^{45}　sa$^{53}_{45}$ lɔk^{121} ban$^{33}_{21}$ but^{121} sian^{45}
端 如 仁 者 心，洒 落 万 物 先。

hun^{23} bu^{23} it$^{21}_{5}$ tiam$^{53}_{45}$ lui^{33}　piau$^{53}_{45}$ li^{53} ki^{33} t'iat$^{21}_{5}$ zian^{23}
浑 无 一 点 累，表 里 俱 彻 然。

［**落幕**］

唱段曲谱

七律·挽迭漳州

1=F $\frac{2}{4}$　♩=86　中速，悲壮地

合唱

歌仔戏《梁才女》第五场选段（十八）

[元]王 翰 作诗
高 然 作曲

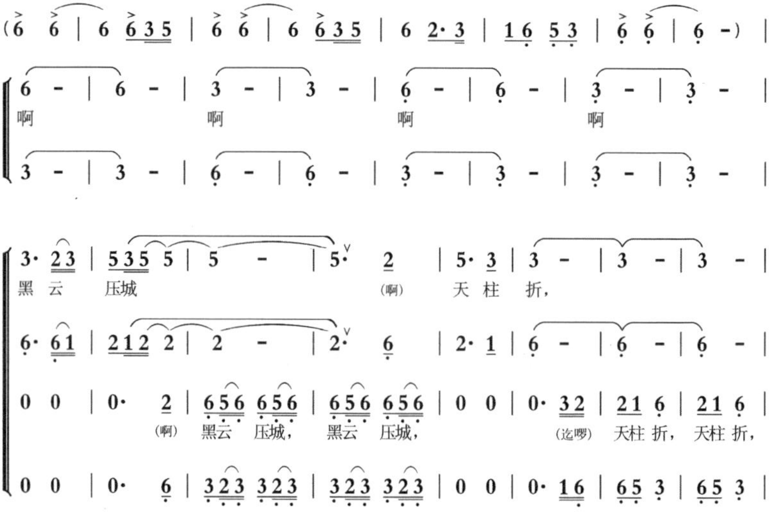

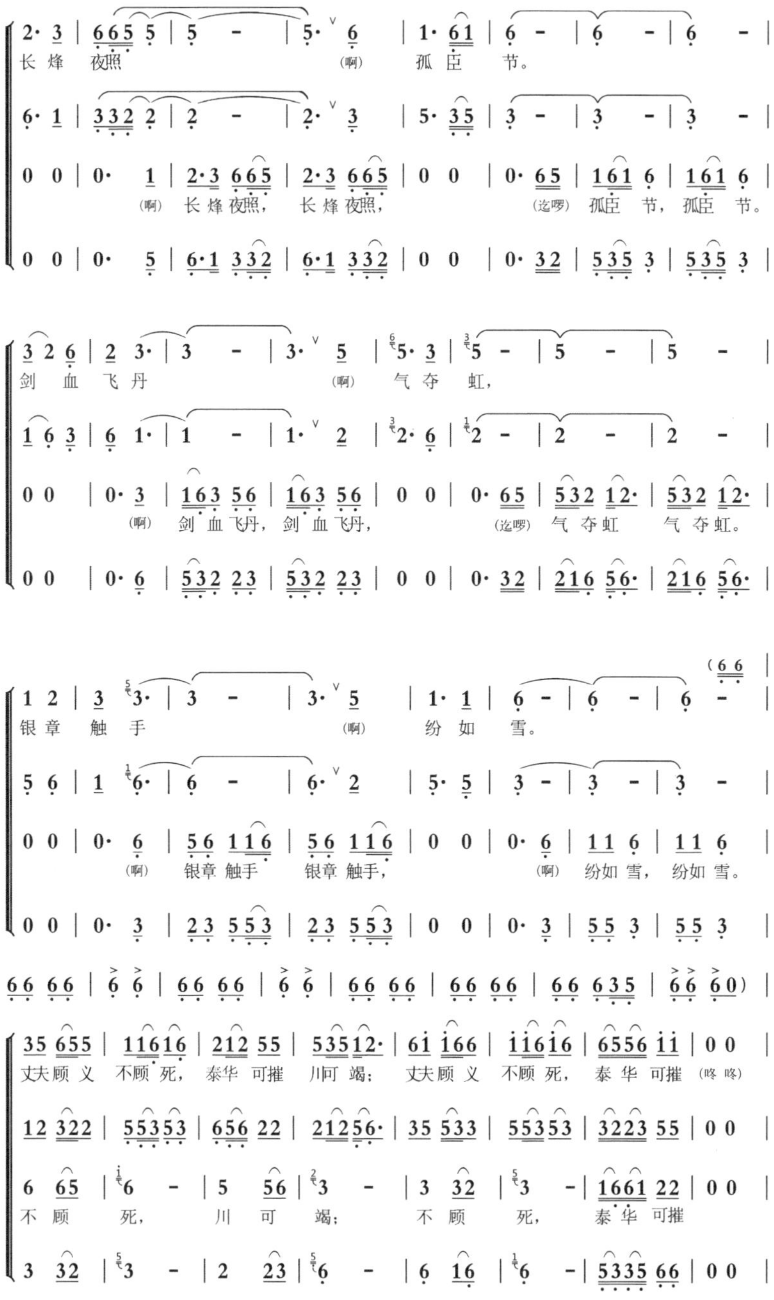
长烽夜照 (啊) 孤臣节。
(啊) 长烽夜照，长烽夜照，
(迄啰) 孤臣节，孤臣节。
剑血飞丹 (啊) 气夺虹，
(啊) 剑血飞丹，剑血飞丹，
(迄啰) 气夺虹 气夺虹。
银章触手 (啊) 纷如雪。
(啊) 银章触手 银章触手，
(啊) 纷如雪，纷如雪。
丈夫顾义 不顾死，泰华可摧 川可竭；丈夫顾义 不顾死，泰华可摧 (咚咚)
不顾死，川可竭；不顾死，泰华可摧

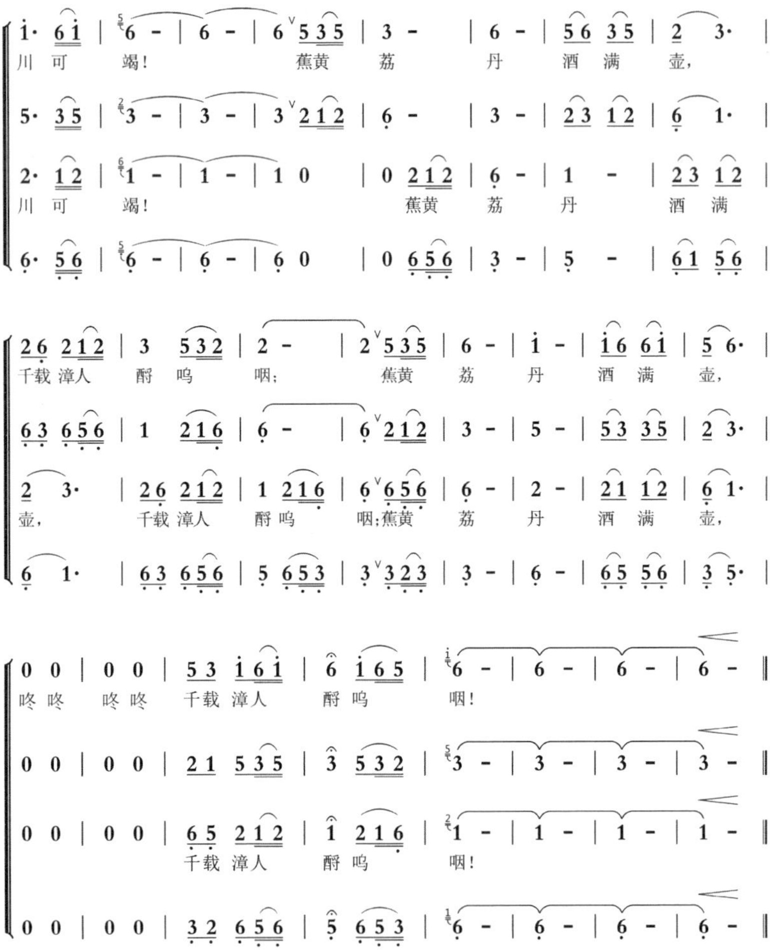

五律·水仙咏

1=F $\frac{2}{4}$

男领众合唱

♩=68 缓慢，哀婉、悲伤地

歌仔戏《梁才女》第五场选段（十九）

[元]妙 声 作诗
高 然 作曲

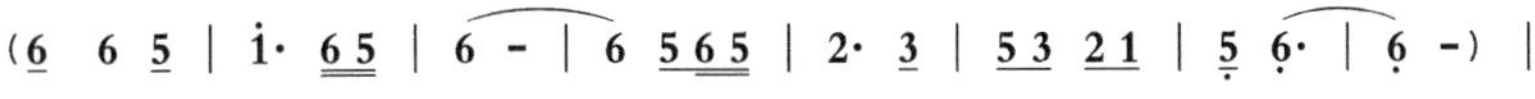

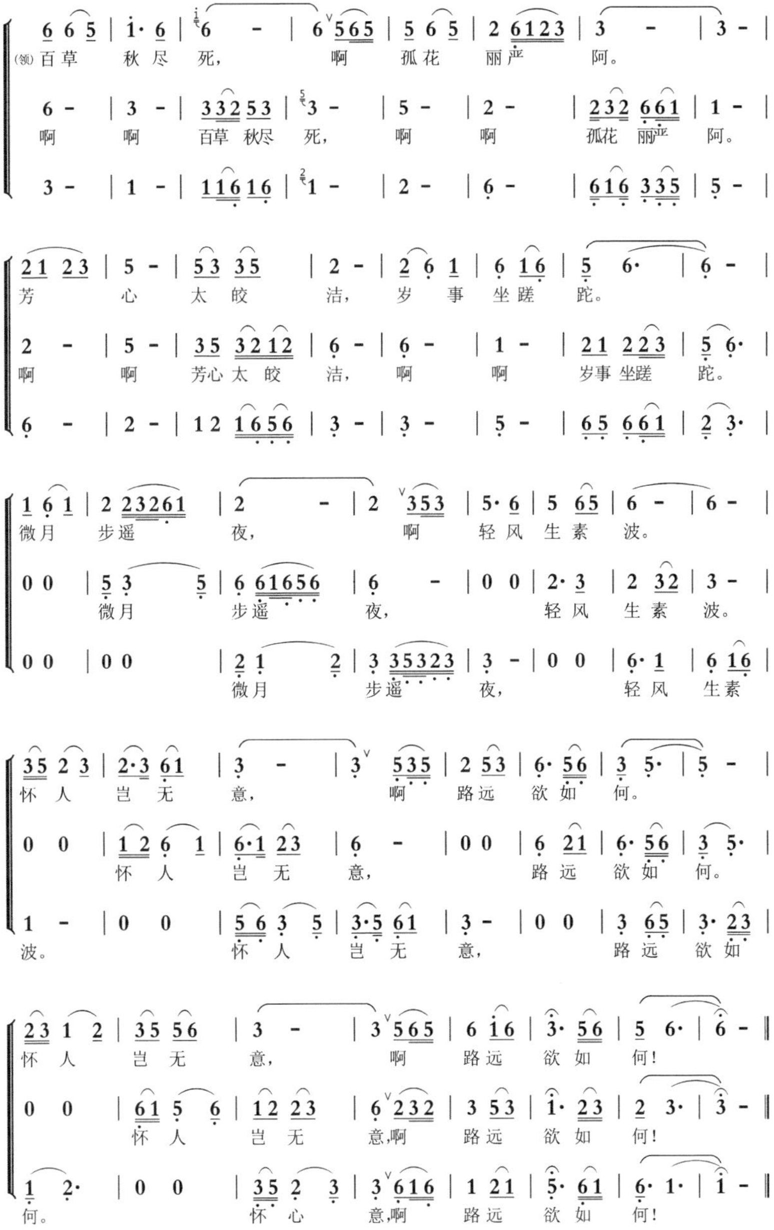

(领)百草 秋尽 死， 啊 孤花 丽产 阿。
啊 啊 百草 秋尽 死， 啊 啊 孤花 丽产 阿。
芳 心 太 皎 洁， 岁 事 坐蹉 跎。
啊 啊 芳心太 皎 洁， 啊 啊 岁事 坐蹉 跎。
微月 步遥 夜， 啊 轻风 生素 波。
微月 步遥 夜， 轻风 生素 波。
微月 步遥 夜， 轻风 生素
怀 人 岂 无 意， 啊 路远 欲 如 何。
怀 人 岂 无 意， 路 远 欲 如 何。
波。 怀 人 岂 无 意， 路 远 欲 如
怀 人 岂 无 意， 啊 路远 欲 如 何！
怀 人 岂 无 意,啊 路远 欲 如 何！
何。 怀 心 意,啊 路远 欲 如 何！

五律·丙辰十月又见梅因感前韵再赋

1=F $\frac{2}{4}$

♩=86 中速，凄泣、悲怆地

合唱

歌仔戏《梁才女》第五场选段（二十）

[宋]陈 淳 作诗
高 然 作曲

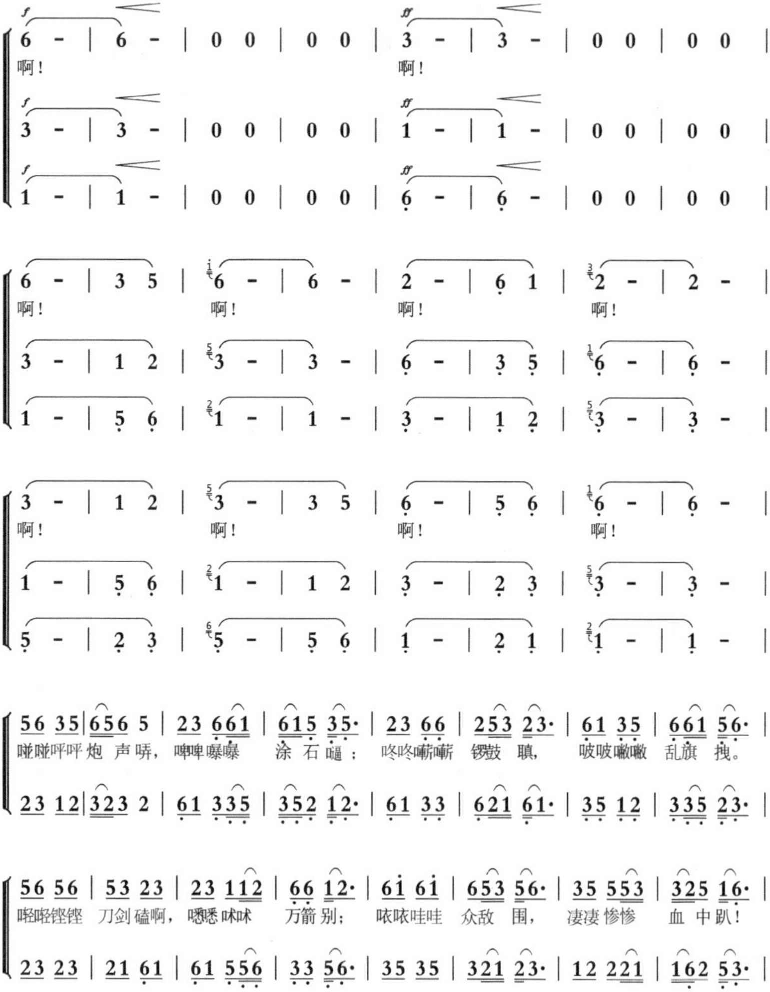

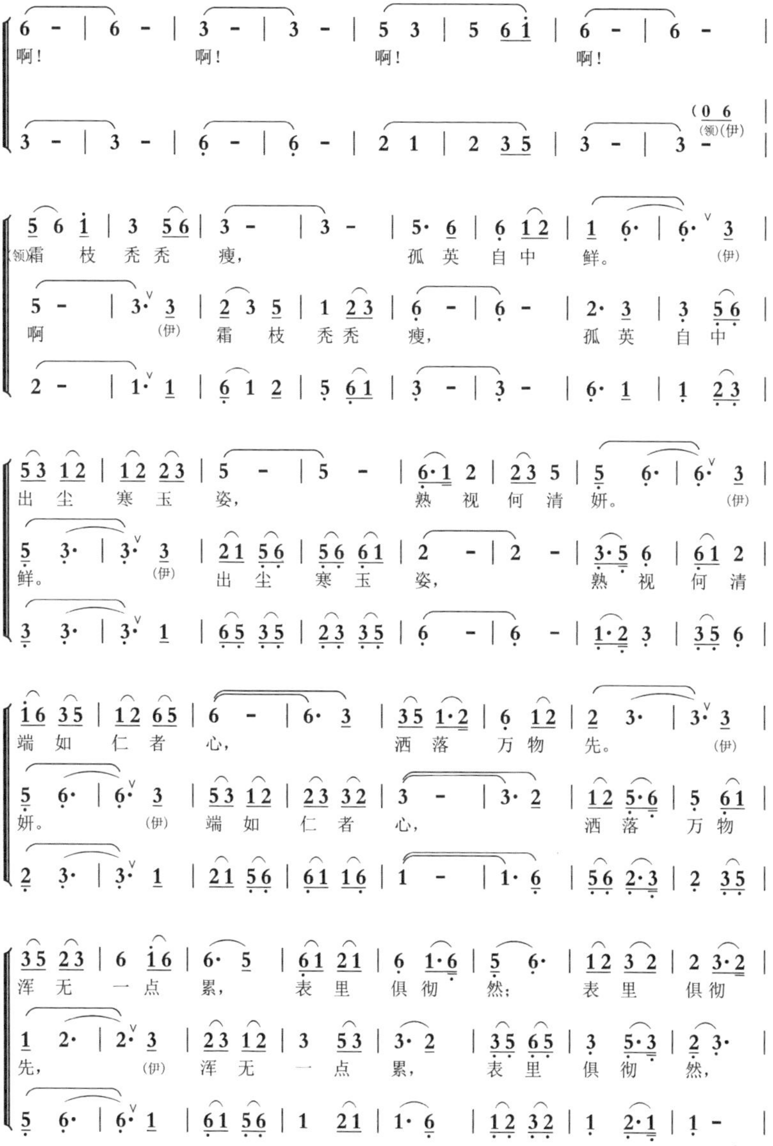
啊！ 啊！ 啊！ 啊！
(领)(伊)
(领)霜枝秃秃瘦，孤英自中鲜。(伊)
啊 (伊) 霜枝秃秃瘦，孤英自中
出尘寒玉姿，熟视何清妍。(伊)
鲜。(伊) 出尘寒玉姿，熟视何清
端如仁者心，洒落万物先。(伊)
妍。(伊) 端如仁者心，洒落万物
浑无一点累，表里俱彻然；表里俱彻
先，(伊) 浑无一点累，表里俱彻然，

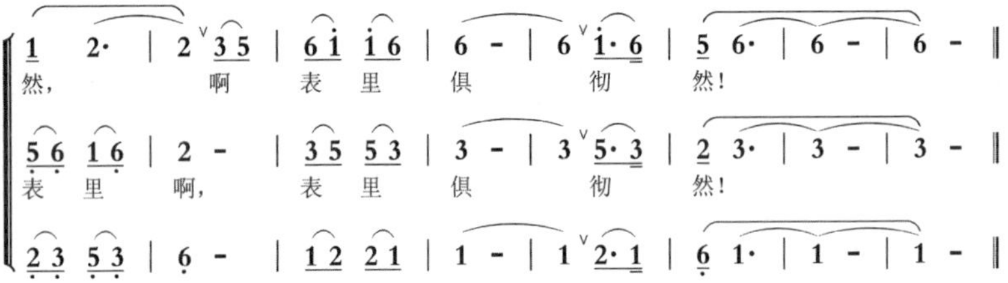

词语解释

1.《挽迭漳州》一诗原指元兵屠漳州城之事件。

2. 着，对，正确。

3. 炮声哼，炮声响。涂石嘔，泥土、石块开裂（响）。锣鼓瑱，锣鼓响；瑱 tan[23]，响，出声。别，射（箭）。噬呯，炮响拟声词。啤嚗，泥土、石块开裂拟声。咚蕲，锣鼓拟声。啵嗽，旗子飘动拟声。轻铿，刀剑等铁器相撞拟声。嘫咻，箭（等）射出之拟声。咴哇，人之喊叫之拟声。

4. 王翰，元朝人。

5. 杨炯，唐朝大臣，陕西华阴人，与王勃、骆宾王等为初唐四杰之一。

6. 杜甫，唐朝诗人，湖北襄阳（今襄樊）人。

7. 杨泽民，宋朝乐安（今江西抚州）人。

8. 妙声，元代人。

扫码听录音

第六场　家中闻耗

时间　上一场即日后白天

地点　梁宅梁水仙闺房

[幕启前后女声合唱]

女众：（合唱）（[明] 李赞元《五绝·宝镜叹》）

siu$^{21}_{53}$ lɔŋ^{23} ko$^{53}_{45}$ po$^{53}_{45}$ kiŋ^{21}　zit$^{121}_{21}$ ia^{33} kua$^{21}_{53}$ tsɔŋ$^{45}_{33}$ tai^{23}
绣　囊　裹　宝　镜，　日　夜　挂　妆　台。

laŋ$^{23}_{33}$ sik^{21} i$^{53}_{45}$ ts'iau$^{23}_{33}$ ts'ui^{21}　tiu$^{23}_{33}$ tu^{23} bi$^{33}_{21}$ kam$^{53}_{45}$ k'ai^{45}
侬　色　已　憔　悴，　踌　躇　未　敢　开。

[歌至半幕启，梁水仙面目憔悴，不思梳洗，望窗外发呆]

梁：（吟）（[明] 陈翼飞《字字双·戍妇》）

tiaŋ$^{23}_{33}$ siŋ^{23} im$^{53}_{45}$ mã^{53} se^{45} hɔk$^{21}_{5}$ se^{45}　kɔ$^{53}_{45}$ bɔk^{121} han$^{23}_{33}$ a^{45} ts'e^{45} hɔk$^{21}_{5}$ ts'e^{45}
长　城　饮　马　嘶　复　嘶，古　木　寒　鸦　棲　复　棲。

k'ɔŋ$^{45}_{33}$ ts'ɔŋ^{23} tɔk$^{121}_{21}$ siu^{53} t'e^{23} hɔk$^{21}_{5}$ t'e^{23}　tsiɔŋ$^{23}_{33}$ kun^{45} tɔŋ$^{33}_{21}$ tsu^{53} se^{45}
空　床　独　守　啼　复　啼，　从　军　荡　子　西

hɔk$^{21}_{5}$ se^{45}
复　西！

li^{53} a^{21}　bo$^{23}_{33}$ siã^{45} bo$^{23}_{33}$ sueʔ^{21}　bo$^{23}_{33}$ iã^{53} bo$^{23}_{33}$ tsiaʔ^{21}　kau$^{21}_{53}$ te^{53} ti$^{33}_{21}$ ta$^{53}_{45}$
汝啊……无　声　无　说，　无　影　无　迹，　遘　底　伫　底

loʔ$^{121}_{21}$ a^{21}
落　啊？

（唱）（[宋] 孙蕃《七绝·东路赤岭铺》）

kuan$^{45}_{33}$ lɔ^{33} zit^{121} tiaŋ^{23} ɔ$^{23}_{33}$ tiap^{121} hui^{45}　i$^{33}_{21}$ tsiaŋ^{45} hua^{45} lɔk^{121} tiam$^{53}_{45}$
官　路　日　长　蝴　蝶　飞，豫　章　花　落　点

tsiŋ$^{45}_{33}$ui^{45}
征衣。

kaŋ$^{45}_{33}$lam^{23}kaŋ$^{45}_{33}$pak^{21}bɔ$^{53}_{45}$tan^{45}kue^{21}ts‘iaŋ^{23}tuan^{33}ts‘un^{45}kui^{45}k‘ik^{21}
江南江北牡丹过，肠断春归客

bi$^{33}_{21}$kui^{45}
未归。

[唱毕透望窗外发呆。幕后传来马蹄声急，信使来报]

po^{21} piŋ$^{53}_{45}$po^{21}lo$^{53}_{45}$ia^{23} tsian$^{21}_{53}$tiɔ̃^{23}siau$^{45}_{33}$sik^{21} kim$^{45}_{33}$kɔŋ$^{45}_{33}$tsu^{53}
信使：（幕后）报……秉报老爷！战场消息！金公子

kim$^{45}_{33}$bue$^{23}_{33}$siŋ^{45}i^{45} i^{45}i^{45}i^{45}tsian$^{21}_{53}$si$^{53}_{45}$sua$^{45}_{33}$tiɔ̃^{23} iŋ$^{45}_{33}$iɔŋ^{53}kuan$^{45}_{33}$k‘u^{45}
金梅生伊……伊伊伊战死沙场，英勇捐躯！

a^{53} a^{53}
梁：（听罢，惊叫）啊！啊……！（昏倒在地）

[女仆看见，呼叫家人]

sio$^{53}_{45}$tsia^{53} sio$^{53}_{45}$tsia^{53} ai^{45}ia^{21} lai$^{23}_{33}$laŋ^{23}a^{21}
仆：小姐！小姐！哎呀！来侬啊！

[家人围上，扶梁卧床、喂水等。梁水仙醒来，悲恸万分]

梁：（吟）（[宋] 黄庭坚《七绝·次韵中玉水仙花二首（之一）》）

tsio$^{21}_{53}$sui^{53}k‘ui$^{45}_{33}$hua^{45}tsu$^{33}_{21}$it$^{21}_{5}$ki^{23} sui^{53}tim^{23}ui$^{23}_{33}$kut^{21}giɔk^{121}ui$^{23}_{33}$ki^{45}
借水开花自一奇，水沉为骨玉为肌。

am$^{21}_{53}$hiaŋ^{45}i$^{53}_{45}$ap^{21}t‘ɔ$^{23}_{33}$bi^{23}to^{53} tsi$^{53}_{45}$ts‘u^{53}han$^{23}_{33}$bue^{23}bu$^{23}_{33}$ho$^{53}_{45}$ki^{45}
暗香已压荼蘼倒，只此寒梅无好枝。

li^{53} li^{53}li^{53}li^{53}
（悲痛欲绝）汝……汝汝汝……！

（独唱）（[宋] 丘葵《七律·闻吴丞图漳倅》）

hɔŋ$^{23}_{33}$ɔk^{21}lan$^{23}_{33}$sun^{23}k‘i^{21}put$^{21}_{5}$hue^{23} k‘ian$^{23}_{33}$k‘un^{45}ki$^{53}_{45}$bɔk^{121}si^{33}tin$^{23}_{33}$ai^{45}
黄屋南巡去不回，乾坤举目是尘埃。

hɔŋ^{45}k‘iŋ^{45}san$^{45}_{33}$niãu^{53}iu$^{23}_{33}$t‘i$^{23}_{33}$hun^{33} lɔ^{33}tiɔŋ^{33}uan^{23}hua^{45}ik$^{121}_{21}$
风轻山鸟犹啼恨，露重园花亦

tsian^{33}suai^{45}
溅衰。

tsi$^{33}_{21}$iŋ^{53}tɔk$^{121}_{21}$k‘an^{21}se$^{45}_{33}$zit^{121}lɔk^{121} buan$^{53}_{45}$siŋ^{23}tsiŋ$^{45}_{33}$hi^{45}pak$^{21}_{5}$
只影独看西日落，满城争喜北

zin^{23}lai^{23}
人来。

sin$^{45}_{33}$sɛ̃^{45}bɔk$^{121}_{21}$ui$^{23}_{33}$hu$^{23}_{33}$in^{23}tɔŋ^{33} iu$^{45}_{33}$kɔk^{21}siaŋ$^{45}_{33}$bi^{23}tsau^{21}bi$^{33}_{21}$k‘ai^{45}
先生莫为浮云动，忧国双眉皱未开！

[悲恸过度，复又昏过去]

sio$^{53}_{45}$tsia^{53} sio$^{53}_{45}$tsia^{53} tsa$^{23}_{33}$bɔ^{53}
众：小姐！小姐！查某！

(合唱)([唐] 七岁女《五绝·送兄》)

piat$^{121}_{21}$lɔ^{33}in^{23}ts‘ɔ$^{45}_{33}$k‘i^{53} li$^{23}_{33}$tiŋ^{23}iap^{121}tsiŋ$^{21}_{53}$hi^{45}
别路云初起，离亭叶正稀。

sɔ$^{53}_{45}$tsia^{45}zin^{23}i$^{33}_{21}$gan^{33} put$^{21}_{5}$tsɔk^{21}it$^{21}_{5}$haŋ^{23}hui^{45}
所嗟人异雁，不作一行飞！

[**落幕**]

唱段曲谱

五绝·宝镜叹

女声合唱

歌仔戏《梁才女》第六场选段（二十一）

[明]李赞元 作诗
高 然 作曲

1=G $\frac{2}{4}$

♩=72 中速偏缓，怜惜、伤感地

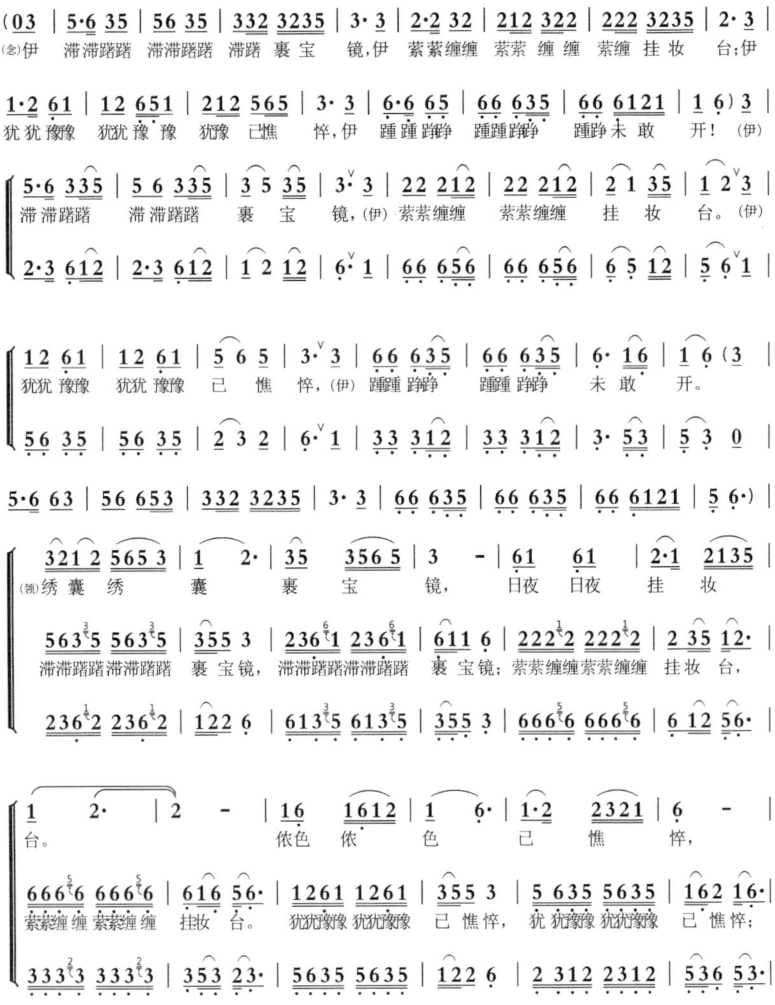

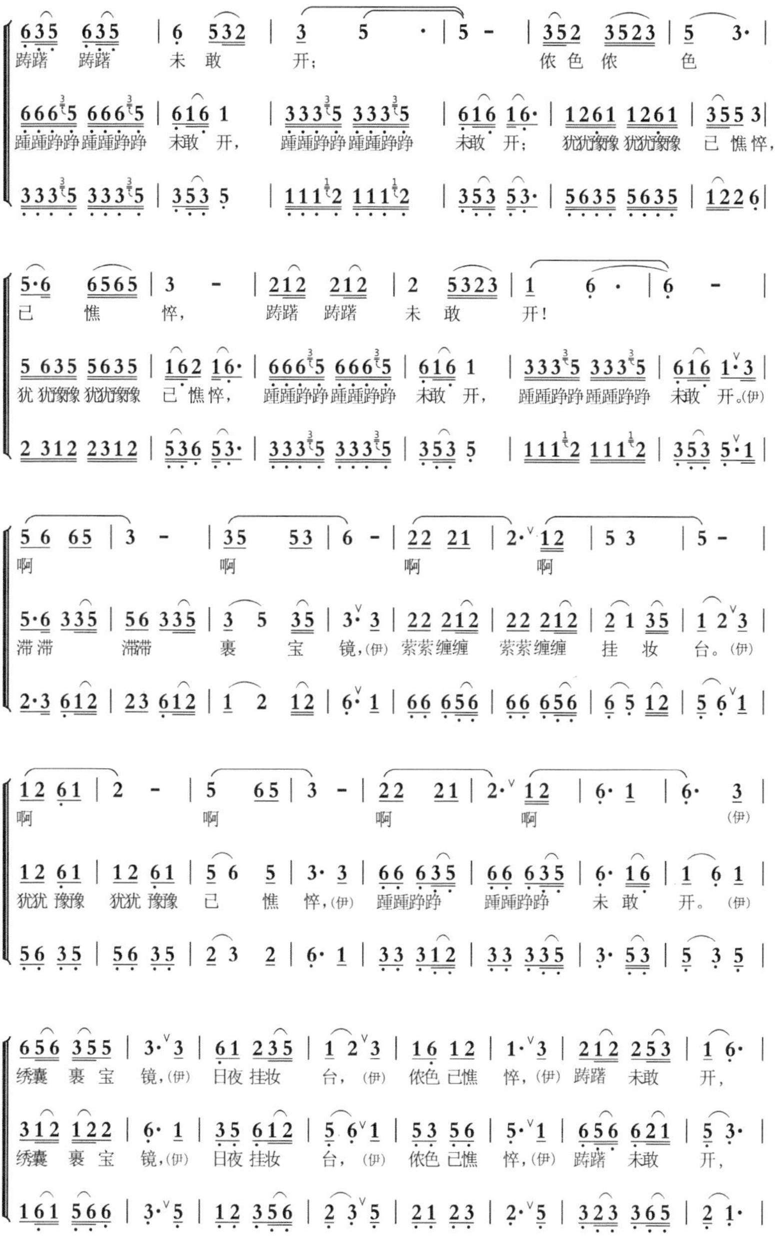
踌躇 踌躇 未 敢 开； 依色 依 色
踵踵踭踭 踵踵踭踭 未敢 开， 踵踵踭踭 踵踵踭踭 未敢 开； 犹犹豫豫 犹犹豫豫 已 憔 悴，
已 憔 悴， 踌躇 踌躇 未 敢 开！
犹犹豫豫 犹犹豫豫 已 憔悴， 踵踵踭踭 踵踵踭踭 未敢 开， 踵踵踭踭 踵踵踭踭 未敢 开。(伊)
啊 啊 啊 啊
滞滞 滞滞 裹 宝 镜，(伊) 萦萦缠缠 萦萦缠缠 挂 妆 台。(伊)
啊 啊 啊 啊 (伊)
犹犹 豫豫 犹犹 豫豫 已 憔 悴，(伊) 踵踵踭踭 踵踵踭踭 未 敢 开。(伊)
绣囊 裹 宝 镜，(伊) 日夜 挂妆 台，(伊) 依色 已憔 悴，(伊) 踌躇 未敢 开，
绣囊 裹 宝 镜，(伊) 日夜 挂妆 台，(伊) 依色 已憔 悴，(伊) 踌躇 未敢 开，

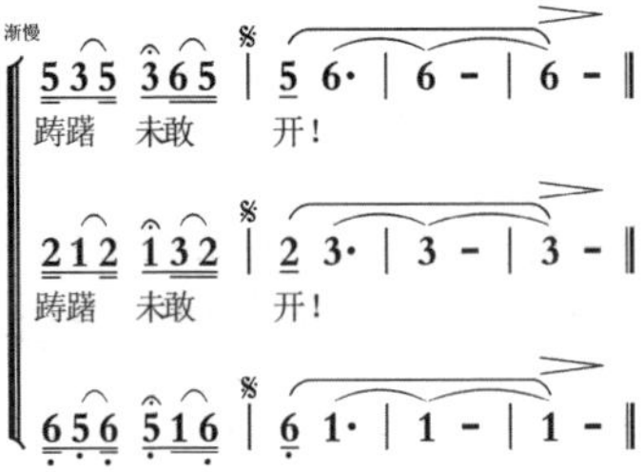

七绝·东路赤岭铺

1＝F $\frac{2}{4}$

♩＝52 缓慢、忧伤、深情地

女声独/伴唱

歌仔戏《梁才女》第六场选段（二十二）

［宋］孙 蕃 作诗

高 然 作曲

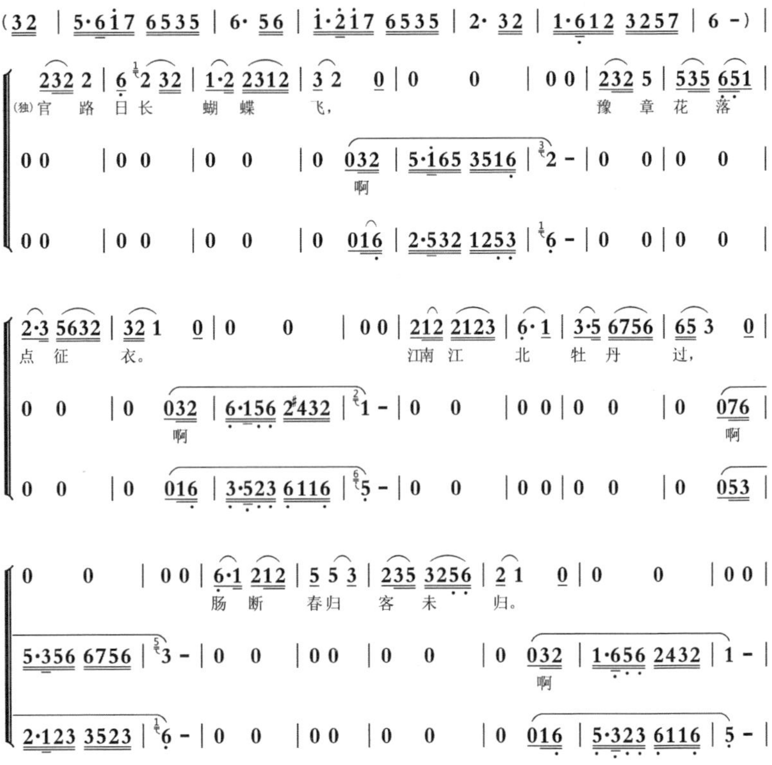

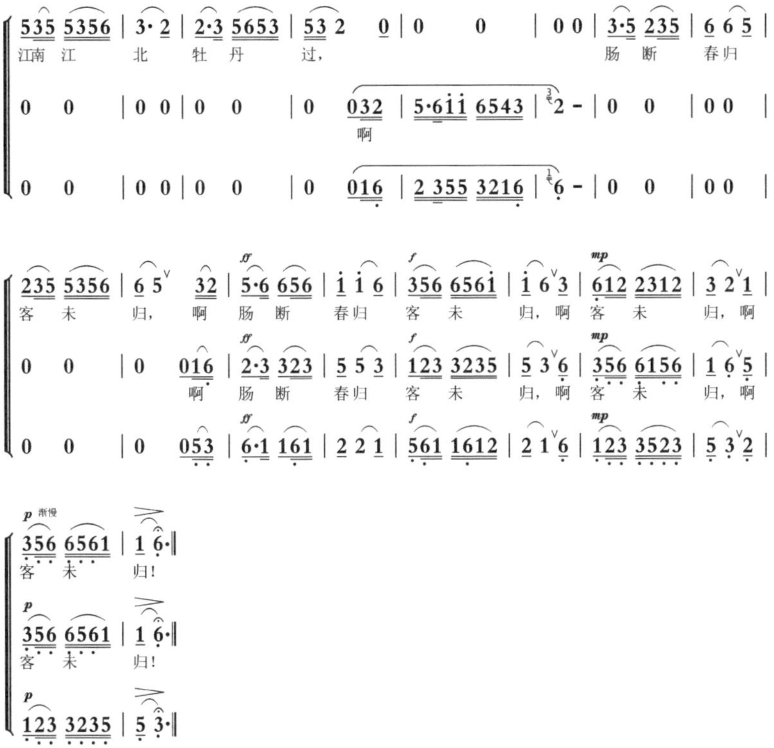

七律·闻吴丞图漳倅

1=F $\frac{2}{4}$

♩=52 缓慢、自由、十分悲戚地

女声独唱

歌仔戏《梁才女》第六场选段（二十三）

［宋］丘 葵 作诗

高 然 作曲

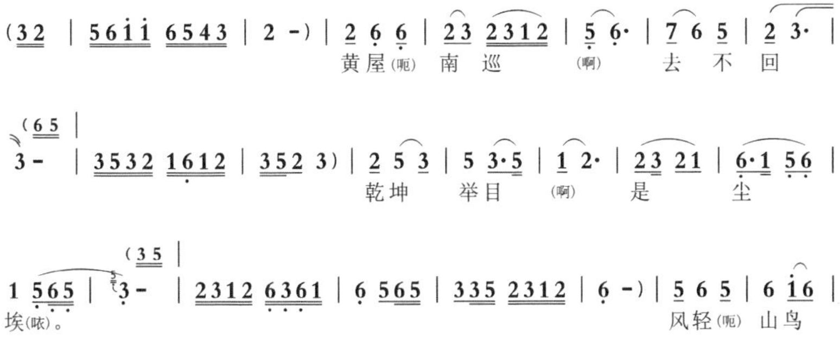

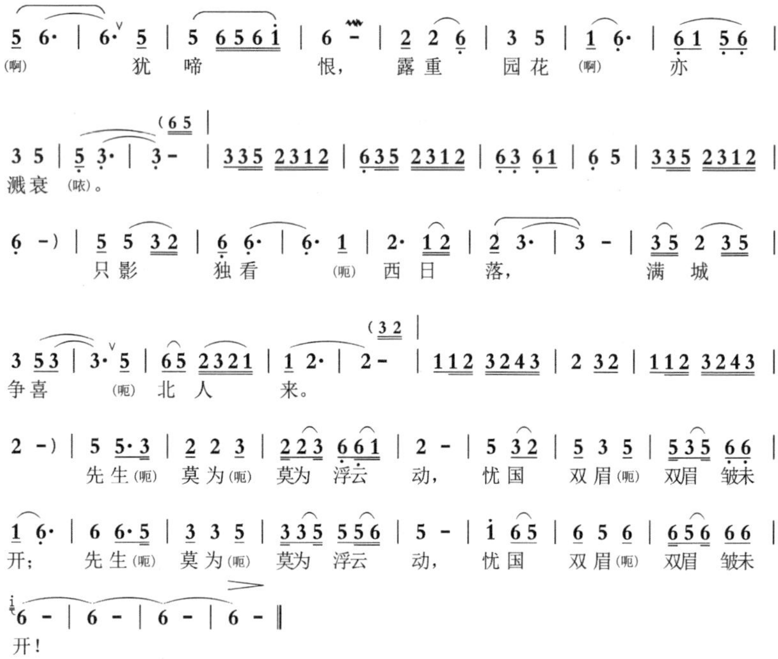

五绝·送兄

1=F 2/4

♩=66 缓慢、悲伤地

女领合唱

歌仔戏《梁才女》第六场选段（二十四）

［唐］七岁女 作诗
高 然 作曲

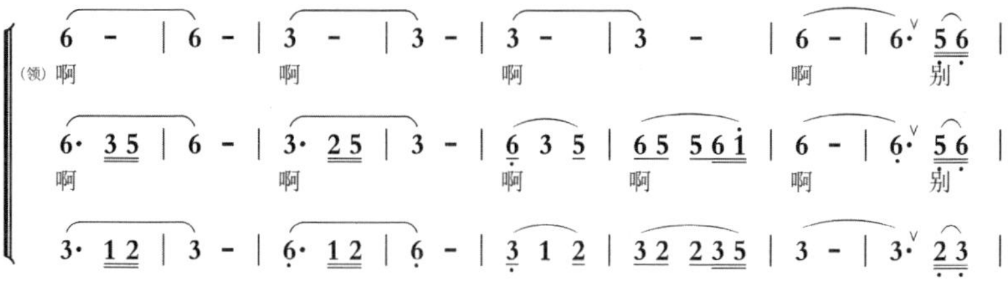

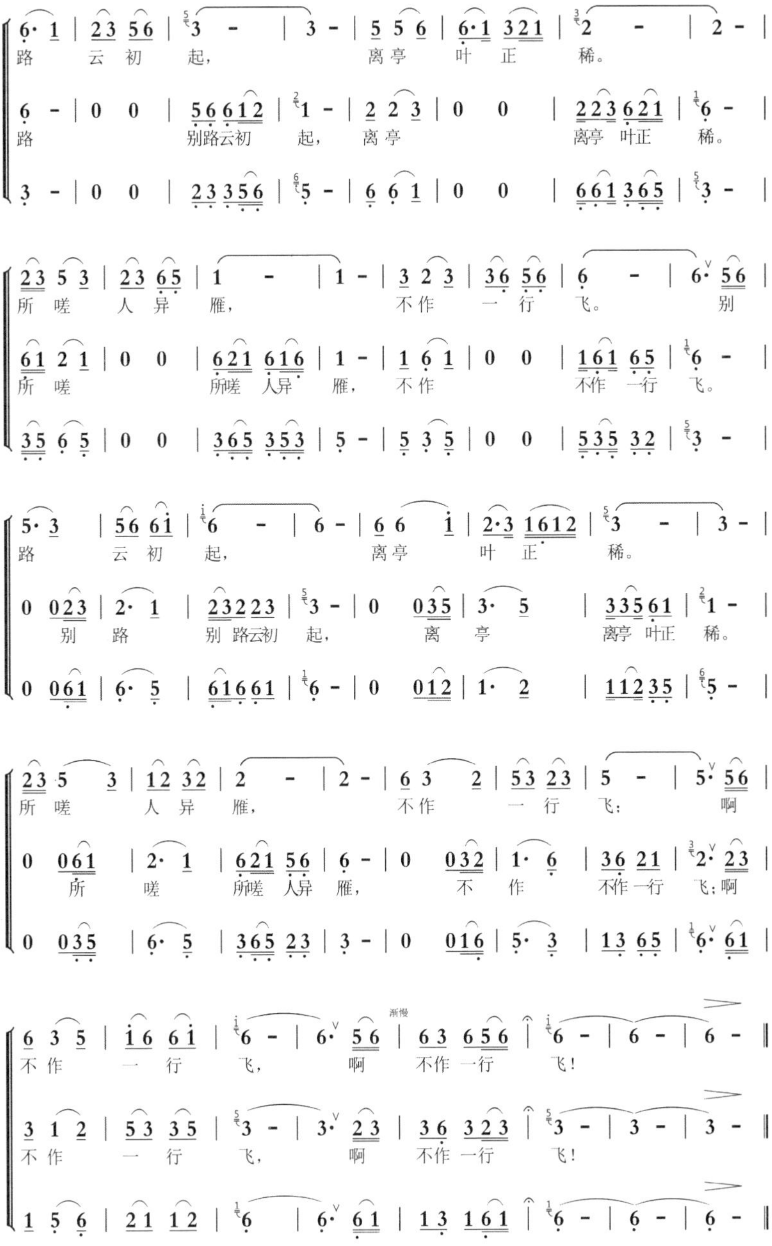
路 云 初 起， 离亭 叶 正 稀。
路 别路云初 起， 离亭 离亭 叶正 稀。
所 嗟 人 异 雁， 不作 一 行 飞。 别
所 嗟 所嗟 人异 雁， 不作 不作 一行 飞。
路 云 初 起， 离亭 叶 正 稀。
别 路 别 路云初 起， 离 亭 离亭 叶正 稀。
所 嗟 人 异 雁， 不作 一 行 飞； 啊
所 嗟 所嗟 人异 雁， 不 作 不作 一行 飞；啊
不 作 一 行 飞， 啊 不作 一行 飞！
不 作 一 行 飞， 啊 不作 一行 飞！
渐慢

词语解释

1. 依色，人的肤色、样子；依laŋ[23]，人。

2. 无声无说，无声无息，不言不语。无影无迹，无影无踪，杳无音信。遘底，到底，究竟。伫ti[33]，在，于。底落，哪儿，哪里。东路赤岭铺，宋代漳州东北方向通省城驿路之第一站，位于今漳福路与漳泰（长泰）路东交叉处长福村之东北方，该村名下店尾村，仍存有明代始建之赤岭关帝庙。

3. 荼縻（túmí），落叶小灌木，羽状复叶，花白色，有香气。

4. 查某，女儿，女人，女性。

5. 李赞元，明末清初人，福建平和人，历仕短暂，卒年八十七。

6. 孙蕃，生平不详。

7. 黄庭坚，北宋进士，洪州分宁（今江西修水）人，曾任太和知县、起居舍人等，后累遭贬谪，与苏轼齐名，世称“苏黄”。

8. 丘葵，南宋人，福建同安人，卒年九十。

9. 七岁女，唐朝人，生卒姓名不详。

扫码听录音

第七场　城郊归隐

时间　某日清晨

地点　漳州圆山脚下一村庄一隅

场景　村屋边有一水井，远处田野，更远处圆山

[幕启后众洗衣打水妇合唱]

众妇：(合唱)([宋] 徐玑《七绝·漳州圆山》)

k‘iŋ$^{45}_{33}$ ian^{45} bɔk$^{121}_{21}$ bɔk^{121} bu^{33} bian$^{23}_{33}$ bian^{23} ia$^{53}_{45}$ sik^{21} lɔŋ$^{53}_{45}$ ts‘iŋ^{45} pɔŋ$^{33}_{21}$
轻烟漠漠雾绵绵，野色笼青傍

ɔk$^{21}_{5}$ tsian^{23}
屋前。

tsin$^{33}_{21}$ suat^{21} tsiaŋ$^{45}_{33}$ lam^{23} hɔŋ$^{45}_{33}$ t‘ɔ^{53} ho^{53} tsiɔŋ$^{33}_{21}$ san^{45} ui$^{23}_{33}$ ziau^{53} it$^{21}_{5}$
尽说漳南风土好，众山围绕一

san^{45} ian^{23}
山圆。

[梁水仙上，衫裙不整，头发散乱，提着水桶，神虚体弱状]

梁：(吟)([明] 吴奕《如梦令·记晤二首 (之一)》)

tsim$^{53}_{45}$ siaŋ^{33} hiau$^{53}_{45}$ tsiŋ^{45} hɔŋ^{45} sɔŋ^{21} bun$^{23}_{33}$ gua^{33} lik$^{121}_{21}$ iaŋ^{23} ian^{45} tiɔŋ^{33}
枕上晓钟风送，门外绿杨烟重。

ho$^{23}_{33}$ ts‘u^{21} tsa$^{53}_{45}$ iŋ$^{45}_{33}$ siŋ^{45} iu$^{33}_{21}$ hiaŋ$^{21}_{53}$ p‘ik$^{21}_{5}$ ki^{45} tiau$^{23}_{33}$ lɔŋ^{33}
何处早莺声？又向碧枝调弄。

zu$^{23}_{33}$ bɔŋ^{33} zu$^{23}_{33}$ bɔŋ^{33} ti$^{53}_{45}$ su^{33} pa$^{53}_{45}$ zin^{23} hi$^{45}_{33}$ hɔŋ^{33}
如梦，如梦。底事把人虚哄？

[吟毕，梁提水桶缓步趋井边汲水。众妇合唱]

众妇：（合唱）（[宋] 李氏《七绝·汲水诗》）

k‘ip$^{21}_{5}$ sui^{53} kɛ$^{45}_{33}$ zin^{23} lip$^{121}_{21}$ hiau$^{53}_{45}$ hɔŋ^{45} ts‘iŋ$^{45}_{33}$ si^{45} lian$^{53}_{45}$ tsin^{33} lɔk$^{121}_{21}$
汲 水 佳 人 立 晓 风， 青 丝 辗 尽 辘

lɔ^{23} k‘ɔŋ^{45}
轳 空。

gin$^{23}_{33}$ piŋ^{23} ts‘iɔk$^{21}_{5}$ p‘o^{21} tsan$^{23}_{33}$ tsɔŋ^{45} iŋ^{53} liŋ$^{23}_{33}$ luan^{33} t‘o$^{23}_{33}$ hua^{45} buan$^{53}_{45}$
银 瓶 触 破 残 装 影，零 乱 桃 花 满

tsiŋ^{53} hɔŋ^{23}
井 红。

[梁水仙在井栏弄半天，提半桶水吃力往回走，停下娇喘]

梁：（吟）（[明] 李世奇《七律·暮年无欢门多索字者因用自悼》）

hun$^{23}_{33}$ hĩ^{33} p‘au$^{45}_{33}$ si^{45} an^{21} buan$^{53}_{45}$ ai^{45} k‘ɔ$^{21}_{53}$ bun^{23} pian$^{33}_{21}$ kak^{21} ziau$^{53}_{45}$
焚 砚 抛 书 案 满 埃，扣 门 便 觉 扰

siŋ$^{45}_{33}$ gai^{23}
生 涯。

tsi$^{53}_{45}$ iŋ^{21} kuan^{45} to^{21} liu$^{23}_{33}$ ui$^{23}_{33}$ buat^{121} bun$^{23}_{33}$ to^{33} p‘ian^{45} siŋ^{23} iɔk^{121} hɔk^{21} puai^{23}
只 应 绢 到 留 为 袜， 闻 道 篇 成 欲 覆 醅。

pit$^{21}_{5}$ bak^{121} tsiɔŋ$^{23}_{33}$ zin^{23} iu$^{23}_{33}$ si$^{33}_{21}$ lui^{33} bun$^{23}_{33}$ tsiaŋ^{45} bi$^{33}_{21}$ si^{21} ik$^{121}_{21}$ hui$^{45}_{33}$ tsai^{23}
笔 墨 从 人 犹 是 累， 文 章 媚 世 亦 非 才。

siau$^{53}_{45}$ ts‘ɔŋ^{45} ts‘iã$^{53}_{45}$ sik^{21} gi$^{45}_{33}$ hɔŋ^{23} bɔŋ^{33} bɔk$^{121}_{21}$ k‘ian^{53} hi$^{45}_{33}$ tɔŋ^{23} po$^{21}_{53}$
小 窗 且 适 义 皇 梦， 莫 遣 奚 童 报

k‘ik^{21} lai^{23}
客 来。

众妇：（吟）（[明] 周瑛《临江仙》选句）

ki$^{21}_{53}$ tit^{21} ko$^{45}_{33}$ tsai^{45} siaŋ$^{45}_{33}$ tui$^{21}_{53}$ tso^{33} kɔ$^{45}_{33}$ tiŋ^{45} sɔ$^{45}_{33}$ i^{53} han$^{23}_{33}$ siau^{45} giɔk$^{121}_{21}$
记 得 高 斋 相 对 坐， 孤 灯 疏 雨 寒 宵。 玉

ts'ɔŋ^{45} it$^{21}_{5}$ k'i^{21} iau^{23} lan$^{23}_{33}$ tsiau^{45} t'ian$^{45}_{33}$ gai^{23} hɔŋ$^{45}_{33}$ ts'o^{53} lɔ^{33} tsuan$^{53}_{45}$
骢 一 去 杳 难 招。 天 涯 芳 草 路， 转

zip^{121} bɔŋ$^{33}_{21}$ tiɔŋ^{45} iau^{23}
入 望 中 遥。

[梁水仙与众妇合唱]

梁众：（合唱）（[宋] 释清豁《七绝·遗偈》）

si$^{21}_{53}$ zin^{23} hiu$^{45}_{33}$ suat^{21} lɔ^{33} hiŋ^{23} lan^{23} niãu$^{53}_{45}$ lɔ^{33} iaŋ$^{23}_{33}$ ts'iaŋ^{23} tsi$^{53}_{45}$ ts'ik^{21} kan^{45}
世 人 休 说 路 行 难， 鸟 路 羊 肠 咫 尺 间。

tin$^{45}_{33}$ tiɔŋ^{33} ti$^{33}_{21}$ k'e^{45} k'e$^{45}_{33}$ siaŋ^{33} sui^{53} li^{53} kui$^{45}_{33}$ tɔŋ$^{45}_{33}$ hai^{53} gua^{53} kui$^{45}_{33}$ san^{45}
珍 重 苎 溪 溪 上 水，汝 归 东 海 我 归 山。

[梁水仙唱完力竭，众人扶其坐下]

众妇：（吟）（[唐] 陈知玄《五绝·五岁吟花》）

hua^{45} k'ai^{45} buan$^{53}_{45}$ si$^{33}_{21}$ hɔŋ^{23} hua^{45} lɔk^{121} ban$^{33}_{21}$ ki^{45} k'ɔŋ^{45}
花 开 满 树 红， 花 落 万 枝 空。

ui$^{23}_{33}$ i^{23} it$^{21}_{5}$ to$^{53}_{45}$ tsai^{33} biŋ$^{23}_{33}$ zit^{121} tiŋ^{33} sui$^{23}_{33}$ hɔŋ^{45}
惟馀一朵 在， 明 日 定 随 风。

[梁水仙极吃力站起，众妇扶]

（独唱）（[宋] 刘克庄《七律·水仙花》）

sue$^{21}_{53}$ hua^{23} iau$^{23}_{33}$ lɔk^{121} but^{121} siau$^{45}_{33}$ zian^{23} it$^{21}_{5}$ tsiŋ^{53} ts'iŋ$^{45}_{33}$ hun^{45} tsuat^{121}
岁 华 摇 落 物 萧 然，一 种 清 芬 绝

k'o$^{53}_{45}$ lian^{23}
可 怜。

put$^{21}_{5}$ hi^{53} i$^{45}_{33}$ nĩ^{23} ts'im$^{45}_{33}$ ho$^{33}_{21}$ sɔ^{21} tsuan$^{23}_{33}$ piŋ^{23} hɔŋ$^{45}_{33}$ lɔ^{33} huat^{21} iu$^{45}_{33}$ gian^{23}
不 许淤泥 侵 皓 素， 全 凭 风 露 发 幽 妍。

sau$^{45}_{33}$ hun^{23} sa$^{53}_{45}$ lɔk^{121} tim$^{23}_{33}$ hɔ$^{23}_{33}$ k'ik^{21} giɔk$^{121}_{21}$ sik^{21} i$^{45}_{33}$ hi^{45} tsɔk$^{21}_{5}$ guat$^{121}_{21}$ sian^{45}
骚 魂 洒 落 沉 湖 客， 玉 色依稀 捉 月 仙。

k‘iɔk$_{5}^{21}$ siau^{21} pue$_{33}^{23}$ ɔŋ^{45} t‘ai$_{53}^{21}$ tsi$_{33}^{45}$ hun^{53} gɔ$_{21}^{33}$ tsiaŋ^{45} ko$_{33}^{45}$ ŋɛ̃^{53} p‘it$_{5}^{21}$
却 笑 涪 翁 太 脂 粉，误 将 高 雅 匹

sian$_{33}^{23}$ kian^{45}
婵 娟。

[梁唱毕，终力不能支，倒地而亡]

众妇：(合唱)([宋] 蔡襄《七绝·落花》)

ho$_{33}^{23}$ su^{33} ts‘ɔŋ$_{33}^{45}$ tai^{23} sɔ$_{53}^{21}$ tiam$_{45}^{53}$ hɔŋ^{23} hiau^{53} lai^{23} hua$_{33}^{45}$ p‘ian^{21} lɔk$_{21}^{121}$
何 事 苍 苔 数 点 红，晓 来 花 片 落

ts‘un$_{33}^{45}$ hɔŋ^{45}
春 风。

k‘o$_{45}^{53}$ lian^{23} ts‘un$_{33}^{45}$ sik^{21} kiam$_{33}^{45}$ hua^{45} tsin^{33} kim$_{33}^{45}$ kɔ^{53} ts‘u$_{45}^{53}$ tsiŋ^{23}
可 怜 春 色 兼 花 尽，今 古 此 情

bu$_{33}^{23}$ ts‘u^{21} kiɔŋ^{23}
无 处 穷。

[落幕]

唱段曲谱

七绝·漳州圆山

1=G $\frac{4}{4}$

♩=58 缓慢，悠扬、赞颂地

女声合唱

歌仔戏《梁才女》第七场选段（二十五）

[宋]徐 玑 作诗
高 然 作曲

啊
啊
啊
啊
(念)(轻烟漠漠 雾 绵 绵，野 色笼 青傍 屋 前。尽说 漳南 风 土 好，众 山围绕 一 山 圆！)

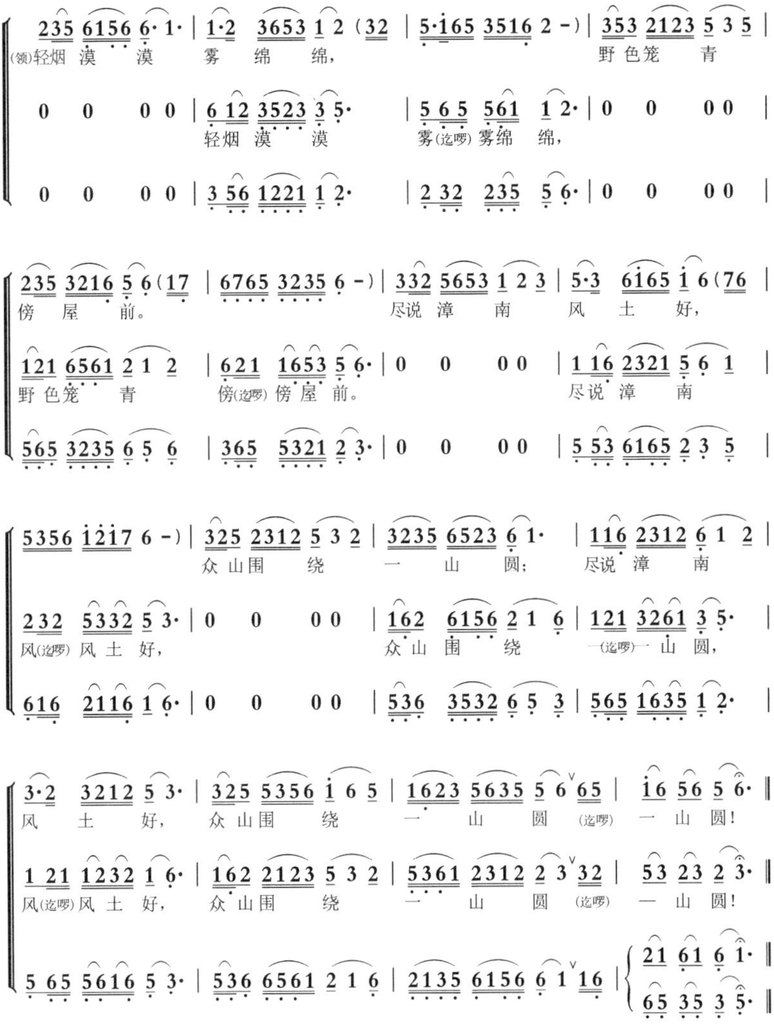

$\{\begin{matrix}\underline{235}\ \underline{6156}\ \dot{6}\cdot\dot{1}\ |\ \dot{1}\cdot\dot{2}\ \underline{3653}\ \underline{1\ 2}\ (\underline{3\ 2}\ |\ \underline{5\cdot \dot{1}65}\ \underline{3516}\ 2\ -)\ |\ \underline{353}\ \underline{2123}\ \underline{5\ 3\ 5}\ |$
(领)轻烟漠漠雾绵绵，　　　　　　　　　野色笼青

$0\ \ 0\ \ 0\ \ 0\ |\ \underline{6\ \dot{1}2}\ \underline{3523}\ \underline{3\ 5}\cdot\ |\ \underline{5\ 6\ 5}\ \underline{561}\ \underline{1\ \dot{2}}\cdot|\ 0\ \ 0\ \ 0\ \ 0\ |$
　　　　　　轻烟漠漠　雾(迄啰)雾绵绵，

$0\ \ 0\ \ 0\ \ 0\ |\ \underline{3\ 56}\ \underline{1221}\ \underline{1\ 2}\cdot\ |\ \underline{2\ 32}\ \underline{235}\ \underline{5\ 6}\cdot|\ 0\ \ 0\ \ 0\ \ 0\ |$

$\underline{235}\ \underline{3216}\ \underline{5\ 6}\ (\underline{1\ 7}\ |\ \underline{6765}\ \underline{3235}\ 6\ -)\ |\ \underline{332}\ \underline{5653}\ \underline{1\ 2\ 3}\ |\ \underline{5\cdot 3}\ \underline{6165}\ \dot{1}\ 6\ (\underline{7\ 6}\ |$
傍屋前。　　　　　　　　　尽说漳南风土好，

$\underline{121}\ \underline{6561}\ \underline{2\ 1\ 2}\ |\ \underline{621}\ \underline{1653}\ \underline{5\ 6}\cdot\ |\ 0\ \ 0\ \ 0\ \ 0\ |\ \underline{1\ 16}\ \underline{2321}\ \underline{5\ 6\ 1}\ |$
野色笼青　傍(迄啰)傍屋前。　　　　　　　尽说漳南

$\underline{565}\ \underline{3235}\ \underline{6\ 5\ 6}\ |\ \underline{365}\ \underline{5321}\ \underline{2\ 3}\cdot\ |\ 0\ \ 0\ \ 0\ \ 0\ |\ \underline{5\ 53}\ \underline{6165}\ \underline{2\ 3\ 5}\ |$

$\{\begin{matrix}\underline{5356}\ \underline{1\dot{2}1}\ \underline{7\ 6}\ -)\ |\ \underline{325}\ \underline{2312}\ \underline{5\ 3\ 2}\ |\ \underline{3235}\ \underline{6523}\ \underline{6\cdot 1}\ |\ \underline{116}\ \underline{2312}\ \underline{6\ 1\ 2}\ |$
众山围绕　一　山圆；尽说漳南

$\underline{232}\ \underline{5332}\ \underline{5\ 3}\cdot\ |\ 0\ \ 0\ \ 0\ \ 0\ |\ \underline{162}\ \underline{6156}\ \underline{2\ 1\ 6}\ |\ \underline{121}\ \underline{3261}\ \underline{3\ 5}\cdot\ |$
风(迄啰)风土好，　　　　　　众山围绕　一(迄啰)一山圆，

$\underline{616}\ \underline{2116}\ \underline{1\ 6}\cdot\ |\ 0\ \ 0\ \ 0\ \ 0\ |\ \underline{536}\ \underline{3532}\ \underline{6\ 5\ 3}\ |\ \underline{565}\ \underline{1635}\ \underline{1\ 2}\cdot\ |$

$\{\begin{matrix}\underline{3\cdot 2}\ \underline{3212}\ \underline{5\ 3}\cdot\ |\ \underline{325}\ \underline{5356}\ \underline{1\ 6\ 5}\ |\ \underline{1623}\ \underline{5635}\ \underline{5\ 6\ 65}\ |\ \underline{1\hat{6}\ 5\hat{6}}\ 5\ \hat{6}\cdot\ \|$
风土好，众山围绕　一　山圆(迄啰)一山圆！

$\underline{1\ 21}\ \underline{1232}\ \underline{1\ 6}\cdot\ |\ \underline{162}\ \underline{2123}\ \underline{5\ 3\ 2}\ |\ \underline{5361}\ \underline{2312}\ \underline{3\ 32}\ |\ \underline{53\ 23}\ 2\ \hat{3}\cdot\ \|$
风(迄啰)风土好，众山围绕　一　山圆(迄啰)一山圆！

$\underline{565}\ \underline{5616}\ \underline{5\ 3}\cdot\ |\ \underline{536}\ \underline{6561}\ \underline{2\ 1\ 6}\ |\ \underline{2135}\ \underline{6156}\ \underline{6\ 1\ 16}\ |\{\begin{matrix}\underline{21}\ \underline{61}\ \underline{6\cdot 1}\cdot\\ \underline{65}\ \underline{35}\ \underline{3\ 5}\cdot\end{matrix}$

七绝·汲水诗

1=G $\frac{2}{4}$

♩=60 缓慢，爱怜、优美地

女声合唱

歌仔戏《梁才女》第七场选段（二十六）

[宋]李 氏 作诗
高 然 作曲

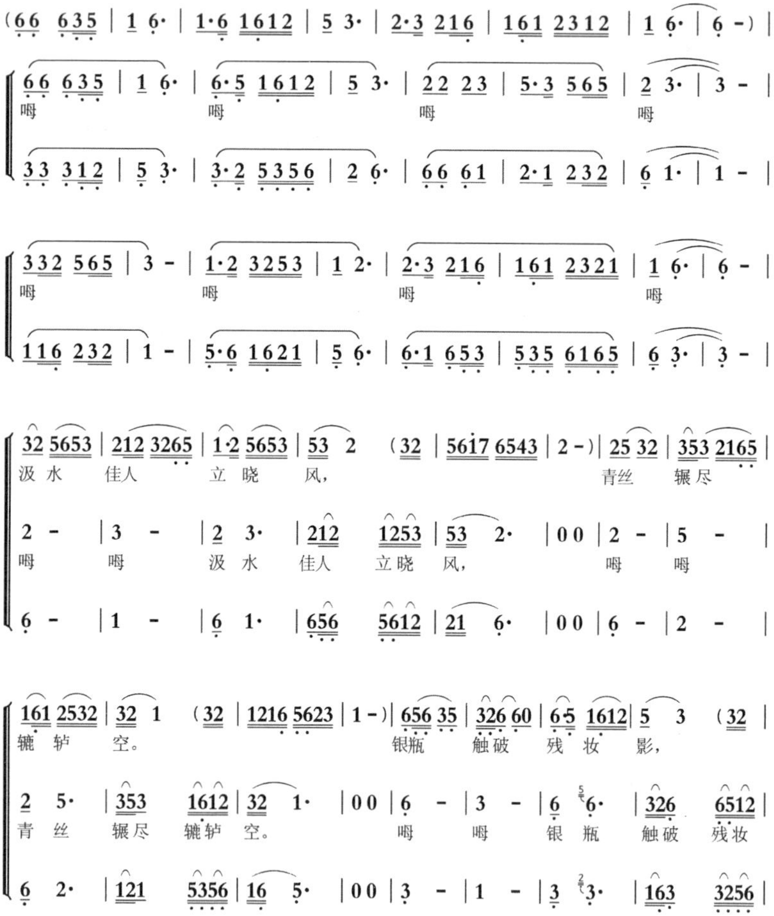

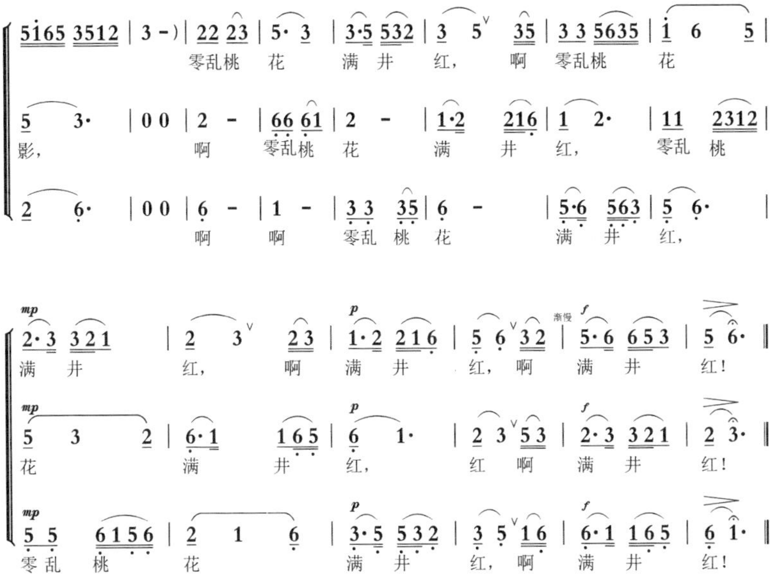

七绝·遗偈

女领众合唱

歌仔戏《梁才女》第七场选段（二十七）

1=F $\frac{2}{4}$

♩=65 缓慢，悲伤、哀恸地

[宋]释清豁 作诗

高 然 作曲

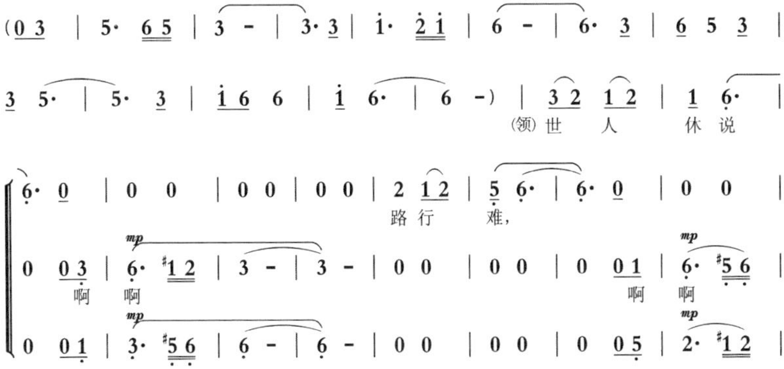

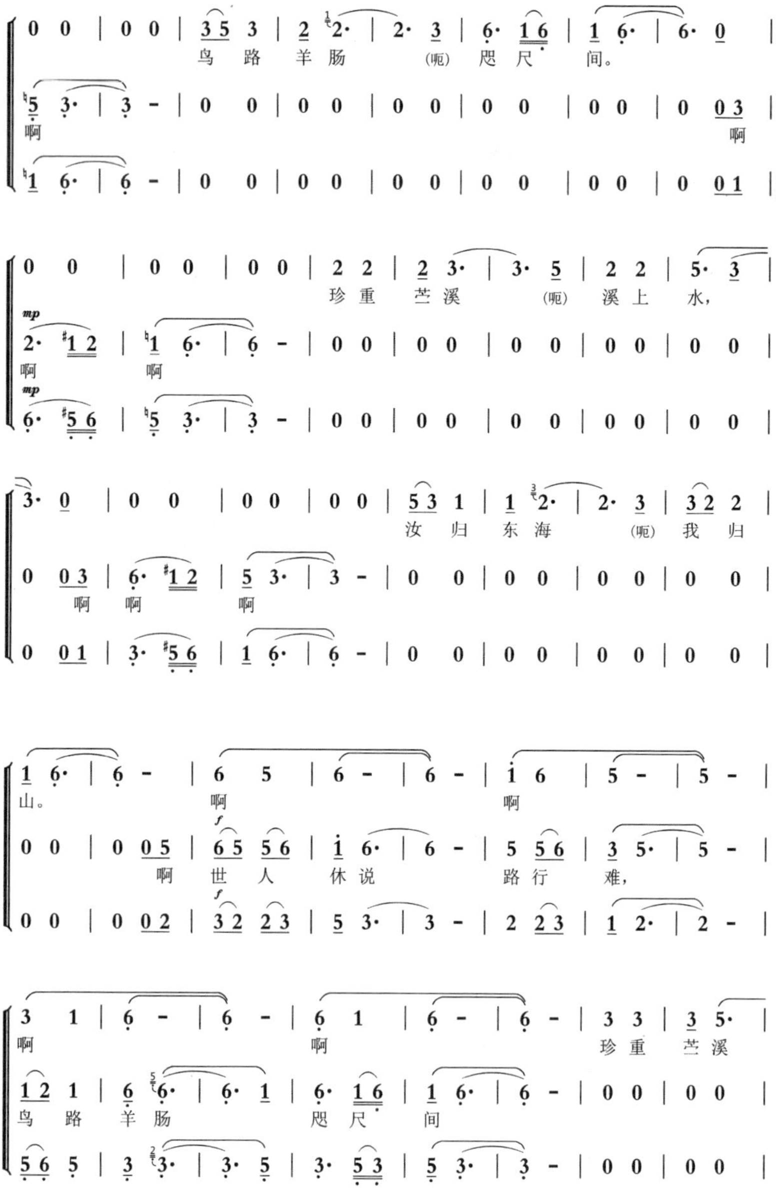
鸟路羊肠（呃）咫尺间。
啊
啊
珍重苎溪（呃）溪上水，
mp
啊 啊
mp
汝归东海（呃）我归
啊 啊 啊
山。 啊 啊
f
啊 世人休说路行难，
f
啊 啊 珍重苎溪
鸟路羊肠 咫尺间

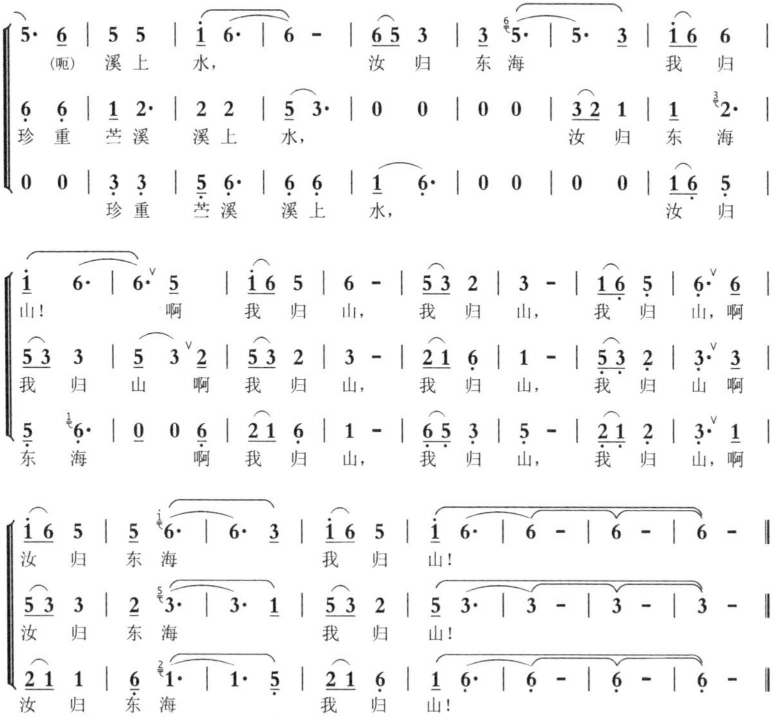

七绝·落花

1=F $\frac{4}{4}$

♩=60 缓慢、哀怜、伤悲地

女声合唱

歌仔戏《梁才女》第七场选段（二十八）

[宋]蔡 襄 作诗

高 然 作曲

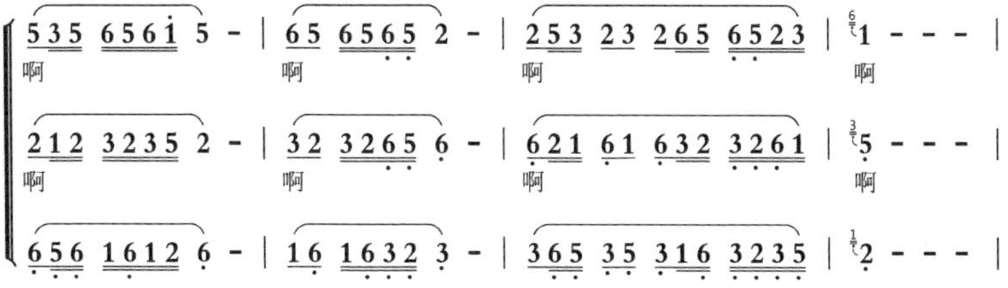

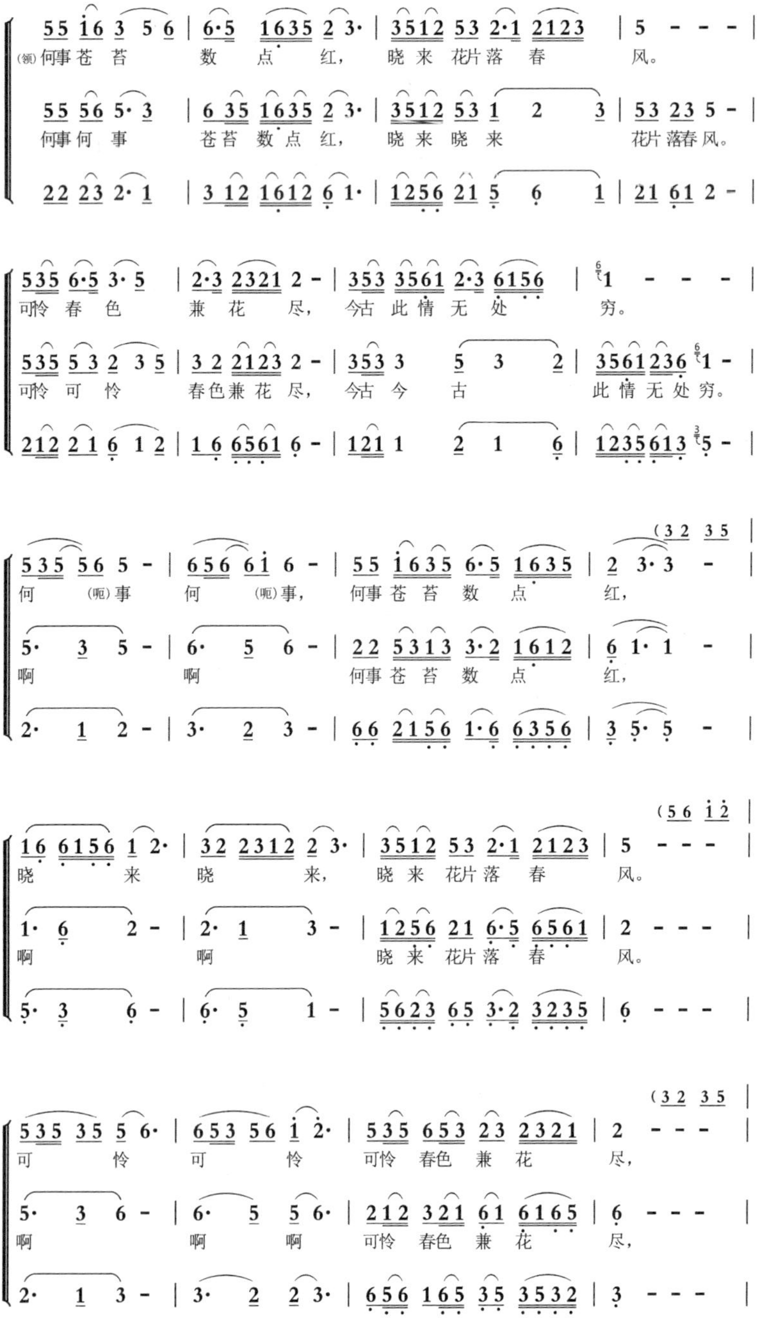
(领)何事苍苔数点红，晓来花片落春风。
何事何事苍苔数点红，晓来晓来花片落春风。
可怜春色兼花尽，今古此情无处穷。
可怜可怜春色兼花尽，今古今古此情无处穷。
何(呃)事何(呃)事，何事苍苔数点红，
啊 啊 何事苍苔数点红，
晓来晓来，晓来花片落春风。
啊 啊 晓来花片落春风。
可怜可怜可怜春色兼花尽，
啊 啊 啊 可怜春色兼花尽，

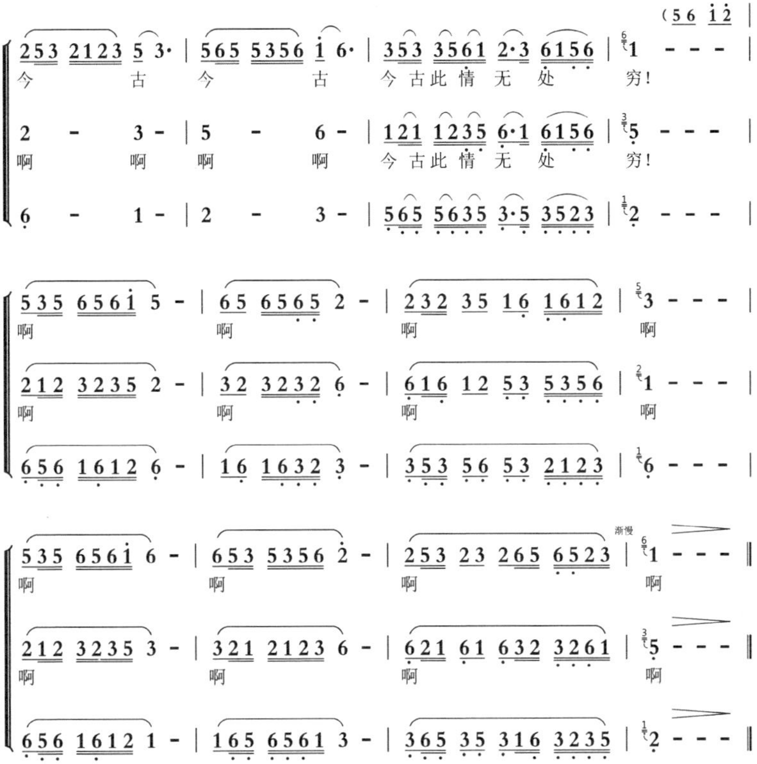

词语解释

1. 漳州圆山，坐落于漳州老城南门外南门溪（九龙江西溪）西南数公里处。
2. 徐玑，南宋人，浙江永嘉人，曾官任福建龙溪（今漳州）县丞、长泰县令等。
3. 吴奕，明朝进士，江苏武进人，曾任龙溪县令等。
4. 李氏，宋朝人，女性，福建云霄人。
5. 李世奇，明末进士，福建龙海人，曾任庶吉士、左庶子等职。
6. 周瑛，明朝进士，福建龙海人，曾任右布政史等。
7. 释清豁，宋代禅师，福建永泰人。
8. 陈知玄，唐朝僧人，四川眉山人。
9. 蔡襄，北宋进士，福建仙游人，曾任泉州知府等。

扫码听录音

尾声　墓园拜思

时间 某日白天

地点 漳州西湖边梁才女墓一隅

场景 墓碑高耸，墓边林木葱郁，林边西湖美如画

［幕启，墓附近多游人和书生，拜墓的拜墓，游园的游园］

众：（合唱）（［清］沈奎阁《七绝·梁才女墓》）

it$_{5}^{21}$ tai^{33} ts‘iŋ$_{33}^{45}$ san^{45} kiɔŋ$_{45}^{53}$ lik$_{21}^{121}$ hun^{23}　tiap$_{21}^{121}$ san^{45} hɔŋ$_{33}^{45}$ guat^{121}
一带青山拱绿坟，蝶山风月

tsue$_{53}^{21}$ lian$_{33}^{23}$ kun^{45}
最怜君。

ti$_{45}^{53}$ kim^{45} ui$_{33}^{23}$ tsik^{21} kiɔŋ$_{33}^{45}$ piŋ$_{33}^{23}$ tiau^{21}　ts‘iu$_{33}^{45}$ i^{53} ts‘iu$_{33}^{45}$ hɔŋ^{45} zit^{121} iu$_{21}^{33}$ hun^{45}
底今遗迹供凭吊，秋雨秋风日又昏。

（吟）（［宋］郭祥正《五律·陈伯育承事挽词》）

hai$_{45}^{53}$ hɔk^{21} piŋ^{45} ui$_{33}^{23}$ kut^{121}　sɔŋ$_{33}^{45}$ t‘am^{23} guat^{121} tsɔk$_{5}^{21}$ sim^{45}
海鹤冰为骨，霜潭月作心。

iau$_{53}^{21}$ pin^{45} ui$_{33}^{23}$ im$_{45}^{53}$ tsiu^{53}　hun$_{33}^{23}$ kuan^{53} put$_{5}^{21}$ lun^{33} kim^{45}
要宾唯饮酒，焚券不论金。

siaŋ$_{33}^{45}$ bɔŋ^{33} iŋ$_{33}^{23}$ li$_{33}^{23}$ hin^{33}　ho$_{33}^{23}$ tsia^{45} tit^{21} p‘ɔk$_{5}^{21}$ im^{45}
相望萦离恨，何嗟得讣音。

ts‘un^{45} hue^{23} hun$_{33}^{23}$ ts‘o^{53} lik^{121}　sui^{23} puan^{33} ia$_{21}^{33}$ tai^{23} gim^{23}
春回坟草绿，谁伴夜台吟？

书生甲：（吟）［宋］范成大《五绝·瓶花》）

tsui$_{45}^{53}$ sian^{45} he$_{33}^{23}$ laʔ$_{21}^{121}$ bue^{23}　lai$_{33}^{23}$ tsɔk^{21} san$_{53}^{21}$ hua$_{33}^{45}$ i^{53}
水仙携腊梅，来作散花雨。

tan$^{33}_{21}$kiŋ^{45}tsui$^{21}_{53}$bɔŋ^{33}siŋ^{53} put$^{21}_{5}$pian^{33}hiaŋ^{45}lai$^{23}_{33}$ts‘i^{21}
但惊醉梦醒，不辨香来处。

书生乙：（吟）［明］于若瀛《五绝·咏水仙》）

tsui$^{53}_{45}$sian^{45}sui^{23}ziɔk$^{121}_{21}$ti^{21} niãu$^{53}_{45}$niãu^{53}lik$^{121}_{21}$in^{23}k‘iŋ^{45}
水仙垂弱蒂，袅袅绿云轻。

tsu$^{33}_{21}$tsiɔk^{21}ap$^{21}_{5}$kun$^{23}_{33}$hui^{33} sui^{23}gan^{23}bue$^{23}_{33}$si$^{33}_{21}$hiŋ^{45}
自足压群卉，谁言梅是兄？

众：（大合唱）（［宋］乐婉《卜算子·答施》）

siaŋ$^{45}_{33}$su^{45}su$^{33}_{21}$hai^{53}ts‘im^{45} kiu$^{33}_{21}$su^{33}zu$^{23}_{33}$t‘ian^{45}uan^{53}
相思似海深，旧事如天远。

lui^{33}tiʔ^{21}ts‘ian$^{45}_{33}$ts‘ian^{45}ban$^{33}_{21}$ban^{33}haŋ^{23} kiŋ$^{21}_{53}$su$^{53}_{45}$zin^{23}ts‘iu$^{23}_{33}$
泪滴千千万万行，更使人愁

ts‘iaŋ^{23}tuan^{33}
肠断。

iau$^{21}_{53}$kian^{21}bu$^{23}_{33}$in^{45}kian^{21} p‘uan^{33}liau^{53}tsiɔŋ^{45}lan$^{23}_{33}$p‘uan^{33}
要见无因见，拚了终难拚。

ziɔk$^{121}_{21}$si^{33}tsian$^{23}_{33}$siŋ^{45}bi$^{33}_{21}$iu$^{53}_{45}$ian^{23} t‘ai$^{33}_{21}$tiɔŋ$^{23}_{33}$kiat^{21} lai$^{23}_{33}$siŋ^{45}guan^{33}
若是前生未有缘，待重结，来生愿！

［**全剧终**］

唱段曲谱

七绝·梁才女墓

1=F $\frac{2}{4}$

♩=72 中速稍缓、抒情地

合唱

歌仔戏《梁才女》尾声选段（二十九）

［清］沈奎阁 作诗
高 然 作曲

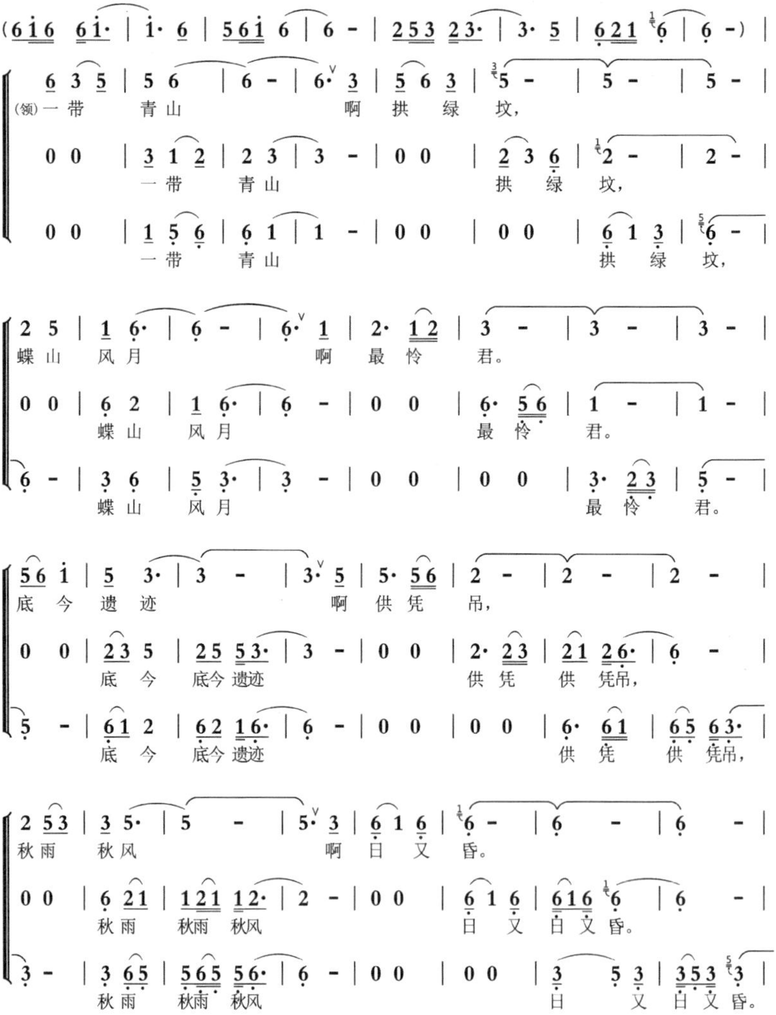

（领）一带青山啊拱绿坟，
一带青山拱绿坟，
一带青山拱绿坟，
蝶山风月啊最怜君。
蝶山风月最怜君。
蝶山风月最怜君。
底今遗迹啊供凭吊，
底今底今遗迹供凭供凭吊，
底今底今遗迹供凭供凭吊，
秋雨秋风啊日又昏。
秋雨秋雨秋风日又日又昏。
秋雨秋雨秋风日又日又昏。

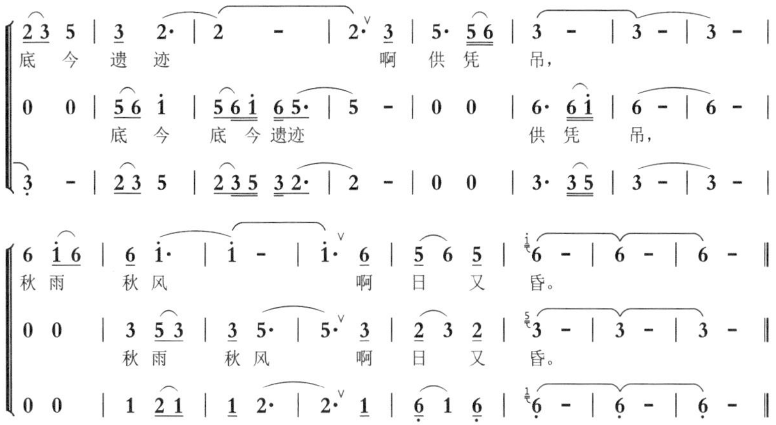

卜算子·答施

1=F 4/4 ♩=76 中速偏缓，深情、悲壮地

合唱

歌仔戏《梁才女》尾声选段（三十）

[宋]乐 婉 作词
高 然 作曲

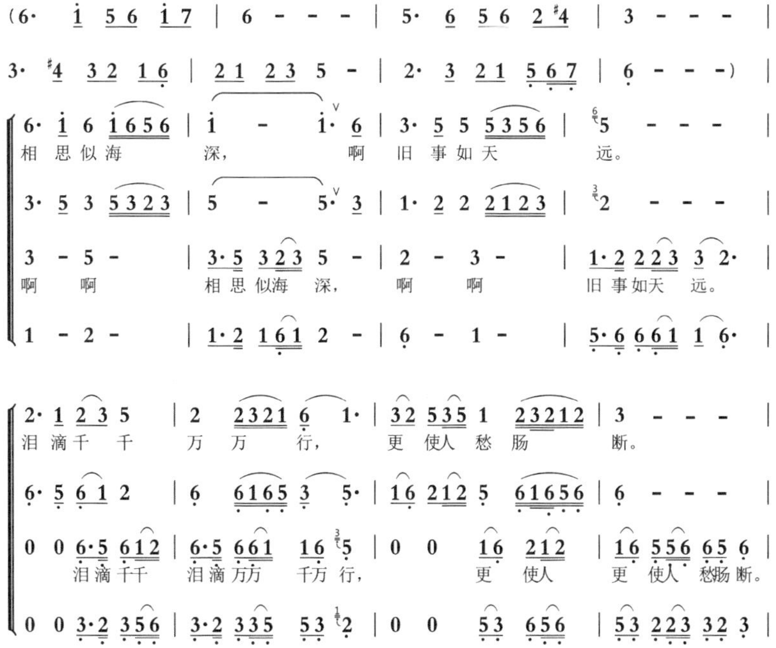

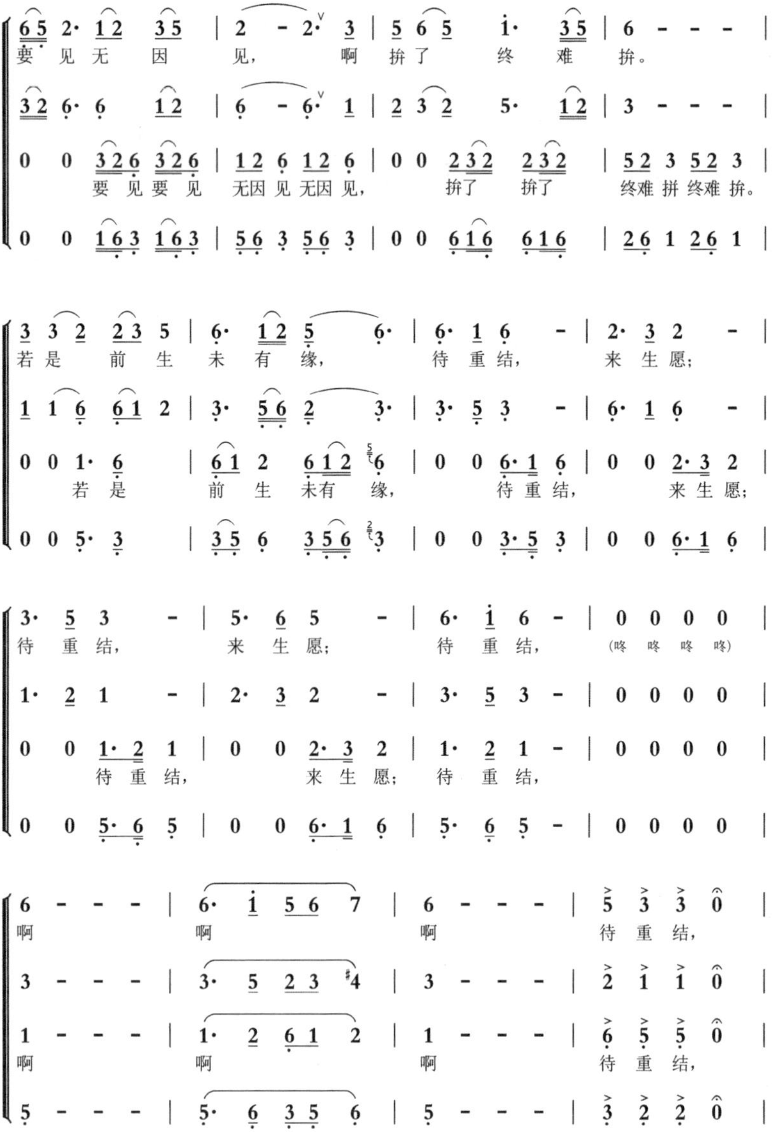
要 见 无 因 见， 啊 拚 了 终 难 拚。
要 见 要 见 无因 见 无因 见， 拚了 拚了 终难 拚 终难 拚。
若 是 前 生 未 有 缘， 待 重 结， 来 生 愿；
若 是 前 生 未有 缘， 待 重 结， 来 生 愿；
待 重 结， 来 生 愿； 待 重 结， (咚 咚 咚 咚)
待 重 结， 来 生 愿； 待 重 结，
啊 啊 啊 待 重 结，
啊 啊 啊 待 重 结，

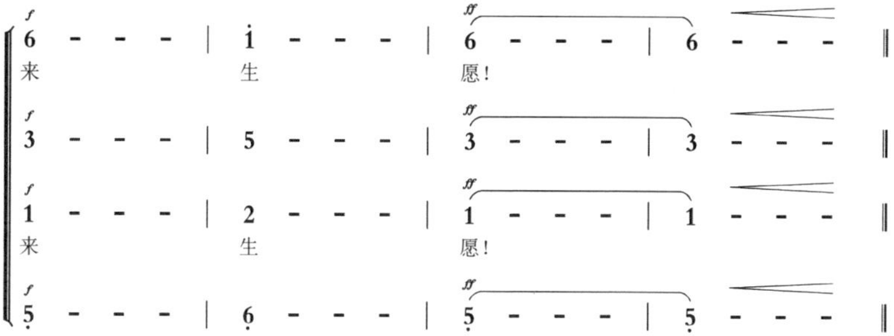

词语解释

1. 墓园，梁才女墓，坐落于漳州老城西北角芝山之蝶山山麓，西湖边上，明朝洪武年间建，清末毁，为历代文人学子求学求才拜祭之圣地。

2. 沈奎阁，清朝末代人，福建诏安人，曾任中学教师等。

3. 郭祥正，北宋进士，安徽当涂人，曾任漳州府官员。

4. 范成大，南宋进士，吴郡（今江苏苏州）人，累官至参知政事。

5. 于若瀛，明朝进士，山东济宁人，曾任陕西巡抚、户部主事等。

6. 乐婉，生卒年不详，为宋代杭州妓。《卜算子 · 答施》为施酒监所悦而有词相赠，乐和之之作。

白茉莉

（大型闽南语诗词歌仔戏）

高然 作词、作曲、编剧

人物 白茉莉、阿梈、莉父、莉姐妹们、学童、农妇、农夫、小贩、村民等

时间 古代某时期

地点 福建漳州地区

[故事梗概]

白茉莉与阿梈是邻村而居的一对相恋青年，两人均知书识礼，能诗善文。阿梈年轻气盛，嫌弃脚踏实地的生活而与茉莉产生龃龉。后经历多种困难，在大伙儿帮助下认识转变，回归理性，又与茉莉重归于好。

第一场　溪墘相蹭

扫码听录音

时间 某春末晴天下午近黄昏时分

地点 漳州城南南门溪畔

场景 溪畔风景如画，远处圆山在满天红霞映衬下更显妩媚

[幕启前幕后混声合唱]

众：（合唱）（《踏莎行·古早南门溪》）

lik$^{121}_{21}$ tik^{21} io$^{23}_{33}$ lo^{23}　uĩ$^{23}_{33}$ sua^{45} tian$^{53}_{45}$ ts‘o^{21}　uĩ$^{23}_{33}$ suã^{45} iu$^{21}_{53}$ siu^{21} ts‘ɛ̃$^{45}_{33}$ t‘ĩ^{45} p‘o^{33}
绿 竹 摇 娜，黄 沙 展 糙，圆 山 幼 秀 青 天 抱。

k‘e^{45} ts‘iŋ^{45} tsui^{53} tsiŋ^{33} tiam^{33} taŋ^{45} lau^{23}　tsun^{23} k‘iŋ^{45} tsiɔ̃^{53} taŋ^{33} kɔŋ$^{23}_{33}$ sai^{45}
溪 清 水 静 恬 东 流，船 轻 桨 动 狂 西

ko^{21}　kɛ$^{33}_{21}$ ts‘u^{21} hɔŋ$^{23}_{33}$ ko^{45}　kuan$^{23}_{33}$ tai^{23} ua$^{53}_{45}$ k‘o^{21}　lam$^{23}_{33}$ muĩ^{23} si$^{21}_{53}$
捁。 下 厝 癀 高， 悬 台 倚 靠， 南 门 四

tsaŋ^{21} siã$^{23}_{33}$ ts'iɔ̃^{23} go^{33} lau^{23} tio^{23} kɔk^{21} tio^{33} nãu$^{33}_{21}$ ts'un$^{45}_{33}$ siau^{45} laŋ^{23} e^{45}
壮城墙卧。楼趒阁佻闹春宵，侬挨

kiɔk^{21} taʔ^{121} ki$^{23}_{33}$ guan$^{23}_{33}$ to^{53}
脚踏祈元祷。

[幕启，阿梓上场，见风光绮丽，红霞满天，无比感慨、欣赏地]

ai^{45} ia^{21} ia^{21} tse^{53} si^{33} an$^{45}_{33}$ tsuã^{53} tsit$^{121}_{21}$ e^{23} ho$^{53}_{45}$ kɔŋ$^{45}_{33}$ kiŋ^{53} a^{21}
梓：哎呀呀！这是安怎一兮好光景啊！

（独唱）（《渔家傲·南门溪倚暗仔》）

ua$^{53}_{45}$ am^{21} aŋ$^{23}_{33}$ hɛ^{23} kuĩ^{45} si$^{21}_{53}$ suã^{21} ts'iaʔ$^{21}_{53}$ tsu^{45} suaʔ$^{21}_{53}$ ui$^{21}_{53}$ uĩ$^{23}_{33}$ suã^{45} t'uã^{21}
倚暗红霞光四散，赤珠撒偎圆山澶。

t'uã$^{45}_{33}$ tsui^{53} kun$^{53}_{45}$ aŋ^{23} hua^{45} tsi$^{53}_{45}$ tsã^{21}
滩水滚红花煮⿱斩灬；

se$^{45}_{33}$ hiaŋ$^{21}_{53}$ ã^{21} hɔŋ$^{45}_{33}$ hun^{23} hiam$^{21}_{53}$ bɛ^{53} tsiã$^{23}_{33}$ a$^{45}_{33}$ mã^{53}
西向映，风云⿰𧾷咸马成阿嬷。

k'e^{45} nɔ̃$^{33}_{21}$ huã^{33} hɔŋ$^{45}_{33}$ tsiŋ^{23} t'e$^{21}_{53}$ uã^{33} ts'ɛ̃$^{45}_{33}$ t'ĩ^{45} huĩ^{33} k'uaʔ^{21} hun^{23} ui$^{23}_{33}$ p'uã^{33}
溪两岸风情替换，青天远阔云为伴，

k'uã^{45} kau$^{21}_{53}$ pɔ^{33} laŋ^{23} tsun^{23} ai$^{21}_{53}$ nuã^{21}
宽遘埠侬船爱⿺辶阑；

t'ĩ^{45} i$^{53}_{45}$ uã^{21} kan$^{45}_{33}$ t'au^{23} tioʔ$^{121}_{21}$ sia$^{21}_{53}$ ts'iŋ$^{45}_{33}$ kin$^{45}_{33}$ tã^{21}
天已晏，肩头着卸千斤担。

[梓唱完退一旁欣赏风景。茉莉及姐妹四人上场，见景也发感慨]

莉众：（四重唱）（《菩萨蛮·热天时卜暗仔溪堤顶》）

ts'iŋ$^{45}_{33}$ hɔŋ^{45} zit$^{121}_{21}$ loʔ^{121} aŋ$^{23}_{33}$ kuĩ^{45} ts'io^{33} t'e^{23} k'iau^{45} tik^{21} pai^{53} mɛ̃$^{23}_{33}$ iŋ^{45} ts'io^{21}
清风日落红光炤，堤跷竹摆暝莺唱。

sĩʔ$^{21}_{53}$ sĩʔ^{21} nãʔ$^{21}_{53}$ laŋ$^{23}_{33}$ sin^{45} siã$^{45}_{33}$ siã^{45} lai$^{23}_{33}$ se$^{53}_{45}$ tin^{23}
闪闪爁侬身，声声来洗尘。

kiã^{53} aŋ$^{45}_{33}$ po^{23} bɔŋ$^{53}_{45}$ tɔŋ^{33} hɔŋ^{45} suaʔ^{21} kui$^{45}_{33}$ su^{45} sɔŋ^{53}
囝翁婆罔动，风撒归枢爽。

gin$^{53}_{45}$ a^{53} paŋ$^{21}_{53}$ kɔŋ$^{45}_{33}$ ts'ɛ^{45} tua$^{33}_{21}$ laŋ^{23} giŋ$^{23}_{33}$ ts'iaʔ$^{21}_{53}$ hɛ^{23}

团仔放公衩，大侬凝赤霞。

[莉及姐妹们歌至中后段，梓复上场走近欣赏。唱毕，梓接话题]

beʔ$^{21}_{53}$ tsɛ̃^{23} k'uã$^{21}_{53}$ suã^{45} ts'ɛ̃^{45} beʔ$^{21}_{53}$ hɛ^{23} k'uã$^{21}_{53}$ t'ĩ^{45} aŋ^{23} u$^{33}_{21}$ iã^{53} si^{33}

梓：（赞赏地）卜晴看山青，卜霞看天红！有影是

t'ai$^{21}_{53}$ sui^{53} a^{21} lin^{53} k'uã^{21}

太水啊！恁看！（手指天上云彩）

（吟）（《五绝·鱼鳞天》）

hun^{23} t'aʔ^{121} hun^{23} hi$^{23}_{33}$ lin^{23} aŋ^{23} sui$^{23}_{33}$ aŋ^{23} ts'iaʔ$^{21}_{53}$ p'in^{23}

云沓云鱼鳞，红随红赤蘋。

ts'ɛ̃$^{45}_{33}$ t'ĩ^{45} kim$^{53}_{45}$ le^{33} tio^{33} kuan$^{23}_{33}$ tiŋ^{53} tan$^{45}_{33}$ p'io^{23} sin^{45}

青天锦鲤佻，悬顶丹薸新。

hit$^{21}_{5}$ u$^{33}_{21}$ iã^{53} li^{53} mã$^{33}_{21}$ k'uã^{21}

莉众：（赞同地）迄有影！汝嘛看！

（吟）（《五绝·倚暗仔》）

pɔ^{45} am^{21} zit^{121} t'e$^{45}_{33}$ gak^{121} ts'u^{21} aŋ^{23} kuĩ^{45} nãʔ$^{21}_{53}$ kak^{21}

晡暗日觥岳，厝红光爁角。

tsui^{53} tsɔk^{121} kap$^{21}_{5}$ kuai^{45} tio^{23} hua^{45} liam^{45} mɛ̃$^{23}_{33}$ lɔ^{33} ak^{21}

水浊蛤蛫趒，花蔫暝露沃。

[吟毕，众人大笑]

be$^{53}_{45}$ kŋ$^{45}_{33}$ a^{53} t'iã$^{45}_{33}$ k'ãi^{45} be$^{53}_{45}$ aŋ$^{21}_{53}$ a^{53} t'iã$^{45}_{33}$ tãi^{45} k'uã$^{21}_{53}$ lin^{53} bin$^{33}_{21}$ sik^{121}

梓：买缸仔听铿，买瓮仔听噔！看恁面熟

bin$^{33}_{21}$ sik^{121} siã$^{45}_{33}$ sau^{21} aʔ^{21} be$^{33}_{21}$ ts'ɛ̃$^{45}_{33}$ sɔ^{45} kã$^{53}_{45}$ si^{33} lan$^{53}_{45}$ tsia^{45} ta$^{53}_{45}$ tsit$^{121}_{21}$

面熟，声嗽抑绘生疏，敢是伯遮底一

k'ɔ$^{53}_{45}$ leʔ$^{121}_{21}$ a^{53} laŋ^{23} nɛ̃^{45}

箍笠仔侬呢？

bak$^{121}_{21}$ tsiu^{45} iau$^{53}_{45}$ koʔ$^{21}_{53}$ kim^{45} hi^{33} a^{53} put^{215} tsi$^{53}_{45}$ a^{53} lai^{33} gun^{53} loʔ$^{121}_{21}$ si^{33}
莉众：目睭犹佫睑，耳仔不止仔利！阮咯是

ts'ut^{215} le$^{33}_{21}$ tsi^{45} e$^{23}_{33}$ aŋ$^{23}_{33}$ le$^{33}_{21}$ sia^{33} e^{21}
出荔枝兮红荔社兮！

aŋ$^{23}_{33}$ le$^{33}_{21}$ sia^{33} suaʔ$^{21}_{53}$ hian$^{33}_{21}$ ioʔ^{21} hian$^{33}_{21}$ tioʔ^{121} lin^{53} k'uã$^{21}_{53}$ lin$^{53}_{45}$ sia^{33} e$^{23}_{33}$ le$^{33}_{21}$
梓：红荔社！煞现约现着！恁看恁社兮荔

tsi^{45} a^{21}
枝啊！

（吟）（《点绛唇·荔枝》）

lui^{53} pɛʔ^{121} sim^{45} uĩ^{23} tɛʔ$^{21}_{53}$ ki^{45} hua^{45} tsaŋ^{21} p'aŋ^{45} pue$^{45}_{33}$ seʔ^{121}
蕊白芯黄，晢枝花绽芳飞趖。

siat^{215} hua^{45} zu$^{23}_{33}$ seʔ^{21} siã$^{23}_{33}$ iaʔ^{121} p'aŋ^{45} e$^{45}_{33}$ k'eʔ^{21}
晰花如雪，涎蝶蜂挨揳。

ko^{53} kiat^{21} p'ue^{23} ts'ɛ̃^{45} kau$^{21}_{53}$ sik^{121} sio$^{45}_{33}$ t'ĩ^{45} gueʔ^{121}
果结皮青，够熟烧天月。

ts'ĩ^{45} aŋ^{23} k'eʔ^{21} ts'iaʔ$^{21}_{53}$ tun^{23} iŋ^{23} seʔ^{21} tĩ^{45} in^{53} siaŋ$^{45}_{33}$ tsiu^{45} k'eʔ^{21}
鲜红箧，赤唇盈塞，甜引双睭瘛。

ha^{53} ha^{53} ha^{53} biŋ$^{23}_{33}$ ki$^{23}_{33}$ tsai^{45} po$^{45}_{33}$ lo$^{23}_{33}$ so^{45} pak^{215} lai^{33} t'iɔŋ$^{21}_{53}$ laŋ$^{23}_{33}$
莉众：哈哈哈……！明其知褒啰挲，腹内畅侬

o^{45} o$^{45}_{33}$ lo$^{53}_{45}$ ua^{33} t'iã^{45} tioʔ$^{121}_{21}$ tĩ$^{45}_{33}$ but$^{21}_{5}$ but^{21} to$^{45}_{33}$ sia^{33} to$^{45}_{33}$ sia^{33} gun^{53} e$^{23}_{33}$
呵！呵咾话听着甜吻吻！多谢多谢！阮兮

le$^{33}_{21}$ tsi$^{45}_{33}$ tsaŋ^{23} a^{21}
荔枝枞啊！

姐甲：（吟）（《浣溪沙·荔枝枞》）

se^{21} ui$^{33}_{21}$ i^{45} tsai$^{45}_{33}$ tsiŋ$^{21}_{53}$ le$^{33}_{21}$ tsaŋ^{23}
细为伊栽种荔枞，

baŋ$^{33}_{21}$ taŋ$^{45}_{33}$ taŋ^{45} ts'iu^{33} kiã^{33} hua^{45} p'aŋ^{45}
姐乙：望冬冬树健花芳。

ki^{23} nĩ$^{23}_{33}$ nĩ^{23} hioʔ^{121} ɔŋ^{33} kue^{53} aŋ^{23}
姐丙：期年年箬旺果红，

e$^{33}_{21}$ k‘uã$^{21}_{53}$ uaʔ^{121} iu$^{23}_{33}$ tsa$^{23}_{33}$ kiã^{53} baŋ^{33} kam$^{45}_{33}$ ts‘iŋ$^{23}_{33}$ guan^{33} tso$^{21}_{53}$ le$^{33}_{21}$ tsi^{45} t‘aŋ^{23}
莉众：会看活游查囝梦，甘情愿做荔枝虫，

tan$^{53}_{45}$ i^{45} lai^{23} e$^{33}_{21}$ k‘uã$^{21}_{53}$ i^{45} laŋ^{23}
等伊来会看伊侬。

[吟毕众人皆哈哈大笑，气氛愉快]

gua^{53} kaʔ$^{21}_{53}$ ts‘iɔ̃^{33} mã^{21} bat^{21} li$^{21}_{53}$ kã$^{53}_{45}$ m$^{33}_{21}$ si^{33} kio$^{21}_{53}$ nã$^{53}_{45}$ a^{53} li^{33}
梓：（手指茉莉）我呷像嘛怵汝，敢伓是叫哪仔莉？

kio$^{21}_{53}$ buat$^{121}_{21}$ li^{33} lan^{33} gun^{53} p‘ue^{23} iu^{21} laŋ^{23} sui^{53} giɔk$^{121}_{21}$ ban$^{33}_{21}$ bi^{23}
姐众：（笑）叫茉莉！伯阮皮幼侬水玉万敉，

sim^{45} ho^{53} laŋ^{23} gau^{23} pɛʔ$^{121}_{21}$ buat$^{121}_{21}$ li^{33}
心好侬勢白茉莉！

ai^{45} ia^{21} ia^{21} hai$^{53}_{45}$ kĩ^{23} k‘ioʔ$^{21}_{53}$ tioʔ$^{121}_{21}$ hau^{33} puã$^{21}_{53}$ mɛ̃^{23} ts‘ut$^{21}_{5}$ tsit$^{121}_{21}$ liap$^{121}_{21}$
梓：哎呀呀！海墘抾着鲎，半暝出一粒

gueʔ^{121} u$^{33}_{21}$ iã^{53} si$^{33}_{21}$ tsit$^{121}_{21}$ lui^{53} p‘aŋ$^{45}_{33}$ buat$^{121}_{21}$ li^{33}
月，有影是一蕊芳茉莉！

（吟）（《七绝·茉莉花》）

buat^{121} pɛʔ^{121} lui^{53} kiat^{21} p‘aŋ$^{45}_{33}$ hua$^{45}_{33}$ li^{33} hioʔ^{121} lik^{121} ki^{45} ts‘ɛ̃^{45} ho$^{33}_{21}$ ban$^{33}_{21}$ bi^{23}
茉白蕊洁芳花莉，箬绿枝青号万敉。

kɔŋ$^{53}_{45}$ tsiã^{53} uan$^{21}_{53}$ sɔ^{21} t‘ĩ^{45} bo$^{23}_{33}$ hi^{53} t‘in$^{33}_{21}$ sui^{53} tsɛ̃$^{45}_{33}$ p‘aŋ^{45} ta$^{53}_{45}$ pi$^{53}_{45}$ i^{45}
讲誓怨素天无许，滕水争芳底比伊？

hit^{215} u$^{33}_{21}$ iã^{53} li^{53} k‘uã$^{21}_{53}$ i^{45}
姐众：（笑）迄有影！汝看伊！

（三重唱）（《五绝·万敉花》）

buat^{121} kiat^{21} li^{33} giŋ$^{23}_{33}$ tsi^{53} lui^{53} p‘aŋ^{45} m^{23} hɔk$^{21}_{5}$ p‘i^{23}
茉洁莉凝脂，蕊芳莓馥脾。

hioʔ^{121} puʔ$^{21}_{53}$ ts'ɛ̃^{45} ts'iŋ$^{45}_{33}$ si^{21} hua^{45} k'ui^{45} pɛʔ^{121} ban$^{33}_{21}$ bi^{23}
箬檏青千世，花开白万敉。

桲：（独唱）（《如梦令·芳茉莉》）

giɔk^{121} ban$^{33}_{21}$ bi^{23} hua^{45} k'ui$^{45}_{33}$ t'ɛʔ^{21} p'aŋ$^{45}_{33}$ ŋɛ̃$^{53}_{45}$ kiau^{45} bo$^{23}_{33}$ t'aŋ$^{45}_{33}$ tɛʔ^{21}
玉万敉花开澈，芳雅娇无通哲。

hua^{45} pɛʔ$^{121}_{21}$ kiat^{21} ts'iŋ$^{45}_{33}$ hun^{45} si$^{21}_{53}$ ui^{33} am$^{21}_{53}$ gian^{23} tsiau$^{23}_{33}$ k'ɛʔ^{21}
花白洁清芬，四位黯妍缯客。

sim^{45} lɛʔ^{121} sim^{45} lɛʔ^{121} hu^{21} luaʔ$^{121}_{21}$ tse^{33} si^{45} pɛ̃$^{23}_{33}$ tsɛʔ^{21}
心裂，心裂，赋偌侪诗平仄？

[众人大笑]

hioʔ^{121} la^{21} aʔ$^{21}_{53}$ li^{53} mã^{21} lai$^{23}_{33}$ kaʔ^{21} gun^{53} sio$^{53}_{45}$ kai$^{21}_{53}$ siau^{33} tsɛ^{21} li^{53} si$^{33}_{21}$ ta$^{53}_{45}$ tsit$^{121}_{21}$ kak$^{21}_{5}$ si^{21} e^{21}
姐甲：喏喇，抑汝嘛来呷阮小介绍咋，汝是底一角势兮？

i^{45} kaʔ$^{21}_{53}$ ts'in$^{45}_{33}$ ts'iɔ̃^{33} si$^{33}_{21}$ lan$^{53}_{45}$ kɛʔ$^{21}_{53}$ piaʔ^{21} ts'an$^{23}_{33}$ t'au$^{23}_{33}$ sia^{33} e^{21} kã$^{53}_{45}$ m$^{33}_{21}$ si^{33}
姐乙：伊呷亲像是伯隔壁塍头社兮，敢伓是？

tioʔ^{121} gua^{53} kio$^{21}_{53}$ a$^{45}_{33}$ puat^{121} nã$^{23}_{33}$ a$^{53}_{45}$ puat^{121} e$^{23}_{33}$ puat^{121} ts'aʔ$^{21}_{53}$ ŋ^{45} kap$^{21}_{5}$ lin^{53} kɛʔ$^{21}_{53}$ piaʔ$^{21}_{53}$ k'u^{45} kuaʔ$^{21}_{53}$ tiu^{33} kap$^{21}_{5}$ lin^{53} kaŋ$^{33}_{21}$ ts'an$^{23}_{33}$ huã^{33}
桲：着！我叫阿桲，篮仔桲兮桲！插秧佮恁隔壁丘，割釉佮恁共塍岸！

nã$^{23}_{33}$ a$^{53}_{45}$ puat^{121} nã$^{23}_{33}$ a$^{53}_{45}$ puat^{121} kã$^{53}_{45}$ m$^{33}_{21}$ si$^{33}_{21}$ be$^{33}_{21}$ tsiɔ̃$^{33}_{21}$ toʔ^{21}
莉众：篮仔桲？（故意调侃地）篮仔桲敢伓是⿰舟会上桌？

ha^{53} ha^{53} ha^{53}
哈哈哈……！

（众吟）（《浣溪沙·篮仔桲枞》）

hioʔ^{121} tian$^{53}_{45}$ ts'ɛ̃^{45} ts'ɛ̃^{45} nã$^{53}_{45}$ kua$^{21}_{53}$ p'aŋ^{23}
姐甲：箬展青青若挂篷，

m^{23} t‘iaʔ^{21} hua$^{45}_{33}$ hua^{45} tɛʔ$^{21}_{53}$ ki$^{45}_{33}$ tsaŋ^{23}
姐乙：莓 拆 花 花 晢 枝 枞，

ko^{53} sik^{121} aŋ$^{23}_{33}$ aŋ^{23} tiau$^{21}_{53}$ ts‘iu^{33} p‘aŋ^{45}
姐丙：果 熟 红 红 吊 树 芳。

ta^{45} tam^{23} nuĩ$^{33}_{21}$ hioʔ^{121} ts‘iŋ$^{45}_{33}$ hiaŋ^{45} saŋ^{21} pɛʔ$^{121}_{21}$ bu^{33} hua^{45} k‘ui^{45} iau$^{53}_{45}$
莉众：燋 澹 卵 箬 清 香 送，白 雾 花 开 犹

sian$^{23}_{33}$ p‘aŋ^{45} ts‘ɛ̃$^{45}_{33}$ siap^{21} bo$^{23}_{33}$ t‘aŋ^{45} tan$^{53}_{45}$ ko^{53} aŋ^{23}
涎 蜂，青 涩 无 通 等 果 红。

ha^{53} ha^{53} ha^{53} an$^{45}_{33}$ tsuã$^{53}_{45}$ kɔŋ^{53} ko^{53} sik^{121} aŋ$^{23}_{33}$ aŋ^{23} tiau$^{21}_{53}$ ts‘iu^{33} p‘aŋ^{45}
梼：哈 哈 哈……！安 怎 讲“果 熟 红 红 吊 树 芳”，

beʔ$^{21}_{53}$ koʔ$^{21}_{53}$ kɔŋ$^{53}_{45}$ ts‘ɛ̃$^{45}_{33}$ siap^{21} bo$^{23}_{33}$ t‘aŋ^{45} tan$^{53}_{45}$ ko^{53} aŋ^{23} nɛ̃^{45}
卜 佫 讲“青 涩 无 通 等 果 红”呢？

ha^{53} ha^{53} ha^{53}
莉众：哈 哈 哈……！

sun^{53} ai$^{21}_{53}$ t‘uĩ$^{21}_{53}$ k‘ak^{21} tsiaʔ$^{21}_{53}$ sɛ̃$^{45}_{33}$ siã^{23} tik^{21}
姐甲：笋 爱 褪 壳 则 生 成 竹，

laŋ^{23} ai$^{21}_{53}$ t‘uĩ$^{21}_{53}$ p‘ue^{23} tsiaʔ$^{21}_{53}$ sɛ̃$^{45}_{33}$ tso$^{21}_{53}$ laŋ^{23}
姐乙：侬 爱 褪 皮 则 生 做 侬！

li^{53} iau$^{53}_{45}$ koʔ$^{21}_{53}$ siɔ̃$^{45}_{33}$ tsĩ^{53} tioʔ$^{121}_{21}$ ian$^{23}_{33}$ tau$^{23}_{33}$ kiã^{53} li^{53} koʔ$^{21}_{53}$ k‘uã^{21}
莉众：汝 犹 佫 伤 芷 着， 缘 投 囝！ 汝 佫 看！

（吟）（《七绝·篮仔梼（一）》）

ts‘iu^{33} kuan^{23} hioʔ^{121} nuĩ^{33} ki^{45} ua^{45} aŋ^{23}
姐甲：树 悬 箬 卵 枝 桠 红，

hua^{45} pɛʔ^{121} sim^{45} uĩ^{23} lui^{53} pan^{33} p‘aŋ^{45}
姐乙：花 白 芯 黄 蕊 瓣 芳。

ko^{53} aŋ^{23} zia$^{53}_{45}$ u^{33} t‘am$^{45}_{33}$ tĩ^{45} tsiau^{53}
姐丙：果 红 惹 有 贪 甜 鸟，

sit^{121} ts‘ĩ^{53} siã$^{23}_{33}$ bo^{23} u$^{33}_{21}$ sim$^{45}_{33}$ laŋ^{23}
莉众：实 芷 涎 无 有 心 侬。

u$^{33}_{21}$ sim^{45} p‘aʔ$^{21}_{53}$ tsioʔ^{121} tsioʔ^{121} e$^{33}_{21}$ uĩ^{45} u$^{45}_{33}$ sim^{45} bua$^{23}_{33}$ tsioʔ^{121}
梣：（不服气地）有 心 拍 石 石 会械，有 心 磨 石

tsioʔ^{121} tsiã$^{23}_{33}$ tsiam^{45} an$^{45}_{33}$ tsuã^{53} kɔŋ$^{53}_{45}$ tsĩ^{53} lin^{53} sia^{33} ts‘ut$^{21}_{5}$ le$^{33}_{21}$ tsi^{45}
石 成 针！ 安 怎 讲 芷？ 恁 社 出 荔枝，

gun$^{53}_{45}$ sia^{33} mã$^{33}_{21}$ ts‘ut$^{21}_{5}$ le$^{33}_{21}$ tsi^{45} gua^{53} aŋ^{23} i^{45} ts‘ɛ̃^{45} koʔ$^{21}_{53}$ kɔŋ^{53} mã^{21} si^{33}
阮 社 嘛 出 荔枝！我 红伊青， 佫 讲 嘛是

le$^{33}_{21}$ tsi^{45} sɛ̃^{45} ai^{45} ia^{21} ia^{21} lin^{53} mã^{21} k‘uã^{21}
荔枝生！哎呀呀！恁 嘛 看！

（吟）（《清平乐·红青荔枝》）

le^{33} aŋ^{23} p‘aŋ$^{45}_{33}$ kɔŋ^{21} tiau$^{21}_{53}$ ts‘iu$^{33}_{21}$ ua^{45} tsaŋ^{23} ɔŋ^{33}
荔红芳 贡，吊 树 桠 枞 旺。

ts‘iaʔ$^{21}_{53}$ k‘ak^{21} siã$^{23}_{33}$ laŋ^{23} bit$^{121}_{21}$ tsiap^{21} tiʔ^{21} pai$^{23}_{33}$ liap^{121} aŋ^{23} ĩ^{23} koʔ$^{21}_{53}$ p‘ɔŋ^{21}
赤 壳 涎 侬 蜜 汁 滴，排 粒 红圆 佫 肪。

ui$^{23}_{33}$ i^{45} le^{33} muã^{45} ts‘ɛ̃$^{45}_{33}$ tsɔŋ^{45} kaŋ$^{33}_{21}$ hui$^{45}_{33}$ tsu^{53} ts‘io$^{21}_{53}$ tĩ^{45} lɔŋ^{23}
唯伊荔 幔 青 妆， 共 妃 子 笑 甜 浓。

lik^{121} kap$^{21}_{5}$ aŋ^{23} siaŋ$^{45}_{33}$ tau$^{21}_{53}$ p‘uã^{33} ts‘ɛ̃^{45} aŋ^{23} tse$^{23}_{33}$ saŋ^{21} hun$^{45}_{33}$ hɔŋ^{45}
绿 佮 红 双 鬥 伴， 青 红 齐 送 芬 芳。

li^{53} a^{21} kɔŋ$^{53}_{45}$ tsĩ^{53} u$^{33}_{21}$ iã^{53} be$^{33}_{21}$ sik$^{21}_{5}$ tsiau^{53} hua^{45} bo$^{23}_{33}$ ts‘o$^{21}_{53}$ k‘ui^{45}
莉众：（大笑）汝啊！讲 芷有影 伓 宿 鸟！ 花 无 错 开，

ian^{23} bo$^{23}_{33}$ ts‘o$^{21}_{53}$ tui^{21} giɔk$^{121}_{21}$ a^{53} si$^{33}_{21}$ tsioʔ$^{121}_{21}$ t‘au^{23} tsioʔ$^{121}_{21}$ t‘au^{23} nɛ̃^{45}
缘 无 错 对！ 玉 仔是 石 头， 石 头 呢，

beʔ$^{21}_{53}$ t‘ai$^{53}_{45}$ t‘o$^{53}_{45}$ si$^{33}_{21}$ giɔk$^{121}_{21}$ a^{53} la^{21} ha^{53} ha^{53} ha^{53}
卜 呔 讨 是 玉 仔喇！哈 哈 哈……！

li^{53} k‘uã$^{21}_{53}$ uĩ$^{23}_{33}$ suã^{23}
汝 看 圆 山！

（四重唱）（《七绝·漳州圆山谣》）

zit^{121} k'uã^{21} ts'ε̃$^{45}_{33}$ bo^{33} mε̃^{23} k'uã^{21} tiã^{53} hɔ^{33} bu^{33} ho$^{53}_{45}$ t'ĩ^{45} hε$^{23}_{33}$ kuĩ^{45} hiã^{53}
日 看 青 帽 暝 看 鼎，雨 雾 好 天 霞 光 显。

laŋ$^{23}_{33}$ kɔŋ^{53} uĩ$^{23}_{33}$ suã^{45} tsap$^{121}_{21}$ peʔ$^{21}_{53}$ sin^{45} kɔ$^{45}_{33}$ k'uã^{21} tsit$^{121}_{21}$ bin^{33} bo$^{23}_{33}$ tsai$^{45}_{33}$ iã^{53}
依 讲 圆 山 十 八 身，孤 看 一 面 无 知 影。

[众人大笑]

[落幕]

唱段曲谱

踏莎行·古早南门溪

1=F 2/4　　混声合唱

♩=72 中速偏缓，抒情、赞颂地　　歌仔戏《白茉莉》第一场选段（一）　　高 然 作词作曲

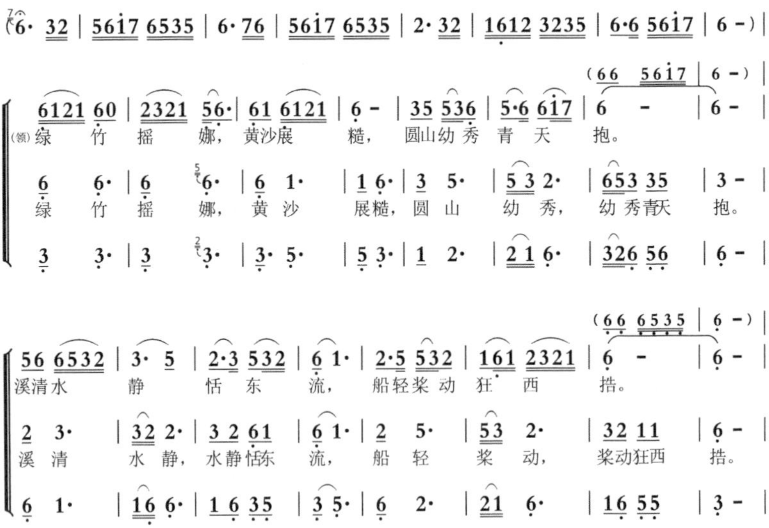

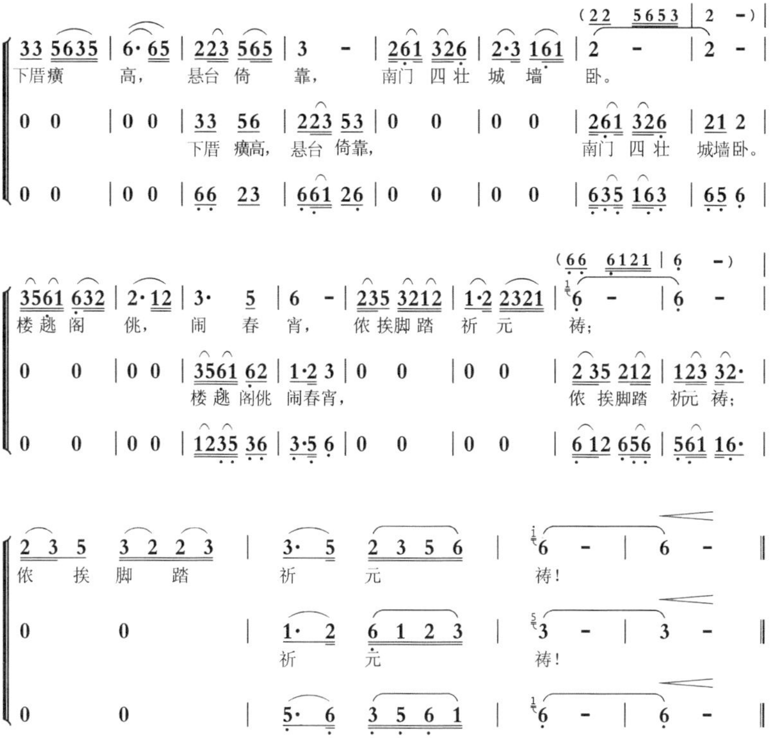

渔家傲·南门溪倚暗仔

1=F转G $\frac{4}{4}$

男声独唱

♩=76 中速偏缓，轻快、抒情地

歌仔戏《白茉莉》第一场选段（二）

高 然 作词作曲

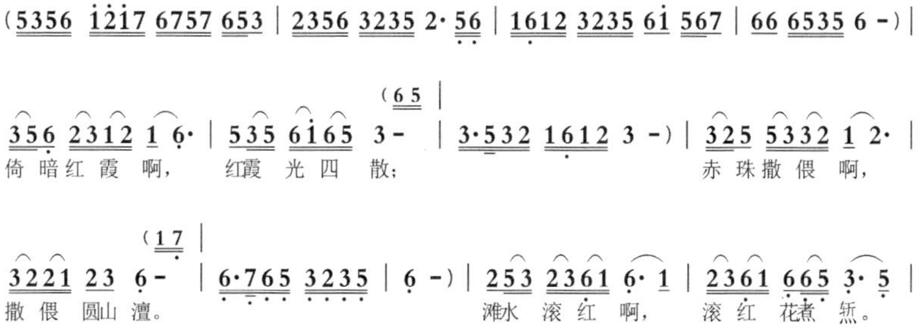

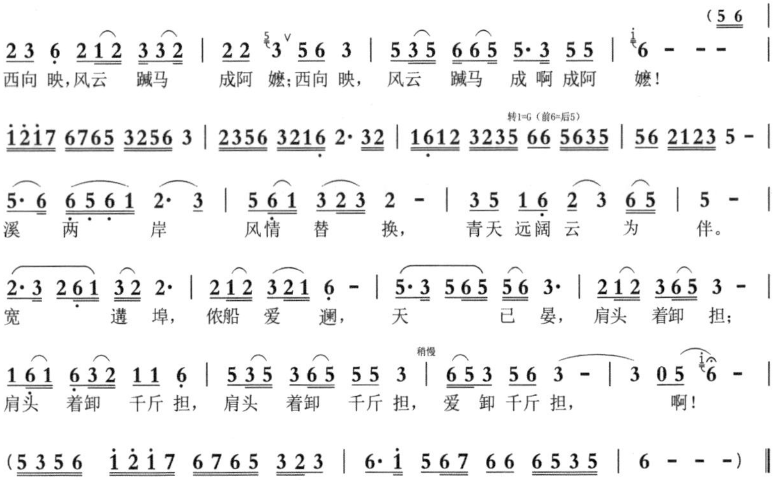

菩萨蛮·热天时卜暗仔溪堤顶

1=G $\frac{2}{4}$

女声四重唱

歌仔戏《白茉莉》第一场选段（三）

♩=112 较快，轻松、热情地

高 然 作词作曲

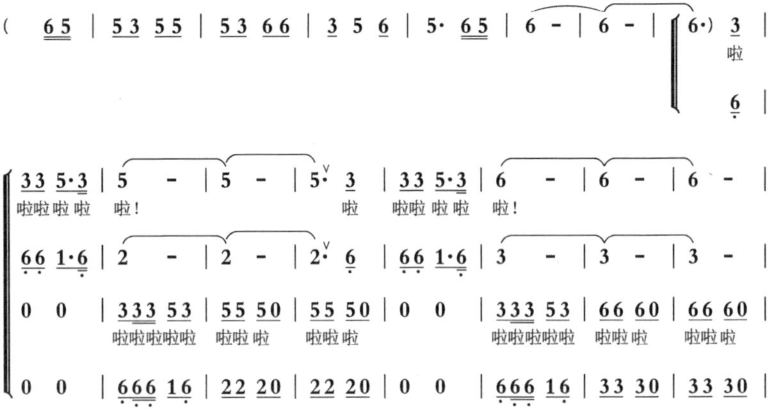

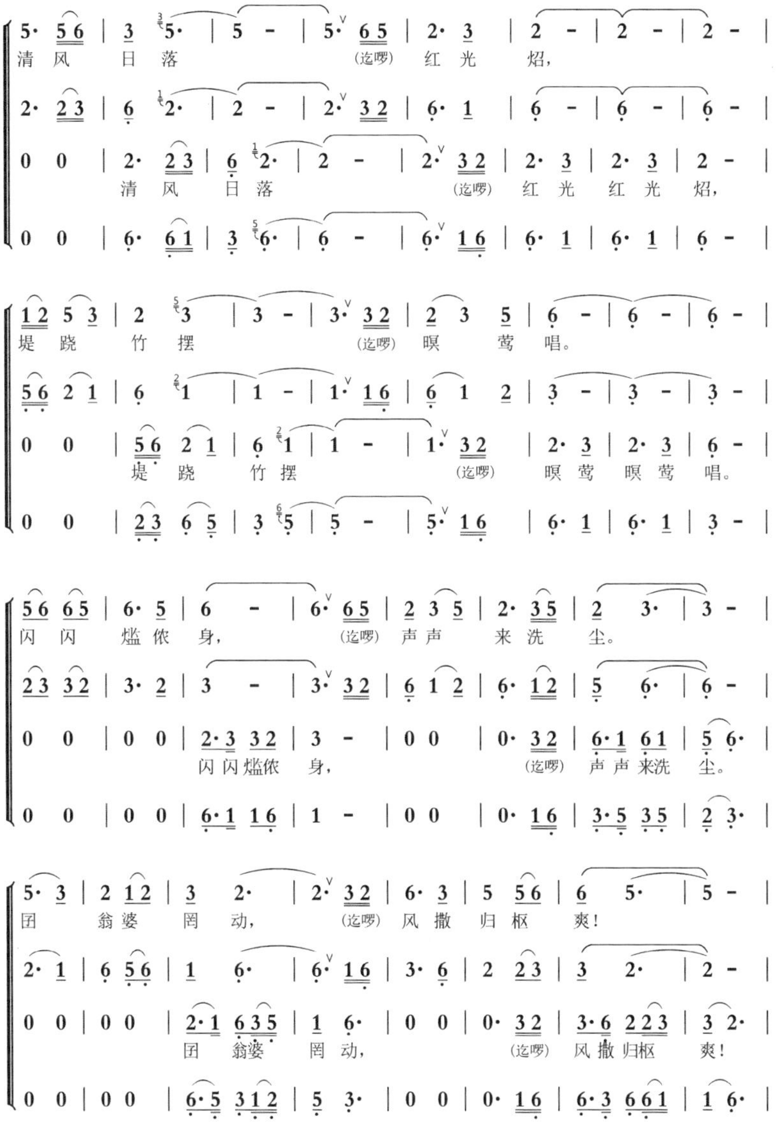
清风日落（迄啰）红光炤，
清风日落（迄啰）红光红光炤，
堤跷竹摆（迄啰）暝莺唱。
堤跷竹摆（迄啰）暝莺暝莺唱。
闪闪燃依身，（迄啰）声声来洗尘。
闪闪燃依身，（迄啰）声声来洗尘。
团翁婆罔动，（迄啰）风撒归枢爽！
团翁婆罔动，（迄啰）风撒归枢爽！

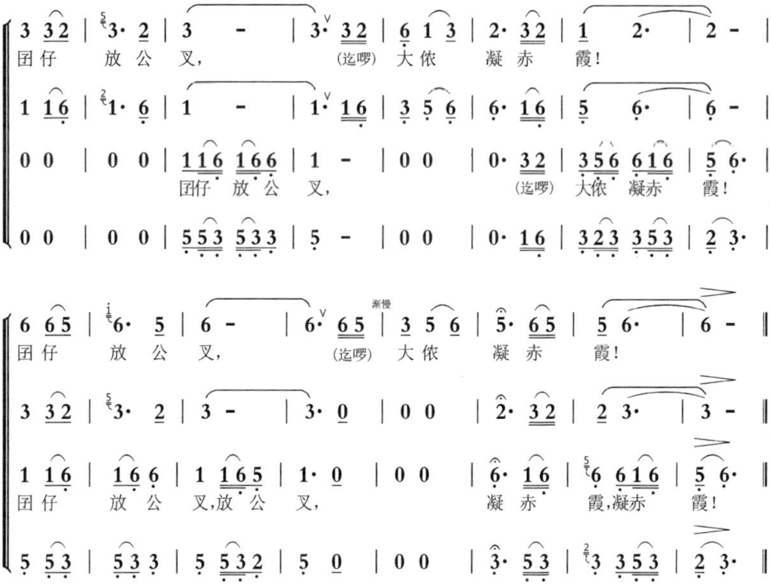

五绝・万籹花

1=F $\frac{2}{4}$

女声三重唱

♩=76 中速偏缓，抒情、赞颂地

歌仔戏《白茉莉》第一场选段（四）

高 然 作词作曲

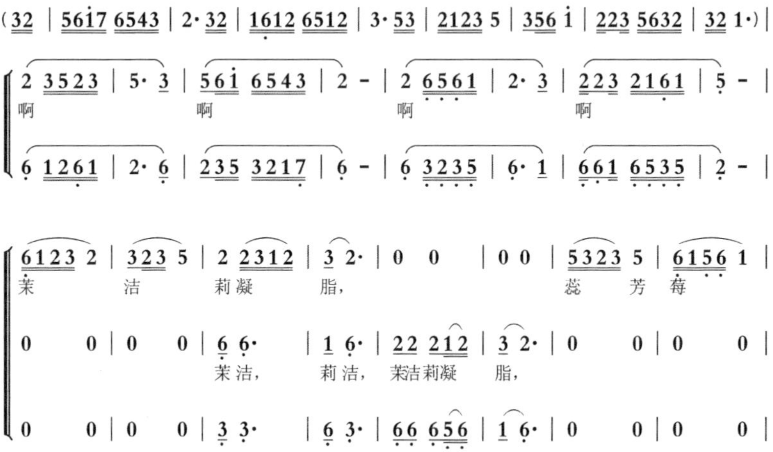

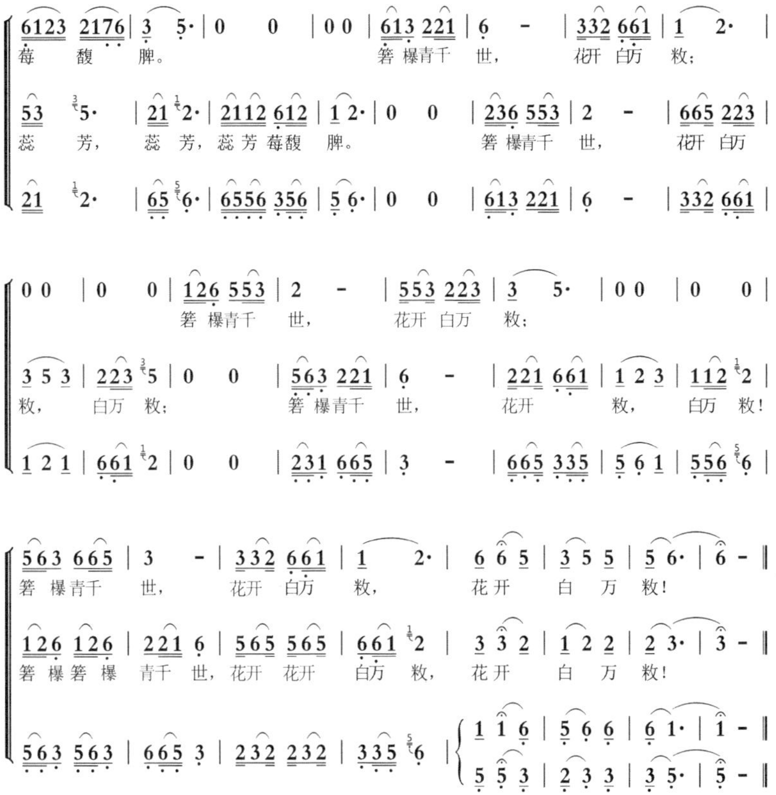

如梦令·芳茉莉

1=F $\frac{2}{4}$

男声独唱

♩=96 中速偏快，热情、赞颂地

歌仔戏《白茉莉》第一场选段（五）

高 然 作词作曲

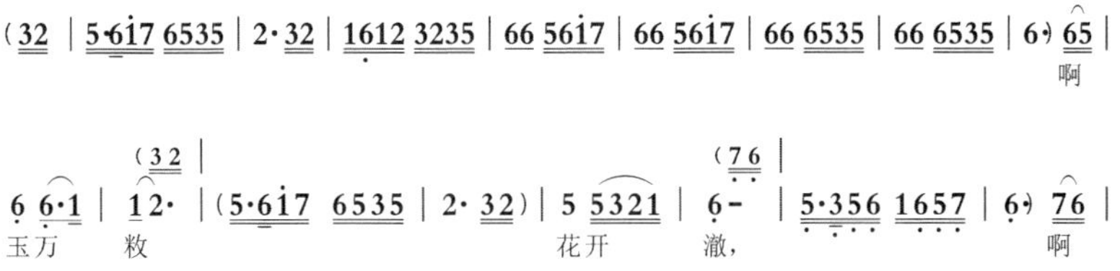

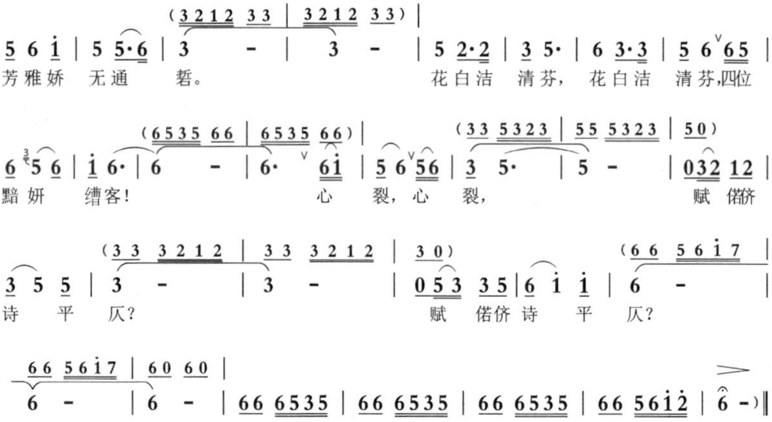

七绝·漳州圆山谣

1=G $\frac{2}{4}$

♩=82 中速，欢快，轻松地

女声四重唱

歌仔戏《白茉莉》第一场选段（六）

高 然 作词配曲

调寄《红绣鞋》

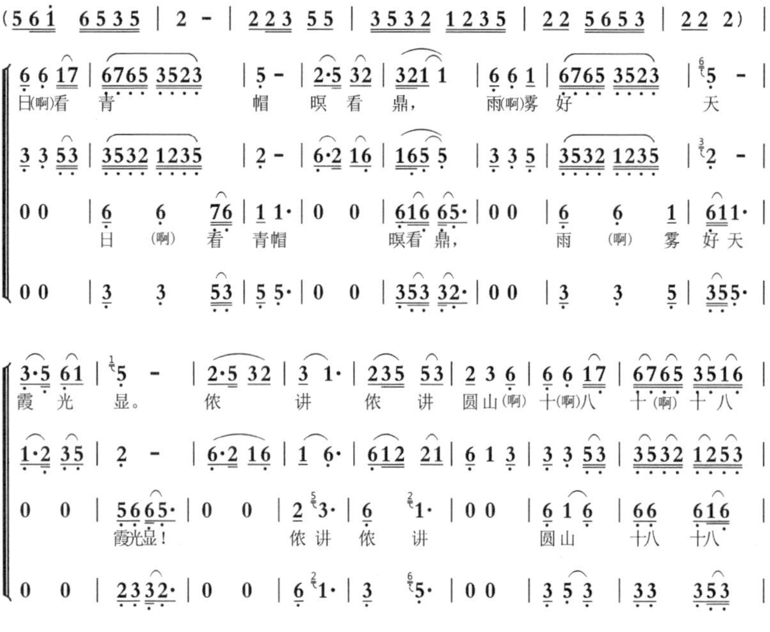

词语解释

1. 溪墘，江边，河沿；墘kĩ^{23}，边，沿。相蹭，相遇，碰上。圆山，漳州老城外西南山名。幼秀，秀气。恬tiam^{33}，安静。揢ko^{21}，划（桨）。下厝，低矮房子；下kɛ^{33}，低，矮；厝ts‘u^{21}，房，屋。獷高，（因）高大而炫耀；獷hɔŋ^{23}，显摆，出风头。悬kuan^{23}，高。四壮si$^{21}_{53}$tsaŋ^{21}，强壮，雄伟。趒tio^{23}，跳。佻tio^{33}，跃，颤。侬，人。挨，挤，拥。

2. 安怎，如何，怎样。光景，风景。一兮，一个。倚暗，傍晚。偎ui^{21}，往，向，从。澶t‘uã^{21}，繁衍，衍生。𤍠tsã^{21}，水煮。映ã^{21}，向，朝。蹠hiam^{21}，驱赶。阿嬷，奶奶。宽遘埠，慢慢到码头；遘，到。爱遡，得歇息；爱，必须；遡nuã^{21}，躺倒，瘫倒。晏uã^{21}，晚。

3. 炤ts‘iã^{33}，又读ts‘iɔ̃^{33}，照，耀。跷k‘iau^{45}，弯，曲。暝mɛ̃^{23}，晚上，夜。爁nãʔ^{21}，闪耀。囝kiã^{53}，儿子。翁婆，夫妇。罔动，随意活动。撒风，吹风。归枢爽，浑身舒畅；归，一整，全；枢，又说“浑枢”，身子。囝仔，孩子。放公衩，放纸鹞。大侬，成人。

4. 卜beʔ^{21}，要，欲。有影，确实。水sui^{53}，漂亮。恁lin^{53}，你们。沓t‘aʔ^{21}，叠，堆。悬顶，天上，上面。迄有影，那是，对。晡pɔ^{45}，午。𫌀t‘e^{45}，倚，斜靠。角，屋角。蛤蚌，蝌蚪，在此泛指蛤蟆。沃，浇，淋。

5. 铿k'ãi⁴⁵，缸（等）铿锵声。噔tãi⁴⁵，清脆响声。面熟，脸熟，声嗽，声音。抑aʔ²¹，也。𫢗be³³，不，不会。伯lan⁵³，咱，我们。遮tsia⁴⁵，这儿。底一箍笠仔，哪里，何处。目睭bak$_{21}^{121}$tsiu⁴⁵，眼睛。犹佫，还，仍然。睑kim⁴⁵，(眼）明。耳仔，耳朵。不止仔，很，非常。利，(耳）聪。阮gun⁵³，我们（的）。咯loʔ¹²¹，就。社，村子。煞，却，倒。现，马上，立刻。约，猜，估测。着tioʔ¹²¹，对，正确。

6. 蜇tɛʔ²¹，压，轧。芳p'aŋ⁴⁵，香。踅seʔ¹²¹，旋，转。涎siã²³，吸引，诱。挨揳，拥挤。烧天月，六月七月。箧k'eʔ²¹，盒子。瞌k'eʔ²¹，闭眼。明其知，明知道。褒啰挲，说好听话。腹内，肚子里。畅侬呵，高兴人家夸奖；畅，舒服；呵，夸，表扬，又说“呵咾”。甜吻吻，甜蜜的感觉。枞tsaŋ²³，植株，树。

7. 细，小时候。伊，他（她）。冬，年，季，造。箬hioʔ¹²¹，叶子。看活，快活。查囝，女孩儿。伊侬，他/她。呷像，好像，似。嘛，也。怺bat¹²¹，认识，知道。汝，你。敢伓是，难道不是。哪仔，什么。皮幼，细皮嫩肉。侬水，人漂亮。万枚，茉莉花。𫩢gau²³，能干。海墘，海边。抾k'ioʔ²¹，拾捡。鲎hau³³，海洋节肢动物。半暝，半夜。

8. 饕tsiã⁵³，(味）淡。賰ts'in³³，争，比。底ta⁵³，哪儿，如何。檏puʔ²¹，冒（芽），长（叶）。

9. 开澈，(花）全开了；澈，光，净。无通蜇，没得压（大鬼），喻最好。四位，四处。𫢒tsiau²³，全，都。偌侪，多少，几多。

10. 喏喇，对，正确。呷kaʔ²¹，向，跟。咋tsɛ²¹，是“一下”的合音形式。底一角势，哪一处，哪儿。呷亲像，像，似。塍头，田头；塍ts'an²³，水田。篮仔栫，番石榴。兮，的。佮kap²¹，和，与。釉tiu³³，水稻。塍岸，田埂。共，共用，相同。𫢗上桌，摆不上桌。

11. 篷，(船）帆。莓m²³，花苞。拆，张开。燋ta⁴⁵，干，燥。澹tam²³，潮湿。雾，朦胧。无通，不能，没得。卜佫，还欲。茈tsĩ⁵³，幼嫩。缘投囝，帅哥。械ui⁴⁵，损，耗。排粒，每颗。肨p'ɔŋ²¹，鼓胀。幔muã⁴⁵，披（衣）。鬥伴，做伴。宿鸟，老鸟。呔讨，哪儿，怎能。十八身，十八个样子。知影，知道。

扫码听录音

第二场　莲潭赏月

时间 初夏某月夜

地点 某莲塘一隅

场景 明月高悬天上，莲塘荷花开，花与叶飘香，远处有塘堤

[幕后，阿梓、茉莉二人划小船夜游赏月]

梓莉：(二重唱)(《菩萨蛮·月暝船踅莲潭》)

tsun^{23} k‘iŋ^{45} tsui^{53} tsiŋ^{33} lian$^{23}_{33}$ t‘am^{23} ko^{21}　mɛ̃^{23} ts‘im^{45} gueʔ^{121} k‘i^{53} ho^{23}

船 轻 水 静 莲 潭 捁，暝 深 月 起 荷

p‘aŋ^{45} ho^{33}

芳 和。

p‘u^{53} p‘ĩ^{33} hioʔ^{121} hua^{45} tĩ^{45} kuĩ^{45} siɔ̃^{21} kuan$^{23}_{33}$ gueʔ^{121} ts‘ĩ^{45}

噌 鼻 箬 花 甜，光 相 悬 月 鲜。

laŋ^{23} be^{23} t‘e^{45} p‘ak$^{121}_{21}$ gueʔ^{121}　tsun^{23} tiam^{33} ts‘uĩ$^{45}_{33}$ lian$^{23}_{33}$ ueʔ^{121}

侬 迷 躔 曝 月，船 恬 穿 莲 豁。

ŋɔ̃^{53} ts‘iŋ^{33} kap^{21} hi^{23} tio^{23}　tut^{121} kiŋ^{45} tsun$^{23}_{33}$ bue^{53} io^{23}

偶 蹭 蛤 鱼 趒，突 惊 船 尾 摇。

[二人赏月赞荷]

(合吟)(《浣溪沙·荷花》)

t‘aŋ$^{21}_{53}$ t‘ĩ^{45} lian$^{23}_{33}$ t‘am^{23} huĩ^{33} k‘uaʔ^{21} hai^{45}　ho^{23} aŋ$^{23}_{33}$ sai^{45} sɛ̃$^{45}_{33}$ m^{23} kiat$^{21}_{5}$

梓：迵 天 莲 潭 远 阔 奒，荷 红 腮 生 莓 结

t‘ai^{45}　hioʔ^{121} ts‘ɛ̃$^{45}_{33}$ lai^{45} hioʔ$^{21}_{53}$ kap^{21} t‘iŋ$^{23}_{33}$ kuai^{45}

胎，箬 青 睐 歇 蛤 停 蜗。

hua^{45} t‘iãʔ^{21} lian^{23} k‘ui^{45} lian^{23} zia$^{53}_{45}$ ai^{21}　hɔŋ^{45} so^{45} p‘aŋ^{45} kau^{21} ke$^{53}_{45}$ ts‘iu^{23} bai^{23}

莉：花 拆 莲 开 怜 惹 爱，风 挲 芳 遘 解 愁 眉，

hɔŋ^{45} tiã^{33} iu$^{45}_{33}$ k'i^{21} iã$^{23}_{33}$ laŋ$^{23}_{33}$ huai^{23}

桲莉：风 定 幽 气 萦 侬 怀。

[吟毕，二人划船至堤岸边，停船靠岸，坐下赏月]

tsun^{23} kau$^{21}_{53}$ t'uã$^{45}_{33}$ t'au^{23} tsui$^{53}_{45}$ lɔ^{33} k'ui^{45} gueʔ^{121} siŋ^{45} puã$^{21}_{53}$ mɛ̃^{23} tsu$^{33}_{21}$

桲：（念）船 遘 滩 头 水 路 开， 月 升 半 暝 自

zian^{23} kuĩ^{45}

然 光！

puat^{121} li^{53} k'uã$^{21}_{53}$ hit$^{21}_{5}$ gueʔ^{121}

莉： 桲， 汝 看 迄 月！

（吟）（《渔家傲·月暝（一）》）

gueʔ^{121} ts'ut^{21} mɛ̃$^{23}_{33}$ t'au^{23} kuĩ^{45} p'u$^{53}_{45}$ bu^{33} tsiam$^{33}_{21}$ mɛ̃^{23} am^{21} kaʔ$^{21}_{53}$ hɔŋ$^{23}_{33}$

月 出 暝 头 光 瞨 雾， 渐 暝 暗 呷 癀

bi^{33} bu^{53} ts'iŋ$^{45}_{33}$ k'i^{21} ts'io^{33} 'ɔ$^{23}_{33}$ k'a^{45} kut$^{121}_{21}$ ts'u^{33} kuĩ^{45} tsuã$^{33}_{21}$ ts'u^{33} gi^{23}

媚 妩， 清 气 炤 涂 骹 滑 跙； 光 溅 沮， 疑

nɛ̃^{45} pɛʔ^{121} ak$^{21}_{5}$ lam^{23} liŋ^{45} zu^{53}

䍲 白 沃 淋 臁 乳。

kui$^{45}_{33}$ si$^{21}_{53}$ keʔ^{21} an$^{45}_{33}$ laŋ^{23} tsiŋ$^{33}_{21}$ ts'u^{21} t'ĩ^{45} k'ui$^{45}_{33}$ k'uaʔ^{21} ban$^{33}_{21}$ hun^{23} k'iŋ$^{45}_{33}$

归 四 廓 安 侬 静 厝， 天 开 阔 漫 云 轻

bu^{53} sim^{45} tit$^{21}_{5}$ tiã^{33} sui$^{23}_{33}$ kuĩ^{45} tue$^{21}_{53}$ tsu^{21} mɛ̃^{23} kau$^{21}_{53}$ ts'u^{53} ts'iu$^{23}_{33}$ lam^{23}

舞， 心 得 定 随 光 趡 注； 暝 遘 此， 愁 男

uan$^{21}_{53}$ lu^{53} tiam$^{23}_{33}$ bin$^{23}_{33}$ ku^{53}

怨 女 沉 眠 久。

gua^{53} mã^{21} u$^{33}_{21}$ hi$^{23}_{33}$ kɛ^{45} go^{33} mã^{21} kaŋ^{33} gim^{23}

桲：（沉思片刻，开玩笑地）我 嘛 有 “渔 家 傲”，嘛 共 吟

gueʔ$^{121}_{21}$ mɛ̃^{23} li^{53} t'iã^{45}

“月 暝”。汝 听！

（吟）（《渔家傲·月暝（二）》）

gueʔ^{121} ts‘ut^{21} mε̃$^{23}_{33}$ t‘au^{23} kuĩ^{45} tsuã$^{33}_{21}$ zu^{53} tsiam$^{33}_{21}$ mε̃^{23} tu$^{53}_{45}$ am^{21} hun^{23} pue$^{45}_{33}$
月出暝头光溅乳，渐暝抵暗云飞

bu^{53} ɔ$^{45}_{33}$ pεʔ^{121} tsio$^{21}_{53}$ t‘ɔ$^{23}_{33}$ k‘a^{45} nĩ$^{53}_{45}$ p‘u^{53} kuĩ^{45} t‘e$^{21}_{53}$ bu^{33} ts‘iu$^{23}_{33}$ lam^{23} uan$^{21}_{53}$
舞，乌白照涂骹染殕；光替雾，愁男怨

lu^{53} uan$^{45}_{33}$ sio$^{45}_{33}$ hu^{33}
女冤相负。

kui$^{45}_{33}$ si$^{21}_{53}$ keʔ^{21} i$^{23}_{33}$ laŋ^{23} sua$^{53}_{45}$ ts‘u^{21} hun^{23} te^{45} ap^{21} ts‘i$^{21}_{53}$ t‘au^{23} k‘ia$^{23}_{33}$ tsu^{21}
归四廓移侬徙厝，云低压伺头骑驻，

sim^{45} ts‘au$^{21}_{53}$ taŋ^{33} ts‘iu^{23} iu^{45} tue$^{21}_{53}$ p‘u^{33} bo$^{23}_{33}$ si$^{53}_{45}$ tsu^{53} ts‘iŋ$^{45}_{33}$ laŋ^{23} be$^{33}_{21}$ k‘un^{21}
心凑动愁忧趡浡；无死主，千侬膾睏

bin$^{23}_{33}$ ts‘ŋ^{23} lu^{21}
眠床摅。

ha^{53} ha^{53} ha^{53} li^{53} bɔŋ$^{33}_{21}$ a^{53} pɔ^{45} m$^{33}_{21}$ kɔŋ^{53} kɔŋ$^{53}_{45}$ t‘iɔŋ$^{21}_{53}$ a^{53}
莉：（忍不住大笑）哈哈哈……汝墓仔埔伓讲讲塚仔

pɔ^{45} laŋ^{33} hiaʔ$^{21}_{53}$ tsiŋ^{33} e$^{23}_{33}$ gueʔ$^{121}_{21}$ mε̃^{23} suaʔ$^{21}_{53}$ hɔ$^{33}_{21}$ li^{53} kɔŋ$^{53}_{45}$ kau$^{21}_{53}$ aʔ^{21} beʔ$^{21}_{53}$
埔！侬赫静兮月暝，煞互汝讲遘抑卜

het$^{21}_{5}$ lo$^{23}_{33}$ si$^{21}_{53}$ m$^{33}_{21}$ koʔ$^{21}_{53}$ mã^{21} u$^{33}_{21}$ iã^{53} laŋ^{23} ts‘au$^{21}_{53}$ taŋ^{33} gueʔ^{121} k‘aʔ$^{21}_{53}$ tsiŋ^{33}
迄啰死！伓佫嘛有影，侬凑动，月恰静

mã^{21} bai$^{53}_{45}$ ka^{33} tsue^{33} ha^{53} ha^{53} ha^{53}
嘛痞皎⿰日罷！哈哈哈……！

[二人笑毕复正经态。闻夜花香，赏微风拂]

ai^{45} ia^{21} zit$^{121}_{21}$ hua^{45} tɔ$^{53}_{45}$ sui^{53} mε̃$^{23}_{33}$ hua^{45} tau$^{21}_{53}$ p‘aŋ^{45} ho$^{53}_{45}$ hɔŋ^{45} koʔ$^{21}_{53}$
莉：哎呀！日花赌水，暝花鬥芳！好风，佫

ho$^{53}_{45}$ hua^{45}
好花！

莉梣：（二重唱）（《七绝·微风佮开花》）

bi$^{23}_{33}$ hɔŋ^{45} bi$^{23}_{33}$ bi^{23} seʔ$^{121}_{21}$ nuĩ$^{21}_{53}$ hua^{45} hua$^{45}_{33}$ m^{23} sɔŋ$^{53}_{45}$ sɔŋ^{53} k'ui$^{45}_{33}$ ki$^{23}_{33}$ p'a^{45}
微风微微踅遨花，花莓爽爽开奇葩。

hua^{45} sui^{23} hɔŋ$^{45}_{33}$ un^{33} hun$^{45}_{33}$ ts'ian$^{45}_{33}$ ts'u^{21} hɔŋ^{45} tua$^{21}_{53}$ hua^{45} p'aŋ^{45} zip$^{121}_{21}$
花随风韵薰千厝，风带花芳入

ban$^{33}_{21}$ ka^{45}
万家。

[二人相视对笑]

（合吟）（《虞美人·暝花》）

kuĩ$^{45}_{33}$ kuĩ^{45} gueʔ$^{121}_{21}$ k'i^{53} hua^{45} k'ui^{45} ts'io^{21} am$^{21}_{53}$ am^{21} mɛ̃$^{23}_{33}$ kuĩ^{45} tsio^{21}
梣：光光月起花开笑，暗暗暝光照。

hioʔ^{121} ua^{45} hɔŋ^{45} suaʔ^{21} bu^{53} p'ian$^{45}_{33}$ p'ian^{45} hua^{45} tsiam$^{33}_{21}$ tsiam^{33} p'aŋ^{45}
箬桠风撒舞翩翩，花渐渐芳，

hɔŋ^{45} k'uã$^{53}_{45}$ k'uã^{53} hu$^{45}_{33}$ lian^{23}
风款款敷怜。

im$^{45}_{33}$ im^{45} gueʔ^{121} loʔ^{121} hua^{45} bin$^{23}_{33}$ tsiŋ^{33} hiaŋ$^{53}_{45}$ hiaŋ^{53} lui^{23} tan^{23} hiŋ^{33}
莉：阴阴月落花眠静，响响雷瞋横。

m^{23} ki^{45} hɔ^{33} p'aʔ^{21} tsun$^{21}_{53}$ tio$^{23}_{33}$ tio^{23} hua^{45} suã$^{21}_{53}$ suã$^{21}_{53}$ p'iau^{45} hɔŋ^{45} mɛ̃$^{53}_{45}$ mɛ̃^{53}
莓枝雨拍颤趒趒，花散散飘，风猛猛

ts'ui$^{45}_{33}$ io^{23}
摧摇。

ha^{53} ha^{53} ha^{53} ho$^{53}_{45}$ ho^{53} tsit$^{121}_{21}$ ku$^{21}_{53}$ ua^{33} hɔ$^{33}_{21}$ li^{53} kɔŋ$^{53}_{45}$ liau^{53} pĩ$^{21}_{53}$
梣：（忍不住）哈哈哈……！好好一句话，互汝讲了变

hi$^{45}_{33}$ hua^{33} laŋ^{33} ho$^{53}_{45}$ ho^{53} gueʔ$^{121}_{21}$ mɛ̃^{23} sui$^{53}_{45}$ sui^{53} hua$^{45}_{33}$ lui^{53} koʔ$^{21}_{53}$ suaʔ$^{21}_{53}$
嘻哗！侬好好月暝，水水花蕊，佫煞

hɔ$^{33}_{21}$ li^{53} kɔŋ$^{53}_{45}$ kau$^{21}_{53}$ lui$^{23}_{33}$ kɔŋ^{45} sĩʔ$^{21}_{53}$ nãʔ^{21} ki^{45} tsiʔ^{121} hua^{45} tɔk^{21} ha^{53} ha^{53}
互汝讲遘雷公闪爁，枝折花碧！哈哈

ha^{53}
哈……!

ai^{21} gueʔ^{121} tsiŋ^{33} kã$^{45}_{33}$ siɔ̃^{33} gueʔ^{121} tsiŋ^{33} hua^{45} ho^{53} kɔ$^{45}_{33}$ kɔŋ^{53} hua^{45} ho^{53}
莉：唉！月静兼想月静，花好孤讲花好！

bueʔ$^{21}_{53}$ ta$^{53}_{45}$ loʔ^{121} u$^{33}_{21}$ hiaʔ$^{21}_{53}$ tse^{33} ho^{53} nɛ̃^{45}
卜落底有赫侪好呢？

（吟）（《菩萨蛮·花佮侬》）

hua^{45} aŋ^{23} hioʔ^{121} ts‘ɛ̃^{45} tiŋ$^{23}_{33}$ tiŋ^{23} ts‘ui^{21} laŋ^{23} bi^{45} bak^{121} k‘iau^{21} bai$^{23}_{33}$ bai^{23} tsui^{21}
花红箬青重重翠，侬眯目翘眉眉醉。

hua^{45} hioʔ^{121} tui$^{21}_{53}$ si^{45} su^{23} laŋ^{23} bai^{23} sun$^{33}_{21}$ bak^{121} tu^{23}
花箬对诗词，侬眉顺目躇。

hua^{45} k‘ui^{45} bo$^{23}_{33}$ ku$^{53}_{45}$ tian^{53} laŋ^{23} siɔ̃^{33} u$^{33}_{21}$ si^{23} kian^{21}
花开无久展，侬想有时见。

tu$^{53}_{45}$ kui^{21} tsun$^{53}_{45}$ hua^{45} k‘ui^{45} si^{23} lai^{23} tiã$^{33}_{21}$ laŋ^{23} hui^{45}
抵季准花开，时来定侬非。

ai^{21} tsa$^{45}_{33}$ bɔ$^{53}_{45}$ sim^{45} hai$^{53}_{45}$ te^{53} bo$^{23}_{33}$ i^{45} ts‘im^{45}
梼：（觉莉诗情绪有所指，对台下）唉，查某心，海底无伊深！

（吟）（《五绝·查某侬》）

zit^{121} kau^{21} bak^{121} bui$^{45}_{33}$ tsui^{21} mɛ̃^{23} lai^{23} sim^{45} tɔk$^{21}_{5}$ lui^{33}
日遘目微醉，暝来心砉泪。

hua^{45} k‘ui^{45} zit^{121} uã$^{33}_{21}$ sin^{45} bo$^{23}_{33}$ tat^{121} i$^{45}_{33}$ laŋ^{23} ts‘ui^{21}
花开日换新，无值伊侬脆。

bo$^{23}_{33}$ nã^{53} a^{53} bo$^{23}_{33}$ nã^{53} a^{53} li^{53} tsan$^{23}_{33}$ tu$^{53}_{45}$ a^{53} pi$^{53}_{45}$ hɔŋ^{45} gua^{53}
莉：（不以为然）无哪仔，无哪仔！汝前抵仔比风，我

tsit^{215} tsun^{33} a^{53} pi$^{53}_{45}$ hɔ^{33} aʔ^{21} niã^{23}
即阵仔比雨抑尔！

ai^{21} m$^{33}_{21}$nã^{33}hɔŋ^{45} hɔ^{33}mã^{21}iau$^{21}_{53}$kin^{53}tioʔ$^{121}_{21}$
唉，伓偌风，雨嘛要紧着！

（合吟）(《五绝·雨微仔佮花》)

hɔ^{23}sap^{21}mĩ$^{23}_{33}$mĩ$^{23}_{33}$k'iŋ^{23} hua^{45}bin^{23}tiam$^{33}_{21}$tiam^{33}siŋ^{23}
莉：雨霎绵绵琼，花眠恬恬承。

k'i$^{21}_{53}$t'an^{21}hɔ^{33}tam$^{23}_{33}$hioʔ^{21} ham$^{23}_{33}$gim^{23}hua$^{45}_{33}$gi^{53}k'iŋ^{45}
梓：弃叹雨谈歇，含吟花语轻。

[二人相拥，边舞边唱]

莉：（二重唱）(《蝶恋花·蝶恋花》)

bue$^{53}_{45}$iaʔ^{121}k'iŋ$^{45}_{33}$suan^{23}pue$^{45}_{33}$ban$^{33}_{21}$bu^{53} iat$^{121}_{21}$sik^{121}kiu$^{45}_{33}$k'a^{45} hue$^{23}_{33}$seʔ^{121} hɔŋ$^{23}_{33}$kiau$^{45}_{33}$bu^{53}
尾蝶轻旋飞漫舞，拽翼勼骹，迴踅癀娇妩。

kin$^{33}_{21}$ua^{53}tsim$^{45}_{33}$hua^{45}hua^{45}ts'uan$^{53}_{45}$p'u^{33} hua^{45}ts'iu^{45}iaʔ^{121}hɔŋ^{21}sio$^{45}_{33}$tĩ$^{23}_{33}$ku^{53}
近倚唚花花喘哱，花羞蝶放相缠久。

iaʔ^{121}k'i^{21}kam$^{45}_{33}$li^{23}hua^{45}sit$^{21}_{5}$tsu^{53} au$^{53}_{45}$lui^{53}hian$^{21}_{53}$sim^{45} nĩ$^{45}_{33}$nɛ̃^{45}si$^{45}_{33}$an$^{45}_{33}$hu^{53}
蝶弃甘离花失主，拗蕊献芯，昵羟需安抚。

iaʔ^{121}bu^{53}hua^{45}ŋiã^{23}hua$^{45}_{33}$iaʔ^{121}ts'u^{21} hua^{45}luan^{23}iaʔ^{121}ai^{21}t'ĩ$^{45}_{33}$kɔŋ^{45}su^{21}
蝶舞花迎花蝶趣，花恋蝶爱天公赐。

[二人相拥造型，幕后女声合唱]

众：（合唱）《西江月·滄暝露》)

zuaʔ^{121}am^{21}ho$^{23}_{33}$k'e^{45}sĩʔ$^{21}_{53}$nãʔ^{21} ts'ɛ̃^{45}kuĩ^{45}nĩʔ$^{21}_{53}$bak^{121}tsio$^{45}_{33}$hɔ^{45}
热暗河溪闪爁，星光睨目招呼。

kap$_{5}^{21}$ i^{45} siaŋ$_{33}^{45}$ tse^{33} ti$_{21}^{33}$ kuan$_{33}^{23}$ pɔ^{45}　bo$_{33}^{23}$ kɔŋ$_{45}^{53}$ ua^{33} mɛ̃^{23} ho$_{45}^{53}$ tɔ^{33}
佮伊双 坐伫悬 埔，无 讲 话 暝 好 度。

kuan$_{33}^{45}$ tsui$_{45}^{53}$ tɔk^{21} pue$_{33}^{45}$ iã$_{33}^{23}$ hue^{53}　t'iã$_{33}^{45}$ kap$_{5}^{21}$ kuai^{45} kio$_{53}^{21}$ siã^{45} ts'ɔ^{45}
观 水 蠹 飞 萤 火，听 蛤 蜅 叫 声 粗。

p'ĩ$_{21}^{33}$ hua^{45} p'aŋ^{45} ts'au$_{45}^{53}$ un^{33} sin^{45} sɔ^{45}　tsai$_{33}^{45}$ ia$_{21}^{33}$ k'i^{21} tam$_{33}^{23}$ mɛ̃$_{33}^{23}$ lɔ^{33}
鼻 花 芳 草 韵 身 酥，知 夜 气 澹 暝 露。

［**落幕**］

唱段曲谱

菩萨蛮·月暝船踅莲潭

1=F转G $\frac{6}{8}$

♩=46 缓慢、抒情地

男女声二重唱

歌仔戏《白茉莉》第二场选段（七）

高 然 作词作曲

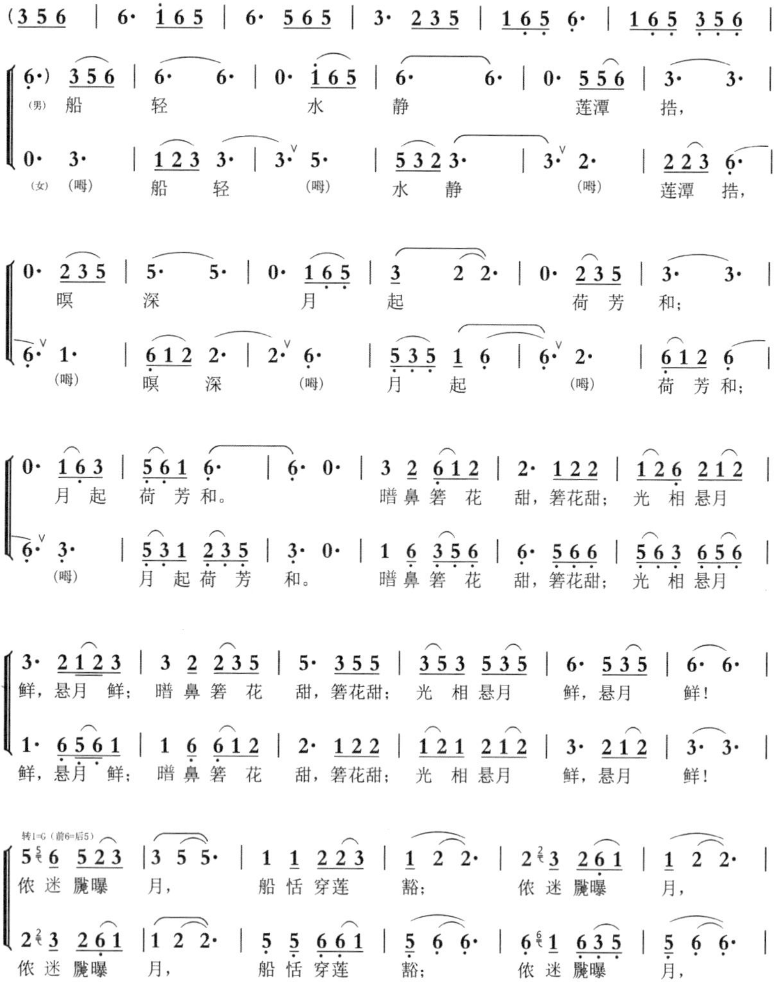

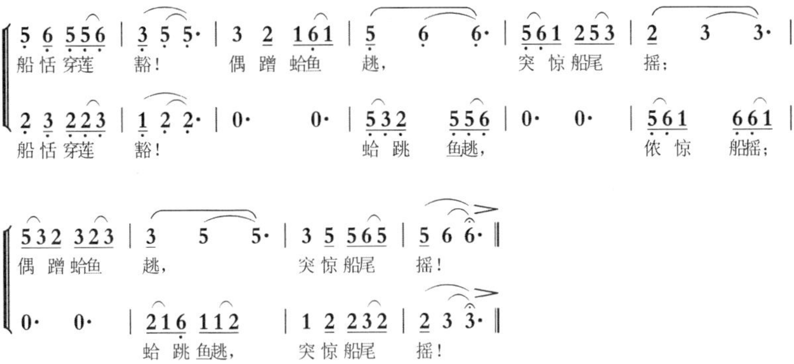

七绝·微风佮开花

1=F $\frac{4}{4}$

男女声二重唱

♩=80 中速，抒情地

歌仔戏《白茉莉》第二场选段（八）

高 然 作词作曲

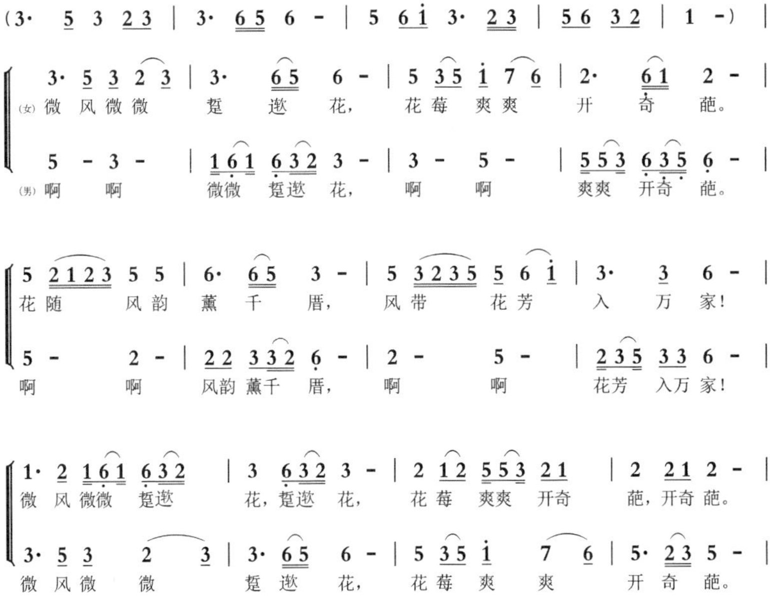

蝶恋花·蝶恋花

1＝F转D $\frac{4}{4}$

♩＝80 中速，抒情地

男女声二重唱

歌仔戏《白茉莉》第二场选段（九）

高 然 作词作曲

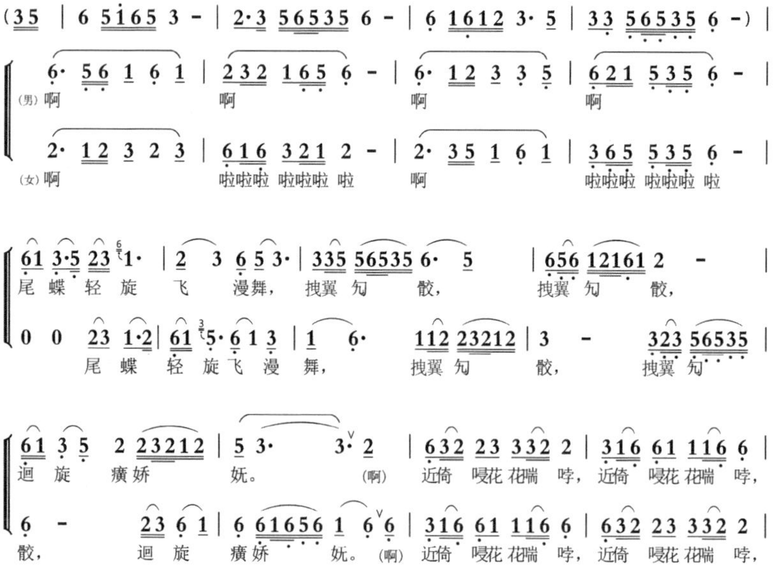

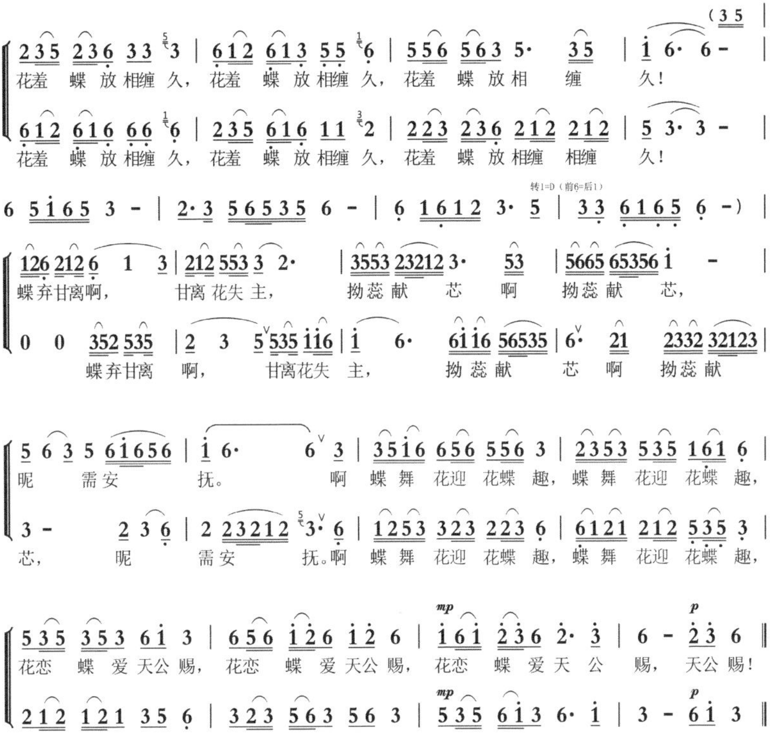

西江月·澹暝露

1=G $\frac{2}{4}$

♩=70 中速偏缓，深情地

女声合唱

歌仔戏《白茉莉》第二场选段（十）

高 然 作词作曲

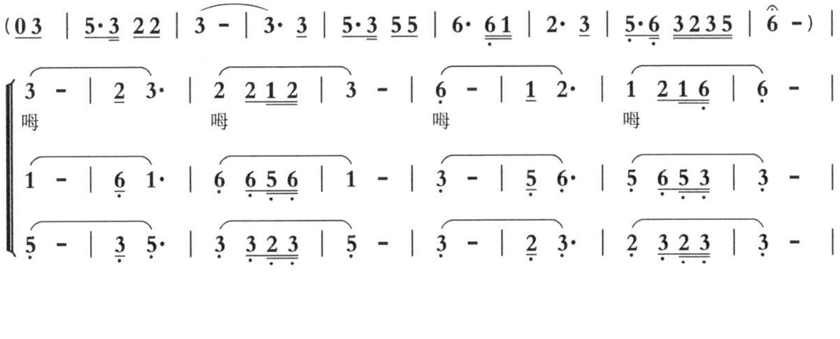

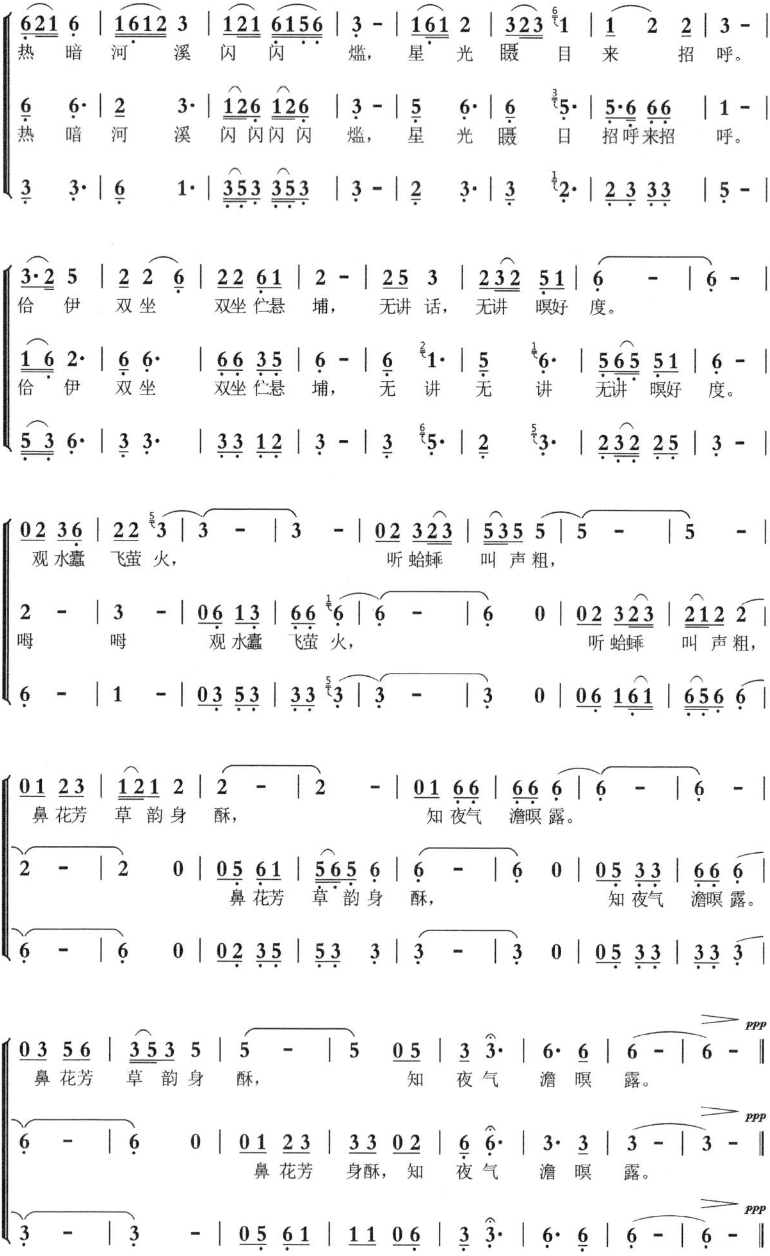
热 暗 河 溪 闪 闪 燃，星 光 暖 目 来 招 呼。
热 暗 河 溪 闪闪闪闪 燃，星 光 暖 日 招呼来招 呼。
佮 伊 双坐 双坐伫悬 埔，无讲 话，无讲 暝好 度。
佮 伊 双坐 双坐伫悬 埔，无 讲 无 讲 无讲 暝好 度。
观水蠹 飞萤 火，听蛤蜅 叫 声粗，
呣 呣 观水蠹 飞萤 火，听蛤蜅 叫 声 粗，
鼻花芳 草 韵身 酥，知夜气 澹暝 露。
鼻花芳 草 韵身 酥，知夜气 澹暝 露。
鼻花芳 草 韵身 酥，知 夜气 澹 暝 露。
鼻 花芳 身酥，知 夜 气 澹 暝 露。

词语解释

1. 捁，划船。瞨p'u^{53}，朦胧，视线模糊。鼻，嗅，闻。光，亮。相，注视。髭，倚，靠。曝，晒，照。恬，静，悄。蹭，遇，碰。趒，跳，跃。

2. 迵t'aŋ^{21}，通，往。奒hai^{45}，巨，大。青睐，绿而发亮/反光状。蝌kuai^{45}，青蛙。花拆，开花，张开。定，停，止。迄，那。

3. 暝头，上半夜。雾，模糊不清。暝暗，夜晚。呷kaʔ^{21}，才，方。癀，展示。清气，干净。炤ts'io^{33}，照，射。涂骹，地上；涂，土，泥；骹k'a^{45}，脚。跙ts'u^{33}，滑。沮ts'u^{33}，喷水，洒。羍nɛ̃^{45}，奶，乳汁。朎liŋ^{45}，奶汁。归四廓，到处，四处。得定，能静下来。趉tue^{21}，跟，从。

4. 嘛，也。共，一样儿。抵，碰，遇。殕p'u^{53}，霉，霉菌。冤，吵架，闹矛盾。伺头，低头，弯腰。凑动，乱动。浡p'u^{33}，(粥/汤等）溢出。死主，死心。䯲睏，睡不着。眠床，睡床。摅lu^{21}，摩擦，翻来复去状。

5. 埔，相对的高地。塚（冢）仔埔，坟堆。赫hiaʔ^{21}，那么，如此。煞，却，倒。互，让，被。抑卜迄啰死，极像那个样子。伓佫m$^{33}_{21}$ko^{21}，不过。痞眩矐，睡不着，不好睡。

6. 赌，倚仗，恃。鬥tau^{21}，凑，争。踅，旋，转。遨nuĩ^{21}，钻，穿，越。

7. 光光，亮状。月起，月亮升。雷瑱，打雷，雷响；瑱tan^{23}，响。莓，花苞、颤趒趒，跳跃不止。

8. 闪爁，闪电。砻tɔk^{21}，掉，落。兼kã^{45}，仅，只。孤，仅，只。底落，哪里。侪tse^{33}，多，盈。赫，那么。

9. 眯目，眯眼。顺目躇，顺着眼睛显犹豫神情。抵季，逢上季节。准，一准儿。定，经常，时常，又说“定定”。

10. 查某，女人，女性。无值，不如，不似。无哪仔，没啥。前抵仔，刚才，先前。即阵仔，这回儿。抑尔，而已，罢了。伓俩，不仅，不光。嘛，也。

11. 雨霎，小雨。琼，积累，蓄。承，接受。

12. 尾蝶，蝴蝶。拽翼，扑打翅膀。勼骹，缩（起）腿脚；勼，回缩。迴踅，飞转，旋。唚tsim^{45}，吻，亲。喘哮，气喘状。昵羍ni$^{45}_{33}$nɛ̃^{45}，扭捏，撒娇。

13. 热暗，夏夜。河溪，银河。瞹目，眨眼。佮kap^{21}，与，跟。伫ti^{33}，在，于。水蠹tsui$^{53}_{45}$tɔk^{21}，萤火虫。身酥，身子软绵状。澹暝露，湿夜露。

第三场　塍头冤家

扫码听录音

时间　夏收夏种日某白天

地点　梓村与莉村农田交界处

场景　蓝天白云，天气极热；夏收与夏种稻田参差

[幕后，音乐起，一群学童上学，欢快地]

童众：（合唱）(《五律·细汉读小学路顶仔》)

ts‘ut$^{21}_{5}$ muĩ^{23} kĩ$^{21}_{53}$ tsui$^{53}_{45}$ ts‘an^{23}　t‘ak$^{121}_{21}$ ts‘ɛʔ^{21} giaʔ$^{121}_{21}$ t‘au^{23} kuan^{23}
出　门　见　水　塍，　读　册　搾　头　悬。

gu^{23} pɔ^{33} huã$^{33}_{21}$ kĩ^{23} k‘ia^{33}　tsiau^{53} pue^{45} t‘am$^{23}_{33}$ tiŋ^{53} suan^{23}
牛　哺　岸　墘　徛，　鸟　飞　潭　顶　旋。

hɔŋ^{45} ts‘ue^{45} ua$^{53}_{45}$ am^{21} mɛ̃^{53}　hɔ^{33} tiʔ^{21} k‘aʔ$^{121}_{21}$ t‘ɔ^{23} huan^{23}
风　吹　倚　暗　猛，　雨　滴　阖　涂　烦。

tio$^{23}_{33}$ ŋiã^{23} bɛʔ$^{121}_{21}$ tiu^{33} kuaʔ^{21}　tiam$^{33}_{21}$ k‘uã^{21} gu$^{23}_{33}$ le^{23} huan^{45}
趒　迎　麦　籼　割，　恬　看　牛　犁　翻。

[莉村一群农妇上，准备割稻子，亦欢快地]

妇众：（合唱）(《五律·夏收夏种》)

lak$^{121}_{21}$ gueʔ^{121} zit$^{121}_{21}$ ts‘uã^{45} pue^{45}　ts‘iam$^{53}_{45}$ laŋ^{23} p‘ue^{23} lut$^{21}_{5}$ p‘ue^{23}
六　月　日　篯　飞，　锓　侬　皮　黜　皮。

lɔm$^{21}_{53}$ ts‘an^{23} oʔ$^{21}_{53}$ kuaʔ$^{21}_{53}$ tiu^{33}　tiŋ^{53} hãʔ^{21} ɛ^{33} t‘ŋ$^{45}_{33}$ ue^{45}
埌　塍　恶　割　籼，　顶　颬　下　汤　锅。

ts‘ik^{21} k‘i^{53} le$^{23}_{33}$ pɛ^{23} suaʔ^{21}　nuã$^{33}_{21}$ t‘ɔ^{23} tsiau$^{21}_{53}$ tue$^{21}_{53}$ pue^{23}
粟　起　犁　耙　续，　烂　涂　照　趡　陪。

kin$^{53}_{45}$ piak^{21} muĩ$^{53}_{45}$ ŋ^{45} pɔ^{21}　lim$^{23}_{33}$ ts‘iu^{45} bian$^{53}_{45}$ tuĩ$^{33}_{21}$ ts‘ue^{45}
紧　逼　晚　秧　播，　临　秋　免　断　炊。

[有人拉牵水牛，扛着犁耙经过，学童们兴奋地]

gu^{23} tsui$^{53}_{45}$gu^{23}
童众：牛！ 水 牛！

（吟）（《清平乐·水牛》）

gu^{23}tin^{45}sioʔ$^{21}_{53}$bo^{53} u$^{33}_{21}$kiã^{53}gu$^{23}_{33}$t‘o^{45}po^{53}
牛 珍 惜 母，有 囝 牛 弢 宝。

mɛ̃$^{53}_{45}$sai^{53}ts‘an$^{23}_{33}$le^{23}k‘iŋ$^{23}_{33}$lat^{121}tso^{21} iŋ^{23}k‘ut$^{21}_{5}$te^{53}ts‘iŋ$^{45}_{33}$ liaŋ$^{23}_{33}$p‘o^{33}
猛 驶 塍 犁 琼 力 做，闲 窟 底 清 凉 抱。

ts‘un$^{45}_{33}$kiŋ^{45}piã$^{21}_{53}$lat^{121}sin$^{45}_{33}$k‘ɔ^{53} zuaʔ$^{121}_{21}$t‘ĩ^{45}tsim$^{21}_{53}$tsui^{53}lian$^{23}_{33}$ho^{23}
春 耕 摒 力 辛 苦，热 天 浸 水 莲 荷。

kuã^{23}kuan$^{21}_{53}$tsiu^{53}mãi^{23}sio$^{45}_{33}$lo^{33} sio^{45}t‘e^{45}ts‘iŋ$^{21}_{53}$tsui^{53}liam$^{23}_{33}$lo^{23}
寒 灌 酒 糜 烧 燶，烧 𩊒 𪾢 水 粘 醪。

[学童们吟毕下场。农妇们对着未割稻田]

tiu^{33} tiu$^{33}_{21}$a^{53}
妇众：籼！ 籼 仔！

（吟）（《七律·籼仔》）

ts‘un^{45}pɔ^{21}ts‘iu$^{45}_{33}$siu^{45}iau$^{53}_{45}$hɛ$^{33}_{21}$siu^{45}
春 播 秋 收 犹 夏 收，

tui^{33}a^{53}nɔ̃$^{33}_{21}$tso^{33}ban$^{23}_{33}$lam$^{23}_{33}$tsiu^{45}
籼 仔 两 造 闽 南 州。

kuaʔ$^{21}_{53}$tiu^{33}siu$^{45}_{33}$niɔ̃^{23}p‘ak$^{121}_{21}$ts‘ik^{21}tan^{33}
割 籼 收 粮 曝 粟 槙，

ka$^{53}_{45}$bi^{53}ts‘iŋ$^{21}_{53}$puĩ^{33}bo$^{33}_{21}$tsiɔ̃^{45}iu^{45}
绞 米 冲 饭 磨 浆 优。

lio$^{23}_{33}$am^{53}kun$^{23}_{33}$mãi^{23}tiã$^{53}_{45}$mĩ$^{33}_{21}$sue^{33}
撩 饮 焄 糜 鼎 面 湤，

ts‘a$^{53}_{45}$kue^{53}tsi$^{53}_{45}$hun^{53}bi$^{53}_{45}$t‘ai$^{45}_{33}$tsiu^{45}
炒 粿 煮 粉 米 筛 賙。

pau$^{45}_{33}$tsaŋ^{21} tau$^{33}_{21}$ buaʔ^{121} aŋ$^{23}_{33}$ku$^{45}_{33}$kue^{53}
包 粽 豆 末 红 龟 粿，

go$^{23}_{33}$tsiu^{53} muã$^{23}_{33}$tsi^{23} tsiaʔ$^{121}_{21}$ be^{33} iu^{45}
熬 酒 蔴 糍 食 獪忧。

[阿桲扛耙与桲村农夫上，与农妇们问候招呼]

zuaʔ^{121} beʔ$^{21}_{53}$ zuaʔ$^{121}_{21}$ si$^{53}_{45}$ laŋ^{23} a^{21}
桲：（十分不情愿地，埋怨）热！ 卜 热 死 侬 啊！

众：（吟）（《鹧鸪天·热遘》）

zuaʔ^{121} kau^{21} t'ĩ^{45} sio^{45} ts'iaʔ$^{21}_{53}$ zit$^{121}_{21}$ t'au^{23}
热 遘 天 烧 赤 日 头，

hiau$^{45}_{33}$ p'ue^{23} t'ɔŋ$^{53}_{45}$ kut^{21} san$^{53}_{45}$ ɔ$^{45}_{33}$ kau^{23}
侥 皮 倘 骨 瘖 乌 猴。

sã^{45} tam^{23} k'ɔ^{21} tsiɔ̃^{21} bo$^{23}_{33}$ ta$^{45}_{33}$ baʔ^{21}
衫 澹 裤 酱 无 焦 肉，

ts'ui^{21} k'uaʔ^{21} k'iŋ^{45} aŋ^{23} iau$^{53}_{45}$ k'iat$^{121}_{21}$ au^{23}
喙 渴 眶 红 犹 竭 喉。

lɔ$^{23}_{33}$ hue^{53} hãʔ^{21} t'i$^{21}_{53}$ to^{45} k'au^{45}
炉 火 颬， 剃 刀 刣，

t'au^{23} hin^{23} bak$^{121}_{21}$ am^{21} nɔ̃$^{33}_{21}$ k'a^{45} p'iau^{45}
头 眩 目 暗 两 骹 飘。

zin$^{23}_{33}$ kan^{45} lak$^{121}_{21}$ gueʔ^{121} sio$^{45}_{33}$ t'ĩ^{45} zit^{121}
人 间 六 月 烧 天 日，

tsai$^{33}_{21}$ si^{21} tsian$^{45}_{33}$ ŋãu^{23} k'o$^{53}_{45}$ te^{33} tiau^{23}
在 世 煎 熬 烤 地 潮。

（合唱）（《七绝·大热时》）

tua$^{33}_{21}$ zuaʔ^{121} sian^{23} ki^{45} hue^{53} toʔ$^{121}_{21}$ t'ĩ^{45}
大 热 蝉 吱 火 着 天，

am$^{21}_{53}$ mɛ̃^{23} pɛʔ$^{121}_{21}$ zit^{121} sio$^{45}_{33}$ bo$^{23}_{33}$ pĩ^{45}
暗 暝 白 日 烧 无 边。

tsa$^{23}_{33}$ pɔ^{45} t‘uĩ$^{21}_{53}$ pak^{21} k‘e$^{45}_{33}$ lau^{23} tiʔ^{21}
查 夫 褪 腹 溪 流 滴，

tsa$^{23}_{33}$ bɔ^{53} tam$^{23}_{33}$ sã^{45} kuã$^{33}_{21}$ tsui^{53} tĩ^{23}
查 某 澹 衫 汗 水 缠。

[唱毕众人擦汗，喝水、整斗笠等，各自散开干活儿。阿梼停留，对茉莉抱怨]

zit$^{121}_{21}$ t‘au^{23} hãʔ$^{21}_{53}$ tiŋ^{53} sio$^{45}_{33}$ ue^{45} tsian$^{45}_{33}$ k‘a^{45} bueʔ$^{21}_{53}$ koʔ$^{21}_{53}$ lɔp$^{121}_{21}$ lɔm$^{21}_{53}$
梼：（生气地）日 头 颇 顶，烧 锅 煎 骹；卜 佫 踗 埌

ts‘an^{23} bueʔ$^{21}_{53}$ koʔ$^{21}_{53}$ sai$^{53}_{45}$ gu$^{23}_{33}$ le^{23} ziat$^{121}_{21}$ lɔ^{23} t‘ĩ$^{45}_{33}$ hue$^{53}_{45}$ t‘uã^{21} ts‘ut$^{21}_{5}$ lat^{121}
塍，卜 佫 驶 牛 犁，热 炉 添 火 炭，出 力

koʔ$^{21}_{53}$ bai$^{53}_{45}$ k‘uã^{21}
佫 痞 看！

li^{53} tso$^{21}_{53}$ ts‘an^{23} loʔ$^{121}_{21}$ tso$^{21}_{53}$ ts‘an^{23} koʔ$^{21}_{53}$ uan$^{21}_{53}$ t‘ĩ^{45} uan$^{21}_{53}$ te^{33} uan$^{21}_{53}$ pat$^{121}_{21}$ laŋ^{23}
莉：汝 做 塍 咯 做 塍，佫 怨 天 怨 地 怨 别 侬！

kã$^{53}_{45}$ tso$^{21}_{53}$ hau$^{33}_{21}$ hia^{45} a^{53} loʔ$^{121}_{21}$ mãi$^{21}_{53}$ kiã$^{45}_{33}$ sio$^{45}_{33}$ t‘ŋ^{21} kã$^{53}_{45}$ tso$^{21}_{53}$ tsaŋ$^{45}_{33}$ sui^{45}
敢 做 鲎 桸 仔 咯 嫒 惊 烧 烫，敢 做 棕 簑

loʔ$^{121}_{21}$ bian$^{53}_{45}$ kiã$^{45}_{33}$ hɔ^{33} ak^{21}
咯 免 惊 雨 沃！

ai^{21} gua^{53} kã$^{53}_{45}$ si^{33} tso$^{21}_{53}$ ts‘an^{23} e$^{23}_{33}$ kioʔ$^{21}_{53}$ siau^{21} ts‘an$^{23}_{33}$ kap$^{21}_{5}$ a^{53} tio^{23} tsit$^{121}_{21}$
梼：唉，我 敢 是 做 塍 兮 脚 数？ 塍 蛤 仔 趒 一

si$^{21}_{53}$ laŋ^{23} mã^{21} tio^{23} be$^{33}_{21}$ ts‘ut$^{21}_{5}$ t‘am$^{23}_{33}$ a^{53} kĩ^{23} gua^{53} siɔ̃$^{33}_{21}$ bueʔ$^{21}_{53}$ lai$^{23}_{33}$ k‘i$^{21}_{53}$
世 侬，嘛 趒 絵 出 潭 仔 墘！我 想 卜 来 去

tso$^{21}_{53}$ siŋ$^{45}_{33}$ li^{53}
做 生 理！

tso$^{21}_{53}$ siŋ$^{45}_{33}$ li^{53} li^{53} bo$^{23}_{33}$ t‘iã$^{45}_{33}$ laŋ^{33} kɔŋ^{53} tsiɔŋ$^{33}_{21}$ guan^{23} kiã^{53} k‘ue$^{21}_{53}$ ka^{21} siŋ$^{45}_{33}$
莉：做 生 理？汝 无 听 侬 讲 “状 元 囝 侩 教，生

li$^{53}_{45}$kiã^{53} oʔ$^{21}_{53}$sɛ̃^{53} li^{53}k‘uã$^{21}_{53}$tioʔ^{121} sik$^{121}_{21}$ sik^{121} pue$^{53}_{45}$be$^{33}_{21}$tit^{121} k‘uã$^{21}_{53}$laŋ^{23}

理团恶生”?汝看着熟熟拨艙直；看侬

tso^{21}k‘uai$^{21}_{53}$k‘uai^{21} ka$^{45}_{33}$ti^{33}tso^{21}kuai$^{21}_{53}$kuai^{21} bo$^{23}_{33}$kuai$^{21}_{53}$tit^{21}gun^{53}tsi$^{53}_{45}$

做快快，家治做怪怪！无怪得阮姊

mãi^{33}a^{53}kun^{23}kɔŋ$^{53}_{45}$li^{53}tsĩ^{53}koʔ$^{21}_{53}$kua$^{21}_{53}$ts‘ɛ̃^{45} bo$^{23}_{33}$loʔ$^{121}_{21}$tsui^{53}m$^{33}_{21}$tsai^{45}

妹仔群讲汝芷佫挂青，无落水伓知

tsui^{53}ts‘im^{45} tsiaʔ$^{121}_{21}$nã$^{23}_{33}$a^{53}puat^{121} paŋ$^{21}_{53}$nã$^{23}_{33}$a^{53}puat^{121}sai^{53}

水深！食篮仔桲，放篮仔桲屎！

gua^{53}tsĩ^{53} gua^{53}ts‘ɛ̃^{45} ai^{21}

桲：我芷？我青？唉！

(吟)(《五绝·青熟茶》)

ts‘ɛ̃^{45}u$^{33}_{21}$siaŋ$^{53}_{45}$i^{45}kɛ^{45} sik^{121}tsun^{23}hɔ̃^{53}gun^{53}tɛ^{23}

青有赏伊家，熟存好阮茶。

sik^{121}ts‘ɛ̃^{45}bo$^{23}_{33}$kaŋ$^{33}_{21}$ai^{21} au^{23}m$^{33}_{21}$pun$^{45}_{33}$kun^{23} kɛ^{45}

熟青无共爱，喉伓分裙袈。

gua^{53}siɔ̃$^{33}_{21}$kɔŋ$^{53}_{45}$lai$^{23}_{33}$k‘i$^{21}_{53}$piã^{21}tsɛ^{21} t‘an$^{21}_{53}$tsit$^{121}_{21}$k‘aŋ^{45} tsiaʔ^{121}kau$^{21}_{53}$li^{53}

我想讲来去拼咋，趁一空，食遘汝

t‘au$^{23}_{33}$mɔ̃^{23}pɛʔ$^{121}_{21}$ts‘aŋ$^{45}_{33}$ts‘aŋ^{45}k‘aʔ$^{21}_{53}$iã^{23}li^{53}p‘aʔ$^{21}_{53}$piã^{21}tsit$^{121}_{21}$si$^{21}_{53}$laŋ^{23}

头毛白苍苍，恰赢汝拍拼一世侬！

ai^{45}ia^{21} li^{53}si$^{21}_{53}$niɔ̃$^{33}_{21}$laŋ^{23}beʔ$^{21}_{53}$kɔŋ$^{53}_{45}$puã$^{21}_{53}$kin$^{45}_{33}$ua^{33} li^{53}m$^{33}_{21}$ai$^{21}_{53}$tso$^{21}_{53}$ts‘an^{23}

莉：哎呀！汝四两侬卜讲半斤话！汝伓爱做塍，

k‘i$^{21}_{53}$t‘ak$^{121}_{21}$ts‘ɛʔ^{21}mã^{21}k‘aʔ$^{21}_{53}$ho$^{53}_{45}$li^{53}tso$^{21}_{53}$nã^{53}a^{53}siŋ$^{45}_{33}$li^{53} li^{53}si$^{33}_{21}$pɛ̃$^{23}_{33}$lɔ^{33}

去读册嘛恰好汝做哪仔生理！汝是平路

m$^{33}_{21}$kiã^{23}kiã$^{23}_{33}$suã$^{45}_{33}$niã^{53} bin$^{23}_{33}$ts‘ŋ^{23}m$^{33}_{21}$k‘un^{21}tai$^{53}_{45}$o$^{23}_{33}$k‘ak$^{21}_{5}$tiŋ^{53}ts‘ia$^{45}_{33}$

伓行行山岭，眠床伓睏逮蚵壳顶车

lin$^{21}_{53}$tau^{53} hɛ$^{33}_{21}$t‘aŋ^{45}hɛ$^{33}_{21}$o^{23} kau$^{21}_{53}$si^{23}lɔŋ$^{53}_{45}$tsɔŋ^{53}bo^{23}

辇斗！下蛏下蚵，遘时拢总无！

（吟）（《七绝·碾雾》）

hun$^{53}_{45}$ aŋ^{23} kuan$^{23}_{33}$ tsiŋ^{45} ho$^{33}_{21}$ lian$^{53}_{45}$ bu^{33}
粉 红 悬 钟 号 碾 雾，

k'ui$^{45}_{33}$ hua^{45} koʔ$^{21}_{53}$ tian$^{53}_{45}$ kiau$^{45}_{33}$ hua^{45} pu^{21}
开 花 佫 展 娇 花 富。

hua^{45} tɔk^{21} ko^{53} puaʔ^{121} bo$^{23}_{33}$ laŋ^{23} he^{23}
花 砉 果 跋 无 侬 傒，

kui^{21} hiã^{53} hua^{23} pai^{23} tsiã$^{53}_{45}$ p'i^{21} p'u^{33}
贵 显 华 排 饗 噼 哱。

ai^{21} siau$^{21}_{53}$ lian^{23} bo$^{23}_{33}$ p'aʔ$^{21}_{53}$ piã^{21} tsiaʔ$^{121}_{21}$ lau^{33} ai$^{21}_{53}$ tiau$^{21}_{53}$ tiã^{53} lɔ^{33} ai$^{21}_{53}$
梓：唉！少 年 无 拍 拼，食 老 爱 吊 鼎！路 爱

kiã^{23} bo$^{23}_{33}$ kiã^{23} bo$^{23}_{33}$ ts'ut$^{21}_{5}$ miã^{23} baŋ^{45} tso$^{21}_{53}$ tsit$^{21}_{5}$ k'uan$^{53}_{45}$ laŋ^{23} kaʔ$^{21}_{53}$
行，无 行 无 出 名！ 覅 做 即 款 侬 呷

e$^{33}_{21}$ sai^{53}
会使！

（独唱）（《如梦令·厝骹扫街路老伙仔》）

tsit$^{121}_{21}$ tsa^{53} ts'ut$^{21}_{5}$ muĩ^{23} tsɔŋ$^{23}_{33}$ huĩ^{33} mɛ̃^{23} k'am$^{21}_{53}$ t'au^{23} bo$^{23}_{33}$ tsai$^{45}_{33}$ tuĩ^{53}
一 早 出 门 赵 远，暝 冚 头 无 知 转。

t'ĩ^{45} luaʔ$^{121}_{21}$ k'uaʔ^{21} t'aŋ$^{45}_{33}$ pue^{45} te^{33} luaʔ$^{121}_{21}$ kau^{33} t'aŋ$^{45}_{33}$ nuĩ^{21}
天 偌 阔 通 飞，地 偌 厚 通 逽。

baŋ$^{45}_{33}$ muĩ^{33} baŋ$^{45}_{33}$ muĩ^{33} tsin$^{33}_{21}$ tiŋ$^{21}_{53}$ i^{21} sã$^{45}_{33}$ ts'an$^{45}_{33}$ puĩ^{33}
覅 问，覅 问，尽 中 意 三 餐 饭。

ai^{21} laŋ^{23} kɔŋ$^{53}_{45}$ p'aʔ$^{21}_{53}$ baŋ^{33} ts'ue$^{33}_{21}$ t'uã^{45} p'aʔ$^{21}_{53}$ hi^{23} ts'ue$^{33}_{21}$ t'am^{23} li^{53} m$^{33}_{21}$
莉：唉！依 讲“拍 网 揮 滩，拍 鱼 揮 潭”，汝 伓

tsai^{45} t'ĩ$^{45}_{33}$ kuĩ^{45} mã^{21} tioʔ$^{121}_{21}$ tsai^{45} t'ĩ^{45} am^{21} li^{53} tsiõ$^{33}_{21}$ ui^{33} m$^{33}_{21}$ k'i$^{21}_{53}$ ziau^{21}
知 天 光，嘛 着 知 天 暗！汝 痒 位 伓 去 爊，

t'iã$^{21}_{53}$ ui^{33} kaʔ$^{21}_{53}$ k'aŋ$^{21}_{53}$ kau$^{21}_{53}$ p'ua$^{21}_{53}$ p'ue^{23} gua^{53} lat^{121} se^{21} m$^{33}_{21}$ tã$^{45}_{33}$ tã^{21} ua^{33}
痛 位 呷 控 遘 破 皮！我 力 细 伓 担 担，话

k‘iŋ^{45} m$^{33}_{21}$k‘uĩ$^{21}_{53}$laŋ^{23} tsi$^{53}_{45}$si^{33}
轻 伓 劝 侬，只 是……。

(独唱)(《阮郎归·几迗骄》)

siɔ̃$^{21}_{53}$hua$^{45}_{33}$m^{23}tsap$^{121}_{21}$lak^{121}hɔŋ$^{23}_{33}$kiau^{45} hua^{45}k‘ui^{45}iau$^{53}_{45}$k‘aʔ$^{21}_{53}$ziau^{23}
相 花 莓 十 六 癀 娇， 花 开 犹 恰 娆。

k‘uã$^{21}_{53}$ki$^{45}_{33}$ua^{45}zi$^{33}_{21}$peʔ^{21}ts‘io$^{45}_{33}$tsiau^{23} ki^{45}sɛ̃^{45}e$^{33}_{21}$kiŋ$^{21}_{53}$liau^{23}
看 枝 桠 二 八 猜 䌬，枝 生 会 更 撩。

hua^{45}k‘eʔ^{21}sia^{33} hioʔ^{121}pɔ$^{53}_{45}$ziau^{23} zin$^{23}_{33}$siŋ^{45}kui$^{53}_{45}$mãi^{53}kiau^{45}
花 瞍 谢， 箬 痡 皱， 人 生 几 迗 骄？

laŋ$^{33}_{21}$ŋiãu^{45}ts‘ia$^{45}_{33}$puaʔ^{121}zit^{121}mɛ̃^{23}siau^{45} uan$^{45}_{33}$tsiɔŋ^{45}ta$^{53}_{45}$ui^{33}p‘iau^{45}
弄 蛲 车 跋 日 暝 消， 完 终 底 位 飘？

gu^{23}kap$^{21}_{5}$ bɛ^{53}bo$^{23}_{33}$kaŋ$^{33}_{21}$siã^{45} aʔ^{21}kap$^{21}_{5}$ke^{45}kɔŋ$^{53}_{45}$bo$^{23}_{33}$lɔ^{33} ho^{53} tua$^{33}_{21}$
牛 佮 马 无 共 声， 鸭 佮 鸡 讲 无 路！好！ 大

lɔ^{33}t‘aŋ$^{21}_{53}$t‘ĩ^{45} tsit$^{121}_{21}$laŋ^{23}kiã$^{23}_{33}$tsit$^{121}_{21}$pĩ^{45} li^{53}kiã^{23}li^{53}e$^{23}_{33}$lɔ^{33} gua^{53}kue$^{21}_{53}$
路 迵 天， 一 侬 行 一 边！汝 行 汝 兮 路， 我 过

gua^{53}e$^{23}_{33}$kio^{23}
我 兮 桥！(气愤下场)

buat$^{121}_{21}$li^{33}
梈： 茉 莉……！(欲追)

[天上突响闷雷，乌云翻滚，突降大雨]

梈： (悲愤地)(吟)(《五绝·踅头风雨》)

ɔ$^{45}_{33}$hun^{23}tɛʔ$^{21}_{53}$tiŋ^{53}lam^{45} pɛʔ$^{121}_{21}$hɔ^{33}ak$^{21}_{5}$t‘au^{23}tam^{23}
乌 云 踅 顶 褴， 白 雨 沃 头 澹。

ts‘iu^{33}tsiʔ^{121}hia^{33}pue^{45}ts‘am^{53} tsui^{53}lo^{23}ta^{45}pĩ$^{21}_{53}$t‘am^{23}
树 折 瓦 飞 惨， 水 醪 燋 变 潭。

[梈吟毕下场。众在雨中]

众： (吟)(《如梦令·樣仔花雨》)

suãi^{33} a^{53} hua^{45} k‘ui^{45} uĩ^{23} pɛʔ^{121}　tiɔŋ$^{23}_{33}$ t‘aʔ^{121} ɔŋ^{33} hua^{45} pai$^{23}_{33}$ bɛʔ^{121}

檨仔花　开黄白，　重　沓　旺花　排密。

hɔŋ^{45} suaʔ^{21} tsuaʔ$^{21}_{53}$ ki^{45} ua^{45}　hɔ^{33} p‘aʔ^{21} tɔk$^{21}_{5}$ kiau$^{45}_{33}$ hua^{45} t‘ɛʔ^{21}

风　撒　迊　枝桠，雨　拍　砉　娇　花　澈。

sim^{45} tɛʔ^{21} sim^{45} tɛʔ^{21}　zuaʔ$^{121}_{21}$ t‘ĩ^{45} kau^{21} bo$^{23}_{33}$ lau$^{23}_{33}$ sɛʔ^{21}

心　晢，心　晢，　热　天　遘　无　留　碛。

（合唱）（《卜算子·青狂雨》）

zuaʔ^{121} loʔ$^{121}_{21}$ ai$^{21}_{53}$ tan$^{23}_{33}$ lui^{23}　tuĩ$^{53}_{45}$ bak^{121} ɔ$^{45}_{33}$ hun^{23} sau^{21}

热　咯　爱　瞋　雷，转　目　乌　云　扫。

si$^{21}_{53}$ keʔ^{21} lui$^{23}_{33}$ kɔŋ^{45} sĩʔ$^{21}_{53}$ nãʔ^{21} kɔŋ^{23}　tua$^{33}_{21}$ hɔ^{33} sui$^{23}_{33}$ sui$^{23}_{33}$ kau^{21}

四　廓　雷　公　闪　爁　狂，　大　雨　随　随　遘。

huã$^{45}_{33}$ hɔŋ^{45} t‘au$^{21}_{53}$ ui^{33} ts‘ue^{45}　tsu$^{21}_{53}$ tiŋ^{53} p‘ɔŋ^{21} p‘ɔŋ^{21} hau^{53}

横　风　透　位　吹，　厝　顶　嗙　嗙　吼。

tan$^{53}_{45}$ kau^{21} t‘ĩ^{45} tsɛ̃^{23} tsui^{53} t‘e$^{21}_{53}$ tsiau^{23}　kaʔ$^{21}_{53}$ kɔŋ$^{53}_{45}$ t‘ɔ$^{23}_{33}$ mãi^{23} kau^{33}

等　遘　天　晴　水　退　缯，　呷　讲　涂　糜　厚。

［落幕］

唱段曲谱

五律·细汉读小学路顶仔

1=C $\frac{2}{4}$　　　童/女声合唱

♩=120 快速，热情活泼地　　　歌仔戏《白茉莉》第三场选段（十一）　　　高 然 作词作曲

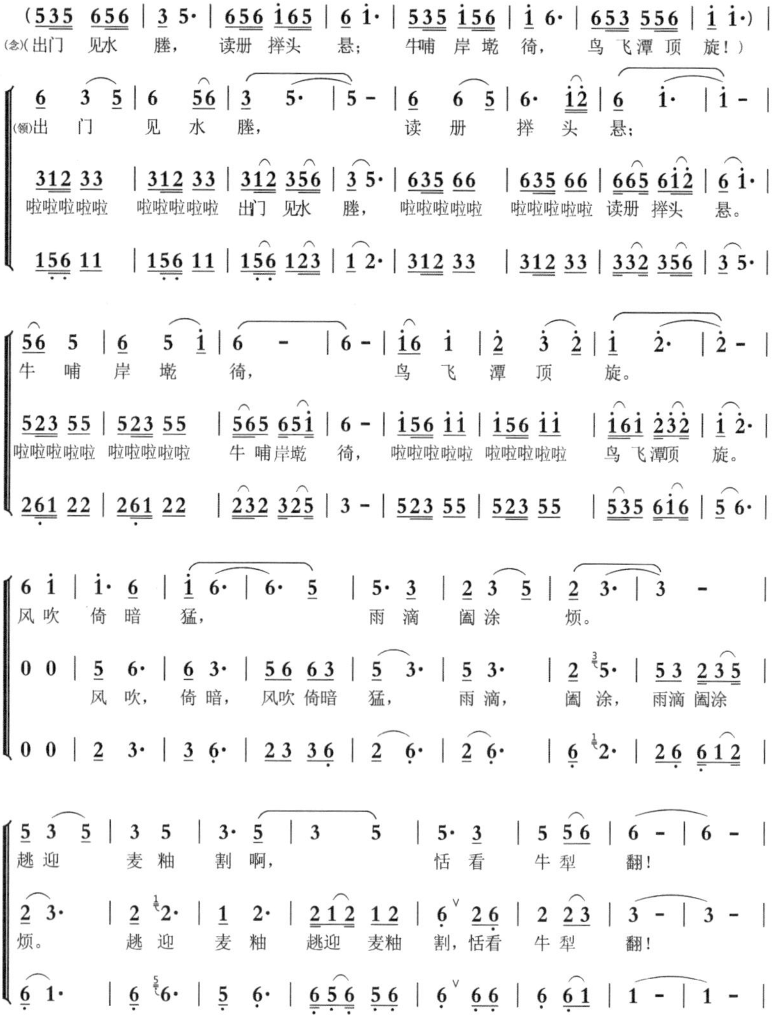

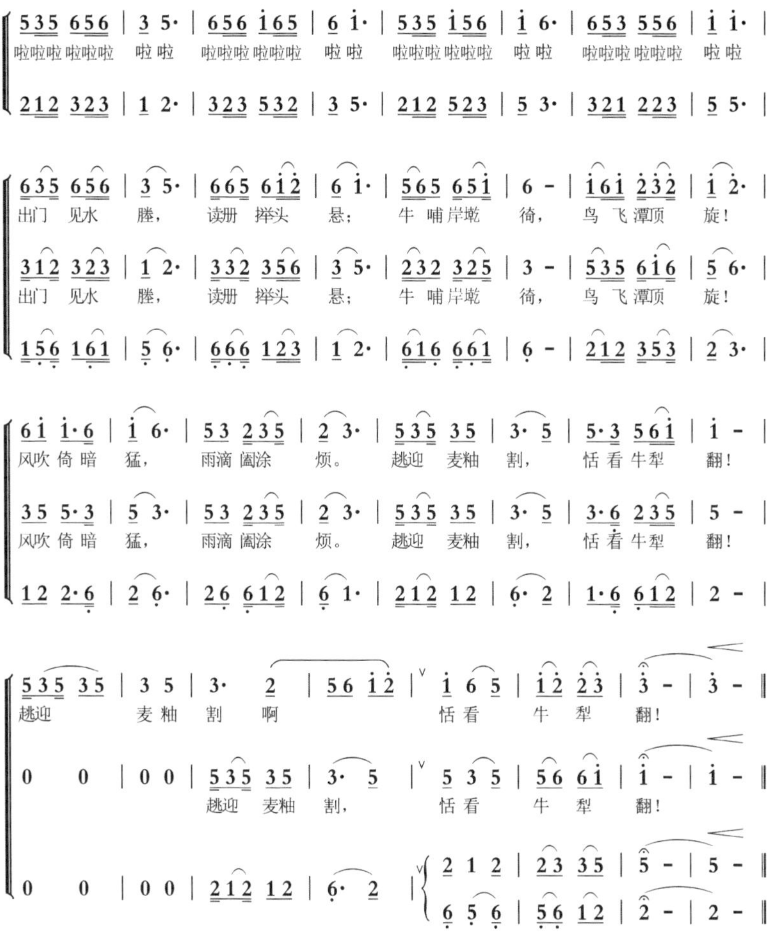
啦啦啦 啦啦啦 啦 啦 啦啦啦 啦啦啦 啦 啦 啦啦啦 啦啦啦 啦 啦 啦啦啦 啦啦啦 啦 啦
出门 见水 塍， 读册 擀头 悬； 牛 哺岸墘 徛， 鸟 飞 潭顶 旋！
出门 见水 塍， 读册 擀头 悬； 牛 哺岸墘 徛， 鸟 飞 潭顶 旋！
风吹 倚 暗 猛， 雨滴 阖涂 烦。 越迎 麦粙 割， 恬 看 牛犁 翻！
风吹 倚 暗 猛， 雨滴 阖涂 烦。 越迎 麦粙 割， 恬 看 牛犁 翻！
越迎 麦 粙 割 啊 恬 看 牛 犁 翻！
越迎 麦粙 割， 恬 看 牛 犁 翻！

五律·夏种夏收

1=F $\frac{2}{4}$

♩=108 较快，自信、热情地

女声合唱

歌仔戏《白茉莉》第三场选段（十二）

高 然 作诗配曲

调寄《七字仔》

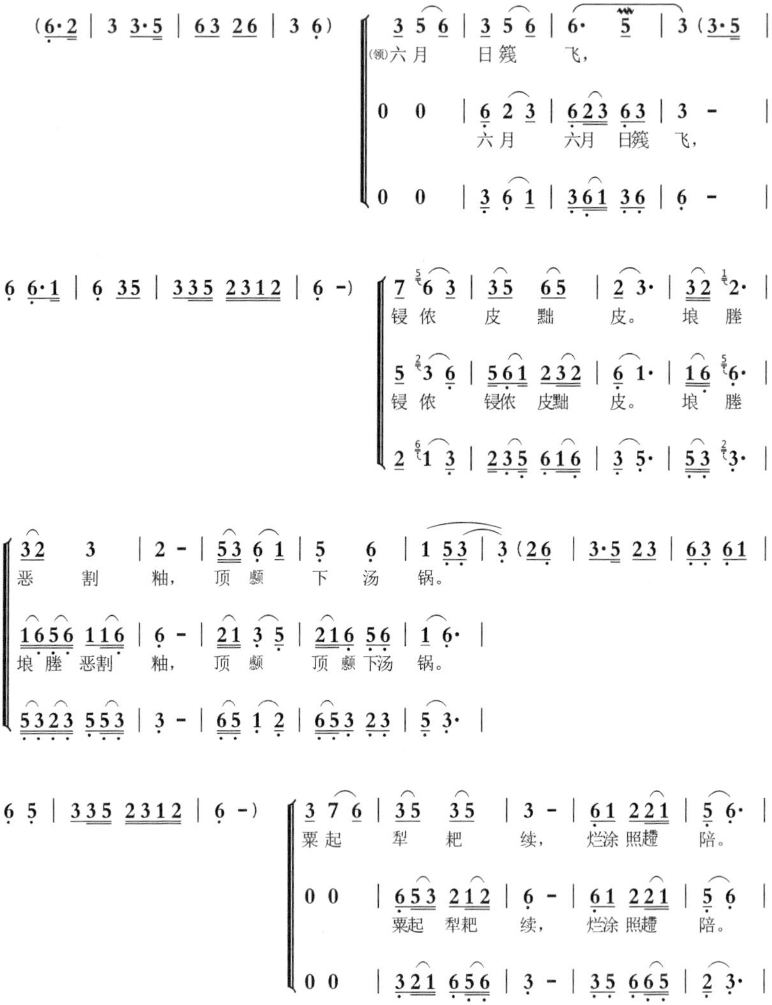

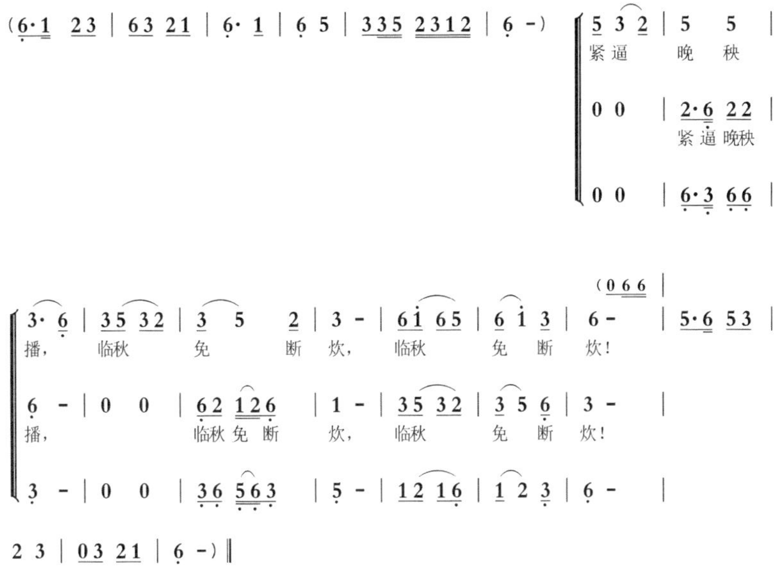

七绝·大热时

1=D $\frac{2}{4}$

混声合唱

歌仔戏《白茉莉》第三场选段（十三）

♩=128 快速，兴奋、热情地

高 然 作词作曲

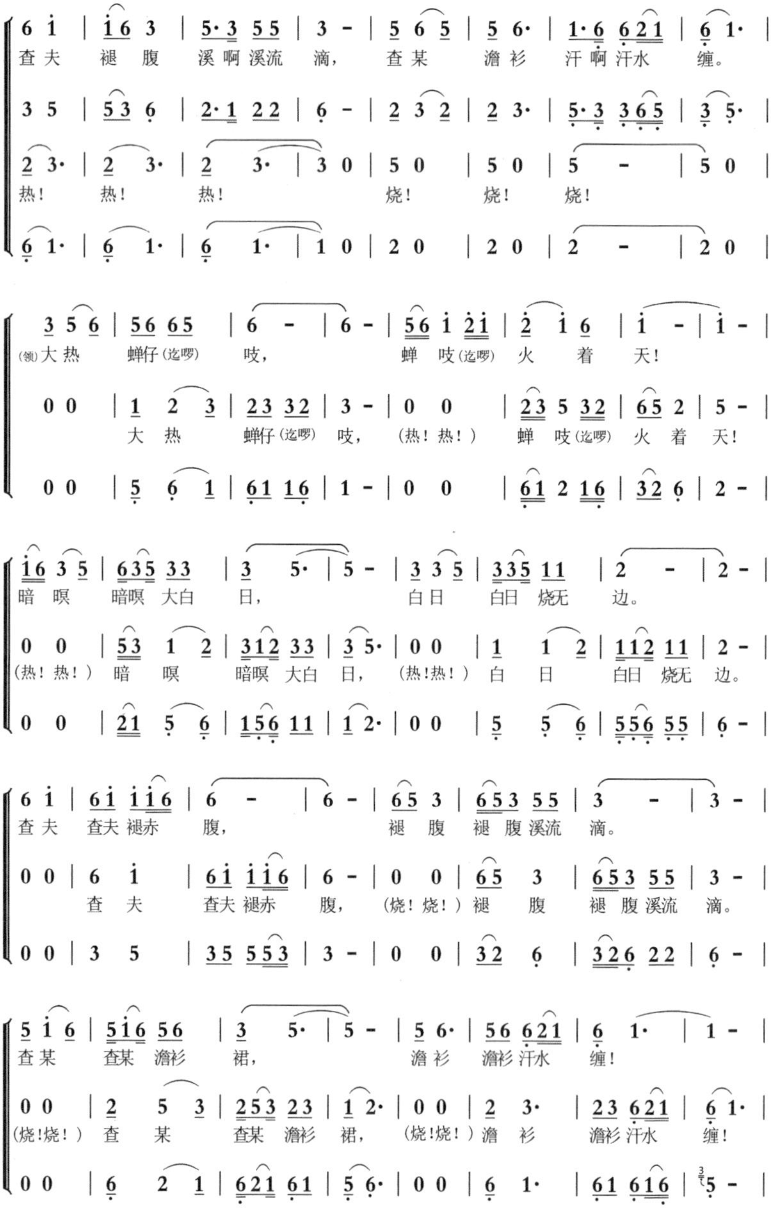
查夫 裩 腹 溪啊溪流 滴，查某 澹衫 汗啊汗水 缠。
热！ 热！ 热！ 烧！ 烧！ 烧！
(领)大热 蝉仔(迄啰) 吱， 蝉 吱(迄啰) 火 着 天！
大 热 蝉仔(迄啰) 吱，(热！热！) 蝉 吱(迄啰) 火 着 天！
暗 暝 暗暝 大白 日， 白日 白日 烧无 边。
(热！热！) 暗 暝 暗暝 大白 日，(热!热！) 白 日 白日 烧无 边。
查夫 查夫 裩赤 腹， 裩 腹 裩 腹 溪流 滴。
查 夫 查夫 裩赤 腹，(烧！烧！) 裩 腹 裩 腹 溪流 滴。
查某 查某 澹衫 裙， 澹 衫 澹衫 汗水 缠！
(烧!烧！) 查 某 查某 澹衫 裙，(烧!烧！) 澹 衫 澹衫 汗水 缠！

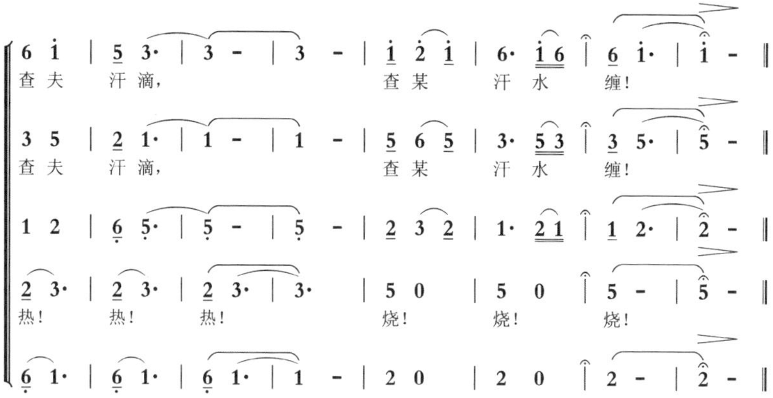

如梦令·厝骹扫街路老伙仔

1=G $\frac{2}{4}$

♩=90 中速偏快，自由地

男声独唱

歌仔戏《白茉莉》第三场选段（十四）

高 然 作词配曲

调寄《杂嗲仔》

阮郎归·几迭骄

1=F $\frac{2}{4}$

♩=60 较慢，自由、深情真挚地

女声独唱

歌仔戏《白茉莉》第三场选段（十五）

高 然 作词配曲

调寄《七字仔哭调》

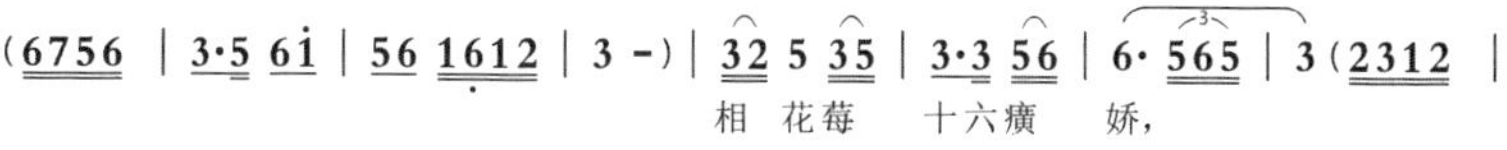

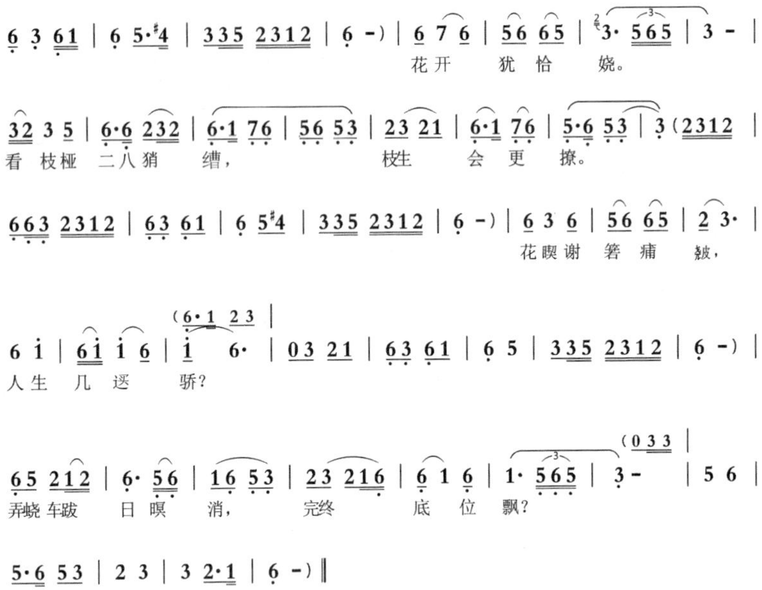

卜算子·青狂雨

1=G 2/4

混声合唱

歌仔戏《白茉莉》第三场选段（十六）

♩=108 较快，热烈地

高 然 作词作曲

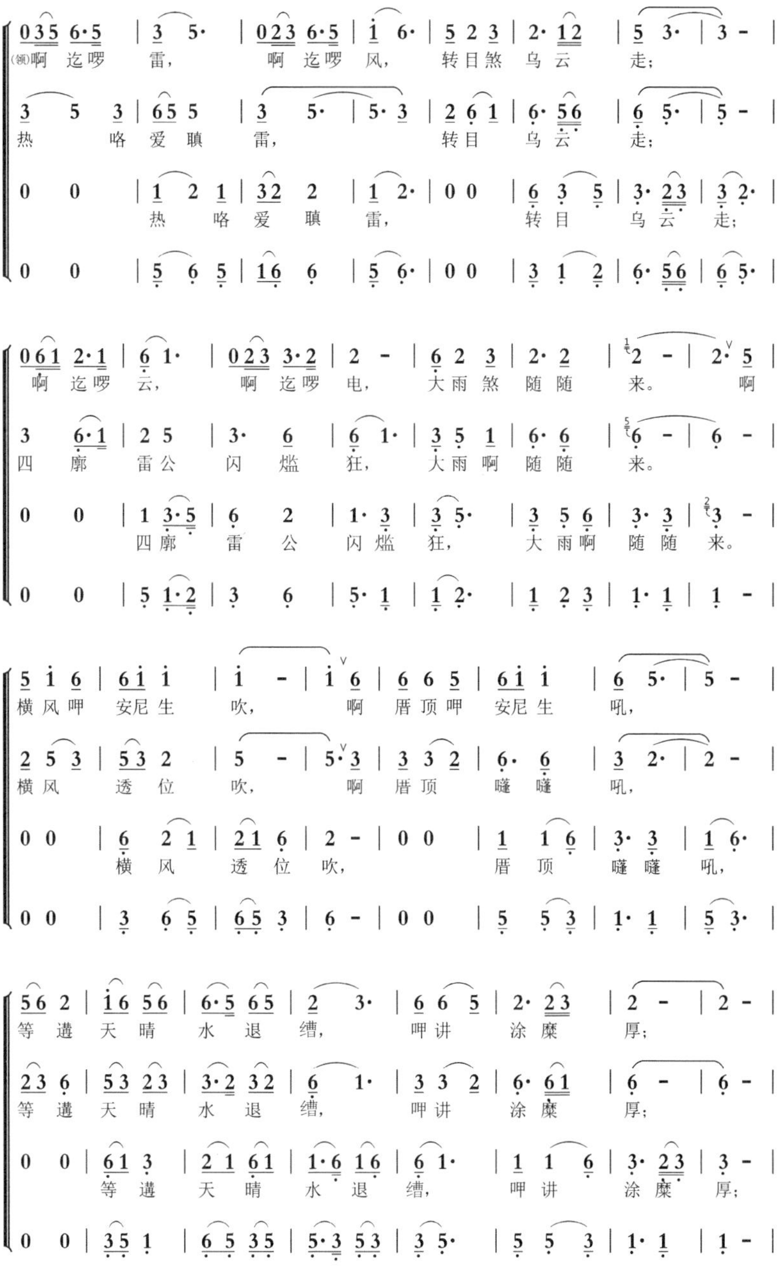
(领)啊 迄啰 雷， 啊 迄啰 风， 转目煞 乌云 走；
热 咯爱 瞋 雷， 转目 乌云 走；
热 咯 爱 瞋 雷， 转 目 乌云 走；
啊 迄啰 云， 啊 迄啰 电， 大雨煞 随 随 来。 啊
四 廍 雷公 闪 爁 狂， 大雨 啊 随 随 来。
四廍 雷 公 闪 爁 狂， 大雨啊 随 随 来。
横风呷 安尼生 吹， 啊 厝顶呷 安尼生 吼，
横风 透 位 吹， 啊 厝顶 嗟 嗟 吼，
横 风 透 位 吹， 厝 顶 嗟嗟 吼，
等 遘 天 晴 水 退 漕， 呷讲 涂 糜 厚；
等 遘 天 晴 水 退 漕， 呷讲 涂 糜 厚；
等 遘 天 晴 水 退 漕， 呷 讲 涂 糜 厚；

词语解释

1. 水塍，水田，稻田。读册，读书，上学；册，书籍。拃giaʔ^{121}，举，抬。悬，高。哺pɔ^{33}，咀嚼，咬。岸墘，岸边。徛k‘ia^{33}，站，立。倚暗，黄昏。阖涂，粘附上泥巴；阖k‘aʔ^{121}，黏。趒tio^{23}，跃，跳。籼tiu^{33}，稻子。恬tiam^{33}，静。

2. 篾ts‘uã^{45}，竹针，刺。铦ts‘iam^{53}，扎，刺。黜皮，脱皮。垠塍，烂泥田。恶oʔ^{21}，难，不易。顶，上头，头顶。颇hãʔ^{21}，烤，烘。粟ts‘ik^{21}，稻谷。起，收割。涂，土，泥。趱tue^{21}，跟，从。

3. 囝，孩子。牛岆，牛犊。琼力，保持力量，蓄力；琼，留，存。窟底，水坑里。摒力，使尽力气。热天，夏天。寒，冬天。糜mãi^{23}，稀饭，粥。烧熮，热气腾，温暖。烧，热。㲲，卧，斜躺。瀞水，凉水。醪，混浊。

4. 籼仔，水稻。曝粟，晒稻谷。樸tan^{33}，硬，结实。绞米，碾米。冲饭，煮（干）饭。撩饮，舀米汤；饮am^{53}，米汤。焐糜，烧煮稀饭。鼎面湠，锅边糊；湠sue^{33}，流淌。炒粿，炒河粉；粿（仔），宽条米粉。米筛䀹，又说“米筛目”，以筛眼制米粉。红龟粿，如红龟背状之年糕。熬酒，酿酒。䔧糍，糍粑。食烩忧，随便吃不忧愁，吃不完。

5. 卜，要，欲。遘kau^{21}，到，致。侥皮倘骨，掉皮突出骨头；倘t‘ɔŋ^{53}，露头，突出。瘖san^{53}，瘦。衫，衣服。澹tam^{23}，湿。酱，湿黏状。燋ta^{45}，干，燥。

喙ts‘ui^{21}，嘴，口。竭喉，口渴。刚,（刀）刮。火着，火烧。查夫，男人。裼腹，赤膊。溪流，洪水。

6. 佫koʔ^{21}，又，再。跔lɔp^{21}，踏（烂泥）。痞看，难看。做塍，种田，耕作。蚻桸仔，蚻壳制作的勺子；桸hia^{45}，勺儿。咯loʔ^{121}，就，则。媛mãi^{21}，别，不要。惊，害怕。棕簑，棕衣，簑衣。免，不用，不必。脚数，角色，角儿。塍蛤仔，青蛙。趒，跃。一世侬，一辈子。烩be^{33}，不，不会。潭仔墘，池塘边。生理，生意。听侬讲，听人说，据说。恡k‘ue^{21}，容易，不难。恶，难，不易。熟熟，熟悉状。拨烩直，搞不妥，做不来。快快，容易状。家治，自己。怪怪，奇怪状。无怪得，怪不得。姊妹仔群，姐妹们。芷佫挂青，幼嫩还生青；挂，连带。伓m^{33}，不。放屎，拉屎。

7. 阮gun^{53}，我们，我们的。裙,（在此）女性。袈,（在此）和尚。拼咋，拼一拼；咋，是“一下tsit$^{121}_{21}$ ε^{33}”的合音形式。趁一空，赚一大笔。头毛，头发。恰赢，胜过，好于。拍拼，打拼，奋斗。恰好，胜于。睏，睡觉。逮，在，于。蚵壳顶，牡蛎壳上面。车辇斗，翻跟头。蛏t‘aŋ^{45}，蛏子。遘时，到时。拢总，全，都。无，没，消失。

8. 碾雾，莲雾，一种淡而无味的亚热带水果。砦tɔk^{21}，掉，落。跋puaʔ^{121}，摔，跌。傒he^{23}，轻碰，轻触。奲噼哱，淡而无味状。

9. 少年，年轻，年轻人。食老，到老，老来。爱，得，必须。吊鼎，挂锅，喻断炊。甭baŋ^{45}，甭，别。即款侬，这种人；即tsit^{21}，这。呷会使，才行，方可以。

10. 赵tsɔŋ^{23}，奔，奔忙。暝冚头，夜晚降临；冚k‘am^{21}，盖，覆。无知转，不知回转/家。偌luaʔ^{121}，几多。通t‘aŋ^{45}，可以，允许。遨nuĩ^{21}，钻，穿越。尽，很，非常。

11. 拍网，撒渔网。擇ts‘ue^{33}，寻，找。拍鱼，打鱼。天光，天亮。嘛，也，亦。着tioʔ^{121}，得，必须。飕ziau^{21}，抓（痒），挠。痛位，痛处。呷，才，方。控k‘aŋ^{21}，抓，抠。力细，气力弱小。担担，挑担子。

12. 相花莓，盯着花苞看；相，注视。癀娇，炫耀娇嫩。恰k‘aʔ^{21}，更，更加。娆，妖娆。猸ts‘io^{45}，骄傲。缯tsiau^{23}，全，都。瞑k‘eʔ^{21}，闭眼。痡pɔ^{45}，干枯，

腐朽。皱 ziau[23]，皱巴。几逐骄，几回骄傲。逐 mãi[53]，次，回。弄蛲，逗弄，挑衅；蛲 ŋiãu[45]，痒痒儿。车跋，折腾，捣鼓。底位，哪儿。佮 kap[21]，与，跟。讲无路，说不了，不会说。遖，通。

13. 硩 tɛʔ[21]，压，轧。襤 lam[45]，罩，盖。焦 ta[45]，干，燥。

14. 檨仔，芒果。重沓，重叠。撒风，刮风。迌 tsuaʔ[21]，摇拽，颤。澈，光，净。蘈，果实，果实遗留。热，夏天，炎热。瞋雷，打雷。四廓，到处。闪熾，闪电。随随，接二连三。透位，四处，处处。厝顶，屋顶。涂糜，烂泥，泥浆。厚，多，盈。

扫码听录音

第四场　厝内苦劝

时间　夏日某夜

地点　茉莉家后院一角

场景　浓荫遮蔽，有茶桌、板凳、茶具等

[幕启前，幕后女声合唱]

女众：(合唱)(《西江月·凤凰花》)

tu$^{53}_{45}$ zuaʔ^{121} hua^{45} aŋ^{23} hue^{53} toʔ^{121}　hua^{45} tɛʔ$^{21}_{53}$ ki$^{45}_{33}$ hioʔ^{121} hiã$^{23}_{33}$ sio^{45}
抵热　花红火着，花晢枝箬　熻烧。

hioʔ^{121} ts‘ɛ̃^{45} aŋ^{23} p‘ue^{21} k‘aʔ$^{21}_{53}$ ts‘io$^{45}_{33}$ tio^{23}　lik$^{121}_{21}$ hioʔ^{121} kap^{215} hua^{45} sio$^{45}_{33}$ gio^{53}
箬　青红配恰猜趒，绿箬　佮　花相谑。

kuã^{23} kau^{21} tɔk$^{21}_{5}$ hua^{45} kui$^{45}_{33}$ te^{33}　aŋ$^{23}_{33}$ hua^{45} sit$^{21}_{5}$ sik^{21} k‘ue$^{23}_{33}$ io^{45}
寒遘砉花归地，红花失色瘸腰。

hioʔ^{121} sui$^{23}_{33}$ hɔŋ^{45} miã^{33} su^{33} ts‘iu$^{45}_{33}$ p‘io^{23}　kɔ$^{45}_{33}$ ts‘un^{33} ta$^{45}_{33}$ ki^{45} io$^{23}_{33}$ tio^{33}
箬　随风命似秋薸，孤　愺燋枝摇佻。

[歌唱至一半后幕启，黑夜中茉莉独自一人，遥望夜空]

莉：　(吟)(《七绝·风吹花》)

hɔŋ^{45} k‘i^{53} hɔŋ^{45} suaʔ^{21} piã$^{45}_{33}$ sã$^{45}_{33}$ piã^{45}
风起风　煞　抨三抨，

hua^{45} tɔk^{21} hua^{45} k‘ui^{45} tiã$^{45}_{33}$ kau$^{53}_{45}$ tiã^{45}
花砉花　开颠九颠。

hɔŋ^{45} k‘i^{21} bu$^{23}_{33}$ tsɔŋ^{45} ts‘ue$^{33}_{21}$ bo$^{23}_{33}$ iã^{53}
风去无踪　揮无影，

hua^{45} tsan^{23} pan^{33} lɔk^{121} kui$^{45}_{33}$ suã$^{45}_{33}$ p‘iã^{23}
花残瓣落归山坪。

（悲伤地）（独唱）（《七律·荔枝熟》）

tu$^{53}_{45}$ zuaʔ^{121} sian$^{23}_{33}$ a^{53} t'ĩ^{45} sio$^{45}_{33}$ ki^{45}
抵 热 蝉 仔天 烧 吱，

hɔŋ$^{23}_{33}$ ts'ɛ̃^{45} ua$^{45}_{33}$ tsaŋ^{23} kiat$^{21}_{5}$ le$^{33}_{21}$ tsi^{45}
逢 青 桠 枞 结 荔枝。

ko^{53} zim$^{33}_{21}$ t'ŋ^{45} lau^{23} gun^{53} bɔŋ$^{53}_{45}$ kɔ^{21}
果 任 汤 流 阮 罔 顾，

k'ɛʔ^{21} iu^{23} nuã^{33} tiʔ^{21} laŋ^{23} k'an$^{45}_{33}$ t'i^{45}
客 由 㘓 滴 侬 牵 痴。

tsa$^{53}_{45}$ ts'un^{45} k'ui$^{45}_{33}$ hua^{45} u$^{33}_{21}$ tuĩ$^{53}_{45}$ zit^{121}
早 春 开 花 有 转 日，

zuaʔ^{121} kau^{21} ts'iaʔ$^{21}_{53}$ sik^{121} bo$^{23}_{33}$ kui$^{45}_{33}$ ki^{23}
热 遘 赤 熟 无 归 期。

aŋ$^{23}_{33}$ le^{33} tsiã$^{23}_{33}$ p'a^{45} ban$^{53}_{45}$ lik$^{121}_{21}$ ts'iu^{33}
红 荔 成 葩 挽 绿 树，

gun^{53} sim^{45} k'aʔ$^{121}_{21}$ ts'iu^{33} sɛ̃$^{45}_{33}$ ts'ɛ̃$^{45}_{33}$ t'i^{23}
阮 心 阖 树 生 青 苔。

［莉歌唱毕，忧伤地下。莉父从里屋出，心情愉快地］

莉父：（吟）（《五绝·闲伫厝内》）

t'au$^{21}_{53}$ tsa^{53} tsiaʔ$^{121}_{21}$ tɛ^{23} p'aŋ^{45} ɛ$^{33}_{21}$ pɔ^{45} pĩ$^{21}_{53}$ baŋ^{53} taŋ^{33}
透 早 食 茶 芳，下 晡 变 魍 动。

zit^{121} t'iã^{45} tsiau$^{53}_{45}$ a^{53} tsiu^{45} mɛ̃^{23} tue$^{21}_{53}$ tsiu$^{45}_{33}$ kɔŋ^{45} baŋ^{33}
日 听 鸟 仔 啾，暝 趩 周 公 梦。

（独唱）（《七律·家治厝埕仔团》）

san$^{53}_{45}$ san^{53} tŋ$^{23}_{33}$ liau^{45} piaʔ$^{21}_{53}$ tiŋ^{53} pan^{45}
痟 痟 长 嘹 壁 顶 斑，

niũ$^{45}_{33}$ niũ^{45} iu$^{21}_{53}$ siu^{21} ts'ɛ̃$^{45}_{33}$ im^{45} kuan^{23}
孧 孧 幼 秀 青 荫 悬。

lun$^{33}_{21}$ tik^{21} sɔ$^{45}_{33}$ ham^{45} kɔŋ^{53} kuã^{53} tit^{121}
嫩 竹 疏 篱 栱 杆 直，

pɔ$^{45}_{33}$ tiŋ^{23} k'iɔk$^{21}_{5}$ uat^{21} ki$^{45}_{33}$ tiau^{23} uan^{45}
痡 藤 曲 斡 枝 条 弯。

ts'au^{53} ɔŋ^{33} hua^{45} aŋ^{23} hioʔ^{121} lik^{121} sui^{53}
草 旺 花 红 箬 绿 水，

p'aŋ^{45} ĩ^{45} tsiau^{53} ts'iɔ̃^{21} sian$^{23}_{33}$ ko^{45} tan^{23}
蜂 嘤 鸟 唱 蝉 哥 瞋。

bo$^{23}_{33}$ hiam^{23} ui^{33} tãi^{53} tiã$^{23}_{33}$ k'a^{45} eʔ^{121}
无 嫌 位 噔 埕 骹 狭，

e$^{33}_{21}$ kuan^{21} laŋ^{23} suan^{45} pak$^{21}_{5}$ lai^{33} an^{45}
会 惯 侬 喧 腹 内 安。

[唱毕冲泡工夫茶]

莉父：（吟）（《渔家傲·泡工夫茶》

kun$^{53}_{45}$ tsui^{53} hiã$^{23}_{33}$ ue^{45} hŋ$^{45}_{33}$ un^{33} biau^{33} tŋ$^{33}_{21}$ pue^{45} uã$^{33}_{21}$ tsuã^{53} sin$^{45}_{33}$ biŋ^{53} kau^{21}
滚 水 熇 锅 哼 韵 妙，盪 杯 换 盏 新 茗 遘，

ɔ^{23} kɔ$^{53}_{45}$ piʔ^{21} au^{45} niũ^{45} aʔ$^{121}_{21}$ p'au^{21} tɛ^{23} k'aʔ$^{121}_{21}$ kau^{53} bo$^{23}_{33}$ tɛ^{23} iau$^{53}_{45}$ hian^{53}
壶 古 甓 瓯 挈 合 泡；茶 阖 垢，无 茶 犹 显

tɛ$^{23}_{33}$ p'aŋ^{45} kau^{33}
茶 芳 厚。

sioʔ^{121} k'i^{21} tin^{23} siau^{45} sun^{23} zip$^{121}_{21}$ k'au^{53} kuan$^{23}_{33}$ ts'iɔŋ^{45} kɛ^{33} to^{53} k'a$^{45}_{33}$
膤 去 尘 消 醇 入 口，悬 冲 下 倒 骹

pɔ^{33} tau^{21} tɛ^{23} ak^{21} t'an$^{21}_{53}$ sio^{45} au$^{23}_{33}$ te^{53} k'iau^{53} tɛ^{23} tsiaʔ$^{121}_{21}$ t'au^{21} kui$^{45}_{33}$ mɛ̃^{23}
步 鬥，茶 沃 趁 烧 喉 底 巧；茶 食 透，归 暝

ho$^{53}_{45}$ k'un^{21} bin^{23} t'au$^{53}_{45}$ kau^{21}
好 睏 眠 敨 够。

［茉莉复上场，仍十分忧伤，父察觉］

tsa$^{45}_{33}$ bɔ^{53} a^{21} li^{53} si$^{33}_{21}$ piaʔ$^{21}_{53}$ k'a$^{45}_{33}$ ts'au^{53} tu$^{53}_{45}$ bo$^{23}_{33}$ t'aŋ$^{53}_{45}$ huã$^{23}_{33}$ hɔ^{33} k'uã$^{21}_{53}$

莉父：查 某 啊！汝 是 壁 骹 草 抵 无 侹 横 雨， 看

tioʔ^{121} kaʔ$^{21}_{53}$ ta$^{45}_{33}$ liam^{45} ta$^{45}_{33}$ liam^{45} t'au^{23} tap^{21} bak^{121} sue^{23}

着 呷 焦 蔫 焦 蔫， 头 耷 目 垂！

pa^{45} a^{21} si$^{33}_{21}$ a$^{45}_{33}$ puat^{121} la^{21}

莉： 爸 啊，是 阿 梈 喇！

（吟）（《如梦令·蜂恋花》）

puʔ$^{21}_{53}$ ĩ^{53} hua$^{45}_{33}$ ki^{45} p'aŋ$^{45}_{33}$ kɔŋ^{21} si^{23} put$^{21}_{5}$ si^{23} hua^{45} k'ui^{45} p'ɔŋ^{21}

欂 枍 花 枝 芳 贡，时 不 时 花 开 肪。

p'aŋ^{45} seʔ^{121} sãʔ$^{21}_{53}$ tui$^{45}_{33}$ hua^{45} nã$^{53}_{45}$ tso$^{21}_{53}$ hi^{21} p'aŋ^{45} hua^{45} lɔŋ^{33}

蜂 踅 趿 追 花，若 做 戏 蜂 花 浪。

baŋ$^{45}_{33}$ kɔŋ^{53} baŋ$^{45}_{33}$ kɔŋ^{53} kaʔ$^{21}_{53}$ kui$^{53}_{45}$ zit^{121} hua$^{45}_{33}$ t'au^{23} t'ɔŋ^{53}

甭 讲，甭 讲， 呷 几 日 花 头 统！

ha^{53} tu$^{53}_{45}$ ho^{53} bo$^{23}_{33}$ nɔ̃$^{33}_{21}$ zit^{121} loʔ$^{121}_{21}$ sio$^{45}_{33}$ uan^{45} lɔŋ$^{53}_{45}$ iau$^{53}_{45}$ si$^{33}_{21}$ gin$^{53}_{45}$ a^{53} laŋ^{23}

莉父：哈！抵 好 无 两 日 咯 相 冤， 拢 犹 是 囝 仔 侬！

（吟）（《五绝·柳树》）

ts'un$^{45}_{33}$ hɔŋ^{45} ts'ui$^{45}_{33}$ puʔ$^{21}_{53}$ gɛ^{23} zuaʔ$^{121}_{21}$ lɔŋ^{33} ts'iɔk$^{21}_{5}$ muã$^{45}_{33}$ sɛ^{45}

春 风 催 欂 芽， 热 浪 促 幔 纱。

ts'iu$^{45}_{33}$ ta^{45} kuã$^{53}_{45}$ hioʔ^{121} tɔk^{21} han$^{23}_{33}$ k'i^{21} laŋ$^{33}_{21}$ k'ui$^{45}_{33}$ ts'ɛ^{45}

秋 燋 赶 箬 砉， 寒 气 弄 开 杈。

ai^{21} li^{53} si^{33} m$^{33}_{21}$ tsai^{45} i^{45} laŋ^{23} la^{21} kɔŋ^{53} si$^{33}_{21}$ si$^{21}_{53}$ si^{45} t'ak$^{121}_{21}$ t'au$^{21}_{53}$ t'au^{21} kɔŋ$^{53}_{45}$

莉： 唉！汝 是 伓 知 伊 侬 喇！ 讲 是 四 书 读 透 透， 讲

ua^{33} tsap$^{121}_{21}$ ku^{21} kau^{53} be$^{33}_{21}$ tau^{21} muĩ$^{23}_{33}$ sĩ$^{21}_{53}$ paŋ^{45} kã$^{53}_{45}$ si$^{33}_{21}$ k'i$^{21}_{53}$ tau$^{21}_{53}$ m$^{33}_{21}$ tioʔ$^{121}_{21}$

话 十 句 九 鱠 鬥！ 门 扇 枋 敢 是 去 鬥 伓 着

piŋ^{23} kɔŋ$^{53}_{45}$ i^{45} ts'an^{23} m$^{33}_{21}$ tso^{21} beʔ$^{21}_{53}$ k'i$^{21}_{53}$ tso$^{21}_{53}$ siŋ$^{45}_{33}$ li^{53} t'an$^{21}_{53}$ tua$^{33}_{21}$ lui^{45}

肦！ 讲 伊 滕 伓 做 卜 去 做 生 理 趁 大 镭！

tsin$^{45}_{33}$ tsiã$^{21}_{53}$ si^{33} gu$^{23}_{33}$ a^{53} m$^{33}_{21}$ bat$^{21}_{5}$ hɔ^{53} tu^{53} tioʔ$^{121}_{21}$ tsiaʔ$^{21}_{53}$ tsai$^{45}_{33}$ k‘ɔ^{53} a^{21}
真正是牛仔伓怺虎,抵着则知苦啊!

pa^{45} a^{21} li^{53} kã$^{53}_{45}$ si$^{33}_{21}$ bat$^{21}_{5}$ kaʔ^{21} gun^{53} ka^{21} kue^{21}
爸啊!汝敢是怺呷阮教过……

(吟)《五绝:看河溪》)

ho$^{45}_{33}$ k‘e^{45} t‘ĩ$^{45}_{33}$ tiŋ^{53} p‘ua^{45} bak$^{121}_{21}$ lui^{53} t‘ɔ$^{23}_{33}$ k‘a^{45} hua^{45}
河溪天顶帔,目蕊涂骹花。
siɔ̃$^{21}_{53}$ ku^{53} tsai$^{45}_{33}$ ka$^{45}_{33}$ ti^{33} laŋ^{23} su^{45} tsit$^{121}_{21}$ liap^{121} sua^{45}
相久知家治,侬输一粒沙。

tioʔ^{121} li^{53} kɔŋ$^{53}_{45}$ liau^{53} tsin$^{33}_{21}$ tioʔ^{121} kuai$^{45}_{33}$ gin$^{53}_{45}$ a^{53} hi^{23} t‘an$^{21}_{53}$ ts‘ĩ^{45} hɛ^{23}
莉父:着!汝讲了尽着,乖囝仔!鱼趁鲜,虾

t‘an$^{21}_{53}$ tio^{23} laŋ^{23} t‘an$^{21}_{53}$ tsĩ^{53} tsiaʔ$^{121}_{21}$ piã^{21} t‘an$^{21}_{53}$ siau$^{21}_{53}$ lian^{23} bo$^{23}_{33}$ m$^{33}_{21}$ tioʔ^{121}
趁越,侬趁芷;食拼趁少年无伓着!

m$^{33}_{21}$ koʔ$^{21}_{53}$ a$^{45}_{33}$ puat^{121} t‘ak$^{121}_{21}$ ts‘ɛʔ$^{21}_{53}$ te$^{53}_{45}$ a^{53} ho^{53} koʔ$^{21}_{53}$ si^{33} tsit$^{121}_{21}$ kɔ$^{53}_{45}$ tiɔŋ$^{45}_{33}$ hɔ^{33}
伓佫阿柭读册底仔好,佫是一个忠厚

kiã^{53} t‘an$^{21}_{53}$ laŋ^{23} tso$^{21}_{53}$ nã^{53} siŋ$^{45}_{33}$ li^{53} nɛ̃^{45} i^{45} a^{21} t‘ak$^{121}_{21}$ ts‘ɛʔ^{21} kaʔ$^{21}_{53}$ ho$^{53}_{45}$
囝,趁侬做哪生理呢?伊啊,读册恰好

tso$^{21}_{53}$ nã$^{53}_{45}$ a^{53}
做哪仔!

gua^{53} mã^{21} si$^{33}_{21}$ an$^{45}_{33}$ nɛ̃^{45} kɔŋ^{53} i^{45} tsiã$^{21}_{53}$ piŋ^{23} hi$^{33}_{21}$ k‘aŋ^{45} zip^{121} to$^{21}_{53}$ piŋ^{23} hi$^{33}_{21}$
莉:我嘛是安尼讲!伊正朌耳空入,倒朌耳

k‘aŋ^{45} ts‘ut^{21} bak^{121} t‘au$^{23}_{33}$ tsiŋ^{23} tsiam$^{45}_{33}$ p‘ĩ^{33} k‘uã$^{21}_{53}$ hian$^{33}_{21}$ hian^{33} siã$^{23}_{33}$ muĩ^{23}
空出!目头前针鼻看现现,城门

k‘uã$^{21}_{53}$ bu$^{33}_{21}$ bu^{33} iau$^{53}_{45}$ m$^{33}_{21}$ tsai^{45} kɔŋ$^{53}_{45}$ tsiŋ$^{23}_{33}$ niã^{53} m$^{33}_{21}$ si$^{33}_{21}$ kia^{33} au$^{33}_{21}$ niã^{53}
看雾雾;犹伓知讲前岺伓是崎,后岺

k‘aʔ$^{21}_{53}$ kia$^{33}_{21}$ piaʔ^{21}
恰崎壁!

ai^{21} gu$^{23}_{33}$a^{53}ts'ut$^{21}_{5}$si^{21}tsap$^{121}_{21}$peʔ$^{21}_{53}$puaʔ^{121} bueʔ$^{21}_{53}$tsai^{45}t'ĩ^{45}kuan^{23}te^{33}

莉父：唉！牛仔出世十八跋！卜知天悬地

kau^{33} ai$^{21}_{53}$tioʔ$^{121}_{21}$ sã$^{45}_{33}$tsap^{121}kue$^{21}_{53}$au^{33}

厚，爱着三十过后！

hŋ^{53} sã$^{45}_{33}$tsap^{121}kue$^{21}_{53}$au^{33} iau$^{53}_{45}$bo$^{23}_{33}$tiã$^{33}_{21}$tioʔ^{121} tsai$^{45}_{33}$iã^{53}t'ĩ^{45}kuan^{23}te^{33}kau^{33}

莉：哼！三十过后，犹无定着知影天悬地厚！

si^{33}a^{21} kuai$^{45}_{33}$gin$^{53}_{45}$a^{53} baŋ$^{45}_{33}$ts'iɔ̃$^{33}_{21}$lin$^{53}_{45}$lau$^{33}_{21}$pɛ^{33}an$^{45}_{33}$nɛ̃^{45} ai^{21} siau$^{21}_{53}$lian^{23}

莉父：是啊，乖囝仔！甭像恁老父安尼！唉！少年

nã$^{33}_{21}$bo^{23}tsit$^{121}_{21}$mãi$^{53}_{45}$gɔŋ^{33} lɔ$^{33}_{21}$kĩ^{23}beʔ$^{21}_{53}$t'ai$^{53}_{45}$t'o$^{53}_{45}$u$^{33}_{21}$iu$^{53}_{45}$iŋ$^{21}_{53}$kɔŋ^{45}a^{21}

若无一迈戆，路墘卜呔讨有有应公啊！

（吟）（《鹧鸪天·食老》）

zuaʔ^{121}bue^{53}hɔŋ$^{23}_{33}$ts'iu^{45}k'aʔ$^{21}_{53}$t'ɔ$^{53}_{45}$ts'iu^{45} ts'iu^{45}lai^{23}ts'iŋ$^{33}_{21}$hɔ^{33}koʔ$^{21}_{53}$

热尾逢秋恰吐鬏，秋来蹭雨佫

t'iam$^{45}_{33}$ts'iu^{23} ts'un$^{45}_{33}$t'au^{23}zuaʔ$^{121}_{21}$tsin^{33}kiŋ$^{45}_{33}$nĩ^{23}kue^{21} bin^{33}pɔ^{53}p'ue^{23}

添愁。春头热尽经年过，面脯皮

ziau^{23}sue$^{21}_{53}$guat^{121}piu^{45}

皱岁月飙。

kɛ^{45}aŋ$^{53}_{45}$laŋ^{53} kau$^{33}_{21}$iu$^{45}_{33}$ziu^{23} bo$^{23}_{33}$sim^{45}k'iam$^{21}_{53}$lat^{121}to$^{21}_{53}$hue$^{23}_{33}$kiu^{45}

加骯髒，厚忧柔，无心欠力倒回勼。

tsiŋ$^{23}_{33}$sɛ̃^{45}oʔ$^{21}_{53}$p'iaʔ^{21}ts'a$^{45}_{33}$t'au^{23}k'i^{53} au$^{33}_{21}$si^{21}lan$^{23}_{33}$siŋ^{23}ho$^{53}_{45}$bue^{53}siu^{45}

前生恶避差头起，后世难承好尾收。

gua^{53}kap$^{21}_{53}$a$^{45}_{33}$puat^{121}i^{45} ai^{21}

莉：我佮阿梓伊……（后悔地）唉！

（吟）（《五绝·做囝仔损篮仔梓枞》）

bo$^{23}_{33}$ui$^{21}_{53}$iu$^{21}_{53}$ki^{45}tsiʔ^{121} kue^{53}ts'ɛ̃^{45}siã$^{23}_{33}$nuã^{33}tiʔ^{21}

无畏幼枝折，果青涎嘫滴。

tsiɔ̃$^{33}_{21}$tsaŋ^{23}ɔ$^{45}_{33}$pɛʔ^{121}lai^{21}　tɛ̃$^{21}_{53}$sai^{53}k‘a$^{45}_{33}$ts‘uĩ^{45}liʔ^{121}

上　松　乌　白　来，　蹬　屎　尻　川　裂。

[莉失声痛哭，父安慰。音乐声起，父女唱二重唱]

父莉：(二重唱)(《好事近·狂雨搧花》)

kɔŋ$^{23}_{33}$hɔ^{33}sian$^{21}_{53}$hua$^{45}_{33}$m^{23}　tsui^{53}p‘aʔ^{21}hɔ^{33}ts‘iaŋ^{23}hua^{45}tɔk^{21}

狂　雨　搧　花　莓，　水　拍　雨　溅　花　砮。

lui^{53}t‘iaʔ^{21}hua^{45}k‘ui^{45}tsaŋ^{45}suã^{21}　siau$^{33}_{21}$te^{33}tsiau$^{23}_{33}$tam$^{23}_{33}$lɔk^{21}

蕊　拆　花　开　鬃　散，　揱　地　缯　澹　漉。

lɔk$^{121}_{21}$hua^{45}siau$^{45}_{33}$lui^{53}lɔŋ$^{53}_{45}$kui$^{45}_{33}$t‘ɔ^{23}　tsi$^{53}_{45}$k‘iam^{21}hua$^{45}_{33}$tsaŋ^{23}ts‘iɔk^{21}

落　花　消　蕊　拢　归　涂，　只　欠　花　松　灼。

laŋ^{23}ko^{53}kiat^{21}kim$^{45}_{33}$uĩ^{23}t‘ui^{33}　i^{45}/gua^{53}ts‘iu^{33}kɔ$^{45}_{33}$ts‘ɛ̃$^{45}_{33}$liɔk^{121}

侬　果　结　金　黄　缍，　伊/　我　树　孤　青　绿。

[落幕]

唱段曲谱

西江月·凤凰花

1=F $\frac{2}{4}$

女声合唱

♩=88　中速稍缓，深情、怜惜地

歌仔戏《白茉莉》第四场选段（十七）

高 然 作词作曲

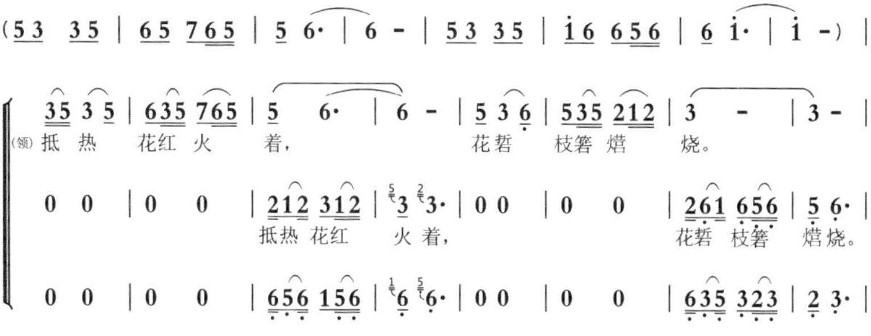

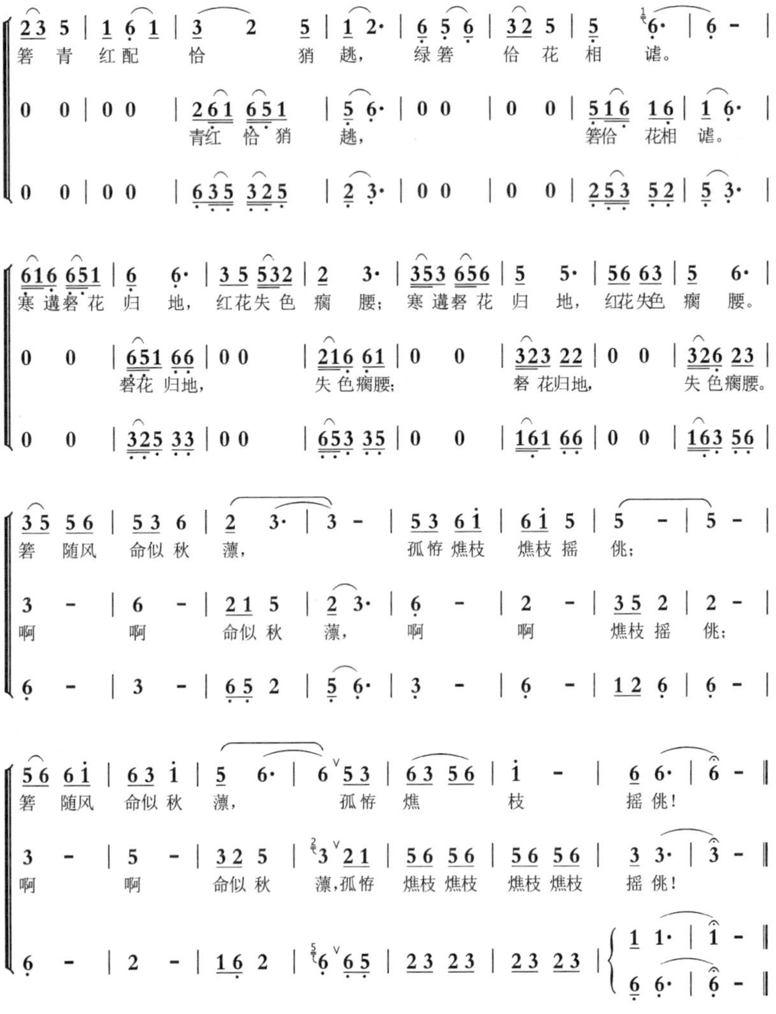

七律·荔枝熟

1=F $\frac{2}{4}$

♩=68 较慢，深情、忧伤地

女声独唱

歌仔戏《白茉莉》第四场选段（十八）

高 然 作词作曲

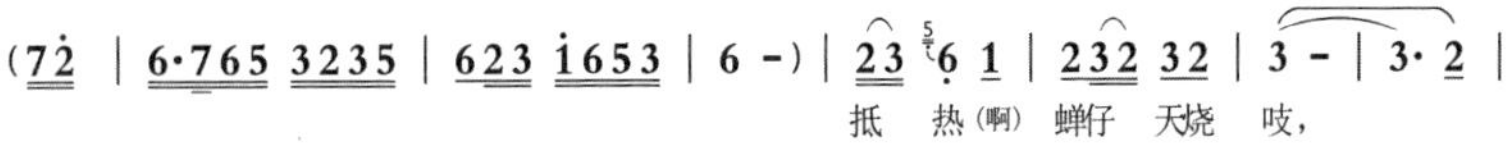

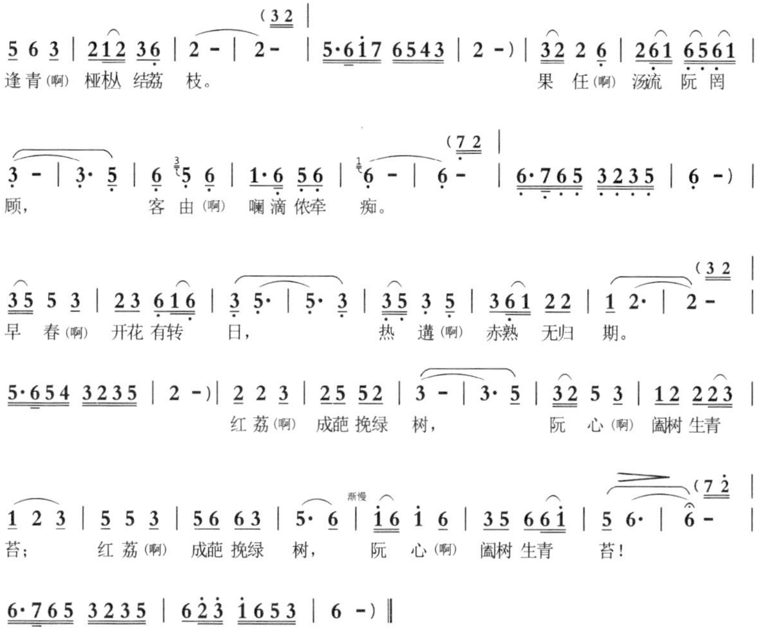

七律·家治厝埕仔囝

1=G $\frac{2}{4}$

♩=80 中速，自信、抒情地

男声独唱

歌仔戏《白茉莉》第四场选段（十九）

高然 作词配曲

调寄《杂嗦仔》

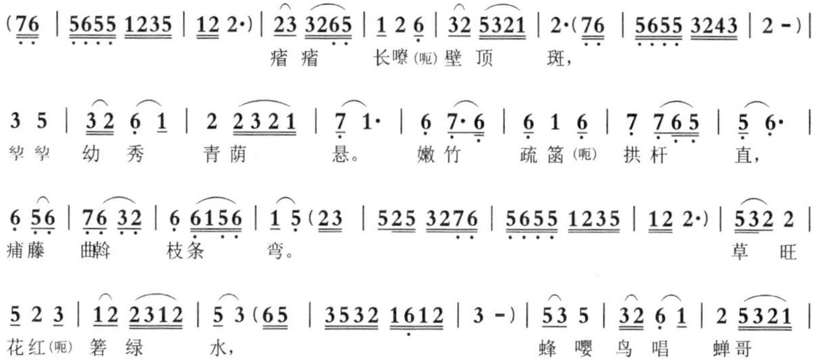

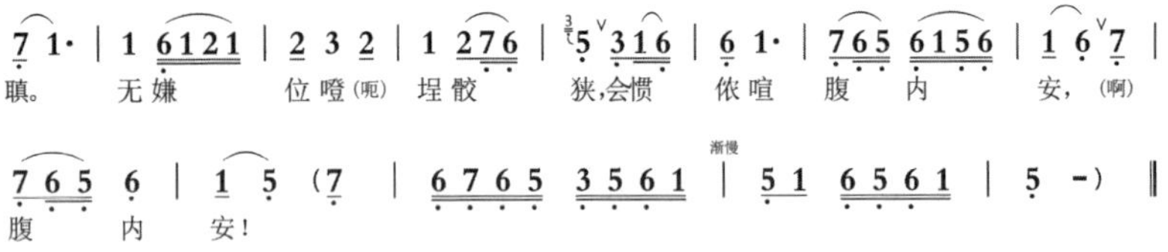

好事近·狂雨掮花

1=G 2/4
♩=76 中速稍缓，悲伤地

男女声二重唱

歌仔戏《白茉莉》第四场选段（二十）

高 然 作词作曲

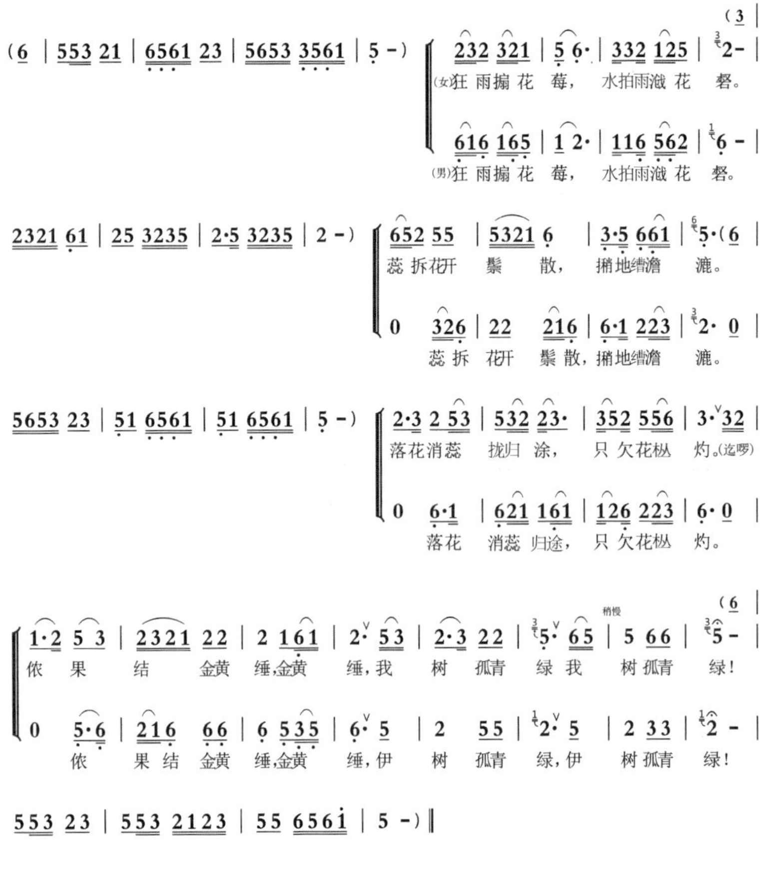

词语解释

1. 抵热，碰上夏天；抵，遇，碰；热，夏天。火着，火烧，燃烧。踅tɛʔ^{21}，压，轧。箬hioʔ^{121}，树叶。熖hiã^{23}，燃，烧。恰k'aʔ^{21}，更。猬越ts'io$^{45}_{33}$tio^{23}，跳跃，显眼，突显。佮kap^{21}，和，跟。相谑，相互调情。寒，冬天。遘kau^{21}，到。砉tɔk^{21}，掉，落。归地，满地。薸p'io^{23}，浮萍。孤，仅，只。伡ts'un^{33}，剩，余。燋枝，枯枝。佻tio^{33}，跃，颤。

2. 风起风煞，风（始）刮风停止。抨piã^{45}，摔打。颠，疯摇。揮ts'ue^{33}，寻，找。归，满，一整。蝉仔，知了。枞tsaŋ^{23}，植株。阮gun^{53}，我们，我们的，我，我的。罔顾，爱管不管。嘫nuã^{33}，唾沫。有转日，有回来的时候。赤熟，(荔枝)红熟。成葩，结成一挂挂状；葩，串，挂。挽baŋ^{53}，採，摘。阖k'aʔ^{121}，黏，附。

3. 透早，早晨。食茶，喝茶。芳，香。下晡，下午。变魍，捣鼓，干活儿。日，白天。暝mɛ̃^{23}，夜晚。� tue^{21}，跟，从。

4. 瘖瘖，瘦细长状；瘖saŋ^{53}，瘦，苗条。长嘹，长条状。顶，上面。纽纽，细小状。幼秀，秀气。悬，高。疏箍，(甘蔗，竹子等）节距疏远；箍，节，目。栱杆，杆，茎。痡pɔ^{45}，枯，朽。曲斡，弯曲状。嘤，蜂鸣。聙tan^{23}，响，发声。位噔，地方小；噔，小。埕骹，院子；埕tiã^{23}，院子，场院。

5. 滚水，开水。熖，烧，盪tŋ^{33}，涮洗。古鳖，古味儿。瓯，小杯。合aʔ^{121}，合适。膪sioʔ^{121}，(手脚）汗，汗味儿。骹步鬥，方法配合（好）；鬥，凑，配合、沃茶，喝茶。趁烧，趁热，烧，热。喉底，喝茶后喉部的甘香感。归暝，一整夜。好睏，睡得好。敨眠，睡觉。

6. 查某，女人，女儿。壁骹，墙根儿。抵，遇，碰。侹横，横向，置横位。燋蔫，干瘪。

7. 爆杒，冒芽儿；爆puʔ^{21}，突长。杒，幼芽，又写作“苚”。芳贡，香喷。肨p'ɔŋ^{21}，胀，肿。踅seʔ^{121}，旋，转。跤sãʔ^{21}，扑，追扑。做戏，演戏。甭baŋ^{45}，不用，别。呷kaʔ^{21}，才。统，缩。

8. 抵好，恰好，刚巧。咯，就。相冤，吵柴。拢，都，全。团仔侬，孩子。幔muã^{45}，披。

9. 门扇枋，门板；枋paŋ^{45}，板材。門伓着彬，装反了；伓着，不对，错；彬，边。卜beʔ^{21}，要，欲。做生理，做生意。趁镭，挣钱。怺bat^{21}，认识，知道。抵着，碰上了。呷，把，将。河溪，银河。天顶，天上；又读hue$^{23}_{33}$ k‘e^{45}。帔p‘ua^{45}，撒，披。目蕊，眼睛。涂骹，地上，地板。相久，注视时间长了。知，了解，知道。家治，自个儿。

10. 着，对，正确。尽，很，非常。囝仔，孩子。趒tio^{23}，跳，跃。芷tsi^{53}，幼嫩。食拼，拼搏。伓佫，不过，然而。读册，读书。底仔，底子。佫koʔ^{21}，又。趁侬，学人家，跟人。恰好，胜于。

11. 安尼，如此，这样。正彬，右边儿。倒彬，左边儿。耳空，耳朵。目头前，眼眉跟前。看现现，看得清楚。看雾雾，看得模糊。伓m^{33}，不。崎kia^{33}，陡坡；陡峭。

12. 牛仔，小牛。出世，出生。跋，摔，跌。无定着，不一定，没准儿。恁老父，你父亲；恁lin^{53}，你们（的），你的。逫mãi^{53}，次，回。戇gɔŋ^{33}，傻。墘kĩ^{23}，边，沿。呔讨t‘ai$^{53}_{45}$t‘o^{53}，哪儿，如何。热尾，夏末。恰kaʔ^{21}，更加。吐鬏，长出胡须。蹭ts‘iŋ^{33}，碰，遇。佫koʔ^{21}，又，再。面脯，脸部皱巴；脯pɔ^{53}，干瘪。皺ziau^{23}，皱。加，多。䆿

䍡aŋ$^{53}_{45}$ laŋ^{53}，纠缠不休。厚，多。回勼，回缩。恶oʔ^{21}，难，不易。

13. 涎，引诱，诱惑。噸nuã^{33}，唾液。柭tsaŋ^{23}，树，植株。乌白来，乱来。蹬屎，硬挤屎。尻川，屁股。搧，拍打。花蕾，花苞。溅ts‘iaŋ^{23}，冲，涮。揱siau^{33}，摔打，抽打。總tsiau^{23}，全，都。澹漉，湿漉。缍t‘ui^{33}，下垂。

扫码听录音

第五场　墟场着堆

时间 夏末某炎日白天

地点 某集市一角

场景 集市上人头涌动，买卖热闹

［幕启前，幕后女声合唱］

女众：（合唱）（《五绝·心花》）

ts‘un$^{45}_{33}$ hua^{45} k‘ui^{45} tɛʔ$^{21}_{53}$ ki^{45}　hua^{45} tɔk^{21} tsu$^{33}_{21}$ t‘ɔ^{23} li^{23}
春 花 开 晢 枝，花 辔 自 涂 离。

sim$^{45}_{33}$ hua^{45} paŋ$^{21}_{53}$ tĩ$^{33}_{21}$ pak^{21}　hua^{45} lɔk^{121} bo$^{23}_{33}$ si$^{23}_{33}$ ki^{23}
心 花 放 滇 腹，花 落 无 辞 期。

［幕启，集市上人来人往，气氛热闹］

众：（合唱）（《卜算子·赴墟》）

laŋ$^{53}_{45}$ tã^{21} hu$^{21}_{53}$ hi$^{45}_{33}$ tiɔ̃^{23}　kaŋ$^{33}_{21}$ sia^{33} taŋ$^{23}_{33}$ tse$^{23}_{33}$ tau^{21}
笼 担 赴 墟 场，共 社 同 齐 鬥。

k‘i$^{21}_{53}$ kau$^{21}_{53}$ hi^{45} hia^{45} t‘ioʔ$^{21}_{53}$ tiaʔ^{121} niɔ̃^{23}　ts‘ai$^{21}_{53}$ pɔ^{53} kau$^{45}_{33}$ t‘ɔ$^{23}_{33}$ tau^{33}
去 遘 墟 遐 粜 籴 粮，菜 脯 交 涂 豆。

ue^{45} k‘ã^{45} uã$^{53}_{45}$ ti^{33} sin^{45}　p‘ue^{33} ts‘ioʔ^{121} sã^{45} kun^{23} sau^{21}
锅 坩 碗 箸 新，被 蓆 衫 裙 扫。

ts‘iŋ$^{33}_{21}$ tioʔ^{121} lam$^{23}_{33}$ lu^{53} tui$^{21}_{53}$ bak^{121} si^{23}　sun$^{33}_{21}$ tsua^{33} in$^{45}_{33}$ ian^{23} kau^{53}
蹭 着 男 女 对 目 时，顺 迣 姻 缘 搞。

［歌毕，补锅匠上前］

t‘iʔ^{21} siaʔ^{21} kim^{45} gin^{23} taŋ^{23}　haŋ$^{23}_{33}$ tsiŋ^{23} bo$^{23}_{33}$ sio$^{45}_{33}$ kaŋ^{33}　gua^{53} pɔ$^{53}_{45}$ tiã$^{53}_{45}$
锅匠：铁 锡 金 银 铜，行 情 无 相 共！ 我 补 鼎

sai^{45} a^{21}
师 啊！

（吟）（《五绝·补鼎》）

lɔ$^{23}_{33}$ kiã^{53} t'aŋ$^{21}_{53}$ hɔŋ$^{45}_{33}$ kui^{33} t'iʔ^{21} iɔ̃^{23} laŋ^{33} pian$^{21}_{53}$ tsui^{53}
炉 团 遒 风 柜，铁 烊 弄 变 水。

u$^{33}_{21}$ t'aŋ^{45} pɔ$^{53}_{45}$ tiã$^{53}_{45}$ k'aŋ^{45} iau$^{53}_{45}$ k'ɔŋ$^{21}_{53}$ ti$^{45}_{33}$ k'a$^{45}_{33}$ t'ui^{53}
有 通 补 鼎 空， 犹 焢 猪 骹 腿。

[锅匠吟毕退下，补伞人上前]

niɔ̃$^{23}_{33}$ suã^{21} sui$^{45}_{33}$ p'ua^{21} kut$^{21}_{5}$ kɛ^{21} iau$^{53}_{45}$ ti^{33} tsit$^{21}_{5}$ e^{23} iu$^{23}_{33}$ tsua$^{53}_{45}$ hɔ$^{33}_{21}$ suã^{21} a^{21}
伞匠：凉 伞 虽 破， 骨 架 犹 伫，即 兮 油 纸 雨 伞啊！

（吟）（《七绝·油纸伞》）

tik$^{21}_{5}$ kut^{21} ts'a$^{23}_{33}$ sin^{45} tsua^{53} ts'at$^{21}_{5}$ iu^{23}
竹 骨 柴 身 纸 漆 油，

sia$^{53}_{45}$ zi^{33} ua$^{33}_{21}$ tsiau^{53} biau$^{23}_{33}$ hua^{45} ziu^{23}
写 字 画 鸟 描 花 柔。

t'ĩ^{45} tsɛ̃^{23} bo$^{23}_{33}$ kam^{45} siu$^{33}_{21}$ zit^{121} p'ak^{121}
天 晴 无 甘 受 日 曝，

hɔ^{33} zit^{121} iu$^{53}_{45}$ hiŋ^{33} sim$^{23}_{33}$ lim^{23} iu^{23}
雨 日 有 幸 承 霖 游。

[补伞人吟毕退下，蔴糍公上前]

gua^{53} muã$^{23}_{33}$ tsi$^{23}_{33}$ kɔŋ^{45} lɔŋ$^{53}_{45}$ kɔŋ$^{53}_{45}$ muã$^{23}_{33}$ tsi^{23} ts'iu$^{53}_{45}$ lai^{33} ts'ut^{21} tsiaʔ^{121}
蔴公：我 蔴 糍 公， 拢 讲 蔴 糍 手 内 出， 食

tioʔ$^{121}_{21}$ tĩ^{45} but$^{21}_{5}$ but^{21}
着 甜 吻 吻！

（吟）（《五绝·蔴糍》）

p'ue^{23} tsiŋ^{45} tsut$^{121}_{21}$ bi$^{53}_{45}$ tiu^{33} gua^{33} nuĩ^{53} lai^{33} sɔ$^{45}_{33}$ k'iu^{33}
皮 春 秫 米 籸， 外 软 内 酥 䶑 。

muã$^{23}_{33}$tsi^{23}tsiaŋ$^{45}_{33}$pun$^{53}_{45}$tsiu^{45}　liap$^{121}_{21}$liap^{121}sioʔ$^{21}_{53}$kiŋ$^{45}_{33}$ts‘iu^{53}

蔴　糍　漳　本　州，粒　粒　惜　经　手。

[蔴糍公吟毕退下，白糖葱佬上前]

k‘a$^{21}_{53}$t‘au^{23}loʔ$^{121}_{21}$ai$^{21}_{53}$tsai$^{45}_{33}$tuĩ$^{53}_{45}$bue^{53}　tsit^{215}e$^{23}_{33}$pɛʔ$^{121}_{21}$t‘ŋ$^{23}_{33}$ts‘aŋ^{45}a^{21}

糖佬：敲　头　咯　爱　知　转　尾！即　兮　白　糖　葱　啊！

（吟）（《五绝·白糖葱》）

t‘ŋ^{23}tŋ^{23}ts‘iɔ̃$^{33}_{21}$pɛʔ$^{121}_{21}$ts‘aŋ^{45}　k‘aʔ$^{21}_{53}$kueʔ^{121}uã$^{33}_{21}$sɛ̃$^{45}_{33}$taŋ^{23}

糖　长　像　白　葱，　敲　橛　换　铣　铜。

ke^{45}haŋ^{33}tãi^{45}tãi^{45}hiaŋ^{53}　tɔ$^{33}_{21}$sim^{45}ŋiãu^{21}ŋiãu^{21}t‘aŋ^{23}

街　巷　镫　镫　响，肚　心　趬　趬　虫。

[白糖葱佬吟毕敲铛铛退下。众忽闻嗅远处热风带来腥味儿]

众：（合唱）（《西江月·石码鱼市》）

lɔ^{33}eʔ^{121}t‘uã^{45}pai^{23}tin$^{21}_{53}$ui^{33}　laŋ^{23}e^{45}tã^{21}t‘at^{21}tŋ$^{23}_{33}$ke^{45}

路　狭　摊　排　镇　位，侬　挨　担　窒　长　街。

kɛʔ$^{21}_{53}$kaŋ$^{45}_{33}$t‘e^{23}kin$^{33}_{21}$ua^{53}sai$^{45}_{33}$k‘e^{45}　tsiɔ̃$^{33}_{21}$huã^{33}hi^{23}ts‘ĩ^{45}ts‘iɔ̃$^{53}_{45}$be^{33}

隔　江　堤　近　倚　西　溪，　上　岸　鱼　鲜　抢　卖。

u$^{33}_{21}$kuĩ$^{53}_{45}$a^{53}hi^{23}hɛ^{23}kan^{53}　o^{23}ham^{45}ts‘iʔ^{121}sĩ$^{33}_{21}$kiam$^{23}_{33}$ke^{23}

有　卷　仔鱼　虾　蚬，蚵　蚶　蠘　腌　咸　鲑。

k‘uã$^{21}_{53}$hi$^{23}_{33}$tsun^{23}kau^{21}k‘eʔ$^{21}_{53}$pue$^{45}_{33}$e^{23}　ho$^{53}_{45}$mĩʔ^{121}sio$^{45}_{33}$tsɛ̃^{45}tau$^{21}_{53}$be^{53}

看　渔　船　遘　揳　飞　鞋，好　物　相　争　鬥　买。

[唱毕众退下各忙各的。阿梓挑鱼担上场，嫌天气热，嫌鱼腥臭]

梓：（吟）（《五绝·热天日中昼》）

iã^{53}seʔ^{121}zit$^{121}_{21}$t‘au^{23}ta^{21}　t‘au^{23}hin^{23}bak^{121}am$^{21}_{53}$a^{53}

影　趄　日　头　罩，头　眩　目　暗　哑。

u$^{33}_{21}$tsaʔ^{121}biʔ$^{21}_{53}$im^{45}k‘a^{45}　bo$^{23}_{33}$hɔŋ^{45}tiʔ$^{21}_{53}$kuã^{33}ka^{21}

有　闸　觅　荫　骹，无　风　滴　汗　漖。

tsit$_{5}^{21}$ e^{23} tua$_{21}^{33}$ zuaʔ$_{21}^{121}$ t‘ĩ^{45} zit^{121} p‘ak^{121} zuaʔ^{121} hãʔ^{121} hi^{23} hɛ^{23}
（不无抱怨地）即兮大热天，日曝热颰，鱼虾

beʔ$_{53}^{21}$ ta^{53} a^{53} kɔŋ$_{45}^{53}$ be$_{21}^{33}$ ts‘au$_{53}^{21}$ ts‘o^{45} koʔ$_{53}^{21}$ ho$_{45}^{53}$ be^{33} nɛ̃^{45} gua^{53} si$_{21}^{33}$ m$_{21}^{33}$ bat$_{5}^{21}$ t‘i$_{53}^{21}$
卜底仔讲獪臭鰇佫好卖呢？我是伓怵剃

t‘au^{23} k‘i$_{53}^{21}$ tu$_{45}^{53}$ tioʔ^{121} hɔ$_{33}^{23}$ ts‘iu$_{33}^{45}$ a^{53} k‘i^{21} si$_{21}^{33}$ aŋ$_{33}^{23}$ ko^{45} ts‘iaʔ$_{53}^{21}$ tsiʔ^{121} tuĩ^{53}
头去抵着胡鬏仔！去是红膏赤舌，转

lai$_{21}^{33}$ si$_{21}^{33}$ p‘ĩ^{33} lau^{23} nuã^{33} tiʔ^{21} t‘o$_{45}^{53}$ kiã^{53} si$_{21}^{33}$ t‘o$_{45}^{53}$ tsit$_{21}^{121}$ e^{23} a$_{33}^{45}$ sia$_{53}^{21}$ a^{53} kiã^{53}
来是鼻流嘲滴！讨囝是讨一兮阿舍仔囝，

kiu$_{33}^{23}$ hɔ^{33} si$_{21}^{33}$ kiu$_{33}^{23}$ tsit$_{21}^{121}$ tsun^{33} ts‘ɛ̃$_{33}^{45}$ kɔŋ$_{33}^{23}$ hɔ^{33} ai^{21} ts‘it$_{5}^{21}$ tu^{53} peʔ$_{53}^{21}$ m$_{21}^{33}$
求雨是求一阵青狂雨！唉！七抵八伓

tioʔ^{121} ts‘uan$_{53}^{21}$ tu^{53} si$_{21}^{33}$ t‘iau$_{21}^{33}$ kɔ$_{45}^{53}$ tsioʔ^{121} ai^{21}
着，串抵是柱鼓石！唉！

buat$_{21}^{121}$ li^{33} a^{21} gua^{53} ts‘iŋ$_{21}^{33}$ bueʔ^{121} m$_{21}^{33}$ tsai^{45} k‘a$_{33}^{45}$ te^{53} sio^{45} ts‘iaʔ$_{53}^{21}$ k‘a^{45}
茉莉啊，我颂袜伓知骹底烧，赤骹

kaʔ$_{53}^{21}$ tsai^{45} k‘a$_{33}^{45}$ te^{53} taŋ^{21}
呷知骹底冻！

（吟）（《五绝·心花》）

ts‘un$_{33}^{45}$ hua^{45} k‘ui$_{33}^{45}$ tɛʔ$_{53}^{21}$ ki^{45} hua^{45} tɔk^{21} tsu$_{21}^{33}$ t‘ɔ^{23} li^{23}
春花开晢枝，花砉自涂离。

sim$_{33}^{45}$ hua^{45} paŋ$_{53}^{21}$ tĩ$_{21}^{33}$ pak^{21} hua^{45} lɔk^{121} bo$_{33}^{23}$ si$_{33}^{23}$ ki^{23}
心花放滇腹，花落无辞期。

众：（吟）（《五绝·喝煞》）

ts‘iŋ$_{53}^{21}$ sim$_{33}^{45}$ kɔŋ$_{45}^{53}$ huaʔ$_{53}^{21}$ suaʔ^{21} k‘i$_{45}^{53}$ liŋ^{33} giaʔ$_{21}^{121}$ to^{45} kuaʔ^{21}
瀃心讲喝煞，起楞捀刀割。

ts‘ui^{21} ŋɛ̃^{33} k‘a$_{33}^{45}$ ts‘uĩ^{45} mĩ^{23} p‘ue^{23} t‘iŋ^{23} pak$_{5}^{21}$ lai^{33} suaʔ^{21}
喙硬尻川绵，皮停腹内续。

梣众：（合唱）(《点绛唇·秋花逝》)

zuaʔ^{121} tiã^{33} ts'iu$^{45}_{33}$ ta^{45} ts'un$^{33}_{21}$ i$^{23}_{33}$ sio^{45} hãʔ^{21} ts'iu$^{45}_{33}$ hua^{45} tim^{21}
热 定 秋 燋，悴 余 烧 颬 秋 花 颉。

ts'iŋ$^{21}_{53}$ hɔŋ^{45} ts'ue^{45} lim^{53} hua^{45} tɔk^{21} ki$^{45}_{33}$ ua^{45} sim^{21}
瀙 风 吹 凛，花 砮 枝 桠 踸。

luan$^{53}_{45}$ k'i^{53} ts'un^{45} tam^{23} hioʔ^{121} lui^{53} m^{23} hua^{45} tsim^{21}
暖 起 春 澹，箬 蕊 莓 花 浸。

laŋ^{23} hua^{45} im^{21} sit$^{21}_{5}$ hua^{45} bo$^{23}_{33}$ zim^{53} hua^{45} si^{21} sim^{45} p'e$^{45}_{33}$ tim^{21}
侬 花 窨，失 花 无 忍，花 逝 心 批 扰。

[唱毕梣悻悻退下。众混声合唱]

众：（合唱）(《菩萨蛮·忆热天时南菜市日中昼》)

ts'iŋ^{23} ts'a^{23} hioʔ^{121} tiã^{33} bo$^{23}_{33}$ hɔŋ^{45} suaʔ^{21} t'ĩ^{45} sio^{45} tau^{21} tsiã^{21} laŋ$^{23}_{33}$ t'au^{23} pua^{21}
榕 柴 箬 定 无 风 撒，天 烧 昼 正 侬 头 簸。

kua^{45} hãʔ$^{21}_{53}$ zit^{121} ta$^{45}_{33}$ liam^{45} ke^{45} haŋ^{45} aʔ^{21} ts'au$^{21}_{53}$ hiam^{45}
瓜 颬 日 燋 蔫，鸡 烘 鸭 臭 莶。

zuaʔ^{121} hɔŋ^{45} sio$^{45}_{33}$ k'i^{21} mɛ̃^{53} ts'ai$^{21}_{53}$ huan^{33} hi$^{23}_{33}$ siaŋ^{45} ts'ɛ̃^{53}
热 风 烧 气 猛，菜 贩 鱼 商 醒。

siŋ$^{45}_{33}$ li^{53} ai$^{21}_{53}$ laŋ^{23} bɔŋ^{45} sio$^{45}_{33}$ t'ĩ^{45} tioʔ^{121} kɔŋ$^{53}_{45}$ hɔŋ^{45}
生 理 爱 侬 摸，烧 天 着 讲 风。

［**落幕**］

唱段曲谱

五绝·心花

1=G $\frac{2}{4}$

♩=74　中速偏缓，悲伤地

女声合唱

歌仔戏《白茉莉》第五场选段（二十一）

高　然　作词配曲
调寄《月夜叹》

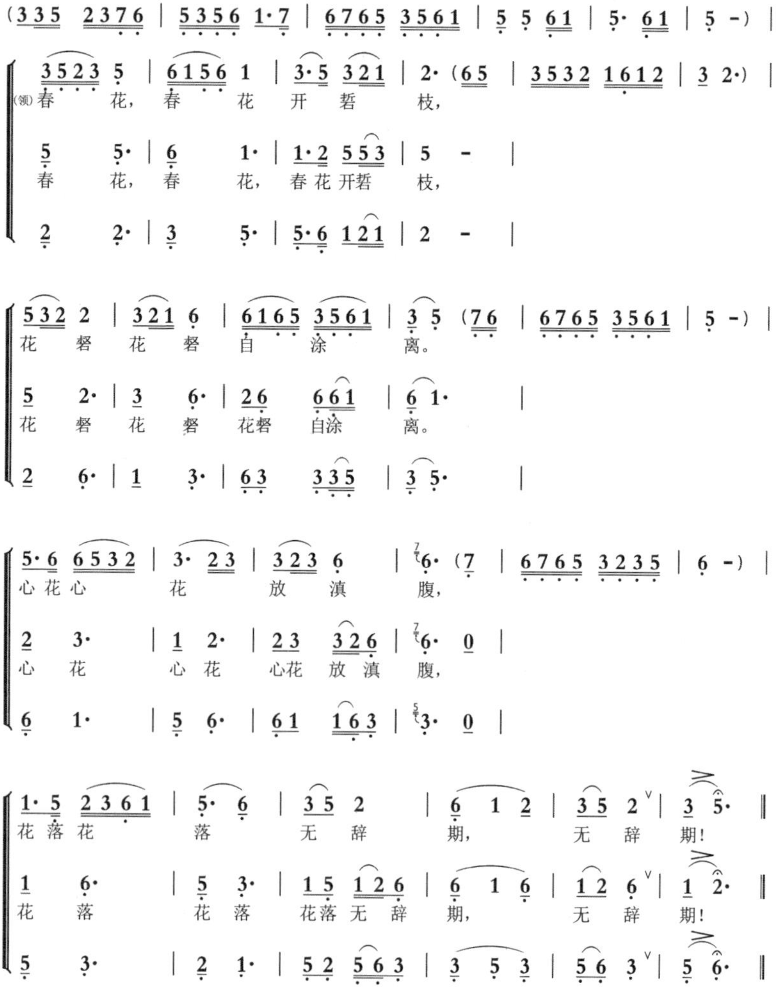

卜算子·赴墟

1=F 2/4

混声合唱

♩=112 快速，热情地

歌仔戏《白茉莉》第五场选段（二十二）

高 然 作词作曲

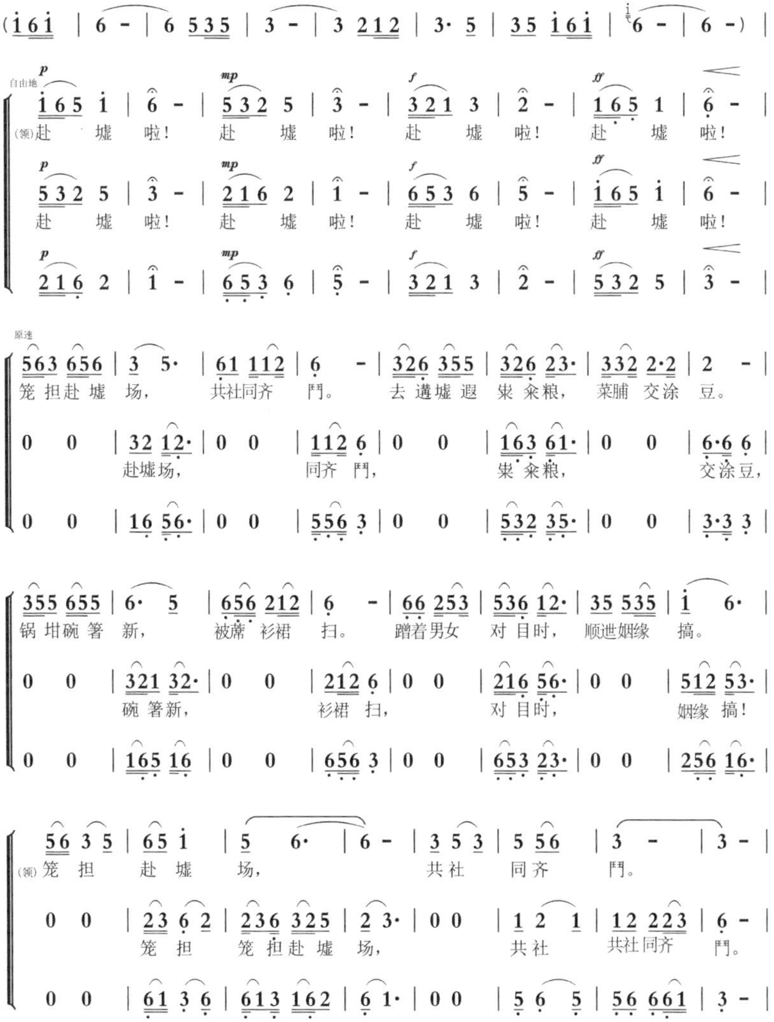

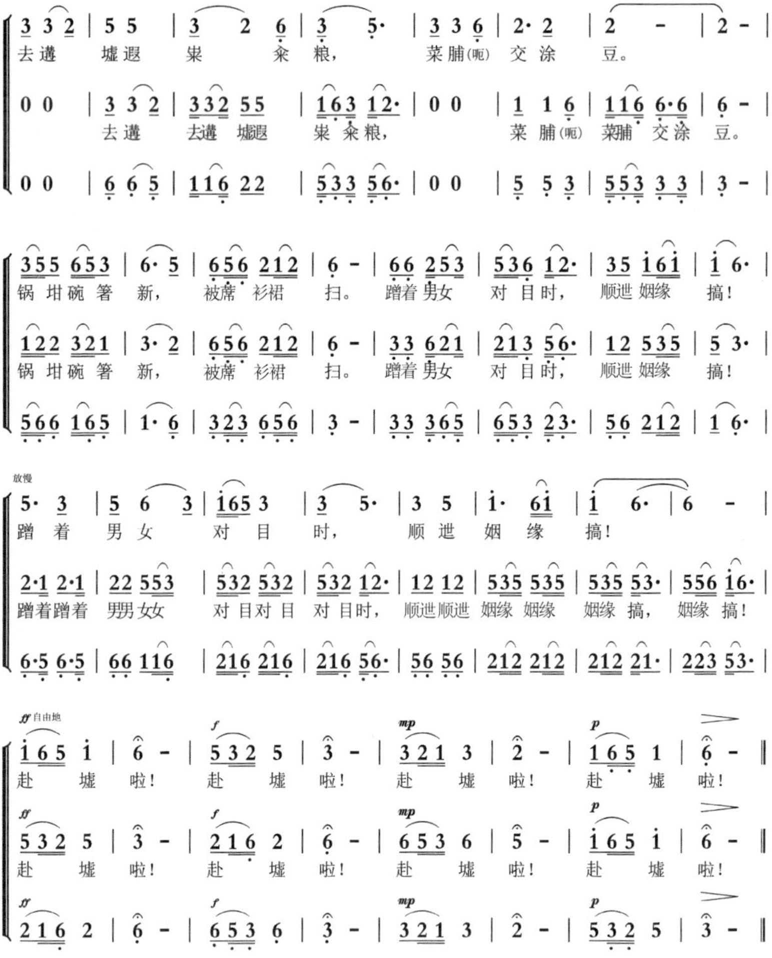
去遘 墟迌 粜 籴 粮， 菜脯(呃) 交 涂 豆。
去遘 去遘 墟迌 粜籴粮， 菜 脯(呃) 菜脯 交涂 豆。
锅 坩碗 箸 新， 被席 衫裙 扫。 蹭着男女 对 目时， 顺迌 姻缘 搞！
锅 坩碗 箸 新， 被席 衫裙 扫。 蹭着男女 对 目时， 顺迌 姻缘 搞！
放慢
蹭 着 男 女 对 目 时， 顺 迌 姻 缘 搞！
蹭着蹭着 男男女女 对目对目 对目时， 顺迌顺迌 姻缘 姻缘 姻缘 搞， 姻缘 搞！
自由地
赴 墟 啦！ 赴 墟 啦！ 赴 墟 啦！ 赴 墟 啦！
赴 墟 啦！ 赴 墟 啦！ 赴 墟 啦！ 赴 墟 啦！

西江月·石码鱼市

1=G $\frac{2}{4}$

混声合唱

歌仔戏《白茉莉》第五场选段（二十三）

♩=96 中速偏快，热情地

高 然 作词作曲

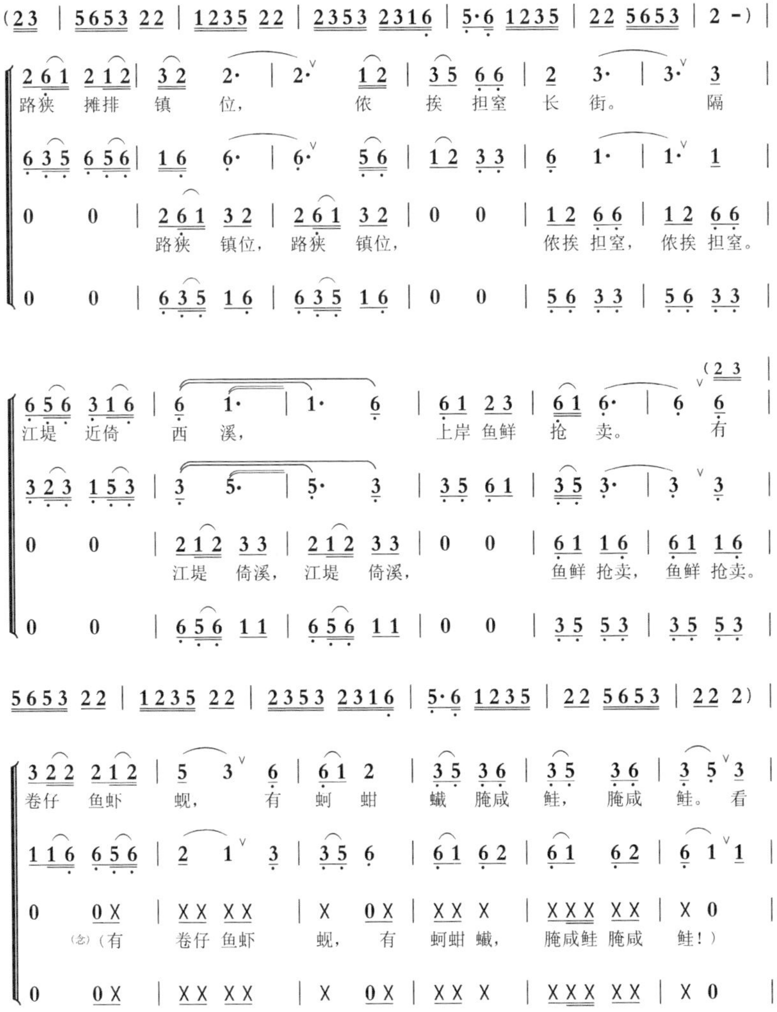

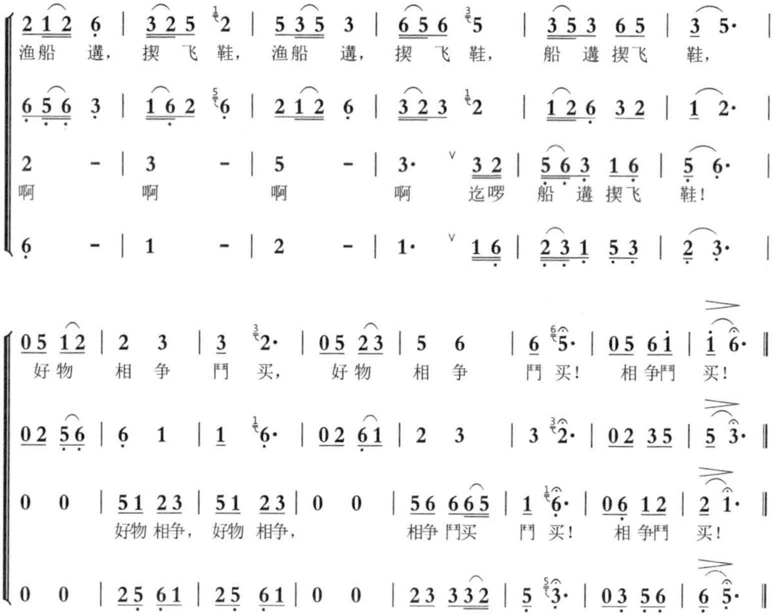

点绛唇·秋花逝

1=F $\frac{2}{4}$

♩=76 中速偏缓，伤情地

男领众合唱

歌仔戏《白茉莉》第五场选段（二十四）

高 然 作词作曲

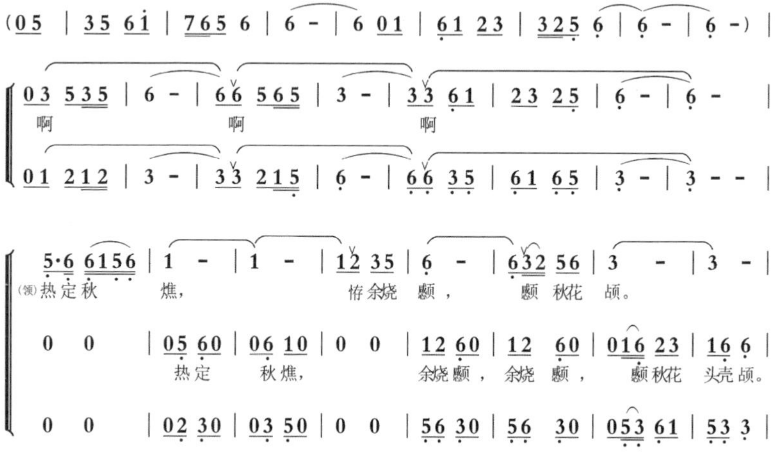

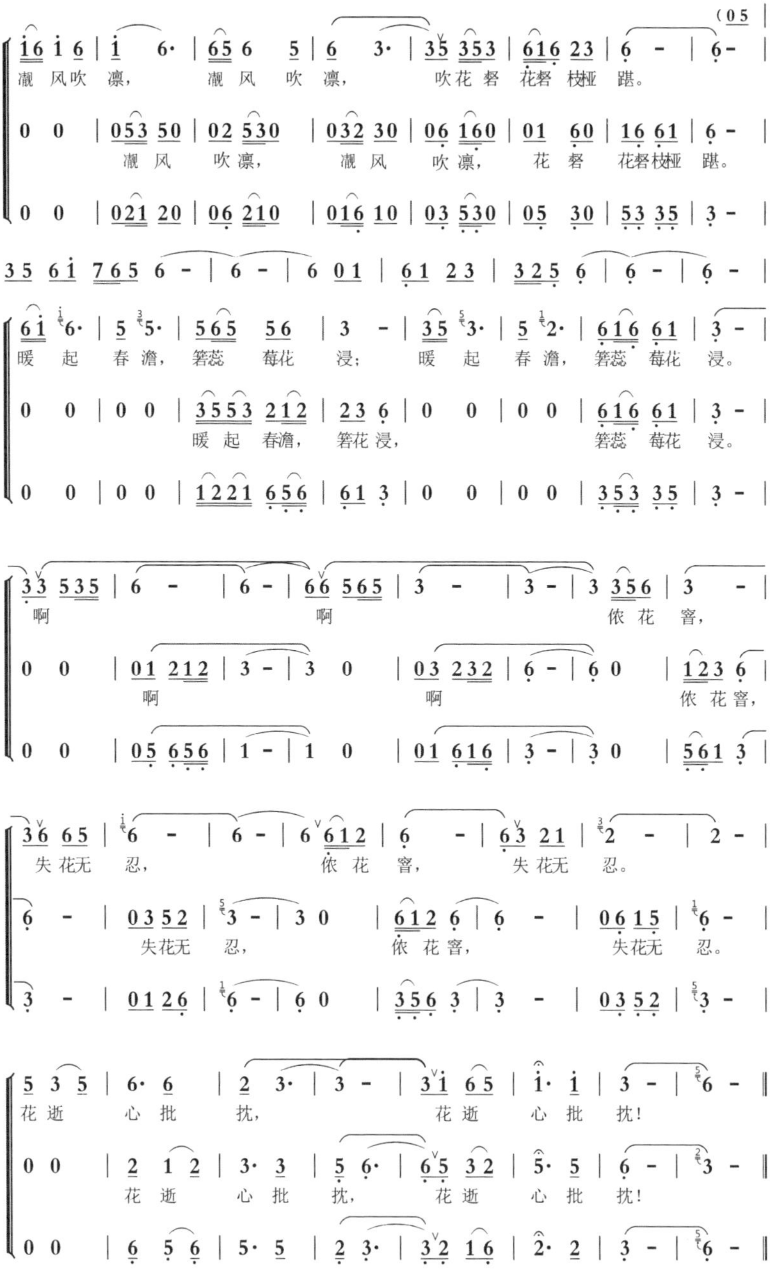
风吹 凛， 风 吹 凛， 吹花 砮 花砮 枝桠 踸。
风 吹凛， 风 吹凛， 花 砮 花砮枝桠 踸。
暖 起 春澹， 箬蕊 莓花 浸； 暖 起 春澹， 箬蕊 莓花 浸。
暖 起 春澹， 箬花 浸， 箬蕊 莓花 浸。
啊 啊 侬花 窨，
啊 啊 侬 花 窨，
失花无 忍， 侬 花 窨， 失花无 忍。
失花无 忍， 侬 花 窨， 失花无 忍。
花 逝 心 批 扰， 花 逝 心 批 扰！
花 逝 心 批 扰， 花 逝 心 批 扰！

菩萨蛮·忆热天时南菜市日中昼

1=G $\frac{2}{4}$

混声合唱

♩=80 中速稍缓，深切地

歌仔戏《白茉莉》第五场选段（二十五）

高然 作词作曲

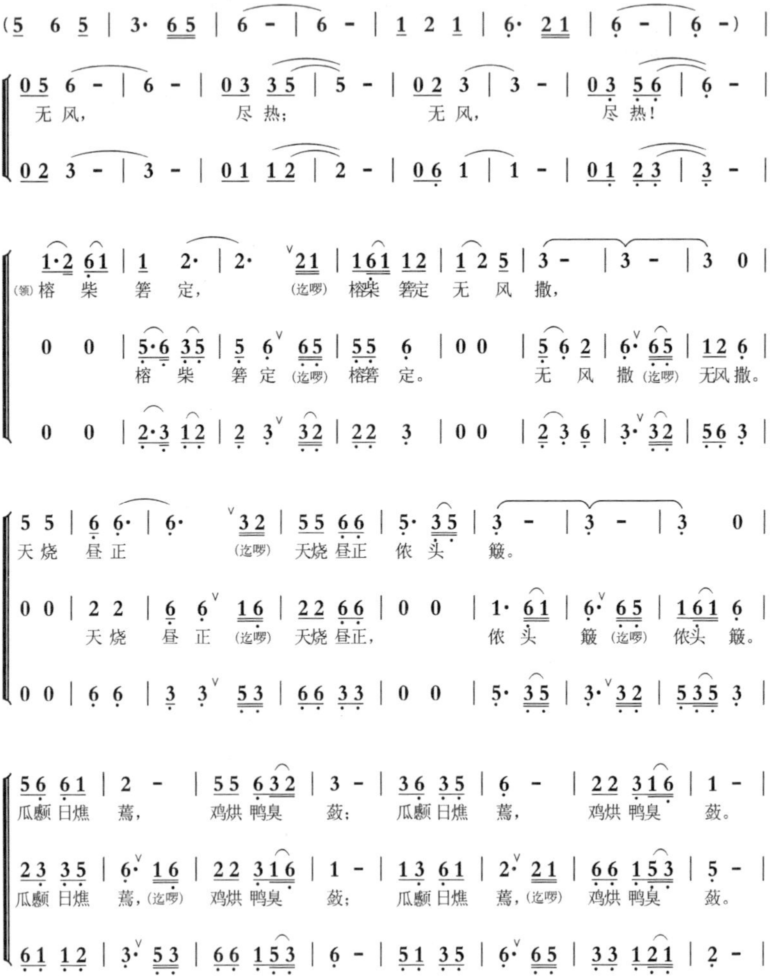

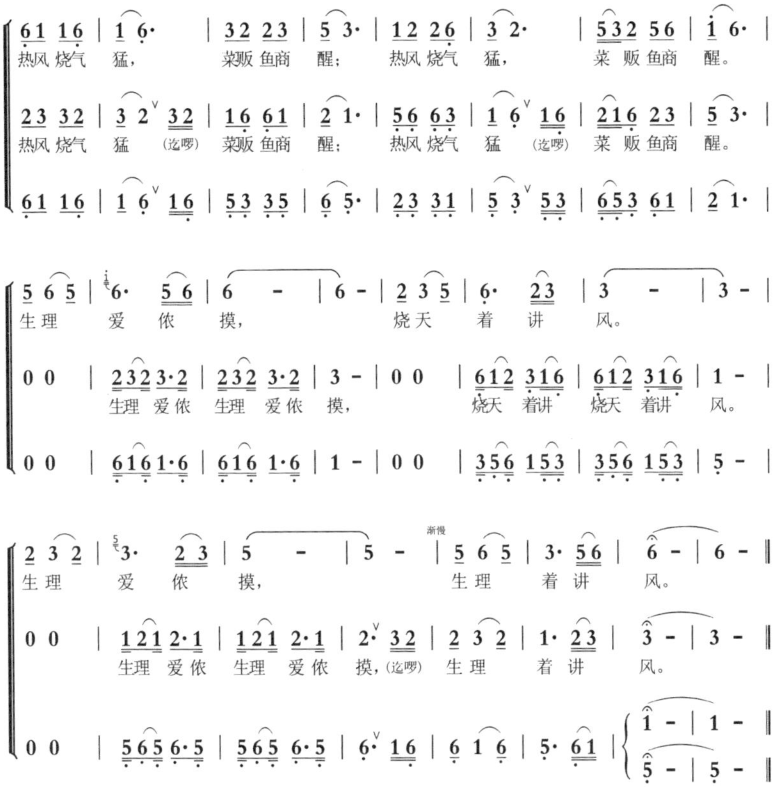

词语解释

1. 着堆，碰壁。碆枝，压枝。砮tɔk^{21}，掉，落。涂，泥，土。滇tĩ^{33}，满，溢、笼担，挑子。赴墟场，赶集。共社，同村。同齐門，凑伙儿。遘kau^{21}，到。遐hia^{45}，那儿。粜t‘ioʔ^{21}，卖粮。粜tiaʔ^{121}，买粮。菜脯，萝卜干。交，交易，交换。涂豆，花生。坩k‘ã^{45}，砵头。箸ti^{33}，筷子。蹭ts‘iŋ^{33}，遇，碰。对目，对眼。顺迣，顺便；迣tsua^{33}，趟，次。

2. 相共，一样。补鼎师，补锅师傅；鼎，铸铁锅。逿t‘aŋ^{21}，通，通往。风柜，风箱。烊iɔ̃^{23}，熔化。弄，摆弄。通，可以，能。鼎空，锅（破）洞。

焢k'ɔŋ[21]，焖煮。

3. 伫ti[33]，在，于。即兮，这个。曝，暴晒。

4. 蕨糍，糍粑。食，吃。秫米，糯米。粙tiu[33]，稻子。軥k'iu[33]，韧劲儿足。

5. 爱，得，必须。白糖葱，嘡嘡糖。橛，节，段。铣sɛ̃[45]，铸铁，生铁。鐙tãi[45]，嘡嘡响。� ŋiãu[21]，蠕动。

6. 排摊，摆摊子。镇位，占空间。挨，拥挤。窒t'at[21]，塞，滞。倚，靠近。卷仔，乌贼类。蚬kan[53]，贝壳类。蚵o[23]，牡蛎。蚶，贝类。蠘ts'iʔ[121]，花蟹。咸鲑，腌咸鱼类。揳，挤，拥。相争鬥买，争先抢购。

7. 踅seʔ[121]，旋，转。日头，太阳。头眩，头晕。闸，遮，挡。覕biʔ[121]，躲，避。荫骹，阴凉处。漖ka[21]，水分多状。熇hãʔ[21]，烘，烤。卜底仔，哪能，怎么会。艙be[33]，不会。臭鱢，腥臭。佫koʔ[21]，又，还。佅怺，不曾，没经历过。抵着，碰上。胡鬃仔，络腮胡子。红膏赤舌，满面红光（健康状）。转来，回来。鼻流嘞滴，又是鼻涕又是哈拉子（狼狈状）。讨囝，求生儿子。兮，的。阿舍仔囝，败家子。青狂雨，狂风暴雨。七抵八佅着，干啥都不对。串抵是柱鼓石，还专门撞柱基石上。颂袜，穿袜子；颂ts'iŋ[33]，穿，着。骹底，脚板。赤骹，赤脚。呷kaʔ[21]，才，方。

8. 凊心，寒心，心冷；凊ts'iŋ[21]，凉，冷。喝煞，喊停。起楞，下横心，索性。搩giaʔ[121]，拿，举。喙ts'ui[21]，嘴巴。尻川，屁股。绵，软。腹内，肚子里。

9. 热定，炎热过去；定，停止。焦ta[45]，干，燥。侟ts'un[33]，剩，余。頕tim[21]，点头，低头。踸sim[21]，颤抖，摇动。澹tam[23]，潮湿。莓m[23]，花苞。批扰，扔投，丢，弃。

10. 柴，呆滞，不动。箬定，叶子静止状。撒风，刮风。昼，中午。簸，摇动。燋蔫，又干且瘪。臭莶，臭膻味儿。生理，生意。着tioʔ[121]，得，必须。

扫码听录音

第六场　井墘佫唔

时间　初秋某白天

地点　莉村某井边

场景　多挑水者来往，多洗衣妇聚井边

[幕启，洗衣妇女声合唱]

众妇：(合唱)(《如梦令·古井》)

bua$^{23}_{33}$tsɛ̃$^{53}_{45}$soʔ^{21}kĩ$^{23}_{33}$hun^{23}tse^{33}　kuan^{45}tsɛ̃$^{53}_{45}$lai^{33}ts'im^{45}bo$^{23}_{33}$te^{53}
磨 井 索 墘 痕 侪，　观 井 内 深 无 底。

tsuã^{23}kiã^{33}tsui^{53}ts'iŋ^{45}tĩ^{45}　k'ŋ$^{21}_{53}$luaʔ$^{121}_{21}$tse^{33}tsiŋ^{23}lai$^{23}_{33}$te^{53}
泉 健 水 清 甜，园 偌 侪 情 来 贮。

bo$^{23}_{33}$ke^{53}　bo$^{23}_{33}$ke^{53}　laŋ^{23}tue$^{21}_{53}$au^{33}tsiau$^{23}_{33}$tsiau^{23}se^{53}
无 解，无 解，侬 趭 后 缯 缯 洗。

[歌毕，众妇各忙各的。茉莉挑水桶上]

茉莉：(忧郁地)(独唱)(《清平乐·井墘》)

tsɛ̃$^{53}_{45}$kĩ^{23}laŋ^{23}tse^{33}　u$^{33}_{21}$sim$^{53}_{45}$i^{23}niɔ̃$^{23}_{33}$le^{53}
井 墘 侬 侪，有 婶 姨 娘 妳。

se$^{53}_{45}$t'ua^{33}kã$^{45}_{33}$kɛ$^{45}_{33}$po^{23}laŋ$^{33}_{21}$te^{53}　lam^{23}k'iaŋ^{21}laŋ^{33}beʔ$^{21}_{53}$ts'ua$^{33}_{21}$k'e^{21}
洗 汰 兼 家 婆 弄 短，男 孯 侬 卜 娶 契。

lin$^{23}_{33}$gun^{53}t'au$^{23}_{33}$k'ak^{21}taŋ$^{33}_{21}$le^{23}　siɔ̃$^{33}_{21}$i^{45}bak$^{121}_{21}$tsai^{53}k'iŋ$^{45}_{33}$zue^{23}
怜 阮 头 壳 重 犁，想 伊 目 滓 轻 挼。

nɔ̃$^{33}_{21}$siɔ̃^{33}baŋ^{33}si$^{45}_{33}$tiŋ$^{23}_{33}$tso^{21}　tuã$^{45}_{33}$su^{45}tsaŋ^{45}ai$^{21}_{53}$to$^{21}_{53}$se^{45}
两 想 梦 须 重 做，单 思 鬃 爱 倒 梳。

[莉唱毕，挑满水下。阿梼到莉村找人，触景生情]

阿梼：（十分郁闷地）（独唱）（《虞美人·伤秋》）

im$^{45}_{33}$ im^{45} am$^{21}_{53}$ k‘i^{53} ts‘iu$^{45}_{33}$ hɔŋ^{45} liŋ^{53} ut$^{21}_{5}$ ut^{21} ki$^{45}_{33}$ ua^{45} ts‘iŋ^{21}

阴阴暗起秋风冷，郁郁枝椏瀙。

ik$^{21}_{5}$ ts‘un$^{45}_{33}$ t‘au^{23} ĩ^{53} puʔ^{21} m^{23} sɛ̃^{45} uĩ^{23} lik^{121} hun$^{53}_{45}$ aŋ^{23} hua^{45} t‘iaʔ^{21} ki^{45}

忆春头杒爆莓生，黄绿粉红，花拆枝

hioʔ^{121} tsɛ̃^{45}

箬争。

hua^{45} k‘ui^{45} hioʔ^{121} ɔŋ^{33} hua$^{45}_{33}$ lui^{53} sui^{53} hioʔ^{121} tian$^{53}_{45}$ ts‘ɛ̃^{45} hua^{45} tsui^{21}

花开箬旺花蕊水，箬展青花醉。

kim^{45} hua^{45} hioʔ^{121} tɔk^{21} ts‘un$^{33}_{21}$ ta$^{45}_{33}$ ki^{45} hɔŋ^{45} sau^{21} tsuaʔ$^{21}_{53}$ io^{23} huan$^{23}_{33}$ zim^{53}

今花箬砉悴燋枝，风扫逓摇，还忍

iau$^{53}_{45}$ siaŋ$^{45}_{33}$ pi^{45}

犹伤悲。

[茉莉复挑水上，遇梼欲避开]

buat$^{121}_{21}$ li^{33} ai^{21} ia^{21} t‘iã^{53} bo$^{23}_{33}$ p‘ua^{21} be$^{33}_{21}$ lau^{33} ua^{33} bo$^{23}_{33}$ kɔŋ^{53} be$^{33}_{21}$ t‘au^{21}

梼：茉莉！哎呀！鼎无破舿漏，话无讲舿透！

li^{53} t‘iã$^{45}_{33}$ gua$^{53}_{45}$ kɔŋ^{53} laŋ^{33} kɔŋ$^{53}_{45}$ t‘o$^{53}_{45}$ hai^{53} kiã$^{45}_{33}$ baŋ^{33} a^{53} p‘ua^{21} tso$^{21}_{53}$ hi^{21}

汝听我讲！依讲“讨海惊网仔破，做戏

kiã$^{45}_{33}$ bo$^{23}_{33}$ laŋ^{23} k‘uã^{21} aʔ$^{21}_{53}$ nã$^{33}_{21}$ si^{33} kɔŋ$^{53}_{45}$ gua^{53} li^{45} tso$^{21}_{53}$ hi^{21} li^{53} mã^{21} sio$^{53}_{45}$

惊无依看，”抑若是讲我哩做戏，汝嘛小

kaʔ^{21} gua^{53} k‘uã^{21} tsit$^{121}_{21}$ bak^{121} a^{21}

呷我看一目仔。

k‘uã$^{21}_{53}$ li^{53} hŋ^{53}

莉：看汝？哼！（吟）（《七绝·踋天宝大山》）

t‘ian$^{45}_{33}$ po^{53} suã$^{45}_{33}$ k‘a^{45} k‘uaʔ^{21} koʔ$^{21}_{53}$ ts‘ia^{23}　t‘ian$^{45}_{33}$ po^{53} niã$^{53}_{45}$ tiŋ^{53} ĩ$^{23}_{33}$ lun$^{23}_{33}$ ts‘ia^{45}
天宝山骹阔佫笡，天宝岭顶圆苍岸。

kan$^{53}_{45}$ ki^{45} suã$^{45}_{33}$ t‘au^{23} kɔŋ$^{53}_{45}$ ai$^{21}_{53}$ pɛʔ^{21}　tsiɔ̃$^{33}_{21}$ tiŋ^{53} kaʔ$^{21}_{53}$ tsai^{45} tsia^{45} hui$^{45}_{33}$ hia^{45}
拣支山头讲爱跖，上顶呷知遮非遐。

[莉吟毕欲离开，梓拦下]

ai^{21}　li^{53} baŋ$^{45}_{33}$ kiã^{23}　kɔŋ$^{53}_{45}$ laŋ^{23} ho$^{53}_{45}$ ho^{53} kiã$^{23}_{33}$ lɔ^{33} mã^{21} e$^{33}_{21}$ k‘i$^{21}_{53}$ p‘aʔ$^{21}_{53}$ kue$^{33}_{21}$
梓：唉！汝甭行！讲侬好好行路嘛会去拍挬

tsian^{53}　kã$^{53}_{45}$ bo^{23}　gua^{53} laŋ^{23} bai$^{53}_{45}$ un$^{33}_{21}$ tsua^{33}　tsiŋ$^{21}_{53}$ pu$^{23}_{33}$ a^{53} sɛ̃$^{45}_{33}$ ts‘ai$^{21}_{53}$
剪，敢无？我侬痞运逝，种匏仔生菜

kua^{45} tsiŋ$^{21}_{53}$ li$^{53}_{45}$ a^{53} k‘ui$^{45}_{33}$ t‘o$^{23}_{33}$ hua^{45}　m$^{33}_{21}$ koʔ^{21}　kɔ$^{53}_{45}$ tsɛ̃^{53} be$^{33}_{21}$ li^{23} tit$^{21}_{5}$ puã$^{33}_{21}$
瓜，种李仔开桃花！伓佫，古井狯离得拌

t‘aŋ^{53}　puã$^{33}_{21}$ t‘aŋ^{53} be$^{33}_{21}$ li^{23} tit$^{21}_{5}$ t‘aŋ$^{53}_{45}$ soʔ^{21}　gua^{53} u$^{33}_{21}$ ta$^{53}_{45}$ loʔ$^{121}_{21}$ m$^{33}_{21}$ tioʔ^{121}
桶，拌桶狯离得桶索！我有底落伓着，

li^{53} tioʔ$^{121}_{21}$ lai$^{23}_{33}$ kɔŋ^{53}
汝着来讲！

ua^{53}　li^{53} tua$^{33}_{21}$ k‘a^{45} loʔ$^{121}_{21}$ koʔ$^{21}_{53}$ kaʔ^{21} ki$^{23}_{33}$ kun$^{45}_{33}$ a^{53} tsio$^{21}_{53}$ lui^{45}
莉：（十分诧异状）哇！汝大骹咯佫呷旗军仔借镭！

li^{53} bak$^{121}_{21}$ tsiu^{45} sɛ̃$^{45}_{33}$ ti$^{33}_{21}$ t‘au$^{23}_{33}$ k‘ak$^{21}_{5}$ tiŋ^{53}　tse$^{33}_{21}$ tsɛ̃^{53} k‘uã$^{21}_{53}$ t‘ĩ^{45} kaʔ$^{21}_{53}$ lai$^{23}_{33}$
汝目睭生伫头壳顶！坐井看天呷来

kɔŋ$^{53}_{45}$ t‘ĩ^{45} se^{21}　li^{53} tɔ$^{53}_{45}$ li^{53} siau$^{21}_{53}$ lian^{23} u$^{33}_{21}$ k‘ui$^{21}_{53}$ lat^{121}　kɔ$^{53}_{45}$ tsɛ̃^{53} tsiap$^{121}_{21}$
讲天细！汝赌汝少年有气力，古井捷

tsiap^{121} ts‘iɔ̃^{33} mã^{21} e$^{33}_{21}$ ta^{45}　gun^{53} bo$^{23}_{33}$ ua^{33} kaʔ^{21} li^{53} iŋ^{21}
捷摼嘛会燋！阮无话呷汝应！

（吟）（《七绝·佮某侬讲耶稣》）

sim^{45} tio^{23} tŋ^{23} k‘iu^{23} hiãʔ$^{121}_{21}$ tsiaʔ^{21} ziat^{121}　nuã^{33} pɛʔ^{121} ts‘ui^{21} k‘uaʔ^{21} nã$^{23}_{33}$
心趒肠纠额迹热，嘫白喙渴啉

au^{23} k‘iat^{121}
喉 竭。

tui$^{21}_{53}$ aʔ^{21} tan$^{23}_{33}$ lui^{23} be$^{33}_{21}$ tui$^{21}_{53}$ ts‘iu^{45} nuã$^{33}_{21}$ t‘ɔ^{23} ts‘iɔ̃$^{33}_{21}$ piaʔ^{21} iu$^{23}_{33}$ t‘un$^{45}_{33}$ hiat^{21}
对鸭瞋雷鱠对鬏，烂涂上壁尤吞血。

[莉吟毕又欲走，梓复拦住]

ai^{21} ai^{21} ai^{21} li^{53} kɔŋ$^{53}_{45}$ liau^{53} tioʔ^{121} tsɛ̃^{53} ts‘im^{45} suaʔ$^{21}_{53}$ soʔ^{21} bɛ^{53} si^{53} loʔ$^{121}_{21}$
梓：唉唉唉！汝讲了着！井深续索，马死落

te^{33} kiã^{23} si$^{33}_{21}$ gua^{53} gɔŋ$^{33}_{21}$ laŋ^{23} u$^{33}_{21}$ k‘uã$^{21}_{53}$ tioʔ$^{121}_{21}$ ke^{45} bo$^{23}_{33}$ k‘uã$^{21}_{53}$ tioʔ$^{121}_{21}$ laŋ^{23}
地行！是我戆侬有看着鸡无看着侬！

tsɛ̃$^{53}_{45}$ nã^{23} k‘uã$^{21}_{53}$ tso$^{21}_{53}$ tsiŋ$^{45}_{33}$ k‘u^{33} ai^{21} ai^{21} si$^{33}_{21}$ gua^{53} bo$^{23}_{33}$ kuai$^{21}_{53}$ ka$^{45}_{33}$ ti^{33} soʔ$^{21}_{53}$
井栏看做舂臼！唉唉！是我无怪家治索

a^{53} te^{53} kɔ$^{45}_{33}$ lua$^{33}_{21}$ pat$^{121}_{21}$ laŋ^{23} kɔ$^{53}_{45}$ tsɛ̃^{53} ts‘im^{45} siɔ̃$^{33}_{21}$ tŋ^{23} to$^{21}_{53}$ te^{53} siɔ̃$^{33}_{21}$ tua$^{33}_{21}$
仔短，孤赖别侬古井深！想长倒短，想大

k‘ɔ^{45} suaʔ$^{21}_{53}$ to$^{21}_{53}$ tsiam$^{45}_{33}$ bue^{53} ai^{21} buat$^{121}_{21}$ li^{33} a^{21}
箍煞倒尖尾！唉！茉莉啊！（吟）（《好事近·秋悔》）

ts‘iu$^{45}_{33}$ hɔ^{33} sa$^{53}_{45}$ siau$^{45}_{33}$ siau^{45} suaʔ$^{21}_{53}$ tiʔ$^{21}_{53}$ tiʔ^{21} ɔ$^{45}_{33}$ im^{45} ta^{21}
秋雨洒潇潇，撒滴滴乌阴罩。

kat$^{21}_{5}$ hin$^{33}_{21}$ bai^{23} t‘o$^{23}_{33}$ t‘o^{23} siɔ̃^{33} hit$^{121}_{21}$ hit^{121} sim$^{45}_{33}$ kuã^{45} la^{33}
结恨眉醄醄想，仡仡心肝摎。

tue$^{21}_{53}$ bɔŋ$^{23}_{33}$ bɔŋ^{23} kau$^{53}_{45}$ uaʔ^{121} t‘i^{45} sɛ̃^{45} ut$^{21}_{5}$ ut^{21} sim^{45} tŋ^{23} ka^{53}
[illegible]茫茫苟活痴生，郁郁心肠绞。

iã$^{23}_{33}$ puã$^{21}_{53}$ si^{21} k‘ɔŋ$^{45}_{33}$ k‘ɔŋ^{45} tɔ^{33} k‘iat$^{121}_{21}$ k‘iat^{121} bo$^{23}_{33}$ sɛ̃$^{45}_{33}$ tsa^{53}
赢半世空空度，竭竭无生早。

li^{53} li^{53} li^{53} li^{53} a^{21}
莉：汝……汝汝汝啊！（莉领女声合唱）（《踏莎行·追君累》）

zuaʔ^{121}kue^{21}siu$^{45}_{33}$tso^{23} ts'iu^{45}lai^{23}am$^{21}_{53}$tip^{121} t'ĩ^{45}kuan^{23}te^{33}sɔŋ^{53}ta^{45}
热 过 收 嘈，秋 来 黯 蛰，天 悬 地 爽 燋

bo$^{23}_{33}$sip^{21}
无 湿。

su$^{45}_{33}$i^{45}lui^{33}tɔk^{21}muã$^{53}_{45}$sã^{45}tam^{23} ts'iau$^{45}_{33}$laŋ^{23}tsai^{53}tiʔ^{21}kui$^{45}_{33}$sin^{45}gip^{121}
思伊泪 砮 满 衫 澹， 抄 依 滓 滴 归 身 岌。

ts'iu^{33}tsuaʔ^{21}hɔŋ^{45}ts'uĩ^{45} hua^{45}io^{23}hɔ^{33}k'ip^{21} tui$^{45}_{33}$kun^{45}tsu$^{33}_{21}$kɔ^{53}su$^{23}_{33}$
树 ⿺辶瓜 风 穿，花 摇 雨 泣，追 君 自 古 殊

lan$^{23}_{33}$tsip^{121}
难 缉。

t'ĩ^{45}kaŋ^{45}te^{33}k'ɔŋ^{21}ts'un$^{33}_{21}$uan$^{23}_{33}$hun^{23} laŋ^{23}siau^{45}iã^{53}si^{21}i$^{23}_{33}$kɔ$^{45}_{33}$lip^{121}
天 空 地 旷 悖 纨 云，依 消 影 逝 余 孤 立。

ai^{21} k'ui$^{45}_{33}$t'ɔ$^{23}_{33}$k'aŋ^{45}si$^{33}_{21}$li^{53} t'un$^{33}_{21}$t'ɔ$^{23}_{33}$k'aŋ^{45}aʔ^{21}si$^{33}_{21}$
（抽泣不已）唉！开 涂 空 是 汝，⿰足舌 涂 空 抑 是

li^{53}kɔŋ^{53}nã$^{33}_{21}$u$^{33}_{21}$kiu^{21} gu$^{23}_{33}$bɔ^{53}mã$^{33}_{21}$e$^{33}_{21}$pɛʔ$^{21}_{53}$tsiõ$^{33}_{21}$ts'iu^{33}kɔŋ$^{53}_{45}$li^{53}t'ak$^{121}_{21}$
汝！讲 若 有 救， 牛 母 嘛 会 上 跖 树！讲 汝 读

ts'ɛʔ^{21}kui$^{45}_{33}$pak$^{21}_{5}$tɔ^{53} bo$^{23}_{33}$kiã^{23}nõ$^{33}_{21}$pɔ^{33}huaʔ$^{21}_{53}$kan$^{45}_{33}$k'ɔ^{53} be$^{33}_{21}$kaŋ$^{33}_{21}$
册 归 腹 肚，无 行 两 步 喝 艰 苦！狯 共

put^{121} beʔ$^{21}_{53}$t'ai$^{53}_{45}$t'ɔ$^{53}_{45}$e$^{33}_{21}$kaŋ$^{33}_{21}$hue$^{23}_{33}$siõ^{33}le^{21} bo^{23}li^{53}k'i$^{21}_{53}$kaʔ^{21}niõ$^{23}_{33}$
佛， 卜 呔 讨 会 共 和 尚 咧？无 汝 去 呷 梁

tsai$^{23}_{33}$li^{53}bɔŋ^{33}pai$^{21}_{53}$pai^{21}e^{21}t'ɔ$^{53}_{45}$hui^{33}t'uĩ^{53}lai$^{23}_{21}$ k'uã$^{21}_{53}$e$^{33}_{21}$k'aʔ$^{21}_{53}$bo$^{23}_{33}$
才 女 墓 拜 拜 兮，讨 慧 转 来， 看 会 恰 无

hiaʔ$^{21}_{53}$k'ɔŋ^{45}aʔ^{21}bo^{23}
赫 空 抑 无！（吟）（《七绝·梁才女墓》）

niõ$^{23}_{33}$lu^{53}tsu$^{33}_{21}$se^{21}tso$^{23}_{33}$gim$^{23}_{33}$si^{45} t'iŋ^{33}laŋ^{33}kim$^{45}_{33}$ko^{45}tau$^{21}_{53}$kaŋ$^{33}_{21}$bi^{23}
梁 女 自 细 ⿰扌曹 吟 诗，滕 依 金 哥 鬥 共 眉。

t'ĩ$^{45}_{33}$tiŋ^{53} ui$^{23}_{33}$so^{45} iŋ$^{53}_{45}$tsia^{53} si^{21}　t'iɔŋ$^{21}_{53}$kĩ^{23}t'o$^{53}_{45}$hui^{33} bun$^{23}_{33}$zin^{23}t'i^{45}
天 顶 遗 骚 咏 者 逝， 塚 墘 讨 慧 文 人 痴。

[莉吟毕挑水下，梓感慨]

buat$^{121}_{21}$ li^{33} a^{21}
梓： 茉 莉啊！(梓领洗衣妇合唱)(《七律·茉莉颂》)

kiau$^{53}_{45}$ho^{33} liŋ$^{45}_{33}$zu^{53} pɛʔ$^{21}_{53}$uan^{33} liŋ^{23}　ts'iŋ$^{45}_{33}$sun^{23} bu$^{33}_{21}$lɔ^{33} bo$^{23}_{33}$ia^{45} iŋ^{45}
皎 皓 朧 乳 百 怨 宁， 清 纯 雾 露 无 埃 堎。

hioʔ^{121} lun^{33} ki^{45} ts'ɛ̃^{45} tɔk^{121} go^{33} liŋ^{53}　hua^{45} pɛʔ^{121} lui^{53} kiat^{21} kɔ$^{45}_{33}$tsi^{53} giŋ^{23}
箬 嫩 枝 青 独 傲 冷， 花 白 蕊 洁 孤 脂 凝。

sim^{45} k'iau^{53} pan^{33} sui^{53} t'ĩ^{45} siŋ$^{23}_{33}$tsiŋ^{53}　m^{23} hɔk^{21} hua^{45} p'aŋ^{45} te^{33} puʔ$^{21}_{53}$
芯 巧 瓣 水 天 成 种， 莓 馥 花 芳 地 樸

hiŋ^{45}　ts'iɔŋ$^{45}_{33}$tsui^{53} p'uã$^{33}_{21}$tsui^{21} tsuã$^{45}_{33}$tɛ$^{23}_{33}$biŋ^{53} ts'aʔ$^{21}_{53}$hiŋ^{45} tsŋ$^{45}_{33}$t'au^{23}
馨。 冲 水 伴 醉 煎 茶 茗， 插 胸 妆 头

baŋ^{33} pu$^{21}_{53}$k'iŋ^{23}
忘 富 穷。

[落幕]

唱段曲谱

如梦令·古井

1=F $\frac{2}{4}$

女声合唱

歌仔戏《白茉莉》第六场选段（二十六）

♩=108 较快，轻松、抒情地

高 然 作词作曲

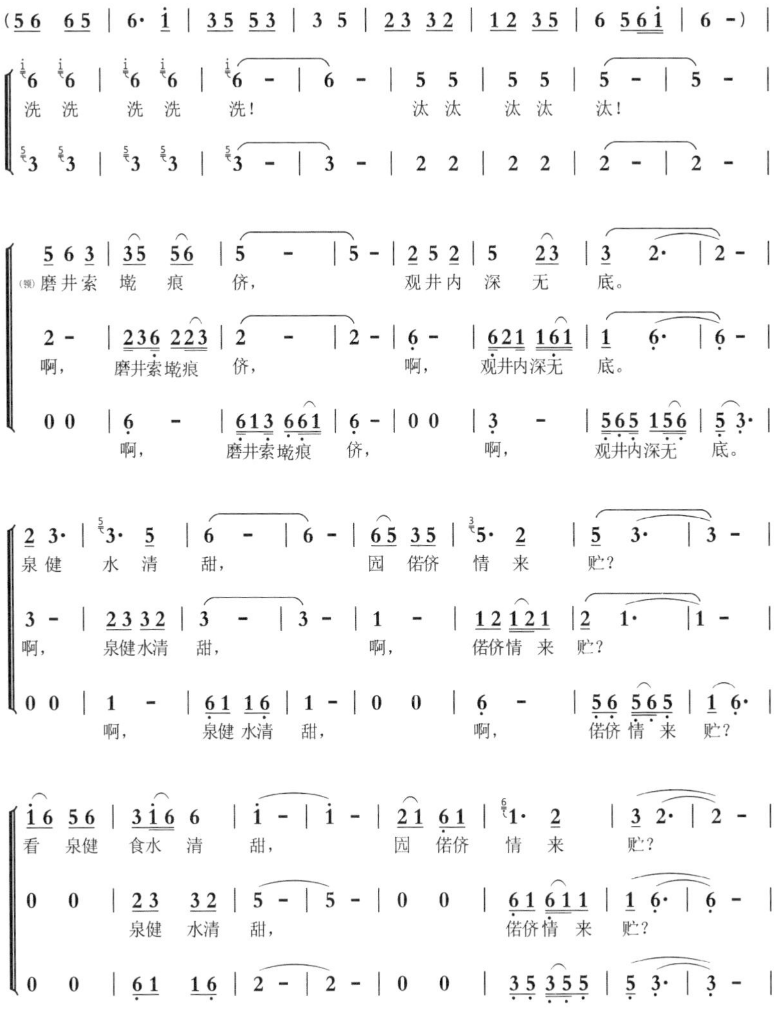

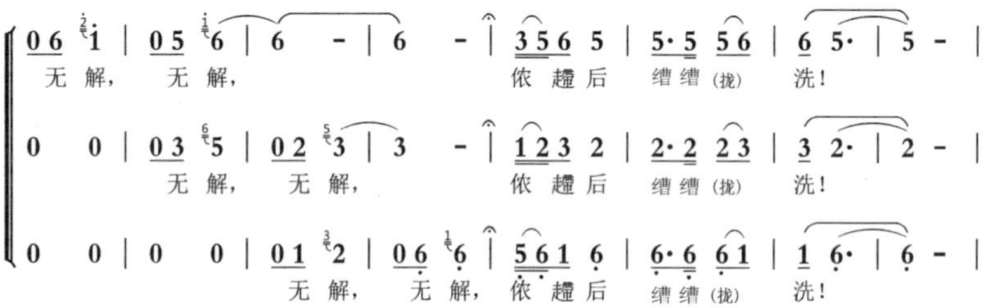

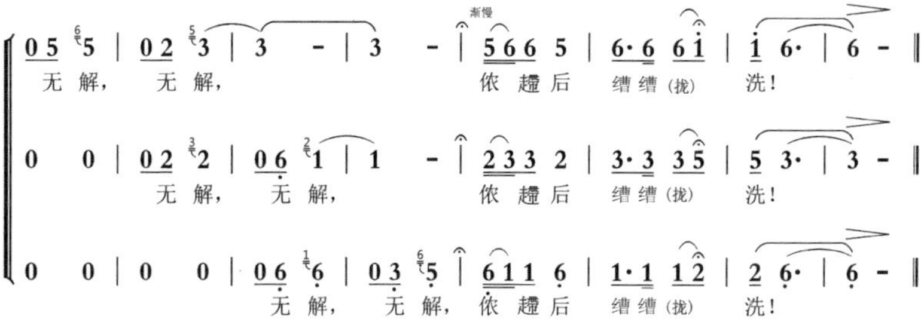

清平乐·井墘

1=G $\frac{4}{4}$

女声独唱

♩=66 较慢、忧郁伤悲地

歌仔戏《白茉莉》第六场选段（二十七）

高 然 作词作曲

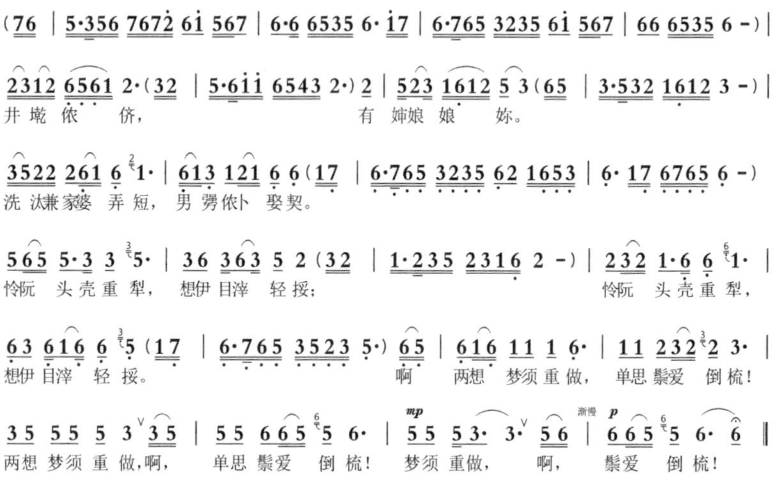

虞美人·伤秋

男声独唱

歌仔戏《白茉莉》第六场选段（二十八）

高 然 作词作曲

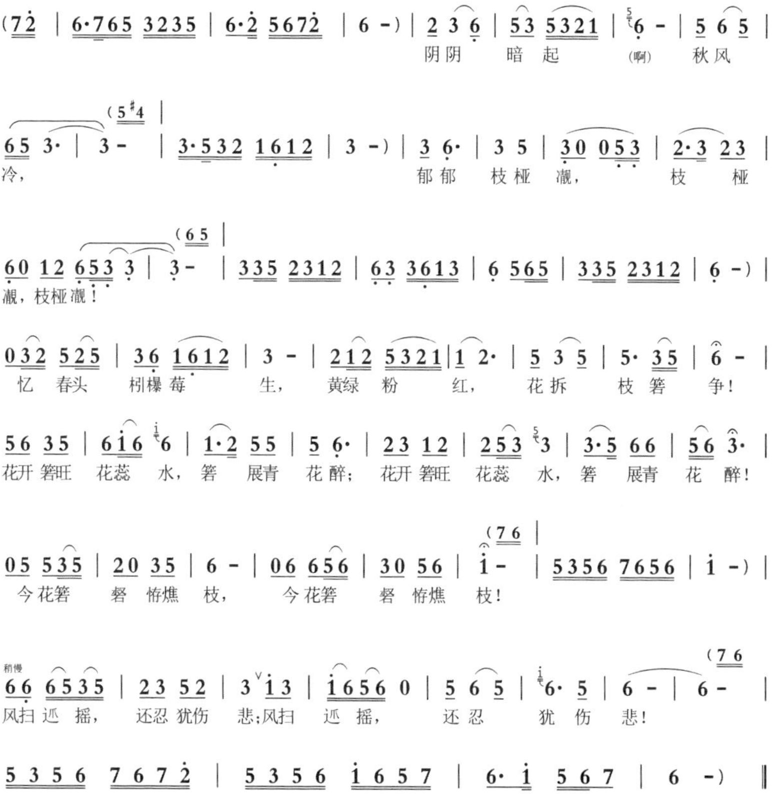

1=F 2/4

♩=64 缓慢，自由、悲伤地

(7 2̇ | 6·7 6 5 3 2 3 5 | 6·2̇ 5 6 7 2̇ | 6 -) | 2 3 6̇ | 5̇3̇ 5 3 2 1 | 5̇ 6 - | 5 6 5 |
　　　　　　　　　　　　　　　　　　　　　　阴阴　暗起　（啊）秋风

6 5 3· | 3 - | (5 #4 | 3·5 3 2 1 6 1 2 | 3 -) | 3 6· | 3 5 | 3 0 0 5 3 | 2·3 2 3 |
冷，　　　　　　　　　　　　　　　　　郁郁　枝桠　濈，　枝　桠

6 0 1 2 6 5 3 3 | 3 - | (6 5 | 3 3 5 2 3 1 2 | 6 3 3 6 1 3 | 6 5 6 5 | 3 3 5 2 3 1 2 | 6 -) |
濈，枝桠濈！

0 3 2 5 2 5 | 3 6 1 6 1 2 | 3 - | 2 1 2 5 3 2 1 | 2· | 5 3 5 | 5·3 5 | 6̂ - |
忆　春头　枥樸莓　　生，黄绿　粉　红，花拆　枝　箬　争！

5 6 3 5 | 6 1 6 1̇ 6 | 1·2 5 5 | 5 6· | 2 3 1 2 | 2 5 3̇ 3 | 3·5 6 6 | 5 6 3· |
花开　箬旺　花蕊　水，箬　展青　花醉；花开　箬旺　花蕊　水，箬　展青　花醉！

0 5 5 3 5 | 2 0 3 5 | 6 - | 0 6 6 5 6 | 3 0 5 6 | 1̇ - | 5 3 5 6 7 6 5 6 | 1̇ -) |
今　花箬　砮惨燋枝，　今　花箬　砮惨燋　枝！

稍慢

6 6 6 5 3 5 | 2 3 5 2 | 3 ᵛ1 3 | 1̇ 6 5 6 0 | 5 6 5 | 6̇·5 | 6 - | 6 - | (7 6 |
风扫迅摇，还忍犹伤悲；风扫迅摇，还忍　犹伤　悲！

5 3 5 6 7 6 7 2̇ | 5 3 5 6 1̇ 6 5 7 | 6· 1̇ 5 6 7 | 6 -) ‖

踏莎行·追君累

女领众合唱

歌仔戏《白茉莉》第六场选段（二十九）

高 然 作词作曲

1=F 4/4

♩=60 缓慢，悲伤地

(5·6 6 5 3 2 3· 5 | 2 3 5 1 6 1 3 2 - | 2 5 3 2 1 5·6 5 6 3 5 | 1̇ 6 - - -) |

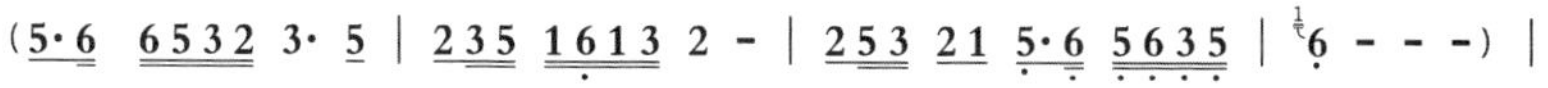

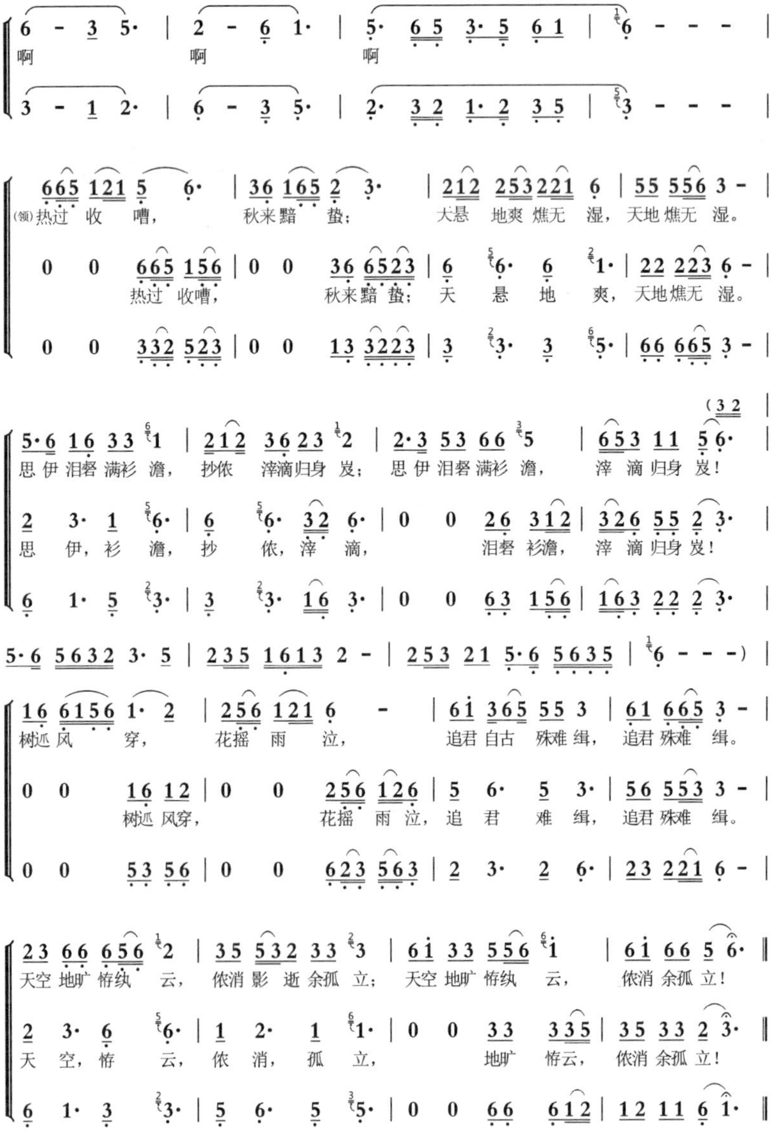
啊 啊 啊
(领)热过 收 嘈， 秋来黯 蛰； 大悬 地爽 燋无 湿，天地燋无 湿。
热过 收嘈， 秋来黯 蛰； 天 悬 地 爽，天地燋无 湿。
思伊 泪砮满衫 澹， 抄依 滓滴归身 岌； 思伊 泪砮满衫 澹， 滓 滴 归身 岌！
思 伊，衫 澹，抄 依，滓 滴， 泪砮 衫澹， 滓 滴 归身 岌！
树迒 风 穿， 花摇 雨 泣， 追君 自古 殊难 缉， 追君 殊难 缉。
树迒 风穿， 花摇 雨 泣，追 君 难 缉， 追君 殊难 缉。
天空 地旷 恠纨 云， 依消 影 逝 余孤 立； 天空 地旷 恠纨 云， 依消 余孤 立！
天 空，恠 云，依 消，孤 立， 地旷 恠云，依消 余孤 立！

七律·茉莉颂

1=G转F $\frac{2}{4}$　　　　男领女合唱　　　　高 然 作词配曲

♩=88 中速，深情、赞颂地　　　歌仔戏《白茉莉》第六场选段（三十）　　　调寄《七字》《杂喙》

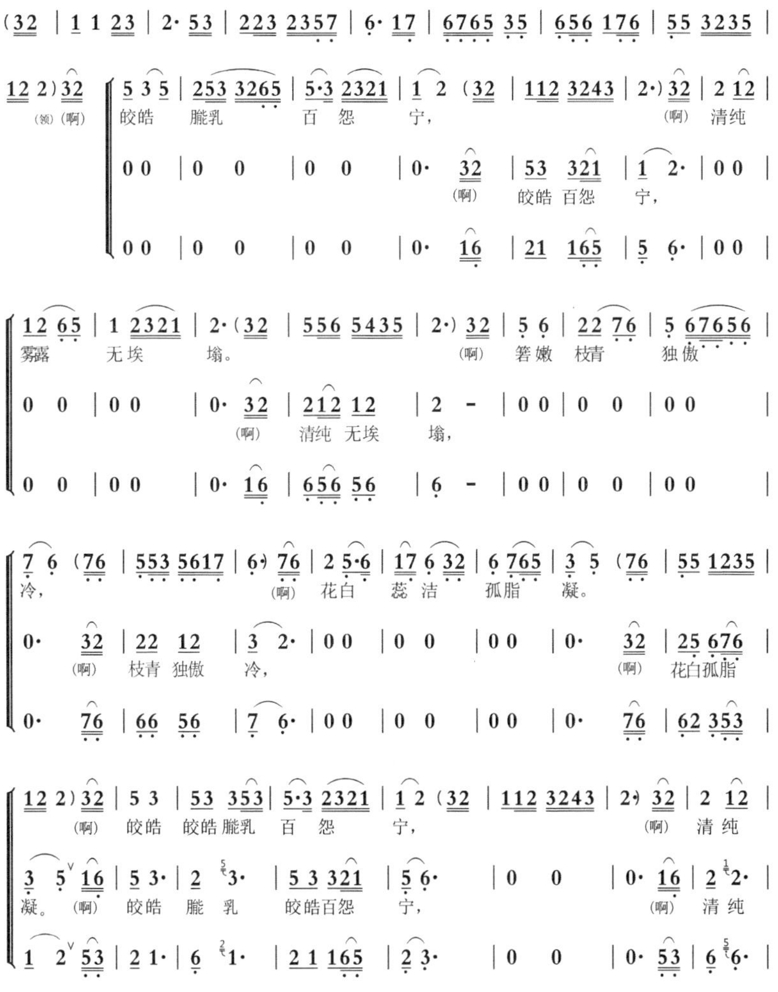

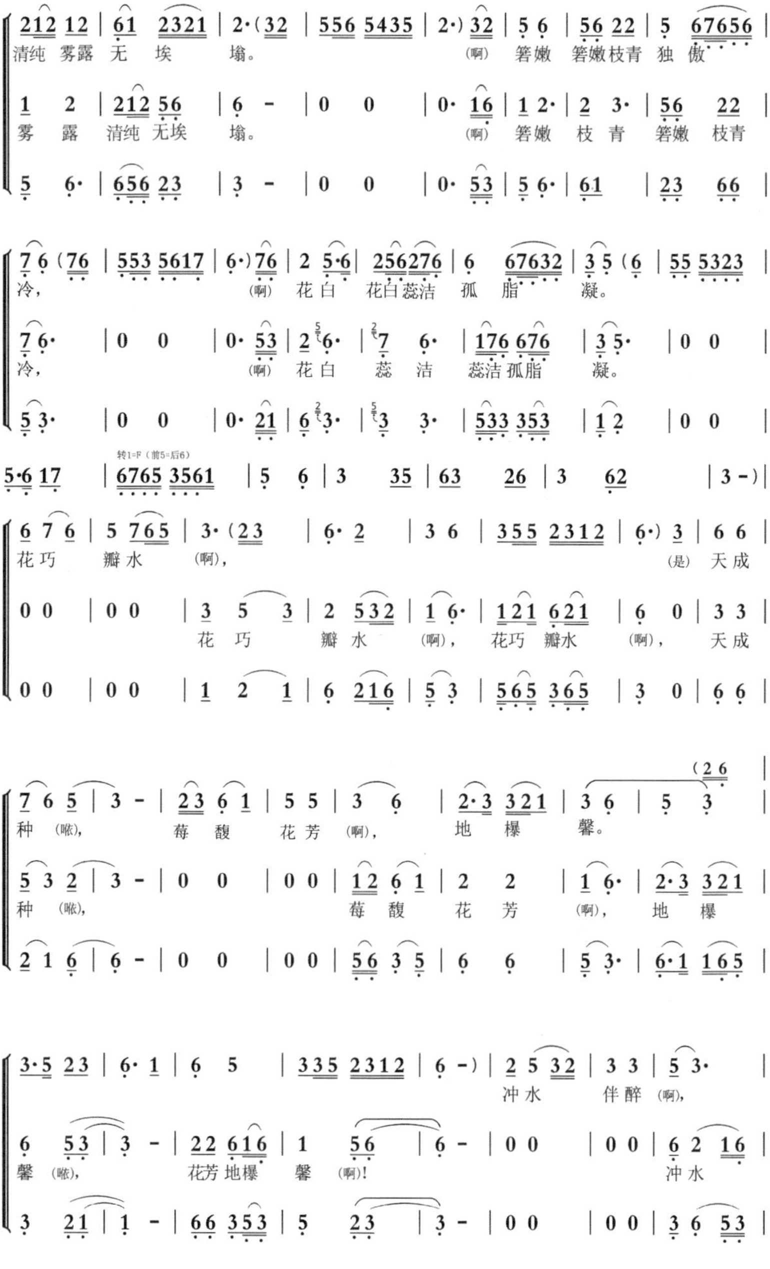
清纯 雾露 无 埃 堨。 (啊) 箬嫩 箬嫩枝青 独 傲
雾 露 清纯 无埃 堨。 (啊) 箬嫩 枝 青 箬嫩 枝青
冷， (啊) 花白 花白蕊洁 孤 脂 凝。
冷， (啊) 花白 蕊 洁 蕊洁孤脂 凝。
转1=F（前5=后6）
花巧 瓣水 (啊)， (是) 天成
花 巧 瓣 水 (啊)， 花巧 瓣水 (啊)， 天成
种 (哝)， 莓 馥 花芳 (啊)， 地 檏 馨。
种 (哝)， 莓 馥 花 芳 (啊)， 地 檏
冲水 伴醉 (啊)，
馨 (哝)， 花芳地檏 馨 (啊)！ 冲水

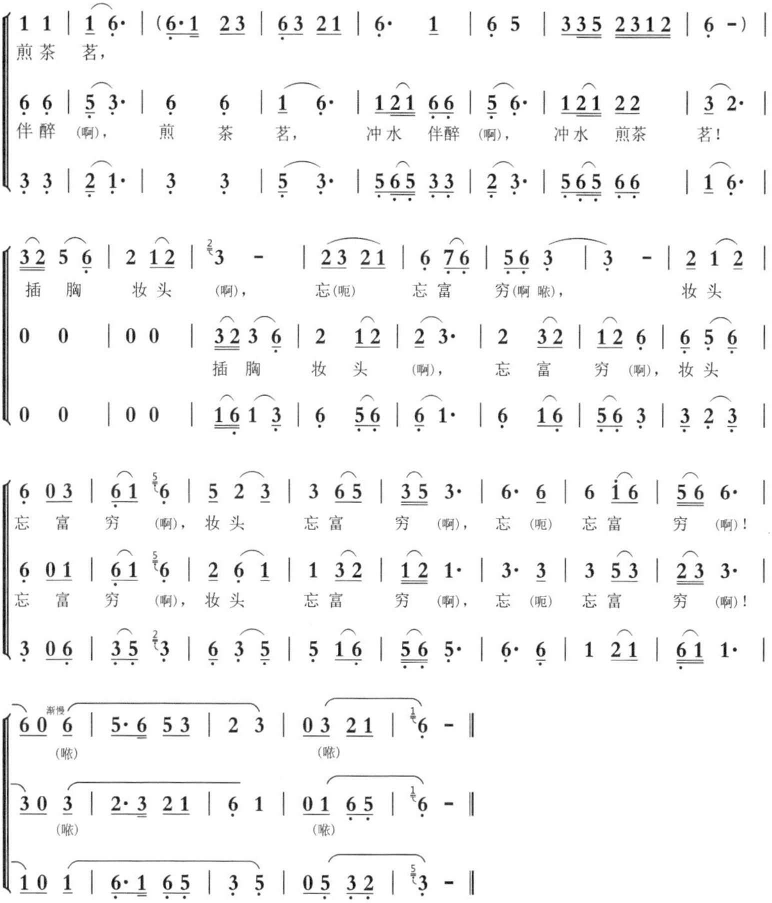

词语解释

1. 井索，井绳。墘ki^{23}，边，沿。侪tse^{33}，多，盈。泉健，泉水多。囥k‘ŋ^{21}，藏，存储。偌侪，几多，多少。贮te^{53}，装，盛。趡tue^{21}，跟，随。缯tsiau^{23}，全，都。

2. 井墘，井边。娘妳，母亲。家婆，八卦，事儿妈。㑇k‘iaŋ^{21}，能干。侬，人家。娶契，娶干妹妹。阮gun^{53}，我们（的），我的，我。头壳，脑袋。重犁，垂下头。目滓，眼泪。挼，揉，擦（泪）。鬃，头发。倒梳，重新梳理。

3. 瀞ts‘iŋ^{21}，凉，冷。春头，春初。樎枂，发芽。莓，花苞。花拆，开花，花张开。箬，叶子。恔ts‘un^{33}，剩，余。燋枝，枯枝。逝tsuaʔ^{21}，抖，颤动。

4. 鼎，铁锅。烩be^{33}，不会。哩li^{45}，正，正在。嘛，也。呷kaʔ^{21}，把。一目仔，一眼。

5. 山骹，山根儿。佫koʔ^{21}，还，又。笪ts‘ia^{23}，斜，陡。天宝岭，漳州老城西北二十里之山名。圆岺峷，圆滚滚。拣，挑，选。跖，爬，蹬。呷，才，方。遮，这儿。遐，那儿。

6. 觮行，别走；觮，别。拍拴剪，迈错步子，双腿呈非自然状。敢无，对不，是吗。瘖运逝，运气不好。匏仔，葫芦。菜瓜，丝瓜。李仔，李子。伓佫m^{23} koʔ^{21}，不过，然而。古井，老井。拌桶，吊水桶。底落，哪儿。伓着，错，不对。着tioʔ^{21}，得，必须。

7. 大骹，大角色，大人物，即俗写之“大咖”。咯佫loʔ$^{121}_{21}$ koʔ^{21}，还得，又。呷，跟，向。旗军仔，小兵。镭lui^{45}，钱。目睭，眼睛。伫ti^{33}，在，于。头壳顶，头上。细，小。捷捷，频繁地。掾ts‘ĩ^{33}，吊（水）。应，回应。绚k‘iu^{23}，缩。额迹，额头。嘫nuã^{33}，唾液。喙渴，口渴。咻喉，喉咙。竭，干，涸。瞋雷，响雷，打雷。烩对鬃，不对味儿，找错对象。涂，泥，土。

8. 着tioʔ^{121}，对，正确，戆侬，傻人。家治，自己。想长倒短，欲长反而短。大箍，粗大。尖尾，又尖又细。酶t‘o^{23}，傻，呆滞状。仡hit^{121}，摇，动。撂la^{33}，搅，翻。趱tue^{21}，跟，从。空k‘ɔŋ^{45}，傻，没脑子。竭，干，一无所有。

9. 悬kuan^{23}，高。澹tam^{23}，湿。抄，找，翻找。滓，眼泪，又说“目滓”。岌gip^{121}，抖动。纨uan^{23}，团，卷。开涂空，开挖土坑。踖t‘un^{33}，填（泥土）。抑aʔ^{21}，也是。牛母，母牛。跖pɛʔ^{21}，爬，攀。读册，读书。归腹肚，满肚子。喝，喊，叫。艰苦，难受。卜呔讨，哪儿能，怎么会。无，要不，不然。恰，较。赫hiaʔ^{21}，如此，那么。自细，从小。撍tso^{23}，写，涂。滕t‘in^{33}，许配。

10. 朧liŋ^{45}，乳汁，乳房。埥埃，尘埃。

扫码听录音

第七场　社底闹热

时间　秋日某白天

地点　红荔村头龙眼林中

场景　村里逢做热闹，气氛热烈

[幕启，村民们合唱]

众：（合唱）（《西江月·龙眼林》）

ts‘iu$^{33}_{21}$kuã^{53}uan$^{45}_{33}$k‘iau^{45}lun$^{33}_{21}$k‘iu^{33}　ki$^{45}_{33}$hioʔ^{121}ts‘ɛ̃$^{45}_{33}$lun^{33}tsia$^{45}_{33}$im^{45}
树杆弯跷韧轲，枝箬青嫩遮荫。

ts‘iu$^{33}_{21}$tsaŋ^{23}e$^{45}_{33}$k‘e^{21}li^{45}sio$^{45}_{33}$tsim^{45}　ua$^{53}_{45}$ts‘iu^{33}t‘e$^{45}_{33}$ua^{45}e$^{33}_{21}$sim^{21}
树枞挨揳哩相唚，倚树鬅椏会踸。

ts‘un^{45}kau^{21}pɛʔ$^{121}_{21}$hua^{45}kui$^{45}_{33}$p‘o^{22}　hua^{45}p‘aŋ^{45}gio$^{21}_{53}$p‘ĩ$^{33}_{21}$k‘aŋ^{45}im^{45}
春遘白花归抱，花芳谑鼻空淹。

tu$^{53}_{45}$ts‘iu$^{45}_{33}$k‘a^{45}kue$^{53}_{45}$sik^{21}uĩ$^{23}_{33}$kim^{45}　bit$^{121}_{21}$tsiap^{21}siã^{23}laŋ^{33}oʔ$^{21}_{53}$zim^{53}
抵秋骹果色黄金，蜜汁涎侬恶忍。

[歌毕，斗诗会开始]

ha^{53}　beʔ$^{21}_{53}$tɔ$^{21}_{53}$si^{45}tau$^{21}_{53}$su^{23}　bo$^{23}_{33}$li^{45}be$^{33}_{21}$hiau^{53}　lai^{23}　gua^{53}tan^{45}bu^{53}tsit$^{121}_{21}$
丙：哈！卜斗诗鬥词，无哩絵晓！来！我啴舞一

tiau$^{23}_{21}$a^{21}
条仔！（吟）

pik$^{121}_{21}$zit^{121}i$^{45}_{33}$san^{45}tsin^{33}　hɔŋ$^{23}_{33}$ho^{23}zip$^{121}_{21}$hai$^{53}_{45}$liu^{23}
“白日依山尽，黄河入海流……”

bo^{23}bo^{23}bo^{23}　m$^{33}_{21}$tioʔ^{121}m$^{33}_{21}$tioʔ^{121}　laŋ^{33}si$^{33}_{21}$pun$^{53}_{45}$te^{33}t‘ɔ$^{53}_{45}$ua^{33}si^{45}　li^{53}
甲：无无无！伓着伓着！侬是本地土话诗，汝

tse^{53} si$^{33}_{21}$ li^{45} p'aʔ$^{21}_{53}$ kuã$^{45}_{33}$ k'iɔ̃^{45} laŋ^{33} t'ɔ$^{53}_{45}$ gi^{53} pik$^{121}_{21}$ zit^{121} ai$^{21}_{53}$ tioʔ$^{121}_{21}$
这是哩"拍官腔"！侬土语"白日"爱着

kɔŋ$^{53}_{45}$ pɛʔ$^{121}_{21}$ zit^{121} san^{45} loʔ$^{121}_{21}$ kɔŋ$^{53}_{45}$ suã^{45} hɔŋ$^{23}_{33}$ ho^{23} loʔ$^{121}_{21}$
讲"白日"，"山"咯讲"山"，"黄河"咯

kɔŋ$^{53}_{45}$ uĩ$^{23}_{33}$ ho^{23} kaʔ$^{21}_{53}$ e$^{33}_{21}$ sai^{53}
讲"黄河"呷会使！

li^{53} hit$^{21}_{5}$ e^{23} t'ɔ^{53} ua^{33} aʔ^{21} beʔ$^{21}_{53}$ t'ɔ^{53} si$^{53}_{21}$ beʔ$^{21}_{53}$ t'ai$^{53}_{45}$ t'o$^{53}_{45}$ e$^{33}_{21}$ taŋ$^{21}_{53}$ pai$^{23}_{33}$
丙：汝迄兮土话，抑卜土死！卜呔讨会当排

tsiɔ̃$^{33}_{21}$ toʔ^{21} la^{45}
上桌啦？

ua^{53} ha^{45} li^{53} t'ɔ$^{53}_{45}$ laŋ^{23} beʔ$^{21}_{53}$ koʔ$^{21}_{53}$ kik$^{21}_{5}$ gua$^{33}_{21}$ k'ui^{21} t'ɔ$^{53}_{45}$ gi^{53} ts'ut$^{21}_{5}$ ts'ui^{21}
甲：哇哈！汝土侬卜佫激外气，土语出喙

taŋ$^{21}_{53}$ lauʔ$^{21}_{53}$ k'ui$^{21}_{53}$ li^{53} bo$^{23}_{33}$ hiam$^{23}_{33}$ lan$^{53}_{45}$ bɔ^{53} pɔ^{53} koʔ$^{21}_{53}$ lɔ^{53} kɔ$^{45}_{33}$ kuai$^{21}_{53}$ t'ɔ$^{53}_{45}$
当落愧！汝无嫌伯某脯佫撸，孤怪土

gi^{53} kɔ^{53} koʔ$^{21}_{53}$ t'ɔ^{53}
语古佫土！

tsɔ$^{53}_{45}$ kɔŋ^{45} sɛ̃$^{45}_{33}$ t'ɔ$^{53}_{45}$ gi^{53} bo$^{23}_{33}$ kɔŋ^{53} bo$^{23}_{33}$ kui$^{45}_{33}$ ki^{53}
乙：祖公生土语，无讲无规矩！

tsiã$^{21}_{53}$ u$^{33}_{21}$ iã^{53} t'ɔ$^{53}_{45}$ ua^{33} t'ɔ$^{53}_{45}$ ua^{33} bo$^{23}_{33}$ kɔŋ^{53} bo$^{23}_{33}$ p'uã^{33}
丁：正有影，土话土话，无讲无伴！

lai^{23} gua^{53} liam$^{33}_{21}$ tsit$^{121}_{21}$ tiau$^{23}_{33}$ a^{53} hɔ$^{33}_{21}$ lin^{53} t'iã^{45}
甲：来，我念一条仔互恁听！（吟）（《五绝·仿王诗》）

tsiaʔ$^{21}_{53}$ zit^{121} t'e$^{45}_{33}$ suã^{45} k'i^{21} sai$^{45}_{33}$ k'e^{45} loʔ$^{121}_{21}$ hai^{53} lau^{23}
赤日躧山去，西溪落海流。

ai$^{21}_{53}$ hɔŋ^{23} tsap$^{121}_{21}$ p'ɔ$^{21}_{53}$ bak^{121} koʔ$^{21}_{53}$ k'aʔ^{21} pɛʔ$^{21}_{53}$ kuan$^{23}_{33}$ lau^{23}
爱癀十铺目，佫恰跖悬楼。

ha^{53} ha^{53} ha^{53} sui^{53} t‘iã$^{45}_{33}$ tioʔ$^{121}_{21}$ sɔm$^{23}_{33}$ sui^{53} a^{53} sɔm$^{23}_{33}$ sui^{53} ha^{53}

众：哈 哈 哈……！水！ 听 着 尿 水 仔 尿 水！ 哈

ha^{53} ha^{53}

哈 哈……！

lai^{23} gua^{53} mã^{21} lai$^{23}_{33}$ hut^{21} tsit$^{121}_{21}$ tiau$^{23}_{21}$ a^{21}

乙：来，我 嘛 来 揔 一 条 仔！

（吟（《七绝·闽南语格律诗词》）

ua^{33} tit^{121} gi^{53} siɔk^{121} si^{45} bo$^{23}_{33}$ siɔk^{121} zi^{33} t‘ɔ^{53} su^{23} ts‘ɛ̃^{45} i^{21} put$^{21}_{5}$ ziɔk^{121}

话 直 语 俗 诗 无 俗， 字 土 词 生 意 不 弱。

k‘a^{45} taʔ^{121} t‘ɔ$^{23}_{33}$ mãi^{23} gu$^{23}_{33}$ sai^{53} p‘aŋ^{45} pɛ̃^{23} tsɛʔ^{21} kɛʔ$^{21}_{53}$ lut^{121} pun$^{45}_{33}$ ts‘iŋ$^{45}_{33}$

骹 踏 涂 糜 牛 屎 芳， 平 仄 格 律 分 清

tsɔk^{121}

浊。

k‘iau^{53}

众：巧！（吟）（《忆秦娥·闽南语古体诗词》）

gim$^{23}_{33}$ si^{45} hut^{121} sian$^{45}_{33}$ laŋ^{23} t‘ɔ$^{53}_{45}$ t‘aŋ^{53} si$^{45}_{33}$ su^{23} lut^{121}

吟 诗 核， 先 依 土 诞 诗 词 律。

si$^{45}_{33}$ su^{23} lut^{121} an$^{21}_{53}$ giam$^{23}_{33}$ kui^{45} tsut^{121} ui$^{21}_{53}$ giam$^{23}_{33}$ kui^{45} ts‘ut^{21}

诗 词 律， 按 严 规 抹， 偎 严 规 出。

ban$^{23}_{33}$ lam^{23} t‘ɔ$^{53}_{45}$ gi^{53} ban$^{23}_{33}$ laŋ^{23} tut^{121} ka$^{45}_{33}$ ki^{33} tsɔ$^{53}_{45}$ gi^{53} kɛ$^{45}_{33}$ tau^{45} but^{121}

闽 南 土 语 闽 侬 咄， 家 己 祖 语 家 兜 物。

kɛ$^{45}_{33}$ tau$^{45}_{33}$ but^{121} ai$^{21}_{53}$ tsun^{45} zu$^{23}_{33}$ put^{121} tioʔ$^{121}_{21}$ bo$^{23}_{33}$ mãi$^{23}_{33}$ but^{121}

家 兜 物， 爱 尊 如 佛， 着 无 埋 没。

[吟毕众人大笑。远处传来本地调唱腔]

a^{21} pun$^{53}_{45}$ te^{33} tiau^{33} a^{53} t‘iã^{45} tioʔ$^{121}_{21}$ sɛ$^{53}_{45}$ suaʔ$^{21}_{53}$ hi^{33} nɛ̃^{45}

甲：啊，本 地 调 仔！ 听 着 舍 续 耳 呢！

（吟）（《七绝·本地调仔》）

hiŋ$^{23}_{33}$ k'iaŋ^{45} tue$^{21}_{53}$ tiau^{33} pun$^{45}_{33}$ kuan$^{23}_{33}$ kɛ^{33} siɔk$^{121}_{21}$ t'ɔ^{53} siã$^{45}_{33}$ au^{23} un$^{33}_{21}$ bi^{33} kɛ^{45}
行　腔　⿺走册　调　分　悬　下，　俗　土　声　喉　韵　味　佳。

tsɔŋ^{23} t'iŋ^{23} k'i^{53} loʔ^{121} ban$^{23}_{33}$ lam$^{23}_{33}$ tsiŋ^{53} liam^{33} ts'iɔ̃^{21} t'ɔ$^{23}_{33}$ im^{45} bo$^{23}_{33}$ tsiau$^{53}_{45}$
⿺走凶　停　起　落　闽　南　种，　念　唱　涂　音　无　鸟

gɛ^{23}
牙。

［远处又传来锦歌调子］

si$^{33}_{21}$ gim$^{53}_{45}$ kua^{45} ha^{53}
乙：　是　锦　歌！　哈！（吟）（《七绝·漳州锦歌》）

kim$^{53}_{45}$ kua^{45} lam$^{23}_{33}$ tsiu^{45} pun$^{53}_{45}$ te$^{33}_{21}$ tiau^{33}
锦　歌　南　州　本　地　调，

kua$^{45}_{33}$ a^{53} t'ɔ$^{53}_{45}$ ua^{33} au$^{23}_{33}$ k'iaŋ^{45} biau^{33}
歌仔土话喉　腔　妙。

sam$^{45}_{33}$ hian^{23} k'im^{23} siau^{45} iau$^{53}_{45}$ tik$^{21}_{5}$ pe^{45}
三　弦　琴　箫　犹　竹　杯，

kɔ$^{53}_{45}$ bi^{33} ku$^{33}_{21}$ un^{33} ham$^{23}_{33}$ liŋ$^{23}_{33}$ k'iau^{53}
古味旧韵　含　灵　巧。

［远处锣鼓声响起，戏演得热闹］

众：　（吟）（《如梦令·社戏》）

tua$^{33}_{21}$ bio$^{33}_{21}$ tiã^{23} laŋ$^{23}_{33}$ t'au^{23} tse^{33} pɛ̃^{23} tiŋ$^{53}_{45}$ bin^{33} to$^{45}_{33}$ ts'iɔ̃^{45} ts'e^{53}
大庙　埕　侬　头　侪，　棚　顶　面　刀　枪　扯。

lo$^{23}_{33}$ kɔ^{53} laŋ$^{33}_{21}$ t'ui$^{23}_{33}$ hua^{45} sio$^{53}_{45}$ tuã^{21} sui^{53} siã$^{45}_{33}$ t'au^{23} ts'e^{21}
锣　鼓　弄　槌　花，　小　旦　水　声　头　脆。

k'iam$^{45}_{33}$ se^{21} k'iam$^{45}_{33}$ se^{21} u$^{33}_{21}$ kui$^{53}_{45}$ kɔ^{53} gau$^{23}_{33}$ laŋ^{23} e^{33}
谦　细，　谦　细，有　几　个　势　侬　会？

[吟毕众人相邀去看戏，下。阿梓上场]

tã$^{45}_{33}$tiŋ^{45}ai$^{21}_{53}$tsai^{45}kʻa$^{45}_{33}$ɛ^{33}am^{21} kiã$^{23}_{33}$tsun^{23}tioʔ$^{121}_{21}$kʻuã$^{21}_{53}$tsui$^{53}_{45}$
梓：（念）担 灯 爱 知 骹 下 暗，行 船 着 看 水

tiɔŋ$^{45}_{33}$lau^{23} ka$^{45}_{33}$ki^{33}puaʔ$^{121}_{21}$to^{53}ka$^{45}_{33}$ki^{33}pɛʔ^{21} kiã$^{45}_{33}$kau$^{21}_{53}$tsʻim$^{45}_{33}$kʻɛ̃^{45}
中 流；家 己 跋 倒 家 己 跖，行 遘 深 坑

tsai$^{45}_{33}$uat$^{21}_{5}$ tʻau^{23}
知 斡 头！

（吟）（《浣溪沙·相追》）

hɔŋ^{45}hut^{121}tsʻun$^{45}_{33}$hua^{45}lui$^{53}_{45}$lui^{53}kʻui^{45}
风 拂 春 花 蕊 蕊 开，

hua^{45}aŋ^{23}hua^{45}pɛʔ^{121}kɔk$^{21}_{5}$siaŋ$^{45}_{33}$sui^{23}
花 红 花 白 各 相 随，

tʻiap$^{121}_{21}$hua^{45}hua^{45}tʻiap^{121}hioʔ$^{121}_{21}$ki^{45}tʻui^{23}
叠 花 花 叠 箬 枝 垂。

hɔ^{33}pʻak^{21}tsʻui^{45}hua^{45}hua$^{45}_{33}$pan^{33}tɔk^{21}
雨 拍 摧 花 花 瓣 砉，

hua^{45}aŋ^{23}hua^{45}pɛʔ^{121}tsu$^{33}_{21}$tʻɔ^{23}kui^{45}
花 红 花 白 自 涂 归，

sɛ̃$^{45}_{33}$kue^{53}kue^{53}sɛ̃^{45}e$^{33}_{21}$sio$^{45}_{33}$tui^{45}
生 果 果 生 会 相 追。

[梓吟诗过程中，莉、莉父及众姐妹上，听其吟诗，表赞赏]

tioʔ^{121} u$^{33}_{21}$luaʔ$^{121}_{21}$tua^{33}ki$^{45}_{33}$kʻa^{45} tsʻiŋ$^{33}_{21}$luaʔ$^{121}_{21}$tua$^{33}_{21}$siaŋ$^{45}_{33}$e^{23} tsʻiu$^{33}_{21}$
父：着！有 偌 大 支 骹，颂 偌 大 双 鞋！树

tʻau^{23}tsai^{33} m$^{33}_{21}$kiã^{45}tsʻiu$^{33}_{21}$bue^{53}suaʔ$^{21}_{53}$hɔŋ$^{45}_{33}$tʻai^{45}
头 在，伓 惊 树 尾 撒 风 飐！

（吟）（《如梦令·呵咾某乜侬》）

iŋ$^{53}_{45}$kue^{21}m$^{33}_{21}$tsai$^{45}_{33}$laŋ$^{23}_{33}$sit^{21} hian$^{33}_{21}$tsin^{45}e$^{33}_{21}$tsai$^{45}_{33}$k‘aŋ^{45}zit^{21}
往 过 怀 知 侬 失， 现 真 会 知 空 跙。

lo^{23}suaʔ$^{21}_{53}$u$^{33}_{21}$t‘iã$^{45}_{33}$t‘au^{23} k‘uã$^{53}_{45}$k‘uã^{53}ts‘ai$^{53}_{45}$tĩ$^{45}_{33}$hua^{45}bit^{121}
啰 煞 有 听 头， 款 款 采 甜 花 蜜。

lan$^{23}_{33}$tit^{21} lan$^{23}_{33}$tit^{21} au$^{33}_{21}$kue$^{21}_{53}$a^{53}bo$^{23}_{33}$laŋ^{23}p‘it^{21}
难 得， 难 得， 后 过 仔 无 侬 匹。

tioʔ^{121}tioʔ^{121}tioʔ^{121} si^{33}si^{33}si^{33}
众： 着 着 着！ 是 是 是！（吟（《七绝·篮仔榛（二）》）

ts‘iu^{33}kuan^{23}hioʔ^{121}nuĩ^{33}ki$^{45}_{33}$ua^{45}aŋ^{23}
树 悬 箬 卵 枝 桠 红，

hua^{45}pɛʔ^{121}sim^{45}uĩ^{23}lui^{53}pan^{33}p‘aŋ^{45}
花 白 芯 黄 蕊 瓣 芳。（转身望着白茉莉，接着吟）

ko^{53}ts‘ɛ̃^{45}iau$^{53}_{45}$zia$^{53}_{45}$t‘am$^{45}_{33}$ts‘ĩ^{45}tsiau^{53}
果 青 犹 惹 贪 鲜 鸟，

sit^{121}ts‘iaʔ$^{21}_{53}$iu$^{23}_{33}$siã$^{23}_{33}$tiʔ$^{21}_{53}$nuã^{33}laŋ^{23}
实 赤 尤 涎 滴 㘓 侬！（大笑）

莉众：（与姐妹们合吟）（《菩萨蛮·微风过花枞》）

hɔŋ^{45}k‘iŋ^{45}san$^{21}_{53}$pɔ^{33}hua$^{45}_{33}$tsaŋ^{23}t‘ui^{33} so^{45}hu^{23}iu$^{21}_{53}$tsĩ^{53}hua$^{45}_{33}$m^{23}tsui^{21}
风 轻 散 步 花 枞 缍， 挲 敷 幼 芷 花 莓 醉。

k‘uã$^{53}_{45}$k‘uã$^{53}_{45}$a^{53}k‘ui$^{45}_{33}$hua^{45} hua^{45}kui$^{45}_{33}$kuã^{33}tiau$^{23}_{33}$ua^{45}
款 款 仔 开 花， 花 归 掮 着 桠。

se$^{21}_{53}$hɔŋ^{45}un$^{23}_{33}$tuĩ$^{53}_{45}$seʔ^{121} gio^{53}lui^{53}sim^{45}k‘ui$^{45}_{33}$k‘eʔ^{21}
细 风 匀 转 踅， 谑 蕊 芯 开 䁓。

hua^{45}ai$^{21}_{53}$se$^{21}_{53}$hɔŋ^{45}ts‘ue^{45} bi^{23}hɔŋ^{45}tsio$^{21}_{53}$tso$^{21}_{53}$bue^{23}
花 爱 细 风 吹， 微 风 借 做 媒。

[众看戏者戏煞归来，榛莉二重唱，众围赏]

桲莉：（二重唱）（《清平乐·红青荔枝》）

le^{33}aŋ^{23}p‘aŋ$_{33}^{45}$kɔŋ^{21} tiau$_{53}^{21}$ts‘iu$_{2.1}^{33}$ua^{45}tsaŋ^{23}ɔŋ^{33}
荔红芳贡，吊树椏枞旺。

ts‘iaʔ$_{53}^{21}$k‘ak^{21}siã^{23}laŋ^{23}bit$_{21}^{121}$tsiap^{21}tiʔ^{21} pai$_{33}^{23}$liap^{121}aŋ^{23}ĩ^{23}koʔ$_{53}^{21}$p‘ɔŋ^{21}
赤壳涎侬蜜汁滴，排粒红圆佫肪。

ui$_{33}^{23}$i^{45}le^{33}muã$_{33}^{45}$ts‘ɛ̃$_{33}^{45}$tsɔŋ^{45} kaŋ$_{21}^{33}$hui$_{33}^{45}$tsu^{53}ts‘io$_{53}^{21}$tĩ$_{33}^{45}$lɔŋ^{23}
唯伊荔幔青妆，共妃子笑甜浓。

lik^{121}kap$_{5}^{21}$aŋ^{23}siaŋ$_{33}^{45}$tso$_{53}^{21}$p‘uã^{33} ts‘ɛ̃^{45}aŋ^{23}tse^{23}saŋ$_{53}^{21}$hun$_{33}^{45}$hɔŋ^{45}
绿佮红双做伴，青红齐送芬芳。

aŋ^{45}u$_{21}^{33}$ko^{45} bɔ^{53}tsiaʔ$_{53}^{21}$e$_{21}^{33}$hɔŋ$_{33}^{45}$so^{45} bɔ^{53}u$_{21}^{33}$k‘iau^{53} aŋ^{45}tsiaʔ$_{53}^{21}$e$_{21}^{33}$be$_{21}^{33}$
甲：翁有膏，某则会风骚；某有巧，翁则会𣍐

siau^{23}
痟！

tsĩ^{23}gin^{23}ban$_{21}^{33}$ban$_{21}^{33}$ts‘ian^{45} m$_{21}^{33}$tat^{121}kiã$_{45}^{53}$sai^{21}ts‘ut^{215}
众：（对桲莉与莉父）钱银万万千，伓值囝婿出

laŋ^{33}tsian^{23}
侬前！

茉莉啊！（合唱）（《忆秦娥·白茉莉》）

ts‘iŋ$_{33}^{45}$sin^{45}t‘uat^{21} hua$_{33}^{45}$sin^{45}pɛʔ$_{21}^{121}$siat^{21}kiau^{45}zu$_{33}^{23}$suat^{21}
清新脱，花身白晰娇如雪。

kiau^{45}zu$_{33}^{23}$suat^{21} kiat^{21}ui^{23}sian$_{33}^{45}$puat^{121} kiau^{53}zu$_{33}^{23}$ts‘iu$_{33}^{45}$guat^{121}
娇如雪，洁为仙妭，皎如秋月。

ham$_{33}^{23}$hun^{45}tua$_{53}^{21}$lɔ^{33}hua$_{33}^{45}$sim^{45}bat^{121} hiaŋ^{45}iu^{45}tiau$_{33}^{23}$pak^{21}p‘aŋ^{45}hun^{45}
含芬带露花心密，香幽着腹芳薰

buat^{121}
茉。

p‘aŋ^{45} hun^{45} buat^{121}　si^{21} bo$^{23}_{33}$ laŋ$^{23}_{33}$ tuat^{121}　iŋ$^{53}_{45}$ t‘uĩ^{33} bo$^{23}_{33}$ tsuat^{121}

芳　薰　茉，　世 无　侬　夺，　永　传　无　绝。

［全剧终］

唱段曲谱

西江月·龙眼林

1=F $\frac{2}{4}$

♩=96 中速偏快，亲切、热情地

合唱

歌仔戏《白茉莉》第七场选段（三十一）

高 然 作词作曲

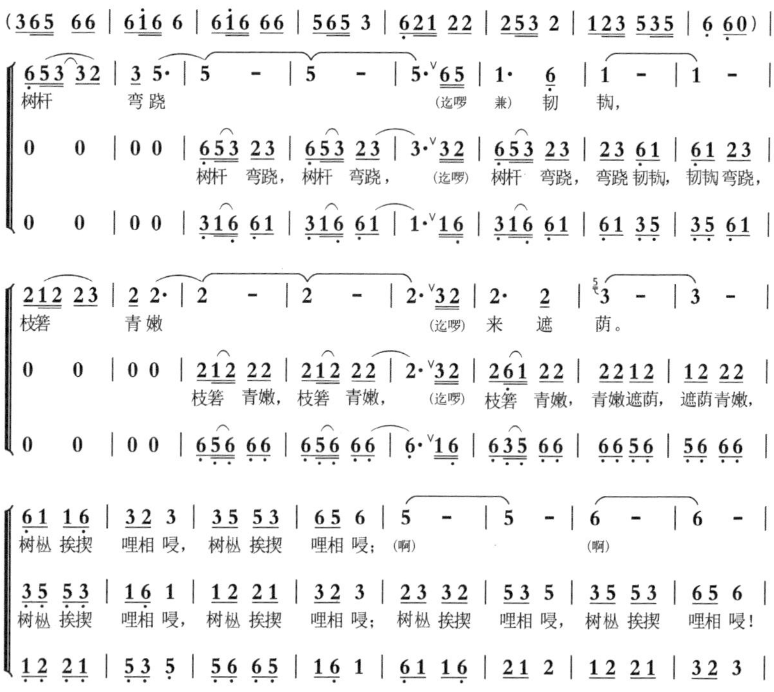

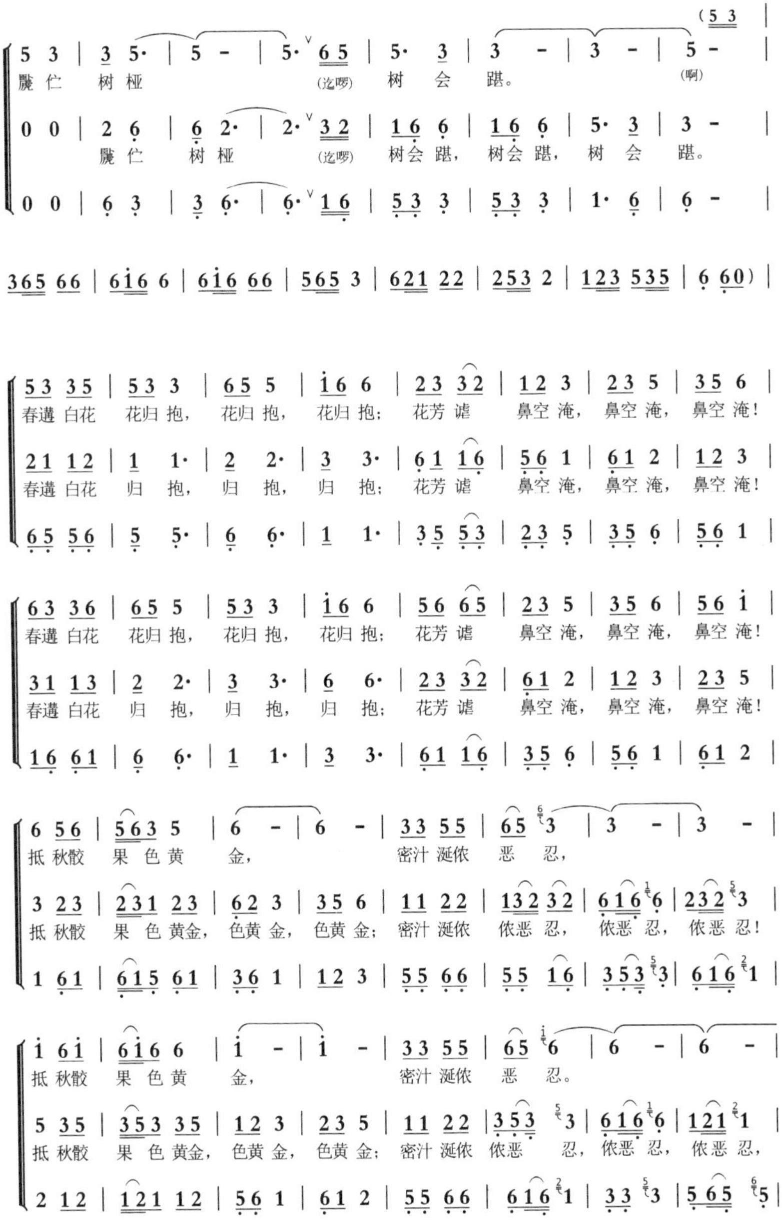

朧伫 树桠 (迄啰) 树 会 踑。 (啊)
朧伫 树桠 (迄啰) 树会踑，树会踑，树 会 踑。
春遘 白花 花归抱，花归抱，花归抱；花芳谑 鼻空淹，鼻空淹，鼻空淹！
春遘 白花 归 抱，归 抱，归 抱；花芳谑 鼻空淹，鼻空淹，鼻空淹！
春遘 白花 花归抱，花归抱，花归抱；花芳谑 鼻空淹，鼻空淹，鼻空淹！
春遘 白花 归 抱，归 抱，归 抱；花芳谑 鼻空淹，鼻空淹，鼻空淹！
抵秋骹 果色黄 金，密汁 涎依 恶 忍，
抵秋骹 果 色 黄金，色黄 金，色黄 金；密汁 涎依 依恶 忍，依恶 忍，依恶 忍！
抵秋骹 果 色 黄 金，密汁 涎依 恶 忍。
抵秋骹 果 色 黄金，色黄 金，色黄 金；密汁 涎依 依恶 忍，依恶 忍，依恶 忍，

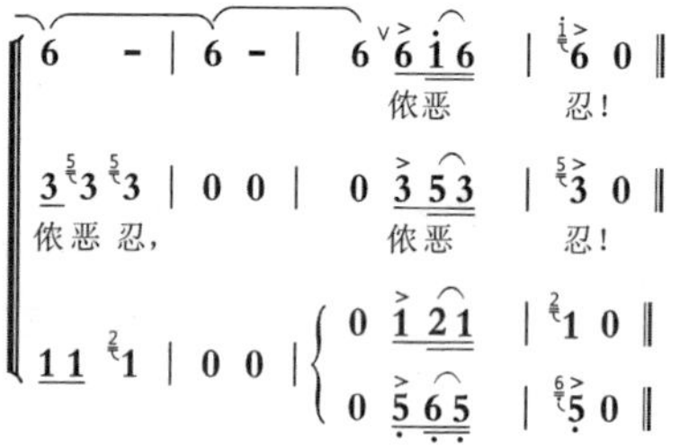

清平乐·红青荔枝

1=F转G $\frac{4}{4}$

♩=76 中速稍缓，真挚深情地

男女声二重唱

歌仔戏《白茉莉》第七场选段（三十二）

高 然 作词作曲

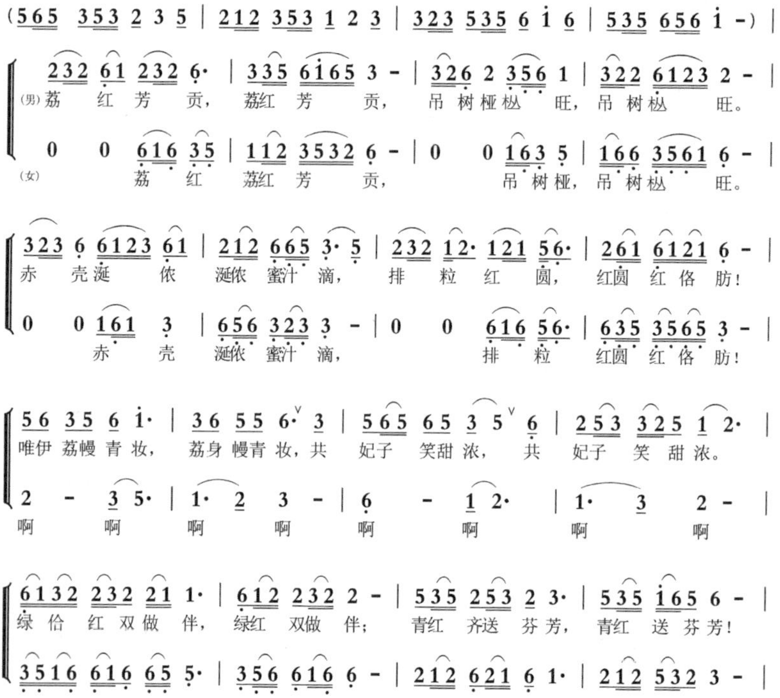

忆秦娥·白茉莉

1=F $\frac{4}{4}$

合唱

♩=86 中速稍缓，热情、赞颂地

歌仔戏《白茉莉》第七场选段（三十三）

高 然 作词作曲

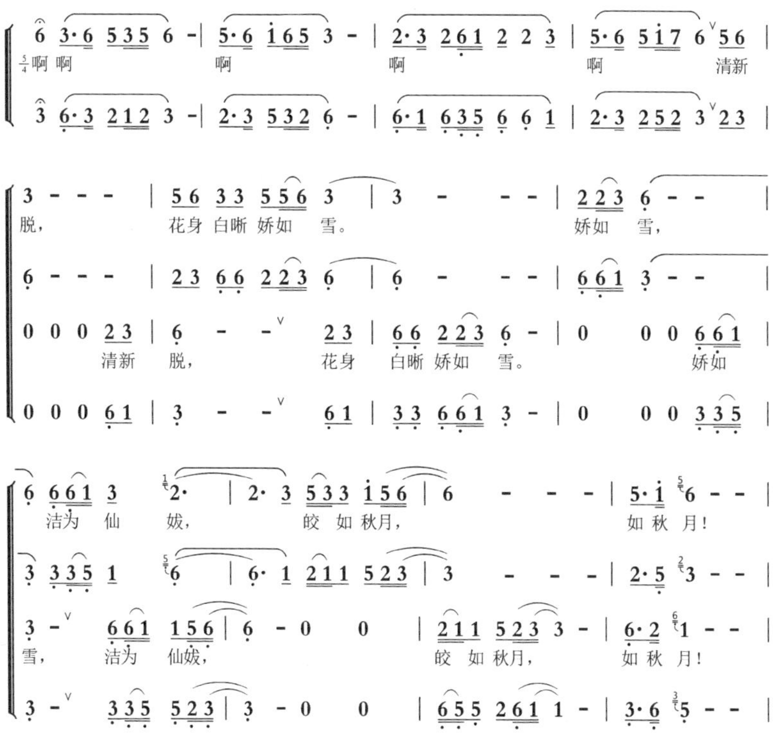

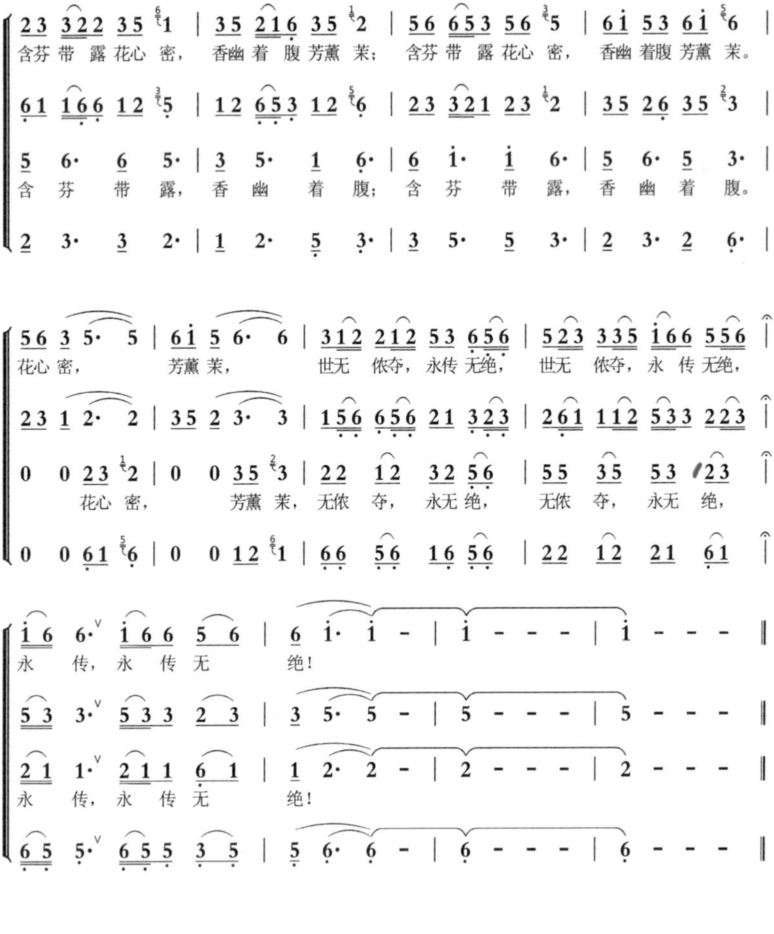

词语解释

1. 跷k'iau^{45}，弯，曲。韧鞠lun$^{33}_{21}$k'iu^{33}，韧劲十足。箬hioʔ^{121}，树叶。枞tsaŋ^{23}，树，植株。挨揳e$^{45}_{33}$k'e^{21}，拥挤。哩，正，在。相唚，接吻；唚，亲嘴儿。躘t'e^{45}，倚，靠。踸sim^{21}，摇，颤。归，满，整。谑，侵（鼻），惹。抵秋骹，到了初秋。涎侬，诱惑人。恶oʔ^{21}，难，不易。

2. 无哩鱠晓，没有不会的。㖡tan^{45}，先，预先。舞一条仔，玩儿一首。无，不。

伓着，不对。拍官腔，打官腔。爱着，得，必须。咯loʔ^{121}，得。呷会使，才行。迄兮，那个。抑卜土死，土气极了。卜佫，还欲。激外气，装洋气。喙ts'ui^{21}，嘴巴。落愧，丢脸。佾laŋ^{53}，咱们。某bɔ^{53}，妻子。脯pɔ^{53}，干瘪。佫koʔ^{21}，还，仍。撸lɔ^{53}，闹心。孤，光，仅。正有影，确实，真有其事。互hɔ^{33}，给，给予。恁lin^{53}，你们。癀hɔŋ^{23}，炫耀。十铺，二十五公里，一铺五里路。佫恰，更加。跖pɛʔ^{21}，爬。悬楼，高楼。水sui^{53}，妙，漂亮。屄sɔm^{23}，土气。挖hut^{21}，整，搞。

3. 骹k'a^{45}，脚，腿。涂糜，烂泥。芳p'aŋ^{45}，香。巧，妙，好。诗核，诗之核心。土誕，杜撰，编造，发明。抹tsut^{121}，写，涂画。偎ui^{21}，从，自。闽侬，闽人。咄tut^{121}，吟，念，说。家己，自己。家兜，家。着tioʔ^{121}，得，必须。

4. 舍续耳，很顺耳；舍，非常，十分。趱调，跟着调子。悬下，高低。赺tsɔŋ^{23}，奔，冲。涂，泥，土。乌牙，空谈，妄说。锦歌，闽南语说唱形式。歌仔，小曲儿，歌曲。竹杯，竹板子。大庙埕，庙前空地。侪tse^{33}，多。棚顶面，戏台上。扯，互打/杀。弄laŋ^{33}，耍。谦细，谦逊，客气。勢侬，能人。

5. 担灯，挑灯。爱，得。骹下，脚下。跋倒，跌跤。斡头，回头。涂，泥，土。

6. 偌大支骹，多大条腿/只脚。颂鞋，穿鞋。树头在，树根扎实；在，稳。惊，担心。树尾，树梢。撒风飑，刮台风。往过，以前，过去。伓知侬，不觉醒，不清楚。会知空，能明白，会知晓。现真，现在。趴zit^{21}，追，逐。啰，啰嗦，唠叨。煞，倒，却。有听头，值得听，可听。款款，慢慢儿地。后过仔，往后，以后。

7. 花枞缍，花枝下垂。幼芷，幼嫩。归指着椏，整串附着在枝上；归，一整，满；指kuã^{33}，串，挂。细风，微风。踅，旋，转。谑，调情，撩逗。瞌k'eʔ^{21}，闭眼。

8. 芳贡，香喷。涎侬，诱人。排粒，每一颗。佫koʔ^{21}，又，还。肨p'ɔŋ^{21}，肿，胀。幔muã^{45}，披，罩。

9. 翁，丈夫。膏，学问，本事。某，妻子。风骚，闲适舒心生活。烩be^{33}，不会。痟siau^{53}，疯，发神经。伓值，不如。囝婿，女婿。出侬前，在人前出头。仙妭，仙女，美女。

主要参考文献

[1] 社科院语言所词典室. 现代汉语词典. 北京：商务印书馆，2005.
[2] 刘正埮，高名凯，麦永乾，等. 汉语外来语词典. 上海：上海辞书出版社，1984.
[3] 吕叔湘. 现代汉语八百词. 北京：商务印书馆，1994.
[4] 刘月华，潘文娱，故韡. 实用现代汉语语法. 北京：外语教学与研究出版社，1983.
[5] 黄伯荣，廖序东. 现代汉语（上、下册）(第二版). 北京：高等教育出版社，1997.
[6] 袁家骅，等. 汉语方言概要（第二版）. 北京：文字改革出版社，1983.
[7] 社科院语言所. 方言调查字表（修订本）. 北京：商务印书馆，1981.
[8] 福建方言调查组. 福建省汉语方言概论（上、下册）(内刊). 福州，1962.
[9] 厦门地方志编纂委员会办公室. 厦门方言志. 北京：北京语言学院出版社，1996.
[10] 周长楫. 厦门方言词典. 南京：江苏教育出版社，1993.
[11] 王建设，张甘荔. 泉州方言与文化（上、下）. 厦门：鹭江出版社，1994.
[12] 林华东. 泉州方言研究. 厦门：厦门大学出版社，2008.
[13] 张振兴. 台湾闽南方言记略. 福州：福建人民出版社，1983.
[14] 董忠司. 台湾闽南语词典. 台北：五南图书出版有限公司，2001.
[15] 李新魁，黄家教，施其生，等. 广州方言研究. 广州：广东人民出版社，1995.

[16] 张晓山. 新潮汕字典. 广州：广东人民出版社，2009.
[17] 高然. 语言与方言论稿（一）. 广州：暨南大学出版社，1999.
[18] 高然. 语言与方言论稿（二）. 广州：世界图书出版广东有限公司，2017.
[19] 高然. 交际广州话九百句. 梅州：广东嘉应音像出版社，2003.
[20] 高然，张燕翔. 现代粤语口语（上、中、下）. 广州：世界图书出版广东有限公司，2016.
[21] 高然，陈佩瑜，张燕翔，等. 对粤港澳普通话教程（第二版）. 北京：北京大学出版社，2010.
[22] 高然. 粤语区适用普通话口话（第一、二册）.香港：香港普通话研习社，2010.
[23] 高然. 大学汉语. 北京：中国戏剧出版社，2005.
[24] 高然. 中山方言志. 广州：广东经济出版社，2018.
[25] 高然. 交际闽南语九百句. 梅州：广东嘉应出版社，2002.
[26] 高然. 漳州闽南语口语. 广州：世界图书出版广东有限公司，2019.
[27] 高然. 漳州闽南语歌谣. 广州：世界图书出版广东有限公司，2019.
[28] 高然. 漳州少儿闽南语. 广州：世界图书出版广东有限公司，2020.
[29] 高然. 漳州闽南语谚语. 广州：世界图书出版广东有限公司，2021.
[30] 高然. 漳州闽南语熟语. 广州：世界图书出版广东有限公司，2021.
[31] 高然. 漳州闽南语趣谈. 广州：世界图书出版广东有限公司，2023.
[32] 高然. 漳州闽南语笑话. 广州：世界图书出版广东有限公司，2023.
[33] 高然. 漳州闽南语诗词. 广州：世界图书出版广东有限公司，2023.
[34] 漳州市文化局. 漳州曲艺集成. 漳州：2003.
[35] 陈彬，陈松民. 芗剧传统曲调选. 北京：人民音乐出版社，1986.
[36] 沈定均，吴联薰. 漳州府志. 漳州：芝山书院本. 1877（清光绪三年）.
[37] 陈正统，等. 闽南话漳腔词典. 北京：中华书局，2007.
[38] 李竹深. 漳州古代诗词选. 福州：海峡文艺出版社，2004.

[39] 李竹深. 漳州近现代诗词选. 北京：作家出版社，2005.
[40] 李竹深. 漳州诗乘·唐宋卷. 漳州：漳州市图书馆，2014.
[41] 包堃. 书咏水仙. 漳州：漳州市图书馆，2016.
[42] 庄昭. 茶诗. 广州：南方日报出版社，2003.
[43] 蘅塘退士. 唐诗三百首. 长沙：岳麓书社，1988.
[44] 上彊村民. 宋词三百首. 北京：中华书局，2010.
[45] 陈彬，高然，等. 邵江海口述歌仔戏历史. 厦门：厦门音像出版社，2013.
[46] 陈彬. 百年芗剧·陈彬论文、随笔、创作谈. 广州：南方出版社，2019.
[47] 陈彬. 闽台芗剧（歌仔戏）传统曲调精选. 福州：海峡书局，2023.